Edgar Allan Poe (1809-1849) quedó huérfano de muy joven; su padre abandonó a la familia en 1810, y su madre falleció al año siguiente. La idea de la muerte y la estela de la desgracia no dejó de acecharlo durante toda la vida. Antes de cumplir los veinte años ya era un bebedor y un jugador empedernido, y contrajo enormes deudas con su padre adoptivo, que acabó desheredándolo. Trabajó como redactor en revistas de Filadelfia y Nueva York, mientras publicaba poemas, ensayos y relatos en varias de ellas. Su producción poética muestra una impecable construcción formal, y sus ensayos se hicieron famosos por su sarcasmo e ingenio. Sin embargo, Poe pasó a la posteridad más que nada por su maestría como narrador, que puso en práctica en géneros muy diversos. Los historiadores de la literatura señalan que fue un renovador del cuento de terror, un temprano cultor de la ciencia ficción y, sobre todo, el inventor del relato detectivesco moderno. Falleció en circunstancias que nunca se han aclarado completamente, pero que parecen vinculadas con su adicción al alcohol y a las drogas.

EDGAR ALLAN POE

Cuentos extraordinarios

Traducciones de
JULIO GÓMEZ DE LA SERNA
DIEGO NAVARRO
FERNANDO GUTIÉRREZ

PENGUIN CLÁSICOS

Papel certificado por el Forest Stewardship Council®

MIXTO
Papel | Apoyando la
silvicultura responsable
FSC® C117695

Penguin
Random House
Grupo Editorial

Primera edición: octubre de 2023

PENGUIN, el logo de Penguin y la imagen comercial asociada son marcas registradas
de Penguin Books Limited y se utilizan bajo licencia.

© 2023, Penguin Random House Grupo Editorial, S. A. U.
Travessera de Gràcia, 47-49. 08021 Barcelona
© Julio Gómez de la Serna, Fernando Gutiérrez
y Diego Navarro, por las traducciones
Diseño de la colección: Penguin Random House Grupo Editorial
basado en la colección Penguin English Library, original de Penguin UK
Diseño de la cubierta: Penguin Random House Grupo Editorial / Claudia Sánchez

Printed in Spain – Impreso en España

ISBN: 978-84-9105-592-1
Depósito legal: B-14.753-2023

Compuesto en Comptex & Ass SL

Impreso en Liberdúplex
Sant Llorenç d'Hortons (Barcelona)

PG 5 5 9 2 A

Manuscrito hallado
en una botella

La presente es una obra maestra en el sentido más literal de la expresión. Tras conseguir con ella un premio literario, situó a su autor en la senda de la fama imperecedera.

Los editores del Baltimore Saturday Visiter, *Charles F. Cloud y William L. Pouder, habían anunciado el 15 de junio de 1833 un certamen literario que galardonaba al mejor relato y al mejor poema presentados con cincuenta y veinticinco dólares, respectivamente. El jurado otorgó por unanimidad el galardón de narrativa a Poe el 12 de octubre de ese mismo año, y la historia se publicó a la semana siguiente.*

La publicidad obtenida por el autor gracias a este temprano éxito le permitió contactar y trabar amistad con John P. Kennedy. Este presentaría el joven talento a Thomas W. White, director del Southern Literary Messenger, *con el cual Poe colaboraría y del cual se convertiría en redactor con tan solo veintiséis años.*

El cuento combina y entrelaza varios temas. El primero de ellos es la idea, defendida a ultranza por el capitán John Cleves Symmes, de que la tierra es hueca, abierta por sendos polos y habitable en su interior. El segundo abraza la leyenda del Holandés errante, *el buque condenado a vagar por los siete mares hasta el fin de los tiempos, sin descanso ni puerto que lo acoja. Poe habría utilizado para sus propósitos la lectura de «A Picture of the Sea», de William Gilmore Simms, publicado en la* Southern Literary Gazette *de diciembre de 1828.*

Qui n'a plus qu'un moment à vivre, n'a plus rien à dissimuler.[1]

QUINAULT, *Atys*

Nada tengo que decir de mi patria ni de mi familia. A ambas me hicieron extraño malos procedimientos y la acumulación de los años. Tuve el beneficio de una educación poco corriente, gracias a mi patrimonio, y la inclinación contemplativa de mi espíritu me hizo apto para clasificar, según un método, todo ese instructivo material reunido y amasado por un estudio precoz. Las obras de los filósofos alemanes me proporcionaron, sobre todo, infinitos goces, no por admiración a su locura elocuente, sino por el deleite que, gracias a mis costumbres de análisis rigurosos, experimentaba sorprendiendo sus equivocaciones. Muchas veces se me ha reprochado el genio agrio y la carencia de imaginación. Me hizo célebre el pirronismo de mis opiniones.

En realidad, me temo que una gran inclinación por la filosofía física haya llenado mi espíritu de uno de los defectos más frecuentes de este siglo, o sea la costumbre de relacionar con los principios de esta ciencia las circunstancias menos

---

1. «Quien no cuenta más que con un momento de vida, no tiene nada que disimular.» *(N. de los T.)*

susceptibles de semejante relación. Por tanto, nadie menos expuesto que yo a dejarse arrastrar fuera de la jurisdicción severísima de la verdad por los *ignes fatui* de la superstición. Ante el temor de que la increíble narración que voy a efectuar se considere como el frenesí de una imaginación cruda, y no como la experiencia positiva de un espíritu para el que no existieron nunca imaginativas ensoñaciones, considero oportuno este preámbulo.

Transcurridos muchos años desaprovechados en un largo y lejano viaje, me embarqué en 18..., en Batavia, en la rica y populosa isla de Java, para pasear por el archipiélago de la Sonda. Me embarqué como simple pasajero, ya que no me impulsaba otro móvil distinto de mi nerviosa inestabilidad, siempre tentadora como un mal espíritu.

Aproximadamente, nuestro barco desplazaba las cuatrocientas toneladas. Había sido construido en Bombay y llevaba un cargamento de algodón, lana y aceite de las Laquedivas. También llevábamos algún otro cargamento distinto de este: azúcar de palma, cocos y unas cajas de opio. El navío había sido groseramente estibado, y, en consecuencia, navegaba mal lastrado.

Durante algunos días navegamos a lo largo de la costa oriental de Java, sin más incidentes que el encuentro de algunos islotes, para engañar la monotonía de nuestra ruta.

Una tarde, apoyado en la borda de la toldilla, observé una nube singularísima aislada hacia el noroeste. Se distinguía tanto por su color como por ser la primera que tuvimos ocasión de ver desde nuestra partida de Batavia. Hasta la puesta del sol la examiné atentamente. Entonces se extendió de este a oeste, dibujando en el horizonte una línea precisa de vapor que asemejaba a una especie de costa muy baja. El aspecto rojo oscuro de la luna y el extraño carácter del mar no tardaron en distraer mi atención. El mar había experimentado un cambio rápido, pareciendo el agua más transparente que de costumbre. Se distinguía el fondo con toda claridad, y, sin embargo, al arrojar la sonda, comprobamos que nos hallábamos a una altura de quince brazas. El aire se hizo intolerablemente cálido y se cargó de exhalaciones espirales parecidas a las que despide un hierro al rojo.

Cedió toda la brisa con la noche y nos envolvió una calma absoluta. Sin el menor movimiento sensible, ardía hacia atrás la llama de una vela, y un cabello sostenido entre el pulgar y el índice caía recto, sin efectuar oscilación alguna. No obstante, como dijera el capitán que no advertía síntoma alguno peligroso, y como derivábamos hacia tierra, nos tranquilizamos. Se cargaron las velas y anclamos. No se puso vigía de cuarto, y la tripulación, compuesta en su mayoría de malayos, se acostó sobre el puente. No del todo tranquilo, descendí a mi camarote. Tenía el presentimiento de que iba a ocurrir una desgracia. Todos aquellos síntomas hacían temer un simún. Pero cuando se lo dije al capitán, se encogió de hombros y me volvió la espalda sin contestarme. Comoquiera que no pudiese conciliar el sueño, subí a medianoche a cubierta.

Al pisar el último escalón me aterró un rumor profundo, semejante al que produce la rápida evolución de una rueda de molino, y antes de que pudiera averiguar su causa, observé que el navío temblaba, sacudido con violencia. Un golpe de mar lo tumbó de costado, y la ola, al pasar sobre nosotros, barrió la cubierta. El mismo ímpetu del viento contribuyó a salvar el buque, aun cuando se hundió casi completamente en el agua. Comoquiera que quedasen libres sus mástiles, se levantó lentamente, vaciló un momento bajo la violenta presión de la tempestad y, por último, se quedó como había estado.

Me libré de la muerte de milagro. Aturdido por el fuerte choque del agua, al volver en mí me encontré entre el timón y el codaste. Penosamente conseguí ponerme en pie, y, al mirar a mi alrededor, supuse que nos hallábamos en una rompiente, en cuyo abismo nos encontrábamos metidos, puesto que el torbellino del mar aquel era espantoso. Oí unos momentos más tarde la voz de un viejo sueco que había embarcado unos minutos antes que el barco abandonara el puerto. A gritos le llamé y, tambaleándose, acudió a mí. No tardamos en descubrir que éramos los únicos supervivientes del siniestro. Todo lo que se hallaba sobre cubierta, a excepción de nosotros dos, había sido arrojado al mar por la borda. El capitán y los marineros perecieron durante su sueño, porque el agua inundó sus cabinas.

Nada podíamos hacer nosotros solos para salvar a la nave, ni tampoco nos dejaba en ello pensar la seguridad que teníamos de perecer de un momento a otro. Estrujados por el huracán, huíamos. El agua se precipitaba por las visibles brechas; pero, no obstante, nos dimos cuenta de que las bombas funcionaban y que el cargamento no había sufrido demasiado. Durante cinco días y cinco noches enteras, en los cuales vivimos de porciones de azúcar de palma, que conseguimos con gran dificultad en el castillo de proa, el barco continuó su huida con una rapidez incalculable ante las corrientes de aire que se sucedían espantosamente, y que, sin igualar el primer ímpetu del simún, eran, sin embargo, mucho más terribles que ninguna tempestad conocida.

Durante los cuatro primeros días nuestra ruta, excepto pequeñas variaciones, fue la de sudeste, en dirección a la costa de Nueva Holanda. Al quinto día aumentó el frío, ya que el viento procedía del norte. El sol, con un amarillento y enfermizo resplandor, ascendió unos grados en el horizonte, sin proyectar una luz franca. No se veía nube alguna, y, sin embargo, se enfriaba el viento. Se enfriaba y soplaba con violencia. Casi al mediodía despertó nuestra atención el aspecto del sol. En realidad, no despedía verdadera luz, sino una especie de sombrío y triste fulgor sin reflexión, como si estuvieran polarizados todos sus rayos. Antes de que se hundiera en el turgente mar, su fuego central desapareció súbitamente, como si una inexplicable potencia lo hubiese apagado de pronto. Cuando se sumergió en el insondable océano no era más que un disco pálido y plateado.

Esperamos inútilmente la llegada del sexto día, pero este

día aún ha llegado para mí; para el sueco no llegó jamás. A partir de entonces, nos envolvieron las más espesas tinieblas. No nos era posible distinguir un objeto a veinte pasos del buque. Una noche eterna nos envolvía, y ni siquiera la aliviaba el resplandor fosforescente del mar, al que los trópicos nos habían acostumbrado. A pesar de que la tempestad continuaba, rabiosa y enfurecida, nos dimos cuenta también de que no sentíamos ninguna apariencia de resaca ni de las cabrillas blanquecinas que nos acompañaron y sacudieron días antes. En torno nuestro, el horror y la oscuridad impenetrable, y el negro desierto de ébano líquido.

Lentamente se infiltraba en el espíritu del viejo sueco un supersticioso pánico, y mi alma se hundía en muda estupefacción. Abandonamos completamente las reparaciones y cuidados del buque, y, abrazados al palo de mesana, mirábamos amargamente la oceánica inmensidad. No teníamos medio alguno para calcular el tiempo. No podíamos formar la más insignificante conjetura con respecto a nuestra situación. Pero estábamos convencidos de haber derivado mucho más *al* sur que ninguno de los navegantes anteriores, y nos sorprendía no hallar el natural obstáculo del hielo. Cada minuto parecía ser el último, y cada ola, la postrera que habíamos de ver. En realidad, solo por un milagro nos libramos de ser absorbidos por la marejada.

Mi compañero hablaba de la ligereza del cargamento y recordaba la excelente cualidad del navío. Pero yo, de antemano, había renunciado a la vida, y melancólicamente me preparaba para morir. Nada podía detener más tiempo de una hora a la muerte, porque a cada nuevo avance del buque, aquel mar negro y prodigioso adquiría un aspecto más lúgubre y fatal.

A veces, a una altura mayor que la del albatros, nos faltaba la respiración, y otras descendíamos vertiginosamente al fondo de un líquido infierno, donde parecía no existir ni el aire ni el sonido.

Nos encontrábamos en el fondo de uno de esos abismos,

cuando un repentino grito de mi compañero hirió siniestramente la noche. «¡Vea usted! ¡Vea usted! ¡Dios Todopoderoso!», me gritó al oído. Una luz roja, de tristes y sombríos resplandores, flotaba sobre la vertiente del inmenso abismo en el que estábamos sepultados y dejaba caer sobre el buque un vacilante reflejo. Levanté la mirada y vi entonces un espectáculo que heló la sangre en mis venas. A una vertiginosa altura, precisamente sobre nosotros, y sobre la misma cresta del precipicio, navegaba un gigantesco buque, que desplazaría tal vez cuatro mil toneladas.

Aunque se hallaba encaramado en lo alto de una ola que tendría unas cien veces su altura, parecía de mucha mayor dimensión que un buque de línea o de la Compañía de las Indias. Su inmenso casco era de un negro intenso, que no aclaraba ninguno de los habituales ornamentos de un buque. Una sencilla hilera de cañones devolvía la luz de innumerables faroles de combate que se balanceaban en el aparejo, reflejada en sus superficies pulidas. Pero lo que más agudizó nuestro asombro y horror fue verlo navegar con las velas desplegadas en medio de aquel mar sobrenatural y tempestuoso. Durante un momento, momento de supremo horror, vaciló sobre el abismo. Tembló luego, se inclinó y, por fin, se deslizó por la pendiente.

No puedo comprender cómo tuve sangre fría para dominar el espanto. Retrocediendo cuanto pude, esperé impávido la catástrofe que debía aplastarnos. Nuestro barco no luchaba ya con el mar, y se hundía de proa lentamente. Así pues, el gigantesco y misterioso buque chocó con esa parte del nuestro que se hallaba ya bajo el agua, dando como inevitable resultado el brusco lanzamiento de mi cuerpo entre el cordaje de su arboladura.

Cuando caí, la nave tuvo un momento de reposo; viró luego rápidamente, y tal vez por esto, que produjo la confusión natural, hizo que mi presencia pasara inadvertida. No me costó gran trabajo escapar por la escotilla principal sin ser visto, y pude ocultarme en el rincón más apartado y oscuro de la cala. No sabría decir cómo ni por qué lo hice. Me indujo a ello un vago sentimiento de miedo que se apoderó de mi espíritu ante el aspecto de los nuevos navegantes. No recuerdo a raza ninguna que ofrezca aquellos caracteres de rareza indefinible y que pueda provocar tantos motivos de duda y de desconfianza. Apenas me hube ocultado, sentí un ruido de pasos. Un hombre pasó ante mi escondite. No pude ver su rostro, pero sí observar su aspecto general. Tenía todas las características de un ser débil y viejo. Bajo el peso de los años, se doblaban sus rodillas, y un constante temblor sacudía todo su cuerpo. Con voz débil y cascada, hablaba consigo mismo algunas palabras de un idioma incomprensible, mientras se afanaba en un rincón, revolviendo en una pila de instrumentos de extrañas formas y de cartas marinas en mal estado. Sus gestos y ademanes eran una mezcla singular de la torpeza de una segunda infancia y de la solemne dignidad de un dios. Al cabo de un momento volvió a cubierta, y ya no le vi más.

Se ha apoderado de mi alma un sentimiento que no tengo palabras para expresar, una sensación que se resiste al análisis, que no encuentra traducción posible en los léxicos pretéritos y cuya clave me temo mucho no pueda descifrarse en lo por venir. Para un espíritu como el mío es un verdadero suplicio esta consideración. Tengo el presentimiento de que nunca podré revelar la significación verdadera de mis ideas. No obstante, en cierto modo es lógico que estas ideas resulten indefinibles, puesto que brotan de fuentes totalmente inéditas. A mi alma se ha incorporado un nuevo sentimiento, una nueva entidad.

. . . .

Hace mucho tiempo que pisé por primera vez la cubierta de este buque terrible, y los rayos de mi destino, según creo, se concentran cada vez más. ¡Oh, gentes incomprensibles! Sin verme, pasan a mi lado sumidos en meditaciones cuya naturaleza no me es posible adivinar. Sería una gran locura por mi parte ocultarme a ellos porque *no pueden* verme. Hace un momento pasé ante el segundo de a bordo; poco antes, me aventuré hasta el camarote del capitán, en donde conseguí medios para escribir lo que antecede y seguirá a esto. Tengo la intención de continuar este diario de cuando en cuando. Es cierto que no encontraré ocasión alguna de transmitirlo al mundo, pero, por lo menos, lo intentaré. En último caso, guardaré el manuscrito en una botella y la echaré al mar.

. . . .

Un incidente me ha abierto la mente a nuevas reflexiones. ¿Son tales sucesos el resultado de probabilidades sin orden ni concierto? Me he aventurado a la cubierta y me he lanzado, sin llamar la atención, entre un montón de cabos y viejas velas, en el fondo de uno de los botes. Mientras reflexionaba sobre la singularidad de mi destino, inconscientemente pasaba un cepillo lleno de brea por las esquinas de la vela rastrera que reposaba doblada a mi lado, encima de un barril. Ahora, esa vela se contrae encima del barro, y los inconscientes restos de mis movimientos se extienden por el mundo.

Últimamente he hecho algunas observaciones sobre la estructura del barco. Aunque se encuentra muy bien armado, no creo que se trate de un buque de guerra. Tanto su arboladura como su tripulación rechazan esta idea. Sé perfectamente lo que *no es*, pero me es imposible explicar lo que *es*. Examinando la extraña y singular forma de este buque, sus colosales proporciones, su prodigiosa colección de velas, su proa severamente sencilla y su popa de un recargado estilo, creo a veces que la sensación de cosas del todo desconocidas cruza por mi espíritu como un relámpago, y se mezcla siempre a estas sombras flotantes de la memoria el inexplicable recuerdo de antiguas crónicas extranjeras y de siglos muy pretéritos.

. . . .

Cuidadosamente, he examinado todo el maderamen del buque. Está construido con materiales totalmente desconocidos para mí. Me parecen impropios para el uso al cual han sido destinados. Me refiero a su gran *porosidad*, considerada independientemente del natural desgaste, consecuente de una larga navegación por estos mares y de la podredumbre de la vejez. Tal vez se encuentre demasiado sutil la observación que voy a hacer; pero me parece que esta madera se parecería demasiado al roble español, si este pudiera ser dilatado por medios artificiales.

Releyendo la frase anterior, recuerdo el curioso apotegma de un viejo lobo de mar holandés. «Es positivo —decía siempre que dudaban de su veracidad—, como es positivo que hay un mar donde engorda el buque como el cuerpo viviente de un marino.»

. . . .

Hace cerca de una hora he tenido la audacia de deslizarme entre un grupo de individuos de la tripulación. No se han dado cuenta de mi presencia, y aunque me encuentro en medio de ellos, ninguno parece tener el menor sentido de mi estancia a su lado. Como el que por primera vez vi en la cala, todos presentaban el aspecto de hombres viejísimos. Sus rodillas temblaban, débiles; la decrepitud había encorvado sus espaldas; la rugosa piel temblaba con el viento; sus voces eran cascadas y opacas; los ojos destilaban las brillantes lágrimas seniles, y parecían huir con la tempestad sus grises cabellos. En torno suyo, por cualquier parte de la cubierta se encuentran esparcidos instrumentos matemáticos de formas antiquísimas y de empleo desusado.

. . . .

He hablado más arriba de la curvatura del ala del trinquete. En este tiempo, el barco, navegando con las velas desplegadas al viento, continuaba su terrible curso hacia el sur, sacudido y zarandeado por el más espantoso infierno líquido que haya podido concebir nunca el cerebro humano. He abandonado la cubierta porque no podía permanecer en ella. Sin embargo, la tripulación no parece sufrir lo más mínimo. Considero como un milagro de milagros que el mar no nos haya absorbido para siempre. Sin duda, estamos condenados a bordear eternamente la eternidad, sin hundirnos de forma definitiva en los abismos. Como las golondrinas marítimas, nos deslizamos sobre las olas, mil veces más altas y espantosas que ninguna de las conocidas; y otras olas colosales levantan por encima de nosotros sus crestas como demonios del abismo que no pudieran pasar de simples amenazas y a quienes les estuviera prohibido el destruirnos. He terminado por atribuir esta suerte perpetua a la única causa natural que pueda legitimar un efecto semejante. Supongo que el buque está sostenido por alguna fuerte corriente o remolino subterráneo.

. . . .

En su propio camarote, frente a frente, he visto al capitán. Pero, según esperaba, no me ha prestado la menor atención. Aunque, realmente, nada a primera vista hay en él de superior o de inferior al hombre, el asombro que sentí al verle estaba impregnado de respeto y de supersticioso terror. Poco más o menos, tiene mi estatura; es proporcionado y de robusto aspecto. Pero esta constitución no anuncia un vigor extraordinario. Lo más singular es la expresión de su rostro, la intensa, terrible y sugestiva evidencia de la vejez, tan entera, tan absoluta, que conforme le miro más, crea en mi espíritu un sentimiento inefable. Su frente, aunque poco rugosa, parece llevar la huella de un millar de años; sus cabellos grises archivan el pasado, y sus ojos, más grises aún, son como sibilas del porvenir. El suelo de su camarote está cubierto de extraños volúmenes in folio con cantoneras de hierro, instrumentos científicos fuera de uso y antiguos mapas de estilo completamente olvidado. Tiene la cabeza apoyada sobre las manos, y su mirada inquieta y ardiente devora un pergamino que lleva firma y sellos reales. Como aquel marinero que vi por primera vez en la cala, hablaba consigo mismo, murmurando en voz baja algunas sílabas en una lengua extranjera. Aunque me hallaba muy cerca de él, me parecía como si su voz llegase a mis oídos desde una milla de distancia.

Tanto el buque como su contenido están impregnados por el espíritu de otras épocas. Los tripulantes se deslizan como sombras de siglos sepultados. En sus ojos alienta la inquietud de ardientes pensamientos. Cuando, al cruzarse conmigo, iluminan sus manos las luces lívidas de los faroles, siento algo que no sentí jamás, aunque estuvo toda mi vida llena de la locura de las antigüedades, aun cuando me bañé en la sombra de las columnas ruinosas de Balbec, Tadmor y Persépolis; tanto, que mi propia alma concluyó por ser también una ruina.

Cuando miro en torno mío, me avergüenzo de los terrores pasados. Si la tempestad hasta ahora me hizo temblar de horror, ¿qué sensación y qué palabras para expresarla habría de necesitar ahora ante la batalla del viento y del océano, batalla para la cual los vulgares conceptos de tornado y simún no pueden darnos la menor idea? Literalmente, el buque ha quedado hundido en las tinieblas de una noche eterna, en un caos de aguas y de espumas; pero a la distancia circular de una legua, aproximadamente, podemos advertir, por intervalos y bien distintamente, grandiosos bloques de hielo que ascienden hacia el desolado cielo como murallas del universo.

Tal como había supuesto, la nave se halla, indudablemente, sobre una corriente, si así puede llamarse a una marejada que muge y aúlla a través de las glaciales blancuras y que en la parte sur produce el estruendoso rumor mil veces más precipitado que el de una catarata que cayese verticalmente.

No es posible concebir el horror de mis sensaciones. No obstante, la curiosidad por desvelar el misterio de esta espantosa región es más potente que el terror y me reconcilia incluso con el aspecto odioso de la muerte. Indudablemente, nos precipitamos en busca de un incomunicable secreto cuyo conocimiento no puede alcanzarse sino a costa de la vida.

Acaso esta corriente nos conduce al Polo. Por extraña que parezca esta suposición, hay que rendirse a su evidencia.

....

Sobre el puente, inquieta y estremecida, pasea la tripulación. Todos sus rostros tienen una expresión nueva, más parecida al calor de la esperanza que a la apatía de la desesperación.

Como llevamos desplegadas todas las velas, y el viento nos empuja, hay momentos en que el navío se escapa fuera del mar. De pronto, ¡horror de horrores!, el hielo que nos rodea se abre súbitamente a derecha e izquierda y damos vertiginosas vueltas en inmensos círculos concéntricos en torno a los bordes gigantescos de un grandioso anfiteatro, cuyos muros se prolongan más allá de las tinieblas y del espacio. Pero no me queda ya tiempo para soñar mi destino. Rápidamente, los círculos se estrechan. Nos hundimos en el abrazo cada vez más apretado del torbellino, y a través del horrible mugir del océano y de la tempestad, la nave tiembla, y, ¡oh Dios mío!, se hunde.[2]

[Trad. de Fernando Gutiérrez y Diego Navarro]

2. El *Manuscrito hallado en una botella* fue publicado por primera vez en 1831. Muchos años más tarde tuve ocasión de ver los mapas de Mercator, en los cuales se ve al océano precipitarse por cuatro embocaduras en el abismo norte del Polo, siendo absorbido por las entrañas de la tierra; incluso el Polo está representado por una roca negra elevándose a prodigiosa altura.

Berenice

«Berenice» es una de las historias más populares y celebradas de Edgar Allan Poe, incluida indefectiblemente en toda antología de su obra narrativa desde su primera aparición en el Southern Literary Messenger *en marzo de 1835. Su redacción data de los dos años anteriores a su publicación.*

La redacción de un cuento tan repulsivo se presentaba como un auténtico reto para el autor, quien se inspiró en un escándalo acaecido en Baltimore a principios de 1833: la profanación de tumbas para la sustracción de dientes humanos, vendidos luego a dentistas. Algunos fervientes y quizá en exceso entusiastas investigadores han querido ver en este relato una muestra de la supuesta necrofilia de su autor, ya que, según algunos psicólogos, la fascinación por la dentadura es un síntoma de este trastorno sexual. Sin embargo, cabe recordar que todas las relaciones que Poe mantuvo fueron con mujeres sanas, enfermasen o no posteriormente. La fama de «Berenice» ha propiciado sin duda que se quiera ver en sus palabras más de lo que hay.

Los nombres de los personajes no son casuales. «Egeo» es el nombre del padre de Hermia en Sueño de noche de verano *(1595), de William Shakespeare. A su vez, Berenice era la esposa del rey Ptolomeo III Evergetes de Egipto (282-222 a.C.). Por él, para que volviera sano y salvo de la guerra, se cortó la melena, como una suerte de ofrenda sacrificial a los dioses. Según cuenta el mito, inspiración de un sinfín de poetas, estos tomaron su pelo y lo elevaron al firmamento, donde en la actualidad se reconoce en la constelación de Coma Berenices (literalmente, «la cabellera de Berenice»).*

Dicebant mihi sodales, si sepulchrum amicae visitarem, curas meas aliquamtulum fore levatas.[1]

Ebn Zaiat

El infortunio es múltiple. La desdicha sobre la tierra, multiforme. Dominando el vasto horizonte cual el arcoíris, son sus matices tan varios como los de ese arco, tan claros también, e incluso tan íntimamente mezclados. ¡Dominando el vasto horizonte cual el arcoíris! ¿Cómo he podido obtener de la belleza un tipo de fealdad? ¿Cómo del pacto de paz, un dolor semejante? Pero lo mismo que en la ética el mal es una consecuencia del bien, así, en la realidad, de la alegría nace la pena, bien porque el recuerdo de la felicidad pasada forme la angustia de hoy, bien porque las angustias que *son* tengan su origen en los éxtasis que *pueden haber sido.*

Mi nombre de pila es Egeo; no mencionaré mi apellido familiar. Sin embargo, no hay torreones en la comarca más ilustres que los de mi triste y vetusta casa solariega. Nuestro linaje ha sido llamado raza de visionarios; y en muchos detalles notables –en el carácter de la mansión familiar, en los frescos del salón principal, en los tapices de los dormitorios,

1. «Mis compañeros me aseguraban que visitando el sepulcro de mi amiga aliviaría en parte mis tristezas.» *(N. del T.)*

23

en los cincelados de algunos pilares de la armería, pero más especialmente en la galería de cuadros antiguos, en el estilo de la biblioteca, y por último, en la particularísima naturaleza del contenido de esa biblioteca– hay más que suficientes pruebas para justificar esa creencia.

El recuerdo de mis primeros años va unido a esa sala y a esos volúmenes, de los cuales no diré nada más. Allí murió mi madre. Allí nací. Pero sería ocioso decir que no he vivido antes, que el alma no tiene una existencia anterior. ¿Lo niega usted? No discutamos ese tema. Convencido yo mismo, no intento convencer. Allí hay, no obstante, un recuerdo de formas aéreas, de ojos espirituales y pensativos, de sonidos musicales, aunque tristes; un recuerdo que no quiere irse; un recuerdo parecido a una sombra, vago, invariable, indefinido, incierto, y como una sombra también, me veo en la imposibilidad de deshacerme de ella mientras exista el sol de mi razón.

En esa estancia nací. Despertando así de la larga noche que parecía ser, pero que no era, la nada, para caer enseguida en las verdaderas regiones de un país de hadas, en un palacio fantástico, en los extraños dominios del pensamiento y de la erudición monásticos, no es raro que haya mirado a mi alrededor con ojos espantados y ardientes, que haya malgastado mi infancia ante los libros y disipado mi juventud en sueños; pero lo que *es* singular, al pasar los años y cuando el mediodía de la virilidad me encontró aún en la casa de mis padres, lo que *es* maravilloso es ese estancamiento que cayó sobre las fuentes de mi vida, maravilloso ese total trastrocamiento que tuvo lugar en el carácter de mis más vulgares pensamientos. Las realidades del mundo me afectaban como visiones, y solo como visiones, mientras que las ideas desenfrenadas de la comarca soñadora llegaban a ser, en cambio, no el alimento de mi existencia diaria, sino realmente mi entera y única existencia.

Berenice y yo éramos primos, y crecimos juntos en mi casa solariega. Aun así, crecimos muy diferentes: yo, mísero de salud y sepultado en la tristeza; ella, ágil, graciosa y desbordante de energía. Para ella era el vagar por la ladera de la colina; para mí, los estudios del claustro. Yo, viviendo dentro de mi propio corazón, y entregado en cuerpo y alma a la más intensa y penosa meditación; ella, vagando despreocupada por la vida, sin pensar en las sombras de su camino o en el vuelo callado de las horas con plumaje de cuervo. ¡Berenice! Grito su nombre –¡Berenice!–, y en las ruinas vetustas de mi memoria se agitan mil recuerdos tumultuosos a ese sonido. ¡Ah, su imagen está viva ante mí ahora, como en los primeros días de su luminoso ardor y de su alegría! ¡Oh, magnífica, y con todo, fantástica belleza! ¡Oh, sílfide entre los arbustos de Arnheim! ¡Oh, náyade entre sus fuentes! Y luego, luego todo es misterio y terror, y una historia que no puede contarse. Una dolencia, una fatal dolencia cayó sobre su persona como el simún; y hasta cuando yo la contemplaba, el espíritu de transformación pesaba sobre ella, penetrando su espíritu, sus hábitos, su carácter, y de la manera más sutil y terrible, ¡perturbaba incluso la identidad de su persona! ¡Ay, el destructor venía y se iba! Y la víctima, ¿dónde está? No la conocía, o al menos, ¡no la conocía ya como Berenice!

Entre la numerosa serie de enfermedades acarreadas por aquella fatal y primera, que provocaron una revolución de un género tan terrible en el ser moral y físico de mi prima, hay que mencionar la de naturaleza más penosa y tenaz: una especie de epilepsia que terminaba con frecuencia en *catalepsia*, una catalepsia muy parecida a la muerte real, y de la que despertaba ella en muchos casos con un brusco sobresalto. Al mismo tiempo mi propia enfermedad –pues me han dicho que no puedo llamarla de otro modo–, mi propia enfermedad aumentaba rápidamente, tomando, por último, el carácter de una monomanía, de una forma nueva y extraordinaria, cobrando a cada hora, a cada minuto mayor energía, y adquiriendo al cabo sobre mí el más incomprensible ascendiente. Esta monomanía, si he de usar este término, consistía en una irritabilidad morbosa de esas facultades del espíritu que la ciencia metafísica denomina «atentas». Es más que probable que no sea yo comprendido; pero temo de veras que no haya manera posible de dar a la mayoría de los lectores una idea adecuada de esa nerviosa *intensidad* de interés con la cual, en mi caso, la facultad de meditación (para no emplear términos técnicos) se ocupaba y se sumía en la contemplación de los objetos más vulgares del universo.

Meditar infatigablemente durante largas horas, con mi atención fija en algún frívolo dibujo sobre el margen o en el texto de un libro; permanecer absorto la mayor parte de un día de verano en una curiosa sombra cayendo oblicuamente sobre el tapiz o sobre el suelo; olvidarme de mí mismo durante una noche entera, espiando la firme llama de una lámpara; soñar toda una jornada con el perfume de una flor; repetir monótonamente alguna palabra vulgar, hasta que el sonido, a causa de las frecuentes repeticiones, cesara de ofrecer una idea cualquiera a la mente; perder todo sentido de movimiento o de existencia física por medio de una absoluta inmovilidad corporal, larga y persistentemente mantenida: tales eran algunas de las más comunes y de las menos perniciosas fantasías promovidas por el estado de mis facultades mentales, que no son, por supuesto, únicas, pero que desafían en verdad todo género de análisis o explicación.

A pesar de todo, no quiero ser malinterpretado. La anormal, grave y morbosa atención así excitada por objetos frívolos en su propia naturaleza no debe confundirse en el carácter con esa tendencia meditativa común a toda la humanidad, y a la que se entregan en particular las personas de imaginación ardiente. Era no solo, como de primera intención podría suponerse, un estado extremo o una exageración de tal tendencia, sino originaria y esencialmente preciso y distinto. En uno de esos casos el soñador o imaginativo, al interesarse por un objeto en general *no* frívolo, de modo insensible pierde de vista ese objeto en un desierto de deducciones y sugestiones que de allí surgen, hasta que al término de uno de esos sueños diarios *con frecuencia henchido de voluptuosidad*, encuentra el *incitamentum* o causa primera de sus meditaciones, por entero desvanecido y olvidado. En mi caso, el objeto primario era *invariablemente frívolo*, aunque revistiendo, a través del medio de mi visión perturbada, una importancia reflejada e irreal. Hacía yo pocas deducciones, si es que hacía alguna, y esas pocas volvían con obstinación al objeto principal como a un centro. Las meditaciones no eran *nunca* placenteras; y al final del ensueño, la causa primera, lejos de estar apartada de la vista, había alcanzado ese interés sobrenaturalmente exagerado que era el rasgo característico de mi enfermedad. En una palabra, la facultad espiritual más ejercitada con preferencia era en mí, como he dicho antes, la de *la atención*, y es, en el soñador diario, la *especulativa*.

Mis libros en aquella época, si no servían en realidad para irritar aquel trastorno, participaban, como debe comprenderse, ampliamente, por su naturaleza imaginativa e inconexa, en las cualidades características del propio mal. Recuerdo bien, entre otros, el tratado de noble italiano Coelius Secundus Curio *De Amplitudine Beati Regni Dei*, la gran obra de san Agustín *La ciudad de Dios* y el *De Carne Christi*, de Tertuliano, cuya paradójica sentencia: «*Mortuus est Dei filius; credibile est quia ineptum est; et sepultus resurrexit; certum est quia impossibile est*», absorbió íntegro mi tiempo durante muchas semanas de laboriosa e infructuosa investigación.

Parecerá así que, alterada en su equilibrio por cosas triviales, mi razón mostrara semejanza con esa roca oceánica de que habla Ptolomeo Hefestión, que resistía de firme los ataques de la violencia humana y al más fiero furor de las aguas y de los vientos, temblando únicamente al simple toque de la flor llamada «asfódelo». Y aunque a un pensador de poca fijeza le pueda parecer fuera de duda que la alteración producida por su desdichada dolencia en la condición *moral* de Berenice me proporcionase muchos motivos para el ejercicio de esa intensa y anormal meditación cuya naturaleza me ha costado cierto trabajo explicar, no ocurría así en ningún caso. Durante los intervalos lúcidos de mi dolencia, me causaba su desgracia una pena real, y aquella ruina total de su bella y dulce vida conmovía hondamente mi corazón, sin que dejara yo de reflexionar, muchas veces con amargura, en las maravillosas vías por las cuales había podido producirse tan de súbito una revolución tan extraña. Pero aquellas reflexiones no participaban de la idiosincrasia de mi dolencia, y eran tales como se le hubiesen ocurrido, en circunstancias semejantes, a la masa ordinaria de la humanidad. Fiel a su propio carácter, mi enfermedad se manifestaba en los menos importantes, pero más pavorosos cambios que tenían lugar en el estado *físico* de Berenice, en la singular y aterradora deformación de su identidad personal.

Al correr los días más brillantes de su incomparable belleza, con toda seguridad, no la había yo amado nunca. En la extraña anomalía de mi existencia, mis sentimientos *no me han venido jamás* del corazón, y mis pasiones *han venido siempre* de mi espíritu. A través del gris de las madrugadas, en las sombras entrecruzadas de la selva al mediodía, y en el silencio de mi biblioteca por la noche, voló ella ante mis ojos, y la vi, no como la Berenice de un sueño, no como un ser de la Tierra, tangible, sino como la abstracción de un ser semejante; no como una cosa que admirar, sino que analizar; no como un objeto de ensueño, sino como tema de una especulación tan abstrusa cual inconexa. Y *ahora*, ahora me estremecía en su presencia y palidecía cuando se acercaba; pero, aunque lamentando amargamente su decaído y triste estado, recordaba yo que me había amado largo tiempo y en un mal momento le hablé de matrimonio.

Se acercaba por fin la época de nuestras nupcias cuando una tarde de invierno, uno de esos días intempestivamente cálidos, tranquilos y brumosos que son como la nodriza de la bella Alcione,[2] me senté (creyéndome solo) en el gabinete interior de la biblioteca. Pero al levantar los ojos vi a Berenice en pie ante mí.

¿Fue mi imaginación excitada, o la influencia brumosa de la atmósfera, o el incierto crepúsculo de la estancia, o el ropaje gris que envolvía su figura lo que hizo tan vacilante y vago su contorno? No podría decirlo con seguridad. Acaso había nacido durante su enfermedad. No habló ella una palabra; y yo por nada del mundo hubiera pronunciado una sílaba. Un estremecimiento helado recorrió mi persona; me oprimió una sensación de insufrible ansiedad; una devoradora curiosidad invadió mi alma, y echándome hacia atrás en el sillón, permanecí durante un rato sin respirar, inmóvil, con los ojos clavados en su figura. ¡Ay! Era excesiva su demacración, y ni un solo vestigio de su ser primero se escondía en ninguna línea de aquel contorno.

No era sino una sombra de lo que había sido. Por fin cayeron sobre su rostro mis ardientes miradas. Su frente era alta, muy pálida, y singularmente plácida; los cabellos en otro tiempo de un negro azabache, la recubrían en parte, tapando las sienes hundidas con innumerables rizos, ahora de un vivo dorado, y cuyo carácter fantástico desentonaba de un modo violento con la predominante melancolía de su rostro. Los ojos carecían de vida y de brillo, y, en apariencia, de pupilas; sin querer, aparté las mías de su fijeza vidriosa para contemplar sus delgados y arrugados labios. Se separaron, y en una sonrisa de un especial significado, aparecieron lentamente ante mi vista *los dientes* de la cambiada Berenice. ¡Pluguiera a Dios que no los hubiese contemplado nunca, o que, al verlos, hubiera muerto yo!

---

2. «Pues como Júpiter, durante la estación invernal, concedía por dos veces siete días de calor moderado, los hombres llamaron a ese benigno y templado tiempo "la nodriza de la bella Alcione".» (Simónides)

Me sobrecogió el ruido de una puerta que se cerraba, y al levantar los ojos vi que mi prima había salido de la estancia. Pero de la estancia agitada de mi cerebro no había salido, ¡ay!, ni siquiera salir el blanco y triste espectro de aquellos dientes. No había ni una mancha sobre su superficie, ni una sombra sobre su esmalte, ni una mella en su hilera que en aquel breve lapso de su sonrisa no se haya grabado en mi memoria. Los vi *ahora* más inequívocamente que los había contemplado *antes*. ¡Los dientes, los dientes! Estaban allí, allá y en todas partes, visibles y palpables ante mí, largos, estrechos y excesivamente blancos, con los pálidos labios arrugados enmarcándolos, como en el verdadero momento de su primero y terrible desarrollo.

Entonces sobrevino la furia plena de mi *monomanía*, y luché en vano contra su extraña e irresistible influencia. En los objetos multiplicados del mundo exterior no tenía yo pensamientos más que para los dientes. Sentía por ellos un deseo frenético. Todos los demás temas y todos los intereses quedaron absorbidos en su sola contemplación. Ellos, solo ellos estaban presentes a mi mirada mental, y su sola individualidad se convirtió en la esencia de mi vida espiritual. Los veía bajo todas las luces; les daba vueltas en todos sentidos; estudiaba sus características; me preocupaban sus particularidades; meditaba sobre su conformación; reflexionaba sobre la alteración de su naturaleza; me estremecía atribuyéndoles con la imaginación una facultad de sensación y de sensibilidad, e incluso, sin ayuda de los labios, una capacidad de expresión moral. Se ha dicho bien de mademoiselle Sallé que «*tous ses pas étaient des sentiments*», y de Berenice creía yo aún más seriamente *que tous ses dents étaient des idées. Des idées!*[3] ¡Ah, he aquí el pensamiento idiota que me ha perdido! *Des idées!* ¡Ah, *por eso* los codiciaba yo tan locamente! Sentía que

---

3. «Todos sus pasos eran sentimientos [...] todos sus dientes eran ideas. ¡Ideas!». *(N. del T.)*

solo su posesión podía darme el sosiego y hacerme recobrar la razón.

Y cayó la noche así sobre mí, y entonces vinieron las tinieblas, y se detuvieron, y se disiparon, y despuntó el nuevo día, y la bruma de una segunda noche se amontonó ahora a mi alrededor, y aún seguía yo sentado, inmóvil en aquella estancia solitaria, y todavía el *fantasma* de los dientes mantenía su terrible ascendiente, hasta el punto de que, con la más viva y horrenda claridad, flotaba en torno, entre las luces y las sombras cambiantes de la habitación. Al cabo irrumpió en medio de mis sueños un grito de horror y de congoja, y a él, después de una pausa, sucedió un ruido de voces agitadas, mezcladas con muchos sordos gemidos de dolor o de pena. Me levanté de mi asiento, y abriendo del todo una de las puertas de la biblioteca, vi rígida en la antecámara a una doncella, deshecha en llanto, que me dijo que Berenice ¡ya no existía! Había sufrido un ataque de epilepsia en las primeras horas de la mañana; y ahora, al caer la noche, estaba la tumba dispuesta para su ocupante, y hechos todos los preparativos para el entierro.

Me encontré de nuevo sentado en la biblioteca y solo. Me parecía que acababa de despertarme de un confuso y agitado sueño. Vi que era ahora medianoche, y me di perfecta cuenta de que, al ponerse el sol, sería enterrada Berenice. Pero no he conservado de lo sucedido una comprensión real ni bien definida. Sin embargo, mi memoria estaba llena de horror, horror más terrible aún por ser vago, terror más terrible en su ambigüedad. Era una página espantosa del libro de mi vida, escrita toda con recuerdos oscuros, atroces e ininteligibles.

Me esforcé por descifrarlos, aunque en vano; de cuando en cuando, parecido al espíritu de un sonido muerto, se diría que retumbaba en mis oídos el grito agudo y penetrante de una voz de mujer. Había yo realizado un acto –¿cuál?–. Me dirigía a mí mismo la pregunta en voz alta, y los ecos de la habitación me musitaban: «¿Qué has hecho?».

Sobre la mesa, a mi lado, ardía la lámpara y cerca había una cajita. No poseía un carácter notable, y la había visto antes muchas veces, pues pertenecía al médico de la familia; pero ¿cómo había venido a parar *aquí*, sobre mi mesa, y por qué me estremecía al mirarla? Eran, estas, cosas de poca monta, y mis ojos al final cayeron sobre las páginas abiertas de un libro, y sobre una frase subrayada. Eran las palabras singulares, pero sencillas, del poeta Ebn Zaiat: «Dicebant mihi sodales, si sepulchrum amicae visitarem, curas meas aliquantulum fore levatas». ¿Por qué al leerlas cuidadosamente se me erizaron los cabellos y mi sangre se heló en mis venas?

Dieron un golpecito en la puerta de la biblioteca, y pálido como un habitante de la tumba, entró un criado de puntillas. Sus ojos estaban trastornados de terror, y me habló con una voz trémula, ronca y muy baja. ¿Qué me dijo? Oí algunas palabras entrecortadas. Me habló de un grito espantoso que había turbado el silencio de la noche, de una reunión de toda la servidumbre de la casa, de su búsqueda en dirección de aquel sonido; luego, el tono de su voz se hizo espeluznantemente claro cuando me habló de una tumba violada, de un cuerpo desfigurado, sin la mortaja, pero respirando y palpitando aún, *¡vivo todavía!*

Señaló mis ropas; estaban manchadas de barro y de sangre coagulada. Sin hablar, me cogió con suavidad de la mano: tenía señales de uñas humanas. Dirigió mi atención hacia un objeto apoyado contra la pared. Lo miré durante unos minutos: era una azada. Lanzando un grito salté hacia la mesa, y agarré la caja que había sobre ella. Pero no tuve fuerza para abrirla, y en mi temblor se me escurrió de las manos, cayó pesadamente y se hizo pedazos. De ella, con un ruido tintineante, se escaparon algunos instrumentos de cirugía dental, mezclados con treinta y dos piececitas blancas, parecidas al marfil, que se esparcieron por el suelo aquí y allá. Eran *¡los dientes de Berenice que le había arrancado yo en su tumba!*

[Trad. de Julio Gómez de la Serna]

Ligeia

La presente es una obra cumbre de sus primeros años como narrador. Se trata del cuento más largo escrito por el autor hasta entonces, y, con el tiempo, solo «El hundimiento de la Casa de Usher» lo superaría en extensión. El mismo Poe reconocía su importancia y excelencia: años después de su primera publicación, hasta en dos cartas, dirigidas respectivamente a Philip Pendleton Cooke y a Duyckinck, el escritor reconoce que «Ligeia» es la mejor historia de cuantas ha escrito.

El relato tiene dos inspiraciones literarias evidentes. La primera es la reelaboración del tema amoroso de la novela Ivanhoe *(1819), de Walter Scott, la historia de Rebeca y Rowena y sus implicaciones con la brujería. La segunda, el «Manuscrito de un loco», se encuentra en el capítulo undécimo de* Los papeles póstumos del Club Pickwick *(1836-1837), de Charles Dickens. Allí emergen la incipiente locura del héroe, la ausencia de amor de la novia, el odio demoníaco del marido... Son muchas las semejanzas que comparte el escrito de Poe con ambos textos.*

Después de la publicación de «Ligeia» en el American Museum *de Baltimore, en septiembre de 1838, mandó el manuscrito a Philip Pendleton Cooke: quería saber si el final de la historia era comprensible. La respuesta no fue del todo satisfactoria, puesto que había algún aspecto que al colega del autor le parecía un poco oscuro. En ediciones posteriores, Poe trataría de arrojar luz en esa dirección y mejorar así su relato.*

No hay duda alguna respecto a la intención del escritor de construir en «Ligeia» una narración sobre la magia. Aun así, no es raro encontrar artículos que interpretan el cuento como una historia de arrepentimiento y alucinación, en parte porque el narrador reconoce abiertamente que consume opio. Probablemente, Poe no estaría del todo en desacuerdo con tales lecturas, aunque es de suponer que, para él, magia e ilusión deben ir de la mano en este cuento.

Y allí se encuentra la voluntad, que no fenece. ¿Quién conoce los misterios de la voluntad y su vigor? Pues Dios es una gran voluntad que penetra todas las cosas por la naturaleza de su atención. El hombre no se rinde a los ángeles, ni por entero a la muerte, salvo únicamente por la flaqueza de su débil voluntad.

Joseph Glanvill

No puedo, por mi alma, recordar ahora cómo, cuándo, ni exactamente dónde trabé por primera vez conocimiento con lady Ligeia. Largos años han transcurrido desde entonces, y mi memoria es débil porque ha sufrido mucho. O quizá no puedo *ahora* recordar aquellos extremos porque, en verdad, el carácter de mi amada, su raro saber, la singular aunque plácida clase de su belleza, y la conmovedora y dominante elocuencia de su hondo lenguaje musical se han abierto camino en mi corazón con paso tan constante y cautelosamente progresivo, que ha sido inadvertido y desconocido. Creo, sin embargo, que la encontré por vez primera, y luego con mayor frecuencia, en una vieja y ruinosa ciudad cercana al Rin. De seguro, le he oído hablar de su familia. Está fuera de duda que provenía de una fecha muy remota. ¡Ligeia, Ligeia! Sumido en estudios que por su naturaleza se adaptan más que cualesquiera otros a amortiguar las impresiones del mundo exterior, me bastó este dulce nombre –Ligeia– para evocar ante mis ojos, en mi fantasía, la imagen de la que ya no existe. Y ahora, mientras escribo, ese recuerdo centellea sobre mí, que no he *sabido nunca* el apellido paterno de la que fue mi amiga y mi prometida, que llegó a ser mi compañera de estudios y al fin, la esposa de mi corazón. ¿Fue aquello una orden mimosa por parte de mi Ligeia? ¿O fue una prueba de la fuerza de mi afecto lo que me llevó a no hacer investigaciones sobre ese punto? ¿O fue más bien un capricho mío, una vehemente y romántica ofrenda sobre el altar de la más apasionada devoción? Si solo recuerdo el hecho de un modo confuso, ¿cómo asombrarse de que haya olvidado tan por completo las circunstancias que lo originaron o lo acompañaron? Y en realidad, si alguna vez el espíritu que llaman *novelesco*, si alguna vez la brumosa y alada Ashtophet del idólatra Egipto, preside, según dicen, los matrimonios fatídicamente adversos, con toda seguridad presidió el mío.

Hay un tema dilecto, empero, sobre el cual no falla mi memoria. Es este la *persona* de Ligeia. Era de alta estatura, algo delgada, e incluso en los últimos días muy demacrada. Intentaría yo en vano describir la majestad, la tranquila soltura de su porte o la incomprensible ligereza y flexibilidad de su paso. Llegaba y partía como una sombra. No me daba cuenta jamás de su entrada en mi cuarto de estudio, salvo por la amada música de su apagada y dulce voz, cuando posaba ella su marmórea mano sobre mi hombro. En cuanto a la belleza de su faz, ninguna doncella la ha igualado nunca. Era el esplendor de un sueño de opio, una visión aérea y encantadora, más ardorosamente divina que las fantasías que revuelan alrededor de las almas dormidas de las hijas de Delos. Con todo, sus rasgos no poseían ese modelado regular que nos han enseñado falsamente a reverenciar en las obras clásicas del paganismo. «No hay belleza exquisita –dice Bacon, lord Verulam–, hablando con certidumbre de todas las formas y *genera* de belleza, sin algo *extraño* en la proporción.» No obstante, aunque yo veía que los rasgos de Ligeia no poseían una regularidad clásica, aunque notaba que su belleza era realmente «exquisita», y sentía que había en ella mucho de «extraño», me esforzaba en vano por descubrir la irregularidad y por perseguir los indicios de mi propia percepción de «lo extraño». Examinaba el contorno de la frente alta y pálida –una frente irreprochable: ¡cuán fría es, en verdad, esta palabra cuando se aplica a una majestad tan divina!–, la piel que competía con el más puro marfil, la amplitud imponente, la serenidad, la graciosa prominencia de las regiones que dominaban las sienes; y luego aquella cabellera de un color negro como plumaje de cuervo, brillante, profusa, naturalmente rizada, y que demostraba toda la potencia del epíteto homérico, «¡jacintina!». Miraba yo las líneas delicadas de la nariz, y en ninguna parte más que en los graciosos medallones hebraicos había contemplado una perfección semejante. Era la misma tersura de superficie, la misma tendencia casi imperceptible a lo aguileño, las mismas aletas curvadas con armonía que revelaban un espíritu libre. Contemplaba yo la dulce boca. Encerraba el triunfo de todas las cosas celestiales: la curva magnífica del labio superior, un poco corto, el aire suave y voluptuosamente reposado del interior, los hoyuelos que se marcaban y el color que hablaba, los dientes reflejando en una especie de relámpago cada rayo de luz bendita que caía sobre ellos en sus sonrisas serenas y plácidas, pero siempre radiantes y triunfadoras. Analizaba la forma del mentón, y allí también encontraba la gracia, la anchura, la dulzura, la majestad, la plenitud y la espiritualidad griegas, ese contorno que el dios Apolo reveló solo en sueños a Cleómenes, el hijo del ateniense. Y luego miraba yo los grandes ojos de Ligeia.

Para los ojos no encuentro modelos en la más remota antigüedad. Acaso era en aquellos ojos de mi amada donde residía el secreto al que lord Verulam alude. Eran, creo yo, más grandes que los ojos ordinarios de nuestra propia raza. Más grandes que los ojos de la gacela de la tribu del valle de Nourjahad. Aun así, a ratos era –en los momentos de intensa excitación– cuando esa particularidad se hacía más notablemente impresionante en Ligeia. En tales momentos su belleza era –al menos, así parecía quizá a mi imaginación inflamada– la belleza de las fabulosas huríes de los turcos. Las pupilas eran del negro más brillante y bordeadas de pestañas de azabache muy largas; sus cejas, de un dibujo ligeramente irregular, tenían ese mismo tono. Sin embargo, lo *extraño* que encontraba yo en los ojos era independiente de su forma, de su color y de su brillo, y debía atribuirse, en suma, a la *expresión*. ¡Ah, palabra sin sentido, puro sonido, vasta latitud en que se atrinchera nuestra ignorancia de lo espiritual! ¡La expresión de los ojos de Ligeia! ¡Cuántas largas horas he meditado en ello; cuántas veces, durante una noche entera de verano, me he esforzado en sondearlo! ¿Qué era *aquello*, aquel lago más profundo que el pozo de Demócrito que yacía en el fondo de las pupilas de mi amada? ¿Qué *era* aquello? Se adueñaba de mí la pasión de descubrirlo. ¡Aquellos ojos! ¡Aquellas grandes, aquellas brillantes, aquellas divinas pupilas! Habían llegado a ser para mí las estrellas gemelas de Leda, y era yo para ellas el más devoto de los astrólogos.

No existe hecho, entre las muchas incomprensibles anomalías de la ciencia psicológica, que sea más sobrecogedoramente emocionante que el hecho –nunca señalado, según creo, en las escuelas– de que, en nuestros esfuerzos por traer a la memoria una cosa olvidada desde hace largo tiempo, nos encontremos con frecuencia *al borde mismo* del recuerdo, sin ser al fin capaces de recordar. Y así, ¡cuántas veces, en mi ardiente análisis de los ojos de Ligeia, he sentido acercarse el conocimiento pleno de su expresión! ¡Lo he sentido acercarse, y a pesar de ello, no lo he poseído del todo, y por último, ha desaparecido en absoluto! Y (¡extraño, oh, el más extraño de todos los misterios!) he encontrado en los objetos más vulgares del mundo una serie de analogías con esa expresión. Quiero decir que, después del período en que la belleza de Ligeia pasó por mi espíritu y quedó allí como en un altar, extraje de varios seres del mundo material una sensación análoga a la que se difundía sobre mí, en mí, bajo la influencia de sus grandes y luminosas pupilas. Por otra parte, no soy menos incapaz de definir aquel sentimiento, de analizarlo o incluso de tener una clara percepción de él. Lo he reconocido, repito, algunas veces en el aspecto de una viña crecida deprisa, en la contemplación de una falena, de una mariposa, de una crisálida, de una corriente de agua presurosa. Lo he encontrado en el océano, en la caída de un meteoro. Lo he sentido en las miradas de algunas personas de edad desusada. Hay en el cielo una o dos estrellas (en particular, una estrella de sexta magnitud, doble y cambiante, que se puede encontrar junto a la gran estrella de la Lira) que, vistas con telescopio, me han producido un sentimiento análogo. Me he sentido henchido de él con los sonidos de ciertos instrumentos de cuerda, y a menudo en algunos pasajes de libros. Entre otros innumerables ejemplos, recuerdo muy bien un fragmento de un volumen de Joseph Glanvill que (tal vez sea simplemente por su exquisito arcaísmo, ¿quién podría decirlo?) no ha dejado nunca de inspirarme el mismo sentimiento: «Y allí se encuentra la voluntad, que no fenece. ¿Quién conoce los misterios de la voluntad y su vigor? Pues Dios es una gran voluntad que penetra todas las cosas por la naturaleza de su atención. El hombre no se rinde a los ángeles, ni por entero a la muerte, salvo únicamente por la flaqueza de su débil voluntad».

Durante el transcurso de los años, y por una sucesiva reflexión, he logrado trazar, en efecto, alguna remota relación entre ese pasaje del moralista inglés y una parte del carácter de Ligeia. Una *intensidad* de pensamiento, de acción, de palabra era quizá el resultado, o por lo menos, el indicio de una gigantesca volición que, durante nuestras largas relaciones, hubiese podido dar otras y más inmediatas pruebas de su existencia. De todas las mujeres que he conocido, ella, la tranquila al exterior, la siempre plácida Ligeia, era la presa más desgarrada por los tumultuosos buitres de la cruel pasión. Y no podía yo evaluar aquella pasión, sino por la milagrosa expansión de aquellos ojos que me deleitaban y me espantaban al mismo tiempo, por la melodía casi mágica, por la modulación, la claridad y la placidez de su voz muy profunda, y por la fiera energía (que hacía el doble de efectivo el contraste con su manera de pronunciar) de las vehementes palabras que profería ella habitualmente.

He hablado del saber de Ligeia: era inmenso, tal como no lo he conocido nunca en una mujer. Sabía a fondo las lenguas clásicas, y hasta donde podía apreciarlo mi propio conocimiento, los dialectos modernos europeos, en los cuales no la he sorprendido nunca en falta. Bien mirado, sobre cualquier tema de la erudición académica tan alabada, solo por ser más abstrusa, ¿he sorprendido en falta *nunca* a Ligeia? ¡Cuán singularmente, cuán emocionantemente, había impresionado mi atención en este último período solo aquel rasgo en el carácter de mi esposa! He dicho que su cultura superaba la de toda mujer que he conocido; pero ¿dónde está el hombre que haya atravesado con éxito todo el amplio campo de las ciencias morales, físicas y matemáticas? No vi entonces lo que ahora percibo con claridad; que los conocimientos de Ligeia eran gigantescos, pasmosos; por mi parte, me daba la suficiente cuenta de su infinita superioridad para resignarme, con la confianza de un colegial, a dejarme guiar por ella a través del mundo caótico de las investigaciones metafísicas, del que me ocupé con ardor durante los primeros años de nuestro matrimonio. ¡Con qué vasto triunfo, con qué vivas delicias, con qué esperanza etérea la *sentía* inclinada sobre mí en medio de estudios tan poco explorados, tan poco conocidos! ¡Y veía ensancharse en lenta graduación aquella deliciosa perspectiva ante mí, aquella larga avenida, espléndida y virgen, a lo largo de la cual debía yo alcanzar al cabo la meta de una sabiduría harto divinamente preciosa para no estar prohibida!

Por eso, ¡con qué angustioso pesar vi, después de algunos años, mis esperanzas tan bien fundadas abrir las alas juntas y volar lejos! Sin Ligeia, era yo nada más que un niño a tientas en la noche. Solo su presencia, sus lecturas podían hacer vivamente luminosos los múltiples misterios del trascendentalismo en el cual estábamos sumidos. Privado del radiante esplendor de sus ojos, toda aquella literatura alígera y dorada se volvía insulsa, de una plúmbea tristeza. Y ahora aquellos ojos iluminaban cada vez con menos frecuencia las páginas que yo estudiaba al detalle. Ligeia cayó enferma. Los ardientes ojos refulgieron con un brillo demasiado glorioso; los pálidos dedos tomaron el tono de la cera, y las azules venas de su ancha frente latieron impetuosamente vibrantes en la más dulce emoción. Vi que debía ella morir, y luché desesperado en espíritu contra el horrendo Azrael. Y los esfuerzos de aquella apasionada esposa fueron, con asombro mío, aún más enérgicos que los míos. Había mucho en su firme naturaleza que me impresionaba y hacía creer que para ella llegaría la muerte sin sus terrores; pero no fue así. Las palabras son impotentes para dar una idea de la ferocidad de resistencia que ella mostró en su lucha con la Sombra. Gemía yo de angustia ante aquel deplorable espectáculo. Hubiese querido calmarla, hubiera querido razonar; pero en la intensidad de su salvaje deseo de vivir –de vivir; *solo* de vivir–, todo consuelo y todo razonamiento habrían sido el colmo de la locura. Sin embargo, hasta el último instante, en medio de las torturas y de las convulsiones de su firme espíritu, no flaqueó la placidez exterior de su conducta. Su voz se tornaba más dulce –más profunda–, ¡pero yo no quería insistir en el vehemente sentido de aquellas palabras proferidas con tanta calma! Mi cerebro daba vueltas cuando prestaba oído a aquella melodía sobrehumana y a aquellas arrogantes aspiraciones que la humanidad no había conocido nunca antes.

No podía dudar de que me amaba, y me era fácil saber que en un pecho como el suyo el amor no debía de reinar como una pasión ordinaria. Pero solo en la muerte comprendí toda la fuerza de su afecto. Durante largas horas, reteniendo mi mano, desplegaba ante mí su corazón rebosante, cuya devoción más que apasionada llegaba a la idolatría. ¿Cómo podía yo merecer la beatitud de tales confesiones? ¿Cómo podía yo merecer estar condenado hasta el punto de que mi amada me fuese arrebatada en la hora de mayor felicidad? Pero no puedo extenderme sobre este tema. Diré únicamente que en la entrega más que femenina de Ligeia a un amor, ¡ay!, no merecido, otorgado a un hombre indigno de él, reconocí por fin el principio de su ardiente, de su vehemente y serio deseo de vivir aquella vida que huía ahora con tal rapidez. Y es ese ardor desordenado, esa vehemencia en su deseo de vivir –*solo* de vivir–, lo que no tengo vigor para describir, lo que me siento por completo incapaz de expresar.

A una hora avanzada de la noche en que ella murió, me llamó perentoriamente a su lado, y me hizo repetir ciertos versos compuestos por ella pocos días antes. La obedecí. Son los siguientes:

¡Mirad! ¡Esta es noche de gala
después de los postreros años tristes!
Una multitud de ángeles alígeros, ornados
de velos, y anegados en lágrimas,
se sienta en un teatro, para ver
un drama de miedos y esperanzas,
mientras la orquesta exhala, a ratos,
la música de los astros.

Mimos, a semejanza del Altísimo,
murmuran y rezongan quedamente,
volando de un lado para otro;
meros muñecos que van y vienen
a la orden de grandes seres informes
que trasladan la escena aquí y allá,
¡sacudiendo con sus alas de cóndor
el Dolor invisible!

¡Qué abigarrado drama! ¡Oh, sin duda,
jamás será olvidado!
Con su Fantasma, sin cesar acosado,
por un gentío que apresarle no puede,
en un círculo que gira eternamente
sobre sí propio y en el mismo sitio;
¡mucha Locura, más Pecado aún
y el Horror, son alma de la trama!

Pero mirad: ¡entre la chusma mímica
una forma rastrera se entremete!
¡Una cosa roja de sangre que llega retorciéndose
de la soledad escénica!
¡Se retuerce y retuerce! Con jadeos mortales
los mimos son ahora su pasto,
los serafines lloran viendo los dientes del gusano
chorrear sangre humana.

¡Fuera, fuera todas las luces!
Y sobre cada forma trémula,
el telón cual paño fúnebre,
baja con tempestuoso ímpetu...
Los ángeles, pálidos todos, lívidos,
se levantan, se descubren, afirma
que la obra es la tragedia Hombre,
y su héroe, el Gusano triunfante.

–¡Oh, Dios mío! –gritó casi Ligeia, alzándose de puntillas y extendiendo sus brazos hacia lo alto con un movimiento espasmódico, cuando acabé de recitar estos versos–. ¡Oh, Dios mío! ¡Oh, Padre Divino! ¿Sucederán estas cosas irremisiblemente? ¿No será nunca vencido ese conquistador? ¿No somos nosotros una parte y una parcela de Ti? ¿Quién conoce los misterios de la voluntad y su vigor? El hombre no se rinde a los ángeles, *ni por entero a la muerte*, salvo únicamente por la flaqueza de su débil voluntad.

Y entonces, como agotada por la emoción, dejó caer sus blancos brazos con resignación, y volvió solemnemente a su lecho de muerte. Y cuando exhalaba sus postreros suspiros se mezcló a ellos desde sus labios un murmullo confuso. Agucé el oído y distinguí de nuevo las terminantes palabras del pasaje de Glanvill: «El hombre no se rinde a los ángeles, ni por entero a la muerte, salvo únicamente por la flaqueza de su débil voluntad».

Ella murió: y yo, pulverizado por el dolor, no pude soportar más tiempo la solitaria desolación de mi casa en la sombría y ruinosa ciudad junto al Rin. No carecía yo de eso que el mundo llama riqueza. Ligeia me había aportado más; mucho más de lo que corresponde comúnmente a la suerte de los mortales. Por eso, después de unos meses perdidos en vagabundeos sin objeto, adquirí y me encerré en una especie de retiro, una abadía cuyo nombré no diré, en una de las regiones más selváticas y menos frecuentadas de la bella Inglaterra.

La sombría y triste grandeza del edificio, el aspecto casi salvaje de la posesión, los melancólicos y venerables recuerdos que con ella se relacionaban, estaban, en verdad, al unísono con el sentimiento de total abandono que me había desterrado a aquella distante y solitaria región del país. Sin embargo, aunque dejando a la parte exterior de la abadía su carácter primitivo y la verdeante vetustez que tapizaba sus muros, me dediqué con una perversidad infantil, y quizá con la débil esperanza de aliviar mis penas, a desplegar por dentro magnificencias más que regias. Desde la infancia sentía yo una gran inclinación por tales locuras, y ahora volvían a mí como en una chochez del dolor. ¡Ay, siento que se hubiera podido descubrir un comienzo de locura en aquellos suntuosos y fantásticos cortinajes, en aquellas solemnes esculturas egipcias, en aquellas cornisas y muebles raros, en los extravagantes ejemplares de aquellos tapices granjeados de oro! Me había convertido en un esclavo forzado de las ataduras del opio, y todos mis trabajos y mis planes habían tomado el color de mis sueños. Pero no me detendré en detallar aquellos absurdos. Hablaré solo de aquella estancia maldita para siempre, donde en un momento de enajenación mental conduje al altar y tomé por esposa –como sucesora de la inolvidable Ligeia– a lady Rowena Trevanion de Tremaine, de rubios cabellos y ojos azules.

No hay una sola parte de la arquitectura y del decorado de aquella estancia nupcial que no aparezca ahora visible ante mí. ¿Dónde tenía la cabeza la altiva familia de la prometida para permitir, impulsada por la sed de oro, a una joven tan querida que franqueara el umbral de una estancia adornada así? Ya he dicho que recuerdo minuciosamente los detalles de aquella estancia, aunque olvide tantas otras cosas de aquel extraño período; y el caso es que no había, en aquel lujo fantástico, sistema que pudiera imponerse a la memoria. La habitación estaba situada en una alta torre de aquella abadía, construida como un castillo; era de forma pentagonal y muy espaciosa. Todo el lado sur del pentágono estaba ocupado por una sola ventana –una inmensa superficie hecha de una luna entera de Venecia, de un tono oscuro–, de modo que los rayos del sol o de la luna que la atravesaban proyectaban sobre los objetos interiores una luz lúgubre. Por encima de aquella enorme ventana se extendía el enrejado de una añosa parra que trepaba por los muros macizos de la torre. El techo, de roble que parecía negro, era excesivamente alto, abovedado y curiosamente labrado con las más extrañas y grotescas muestras de un estilo semigótico y semidruídico. En la parte central más escondida de aquella melancólica bóveda colgaba, a modo de lámpara de una sola cadena de oro con largos anillos, un gran incensario del mismo metal, de estilo árabe, y con muchos calados caprichosos, a través de los cuales corrían y se retorcían con la vitalidad de una serpiente una serie continua de luces policromas.

Unas otomanas y algunos candelabros dorados, de forma oriental, se hallaban diseminados alrededor; y estaba también el lecho –el lecho nupcial– de estilo indio, bajo y labrado en recio ébano, coronado por un dosel parecido a un paño fúnebre. En cada uno de los ángulos de la estancia se alzaba un gigantesco sarcófago de granito negro, copiado de las tumbas de los reyes frente a Luxor, con su antigua tapa cubierta toda de relieves inmemoriales. Pero era en el tapizado de la estancia, ¡ay!, donde se desplegaba la mayor fantasía. Los muros, altísimos –de una altura gigantesca, más allá de toda proporción–, estaban tendidos de arriba abajo de un tapiz de aspecto pesado y macizo, tapiz hecho de la misma materia que la alfombra del suelo, y de la que se veía en las otomanas, en el lecho de ébano, en el dosel de este y en las suntuosas cortinas que ocultaban parcialmente la ventana. Aquella materia era un tejido de oro de los más ricos. Estaba moteado, en espacios irregulares, de figuras arabescas, de un pie de diámetro, aproximadamente, que hacían resaltar sobre el fondo sus dibujos de un negro de azabache. Pero aquellas figuras no participaban del verdadero carácter del arabesco más que cuando se las examinaba desde un solo punto de vista. Por un procedimiento hoy muy corriente, y cuyos indicios se encuentran en la más remota antigüedad, estaban hechas de manera que cambiaban de aspecto. Para quien entrase en la estancia, tomaban la apariencia de simples monstruosidades; pero, cuando se avanzaba después, aquella apariencia desaparecía gradualmente, y paso a paso el visitante, variando de sitio en la habitación, se veía rodeado de una procesión continua de formas espantosas, como las nacidas de la superstición de los normandos o como las que se alzan en los sueños pecadores de los frailes. El efecto fantasmagórico aumentaba en gran parte por la introducción artificial de una fuerte corriente de aire detrás de los tapices, que daba al conjunto una horrenda e inquietante animación.

Tal era la mansión, tal era la estancia nupcial en donde pasé, con la dama de Tremaine, las horas impías del primer mes de nuestro casamiento, y las pasé con una leve inquietud. Que mi esposa temiese las furiosas extravagancias de mi carácter, que me huyese y me amase apenas, no podía yo dejar de notarlo; pero aquello casi me complacía. La odiaba con un odio más propio del demonio que del hombre. Mi memoria se volvía (¡oh, con qué intensidad de dolor!) hacia Ligeia, la amada, la augusta, la bella, la sepultada. Gozaba recordando su pureza, su sabiduría, su elevada y etérea naturaleza, su apasionado e idólatra amor. Ahora mi espíritu ardía plena y libremente con una llama más ardiente que la suya propia. Con la excitación de mis sueños de opio (pues estaba apresado de ordinario por las cadenas de la droga), gritaba su nombre en el silencio de la noche, o durante el día en los retiros escondidos de los valles, como si con la energía salvaje, la pasión solemne, el ardor devorador de mi ansia por la desaparecida, pudiese yo volverla a los caminos de esta tierra que había ella abandonado —¡ah!, ¿era *posible*?— para siempre.

A principios del segundo mes de matrimonio, lady Rowena fue atacada de una dolencia repentina, de la que se repuso lentamente. La fiebre que la consumía hacía sus noches penosas, y en la inquietud de un semisopor, hablaba de ruidos y de movimientos que se producían en un lado y en otro de la torre, y que atribuía yo al trastorno de su imaginación o acaso a las influencias fantasmagóricas de la propia estancia. Al cabo entró en convalecencia, y por último, se restableció. Aun así, no había transcurrido más que un breve período de tiempo, cuando un segundo y más violento ataque la volvió a llevar al lecho del dolor, y de aquel ataque no se restableció nunca del todo su constitución, que había sido siempre débil. Su dolencia tuvo desde esa época un carácter alarmante y unas recaídas más alarmantes aún que desafiaban toda ciencia y los denodados esfuerzos de sus médicos. A medida que se agravaba aquel mal crónico, que desde entonces, sin duda, se había apoderado por demás de su constitución para ser factible que lo arrancasen medios humanos, no pude impedirme de observar una irritación nerviosa creciente y una excitabilidad en su temperamento por las causas más triviales de miedo. Volvió ella a hablar, y ahora, con mayor frecuencia e insistencia, de ruidos —de ligeros ruidos– y de movimientos insólitos en los tapices, a los que había ya aludido.

Una noche, hacia finales de septiembre, me llamó la atención sobre aquel tema angustioso en un tono más desusado que de costumbre. Acababa ella de despertarse de un sueño inquieto, y había yo espiado, con un sentimiento medio de ansiedad, medio de vago terror, las muecas de su demacrado rostro. Me hallaba sentado junto al lecho de ébano en una de las otomanas indias. Se incorporó ella a medias y habló en un excitado murmullo de ruidos que *entonces* oía, pero que yo no podía oír, y de movimientos que *entonces* veía, aunque yo no los percibiese. El viento corría veloz por detrás de los tapices, y me dediqué a demostrarle (lo cual debo confesar que no podía yo creerlo del *todo*) que aquellos rumores apenas articulados y aquellos cambios casi imperceptibles en las figuras de la pared eran tan solo los efectos naturales de la corriente de aire habitual. Pero una palidez mortal que se difundió por su cara probó que mis esfuerzos por tranquilizarla eran inútiles. Pareció desmayarse, y no tenía yo cerca criados a quienes llamar. Recordé el sitio donde estaba colocada una botella de un vino suave, recetado por los médicos, y crucé, presuroso, por la estancia para cogerla. Pero al pasar bajo la luz del incensario, dos detalles de una naturaleza impresionante atrajeron mi atención. Había yo sentido algo palpable, aunque invisible, que pasaba cerca de mi persona, y vi sobre el tapiz de oro, en el centro mismo de la viva luz que proyectaba el incensario, una sombra, una débil e indefinida sombra de angelical aspecto, tal como se puede imaginar la sombra de una forma. Pero como estaba yo vivamente excitado por una dosis excesiva de opio, no concedí más que una leve importancia a aquellas cosas ni hablé de ellas a Rowena. Encontré el vino, crucé de nuevo la habitación y llené un vaso que acerqué a los labios de mi desmayada mujer. Entretanto, se había repuesto en parte, y cogió ella misma el vaso, mientras me dejaba yo caer sobre una otomana cerca del lecho, con los ojos fijos en su persona. Fue entonces cuando oí claramente un ligero rumor de pasos sobre la alfombra junto al lecho, y un segundo después, cuando Rowena hacía ademán de alzar el vino hasta sus labios, vi o pude haber soñado que veía caer dentro del vaso, como de alguna fuente invisible que estuviera en el aire de la estancia, tres o cuatro anchas gotas de un líquido brillante color rubí. Si yo lo vi, Rowena no lo vio. Bebió el vino sin vacilar, y me guardé bien de hablarle de aquel incidente que tenía yo que considerar, después de todo, como sugerido por una imaginación sobreexcitada a la que hacían morbosamente activa el terror de mi mujer, el opio y la hora.

A pesar de todo, no pude ocultar a mi propia percepción que, inmediatamente después de la caída de las gotas color rubí, un rápido cambio —pero a un estado peor— tuvo lugar en la enfermedad de mi esposa; de tal modo que a la tercera noche las manos de sus servidores la preparaban para la tumba, y la cuarta estaba yo sentado solo, ante el cuerpo de ella envuelto en un sudario, en aquella fantástica estancia que la había recibido como a mi esposa. Extrañas visiones, engendradas por el opio, revoloteaban como sombras ante mí. Miraba con ojos inquietos los sarcófagos en los ángulos de la estancia, las figuras cambiantes de los tapices y las luces serpentinas y policromas del incensario sobre mi cabeza. Mis ojos cayeron entonces, cuando intentaba recordar los incidentes de la noche anterior, en aquel sitio, bajo la claridad del incensario, donde había yo visto las huellas ligeras de la sombra. Sin embargo, ya no estaba allí, y respirando con gran alivio, volví la mirada hacia la pálida y rígida figura tendida sobre el lecho. Entonces se precipitaron sobre mí los mil recuerdos de Ligeia, y luego refluyó hacia mi corazón con la violenta turbulencia de un oleaje todo aquel indecible dolor con que la había contemplado amortajada. La noche iba pasando, y siempre con el pecho henchido de amargos pensamientos de ella, de mi solo y único amor, permanecí con los ojos fijos en el cuerpo de Rowena.

Sería medianoche o tal vez más temprano, pues no había tenido yo en cuenta el tiempo, cuando un sollozo quedo, ligero, pero muy claro, me despertó, sobresaltado, de mi ensueño. *Sentí* que venía del lecho de ébano, el lecho de muerte. Escuché con la angustia de un terror supersticioso, pero no se repitió aquel ruido. Forcé mi vista para descubrir un movimiento cualquiera en el cadáver, pero no se oyó nada. Con todo, no podía haberme equivocado. *Había yo* oído el ruido, siquiera ligero, y mi alma estaba muy despierta en mí. Mantuve resuelta y tenazmente concentrada mi atención sobre el cuerpo. Pasaron varios minutos antes de que ocurriese algún incidente que proyectase luz sobre el misterio. Por último resultó evidente que una coloración leve y muy débil, apenas perceptible, teñía de rosa y se difundía por las mejillas y por las sutiles venas de sus párpados. Aniquilado por una especie de terror y de horror indecibles, para los cuales no posee el lenguaje humano una expresión lo suficientemente enérgica, sentí que mi corazón se paralizaba y que mis miembros se ponían rígidos sobre mi asiento. No obstante, el sentimiento del deber me devolvió, por último, el dominio de mí mismo. No podía dudar ya por más tiempo que habíamos efectuado prematuros preparativos fúnebres, ya que Rowena vivía aún. Era necesario realizar desde luego alguna tentativa; pero la torre estaba completamente separada del ala de la abadía ocupada por la servidumbre, no había cerca ningún criado al que pudiera llamar ni tenía yo manera de pedir auxilio, como no abandonase la estancia durante unos minutos, a lo cual no podía arriesgarme. Luché, pues, solo, haciendo esfuerzos por reanimar aquel espíritu todavía en suspenso. A la postre, en un breve lapso de tiempo, hubo una recaída evidente; desapareció el color de los párpados y de las mejillas, dejando una palidez más que marmórea; los labios se apretaron con doble fuerza y se contrajeron con la expresión lívida de la muerte; una frialdad y una viscosidad repulsiva cubrieron enseguida la superficie del cuerpo, y la habitual rigidez cadavérica sobrevino al punto. Me dejé caer, trémulo, sobre el canapé del que había sido arrancado tan de súbito, y me abandoné de nuevo, trasoñando, a mis apasionadas visiones de Ligeia.

Una hora transcurrió así, cuando (¿sería posible?) percibí por segunda vez un ruido vago que venía de la parte del lecho. Escuché, en el colmo del horror. El ruido se repitió; era un suspiro. Precipitándome hacia el cadáver, vi –vi con toda claridad– un temblor sobre los labios. Un minuto después se abrieron, descubriendo una brillante hilera de dientes perlinos. El asombro luchó entonces en mi pecho con el profundo terror que hasta ahora lo había dominado. Sentí que mi vista se oscurecía, que mi razón se extraviaba, y gracias únicamente a un violento esfuerzo, recobré al fin valor para cumplir la tarea que el deber volvía a imponerme. Había ahora un color cálido sobre la frente, sobre las mejillas y sobre la garganta; un calor perceptible invadía todo el cuerpo, e incluso el corazón tenía un leve latido. Mi mujer *vivía*. Con un ardor redoblado, me dediqué a la tarea de resucitarla; froté y golpeé las sienes y las manos, y utilicé todos los procedimientos que me sugirieron la experiencia y numerosas lecturas médicas. Pero fue en vano. De repente el color desapareció, cesaron los latidos, los labios volvieron a adquirir la expresión de la muerte, y un instante después, el cuerpo entero recobró su frialdad de hielo, aquel tono lívido, su intensa rigidez, su contorno hundido, y todas las horrendas peculiaridades de lo que ha permanecido durante varios días en la tumba.

Y me sumí otra vez en las visiones de Ligeia, y otra vez (¿cómo asombrarse de que me estremezca mientras escribo?), *otra vez* llegó a mis oídos un sollozo sofocado desde el lecho de ébano. Pero ¿para qué detallar con minuciosidad los horrores indecibles de aquella noche? ¿Para qué detenerme en relatar ahora cómo, una vez tras otra, casi hasta que despuntó el alba, el horrible drama de la resurrección se repitió; cómo cada aterradora recaída se transformaba tan solo en una muerte más rígida y más irremediable, cómo cada angustia tomaba el aspecto de una lucha con un adversario invisible, y cómo ahora cada lucha era seguida por no sé qué extraña alteración en la apariencia del cadáver? Me apresuraré a terminar.

La mayor parte de la espantosa noche había pasado, y la que estaba muerta se movió de nuevo, al presente con más vigor que nunca, aunque despertándose de una disolución más aterradora y más totalmente irreparable que ninguna. Había yo, desde hacía largo rato, interrumpido la lucha y el movimiento y permanecía sentado rígido sobre la otomana, presa impotente de un torbellino de violentas emociones, de las cuales la menos terrible quizá, la menos aniquilante, constituía un supremo espanto. El cadáver, repito, se movía, y al presente con más vigor que antes. Los colores de la vida se difundían con una inusitada energía por la cara, se distendían los miembros, y salvo que los párpados seguían apretados fuertemente, y que los vendajes y los tapices comunicaban aún a la figura su carácter sepulcral, habría yo soñado que Rowena se libertaba por completo de las cadenas de la Muerte. Pero si no acepté esta idea por entero, desde entonces no pude ya dudar por más tiempo, cuando, levantándose del lecho, vacilante, con débiles pasos, a la manera de una persona aturdida por un sueño, la forma que estaba amortajada avanzó osada y palpablemente hasta el centro de la estancia.

No temblé, no me moví, pues una multitud de fantasías indecibles, relacionadas con el aire, la estatura, el porte de la figura, se precipitaron velozmente en mi cerebro, me paralizaron, me petrificaron. No me movía, sino que contemplaba con fijeza la aparición. Había en mis pensamientos un desorden loco, un tumulto inaplacable. ¿Podía ser de veras la Rowena *viva* quien estaba frente a mí? ¿Podía ser de veras Rowena *en absoluto*, la de los cabellos rubios y los ojos azules, lady Rowena Trevanion de Tremaine? ¿Por qué, sí, *por qué* lo dudaba yo? El vendaje apretaba mucho la boca; pero ¿entonces podía no ser aquella la boca respirante de lady de Tremaine? Y las mejillas eran las mejillas rosadas como en el mediodía de su vida; sí, aquellas eran de veras las lindas mejillas de lady de Tremaine, viva. Y el mentón, con sus hoyuelos de salud, ¿podían no ser los suyos? Pero ¿*había ella* crecido desde su enfermedad? ¿Qué inexpresable demencia se apoderó de mí ante este pensamiento? ¡De un salto estuve a sus pies! Evitando mi contacto, sacudió ella su cabeza, aflojó la tiesa mortaja en que estaba envuelta, y entonces se desbordó por el aire agitado de la estancia una masa enorme de largos y despeinados cabellos; *¡eran más negros que las alas del cuervo de medianoche!* Y entonces, la figura que se alzaba ante mí abrió lentamente los ojos.

–¡Por fin los veo! –grité con fuerza–. ¿Cómo podía yo nunca haberme equivocado? ¡Estos son los grandes, los negros, los ardientes ojos, de mi amor perdido, de lady, de *lady Ligeia*!

[Trad. de Julio Gómez de la Serna]

El hundimiento de la Casa de Usher

Probablemente, «El hundimiento de la Casa de Usher» sea el relato fantástico más popular de los primeros años de Edgar Allan Poe como escritor. Publicado por vez primera en el Burton's Gentleman's Maga-zine *en septiembre de 1839, el mérito del texto obtuvo un reconoci-miento inmediato y su influencia en autores posteriores del género lo sitúa sin lugar a dudas entre las obras maestras de su autor.*

Los paralelismos que el cuento parece mantener respecto a la vida de su autor han reforzado aún más si cabe la celebridad de la narra-ción. Sin embargo, las correlaciones autobiográficas, aunque las hay y resultan relevantes, son asimismo escasas. Poe se habría basado en los hermanos James Campbell y Agnes Pye Usher para esbozar los trazos que definirían a los protagonistas de su obra. Hijos de los amigos más íntimos de la madre del escritor, Elizabeth Arnold Poe, padecieron neurosis durante toda la vida tras la muerte de sus padres. Hasta qué punto estos hechos reales sirvieron de inspiración para los ficcionales resulta incierto. No obstante, difícilmente la homonimia entre los her-manos enfermos y los gemelos del relato podría tildarse de casual.

Se ha escrito mucho sobre las posibles fuentes literarias utilizadas para la confección de este relato, pero ningún estudio se ha mostrado concluyente. Narraciones como «Thunder Struck», de Samuel Warren; «Das Majorat», de E. T. A. Hoffmann; o Imogen, a Pastoral Romance, *de William Godwin, son citadas repetida, pero no incuestionablemente.*

En general, los lectores han comprendido punto por punto la idea que Poe quería transmitir con el cuento: que la Casa de Usher tiene una sola alma que comparte con todos los miembros de la familia; que la conexión entre ellos es inquebrantable porque si uno perece, lo harán todos; que las vidas de Roderick y Madeleine y la de la mansión están inexorablemente entrelazadas. Otros, empero, han intentado ver más allá. El novelista D. H. Lawrence, por ejemplo, descubría en el texto referencias al incesto.

Su corazón es un laúd colgado; no bien lo tocan,
resuena.

De Béranger

Durante un día entero de otoño, oscuro, sombrío, silencioso,
en que las nubes se cernían pesadas y opresoras en los cielos,
había yo cruzado solo, a caballo, a través de una extensión
singularmente monótona de campiña, y al final me encontré,
cuando las sombras de la noche se extendían, a la vista de la
melancólica Casa de Usher. No sé cómo sucedió; pero,
a la primera ojeada sobre el edificio, una sensación de insufrible tristeza penetró en mi espíritu. Digo insufrible, pues
aquel sentimiento no estaba mitigado por esa emoción semia-
gradable, por ser poético, con que acoge en general el ánimo
hasta la severidad de las naturales imágenes de la desolación
o del terror. Contemplaba yo la escena ante mí –la simple
casa, el simple paisaje característico de la posesión, los helados
muros, las ventanas parecidas a ojos vacíos, algunos juncos
alineados y unos cuantos troncos blancos y enfermizos– con
una completa depresión de alma que no puede compararse
apropiadamente, entre las sensaciones terrestres, más que con
ese ensueño posterior del opiómano, con esa amarga vuelta
a la vida diaria, a la atroz caída del velo. Era una sensación
glacial, un abatimiento, una náusea en el corazón, una irre-

mediable tristeza de pensamiento que ningún estímulo de la imaginación podía impulsar a lo sublime. ¿Qué era aquello —me detuve a pensarlo—, qué era aquello que me desalentaba así al contemplar la Casa de Usher? Era un misterio de todo punto insoluble; no podía luchar contra las sombrías visiones que se amontonaban sobre mí mientras reflexionaba en ello. Me vi forzado a recurrir a la conclusión insatisfactoria de que *existen*, sin lugar a dudas, combinaciones de objetos naturales muy simples que tienen el poder de afectarnos de este modo, aunque el análisis de ese poder se base sobre consideraciones en que perderíamos pie. Era posible, pensé, que una simple diferencia en la disposición de los detalles de la decoración, de los pormenores del cuadro, sea suficiente para modificar, para aniquilar quizá, esa capacidad de impresión dolorosa. Obrando conforme a esa idea, guié mi caballo hacia la orilla escarpada de un negro y lúgubre estanque que se extendía con tranquilo brillo ante la casa, y miré con fijeza hacia abajo —pero con un estremecimiento más aterrador aún que antes— las imágenes recompuestas e invertidas de los juncos grisáceos, de los lívidos troncos y de las ventanas parecidas a ojos vacíos.

Sin embargo, en aquella mansión lóbrega me proponía residir unas semanas. Su propietario, Roderick Usher, fue uno de mis joviales compañeros de infancia; pero habían transcurrido muchos años desde nuestro último encuentro. Una carta, empero, me había llegado recientemente a una alejada parte de la comarca —una carta de él—, cuyo carácter de vehemente apremio no admitía otra respuesta que mi presencia. La letra mostraba una evidente agitación nerviosa. El autor de la carta me hablaba de una dolencia física aguda —de un trastorno mental que le oprimía— y de un ardiente deseo de verme, como a su mejor y en realidad su único amigo, pensando hallar en el gozo de mi compañía algún alivio a su mal. Era la manera como decía todas estas cosas y muchas más, era la forma suplicante de abrirme su pecho, lo que no me permitía vacilación, y, por tanto, obedecí desde luego, lo que consideraba yo, pese a todo, como un requerimiento muy extraño.

Aunque de niños hubiéramos sido camaradas íntimos, bien mirado, sabía yo muy poco de mi amigo. Su reserva fue siempre excesiva y habitual. Sabía, no obstante, que pertenecía a una familia muy antañona que se había distinguido desde tiempo inmemorial por una peculiar sensibilidad de temperamento, desplegada a través de los siglos en muchas obras de un arte elevado, y que se manifestaba desde antiguo en actos repetidos de una generosa aunque recatada caridad, así como por una apasionada devoción a las dificultades, quizá más bien que a las bellezas ortodoxas y sin esfuerzo reconocibles de la ciencia musical. Tuve también noticia del hecho muy notable de que del tronco de la estirpe de los Usher, por gloriosamente antiguo que fuese, no había brotado nunca, en ninguna época, rama duradera; en otras palabras: que la familia entera se había perpetuado siempre en línea directa, salvo muy insignificantes y pasajeras excepciones. Semejante deficiencia, pensé –mientras revisaba en mi imaginación la perfecta concordancia de aquellas aserciones con el carácter proverbial de la raza, y mientras reflexionaba en la posible influencia que una de ellas podía haber ejercido, en una larga serie de siglos, sobre la otra–, era acaso aquella ausencia de rama colateral y de consiguiente transmisión directa, de padre a hijo, del patrimonio del nombre, lo que había, a la larga, identificado tan bien a los dos, uniendo el título originario de la posesión a la arcaica y equívoca denominación de «Casa de Usher», denominación empleada por los lugareños, y que parecía juntar en su espíritu la familia y la casa solariega.

Ya he dicho que el único efecto de mi experiencia un tanto pueril –contemplar abajo el estanque– fue hacer más profunda aquella primera impresión. No puedo dudar que la conciencia de mi acrecida superstición –¿por qué no definirla así?– sirvió para acelerar aquel crecimiento. Tal es, lo sabía desde larga fecha, la paradójica ley de todos los sentimientos basados en el terror. Y aquella fue tal vez la única razón que hizo, cuando mis ojos desde la imagen del estanque se alzaron hacia la casa misma, que brotase en mi mente una extraña visión, una visión tan ridícula, en verdad, que si hago mención de ella es para demostrar la viva fuerza de las sensaciones que me oprimían. Mi imaginación había trabajado tanto, que creía realmente que en torno a la casa y la posesión enteras flotaba una atmósfera peculiar, así como en las cercanías más inmediatas; una atmósfera que no tenía afinidad con el aire del cielo, sino que emanaba de los enfermizos árboles, de los muros grisáceos y del estanque silencioso; un vapor pestilente y místico, opaco, pesado, apenas discernible, de tono plomizo.

Sacudí de mi espíritu lo que *no podía* ser más que un sueño, y examiné más minuciosamente el aspecto real del edificio. Su principal característica parecía ser la de una excesiva antigüedad. La decoloración ocasionada por los siglos era grande. Menudos hongos se esparcían por toda la fachada, tapizándola con la fina trama de un tejido, desde los tejados. Por cierto que todo aquello no implicaba ningún deterioro extraordinario. No se había desprendido ningún trozo de la mampostería, y parecía existir una violenta contradicción entre aquella todavía perfecta adaptación de las partes y el estado especial de las piedras desmenuzadas. Aquello me recordaba mucho la espaciosa integridad de esas viejas maderas labradas que han dejado pudrir durante largos años en alguna olvidada cueva, sin contacto con el soplo del aire exterior. Aparte de este indicio de ruina extensiva, el edificio no presentaba el menor síntoma de inestabilidad. Acaso la mirada de un observador minucioso hubiera descubierto una grieta apenas perceptible que, extendiéndose desde el tejado de la fachada, se abría paso, bajando en zigzag por el muro, e iba a perderse en las tétricas aguas del estanque.

Observando estas cosas, seguí a caballo un corto terraplén hacia la casa. Un lacayo que esperaba cogió mi caballo, y entré por el arco gótico del vestíbulo. Un criado de furtivo andar me condujo desde allí, en silencio, a través de muchos corredores oscuros e intrincados, hacia el estudio de su amo.

Muchas de las cosas que encontré en mi camino contribuyeron, no sé por qué, a exaltar esas vagas sensaciones de que he hablado antes. Los objetos que me rodeaban –las molduras de los techos, los sombríos tapices de las paredes, la negrura de ébano de los pisos y los fantasmagóricos trofeos de armas que tintineaban con mis zancadas– eran cosas muy conocidas para mí, a las que estaba acostumbrado desde mi infancia, y aunque no vacilase en reconocerlas todas como familiares, me sorprendió lo insólito que eran las visiones que aquellas imágenes ordinarias despertaban en mí. En una de las escaleras me encontré al médico de la familia. Su semblante, pensé, mostraba una expresión mezcla de baja astucia y de perplejidad. Me saludó con azoramiento, y pasó. El criado abrió entonces una puerta y me condujo a presencia de su señor.

La habitación en que me hallaba era muy amplia y alta; las ventanas, largas, estrechas y ojivales, estaban a tanta distancia del negro piso de roble, que eran en absoluto inaccesibles desde dentro. Débiles rayos de una luz roja se abrían paso a través de los cristales enrejados, dejando lo bastante en claro los principales objetos de alrededor; la mirada, empero, luchaba en vano por alcanzar los rincones lejanos de la estancia, o los entrantes del techo abovedado y con artesones. Oscuros tapices colgaban de las paredes. El mobiliario general era excesivo, incómodo, antiguo y deslucido. Numerosos libros e instrumentos de música yacían esparcidos en torno, pero no bastaban a dar vitalidad alguna a la escena. Sentía yo que respiraba una atmósfera penosa. Un aire de severa, profunda e irremisible melancolía se cernía y lo penetraba todo.

A mi entrada, Usher se levantó de un sofá sobre el cual estaba tendido por completo, y me saludó con una calurosa viveza que se asemejaba mucho, tal vez fue mi primer pensamiento, a una exagerada cordialidad, al obligado esfuerzo de un hombre de mundo *ennuyé*.[1] Con todo, la ojeada que

1. «Hastiado.» *(N. del T.)*

lancé sobre su cara me convenció de su perfecta sinceridad. Nos sentamos, y durante unos momentos, mientras él callaba, le miré con un sentimiento mitad de piedad y mitad de pavor. ¡De seguro, jamás hombre alguno había cambiado de tan terrible modo y en tan breve tiempo como Roderick Usher! A duras penas podía yo mismo persuadirme a admitir la identidad del que estaba frente a mí con el compañero de mis primeros años. Aun así, el carácter de su fisonomía había sido siempre notable.

Un cutis cadavérico, unos ojos grandes, líquidos y luminosos sobre toda comparación; unos labios algo finos y muy pálidos, pero de una curva incomparablemente bella; una nariz de un delicado tipo hebraico, pero de una anchura desacostumbrada en semejante forma; una barbilla moldeada con finura, en la que la falta de prominencia revelaba una falta de energía; el cabello, que por su tenuidad suave parecía tela de araña; estos rasgos, unidos a un desarrollo frontal excesivo, componían en conjunto una fisonomía que no era fácil olvidar. Y al presente, en la simple exageración del carácter predominante de aquellas facciones, y en la expresión que mostraban, se notaba un cambio tal, que dudaba yo del hombre a quien hablaba. La espectral palidez de la piel y el brillo ahora milagroso de los ojos me sobrecogían sobre toda ponderación, y hasta me aterraban. Además, había él dejado crecer su sedoso cabello sin preocuparse, y como aquel tejido arácneo flotaba más que caía en torno a la cara, no podía yo, ni haciendo un esfuerzo, relacionar a aquella expresión arabesca con idea alguna de simple humanidad.

Me chocó lo primero cierta incoherencia, una contradicción en las maneras de mi amigo, y pronto descubrí que aquello procedía de una serie de pequeños y fútiles esfuerzos por vencer un azoramiento habitual, una excesiva agitación nerviosa.

Estaba yo preparado para algo de ese género, no solo por su carta, sino por los recuerdos de ciertos rasgos de su infancia, y por las conclusiones deducidas de su peculiar conformación física y de su temperamento. Sus actos eran tan pronto vivos como indolentes. Su voz variaba rápidamente de una indecisión trémula (cuando su ardor parecía caer en completa inacción) a esa especie de concisión enérgica, a esa enunciación abrupta, pesada, lenta –una enunciación hueca–, a ese habla gutural, plúmbea, muy bien modulada y equilibrada, que puede observarse en el borracho perdido o en el incorregible comedor de opio, durante los períodos de su más intensa excitación.

Así pues, habló del objeto de mi visita, de su ardiente deseo de verme, y de la alegría que esperaba de mí. Se extendió bastante rato sobre lo que pensaba acerca del carácter de su dolencia. Era, dijo, un mal constitucional, de familia, para el cual desesperaba de encontrar un remedio; una simple afección nerviosa, añadió acto seguido, que, sin duda, desaparecería pronto. Se manifestaba en una multitud de sensaciones extranaturales... Algunas, mientras me las detallaba, me interesaron y confundieron, aunque quizá los términos y gestos de su relato influyeron bastante en ello. Sufría él mucho de una agudeza morbosa de los sentidos; solo toleraba los alimentos más insípidos; podía usar no más que prendas de cierto tejido; los aromas de todas las flores le sofocaban; una luz, incluso débil, atormentaba sus ojos, y exclusivamente algunos sonidos peculiares, los de los instrumentos de cuerda, no le inspiraban horror.

Vi que era el esclavo forzado de una especie de terror anómalo.

–Moriré –dijo–, *debo* morir de esta lamentable locura. Así, así y no de otra manera, debo morir. Temo los acontecimientos futuros, no en sí mismos, sino en sus consecuencias. Tiemblo al pensamiento de cualquier cosa, del más trivial incidente que pueden actuar sobre esta intolerable agitación de mi alma. Siento verdadera aversión al peligro, excepto en su efecto absoluto: el terror. En tal estado de excitación, en tal estado lamentable, presiento que antes o después llegará un momento en que han de abandonarme a la vez la vida y la razón, en alguna lucha con el horrendo fantasma, con el *miedo*.

Supe también a intervalos, por insinuaciones interrumpidas y ambiguas, otra particularidad de su estado mental. Estaba él encadenado por ciertas impresiones supersticiosas, relativas a la mansión donde habitaba, de la que no se había atrevido a salir desde hacía muchos años, relativas a una influencia cuya supuesta fuerza expresaba en términos demasiado sombríos para ser repetidos aquí, una influencia que algunas particularidades en la simple forma y materia de su casa solariega habían, a costa de un largo sufrimiento, decía él, logrado sobre su espíritu un efecto que lo *físico* de los muros y de las torres grises, y del oscuro estanque en que todo se reflejaba, había al final creado sobre lo *moral* de su existencia.

Admitía él, no obstante, aunque con vacilación, que gran parte de la especial tristeza que le afligía podía atribuirse a un origen más natural y mucho más palpable, a la cruel y ya antigua dolencia, a la muerte –sin duda cercana– de una hermana tiernamente amada, su sola compañera durante largos años, su última y única parienta en la tierra.

–Su fallecimiento –dijo él con una amargura que no podré nunca olvidar– me dejará (a mí, el desesperanzado, el débil) como el último de la antigua raza de los Usher.

Mientras hablaba, lady Madeline (así se llamaba) pasó por la parte más distante de la habitación, y sin fijarse en mi presencia, desapareció. La miré con un enorme asombro no desprovisto de terror, y, sin embargo, me pareció imposible darme cuenta de tales sentimientos. Una sensación de estupor me oprimía conforme mis ojos seguían sus pasos que se alejaban. Cuando al fin se cerró una puerta tras ella, mi mirada buscó instintiva y ansiosamente la cara de su hermano, pero él había hundido el rostro en sus manos, y solo pude observar que una palidez mayor que la habitual se había extendido sobre los descarnados dedos, a través de los cuales goteaban abundantes lágrimas apasionadas.

La enfermedad de lady Madeline había desconcertado largo tiempo la ciencia de sus médicos. Una apatía constante, un agotamiento gradual de su persona, y frecuentes, aunque pasajeros ataques de carácter cataléptico parcial, eran el singular diagnóstico. Hasta entonces había ella soportado con firmeza la carga de su enfermedad, sin resignarse, por fin, a guardar cama; pero, al caer la tarde de mi llegada a la casa, sucumbió (como su hermano me dijo por la noche con una inexpresable agitación) al poder postrador del mal, y supe que la mirada que yo le había dirigido sería, probablemente, la última, que no vería ya nunca más a aquella dama, viva al menos.

En varios días consecutivos no fue mencionado su nombre ni por Usher ni por mí, y durante ese período hice esfuerzos ardorosos para aliviar la melancolía de mi amigo. Pintamos y leímos juntos, o si no, escuchaba yo, como un sueño, sus fogosas improvisaciones en su elocuente guitarra. Y así, a medida que una intimidad cada vez más estrecha me admitía con mayor franqueza en las reconditeces de su alma, percibía yo más amargamente la inutilidad de todo esfuerzo para alegrar un espíritu cuya negrura, como una cualidad positiva que le fuese inherente, derramaba sobre todos los objetos del universo moral y físico una irradiación incesante de tristeza.

Conservaré siempre el recuerdo de muchas horas solemnes que pasé solo con el dueño de la Casa de Usher. A pesar de todo, intentaría en balde expresar el carácter exacto de los estudios o de las ocupaciones en que me complicaba o cuyo camino me mostraba. Una idealidad ardiente, elevada, enfermiza, arrojaba su luz sulfúrea a su paso. Sus largas improvisaciones fúnebres resonarán siempre en mis oídos. Entre otras cosas, recuerdo dolorosamente cierta singular perversión, amplificada, del aria impetuosa del último vals de Weber. En cuanto a las pinturas que incubaba su laboriosa fantasía –que llegaba, trazo a trazo, a una vaguedad que me hacía estremecer con mayor conmoción, pues temblaba sin saber por qué–, en cuanto a aquellas pinturas (de imágenes tan vivas, que las tengo aún ante mí), en vano intentaría yo extraer de ellas la más pequeña parte que pudiese estar contenida en el ámbito de las simples palabras escritas. Por la completa sencillez, por la desnudez de sus dibujos, inmovilizaba y sobrecogía la atención. Si alguna vez un mortal pintó una idea, ese mortal fue Roderick Usher. Para mí, al menos, en las circunstancias que me rodeaban, de las puras abstracciones que el hipocondríaco se ingeniaba en lanzar sobre su lienzo, se alzaba un terror intenso, intolerable, cuya sombra no he sentido nunca en la contemplación de los sueños, sin duda, refulgentes, aunque demasiado concretos, de Fuseli.

Una de las concepciones fantasmagóricas de mi amigo, en que el espíritu de abstracción no participaba con tanta rigidez, puede ser esbozada, aunque apenas, con palabras. Era un cuadrito que representaba el interior de una cueva o túnel intensamente largo y rectangular, de muros bajos, lisos, blancos y sin interrupción ni adorno. Ciertos detalles accesorios del dibujo servían para hacer comprender la idea de que aquella excavación estaba a una profundidad excesiva bajo la superficie de la tierra. No se veía ninguna salida a lo largo de su vasta extensión, ni se divisaba antorcha u otra fuente artificial de luz, y, sin embargo, una oleada de rayos intensos rodaba de parte a parte, bañándolo todo en un lívido e inadecuado esplendor.

Acabo de hablar de ese estado morboso del nervio auditivo que hacía toda música intolerable para el paciente, excepto ciertos efectos de los instrumentos de cuerda. Eran, quizá, los límites estrechos en los cuales se había confinado él mismo al tocar la guitarra los que habían dado en gran parte aquel carácter fantástico a sus interpretaciones. Pero en cuanto a la férvida *facilidad* de sus *impromptus*, no podía uno darse cuenta así. Tenían que ser, y lo eran, en las notas lo mismo que en las palabras de sus fogosas fantasías (pues él las acompañaba a menudo con improvisaciones verbales rimadas), el resultado de ese intenso recogimiento, de esa concentración mental a los que he aludido antes, y que se observan solo en los momentos especiales de la más alta excitación artificial. Recuerdo bien las palabras de una de aquellas rapsodias. Me impresionó acaso más fuertemente cuando él me la dio, porque bajo su sentido interior o místico me pareció percibir por primera vez que Usher tenía plena conciencia de su estado, que sentía cómo su sublime razón se tambaleaba sobre su trono. Aquellos versos, titulados *El palacio hechizado*, eran, poco más o menos, si no al pie de la letra, los siguientes:

I

En el más verde de nuestros valles,
habitado por los ángeles buenos,
antaño un bello y majestuoso palacio
—un radiante palacio— alzaba su frente.
En los dominios del rey Pensamiento,
¡allí se elevaba!
Jamás un serafín desplegó el ala
sobre un edificio la mitad de bello.

II

Banderas amarillas, gloriosas, doradas,
sobre su remate flotaban y ondeaban
(esto, todo esto, sucedía hace mucho,
muchísimo tiempo);
y a cada suave brisa que retozaba,
en aquellos gratos días,
a lo largo de los muros pálidos y empenachados
se elevaba un aroma alado.

III

Los que vagaban por ese alegre valle,
a través de dos ventanas iluminadas, veían
espíritus moviéndose musicalmente
a los sones de un laúd bien templado,
en torno a un trono donde, sentado
(¡Porfirogénito!)
con un fausto digno de su gloria,
aparecía el señor del reino.

IV

Y refulgente de perlas y rubíes
era la puerta del bello palacio,
por la que salía a oleadas, a oleadas, a oleadas,
y centelleaba sin cesar,
una turba de Ecos cuya grata misión
era solo cantar,
con voces de magnífica belleza,
el talento y el saber de su rey.

V

Pero seres malvados, con ropajes de luto,
asaltaron la elevada posición del monarca;
(¡ah, lloremos, pues nunca el alba
despuntará sobre él, el desolado!).
Y en torno a su mansión, la gloria
que rojeaba y florecía
es solo una historia oscuramente recordada
de las viejas edades sepultadas.

Y ahora los viajeros, en ese valle,
a través de las ventanas rojizas, ven
amplias formas moviéndose fantásticamente
en una desacorde melodía;
mientras, cual un rápido y horrible río,
a través de la pálida puerta
una horrenda turba se precipita eternamente,
riendo, mas sin sonreír nunca más.

Recuerdo muy bien que las sugestiones suscitadas por esta balada nos sumieron en una serie de pensamientos en la que se manifestó una opinión de Usher que menciono aquí, no tanto en razón de su novedad (pues otros hombres han pensado lo mismo),[2] sino a causa de la tenacidad con que él la mantuvo. Esta opinión, en su forma general, era la de la sensibilidad de todos los seres vegetales. Pero en su trastornada imaginación la idea había asumido un carácter más atrevido aún, e invadía, bajo ciertas condiciones, el reino inorgánico. Me faltan palabras para expresar toda la extensión o el serio *abandono* de su convencimiento. Esta creencia, empero, se relacionaba (como ya antes he sugerido) con las piedras grises de la mansión de sus antepasados. Aquí las condiciones de la sensibilidad estaban cumplidas, según él imaginaba, por el método de colocación de aquellas piedras, por su disposición, así como por los numerosos hongos que las cubrían y los árboles enfermizos que se alzaban alrededor, pero sobre todo por la inmutabilidad de aquella disposición y por su desdoblamiento en las quietas aguas del estanque. La prueba —la prueba de aquella sensibilidad— estaba, decía él (y yo le oía hablar, sobresaltado), en la gradual, pero evidente condensación, por encima de las aguas y alrededor de

---

2. Watson, Percival, Spallanzani, y en particular el obispo de Landaff. Véase *Chemical Essays*, vol. V.

los muros, de una atmósfera que les era propia. El resultado se descubría, añadía él, en aquella influencia muda, aunque importuna y terrible, que desde hacía siglos había moldeado los destinos de su familia, y que le hacía *a él* tal como le veía yo ahora, tal como era. Semejantes opiniones no necesitan comentarios, y no lo haré.

Nuestros libros —los libros que desde hacía años formaban una parte no pequeña de la existencia espiritual del enfermo— estaban, como puede suponerse, de estricto acuerdo con aquel carácter fantasmal. Estudiábamos minuciosamente obras como el *Vertvert et Chartreuse*, de Gresset; el *Belphegor*, de Maquiavelo; *El cielo y el infierno*, de Swedenborg; el *Viaje subterráneo*, de Nicolas Klimm de Holberg; la *Quiromancia*, de Roberto Flaud, de Jean d'Indaginé y de De la Chambre; el *Viaje por el espacio azul*, de Tieck, y la *Ciudad del Sol*, de Campanella. Uno de sus volúmenes favoritos era una pequeña edición en octavo del *Directorium Inquisitorium*, por el dominico Eymeric de Gironne; y había pasajes, en Pomponius Mela, acerca de los antiguos sátiros africanos o egipanes, sobre los cuales Usher soñaba durante horas enteras. Su principal delicia, con todo, la encontraba en la lectura atenta de un raro y curioso libro gótico en cuarto —el manual de una iglesia olvidada—, las *Vigiliae Mortuorum Secundum Chorum Ecclesiae Maguntinae*.

Pensaba a mi pesar en el extraño ritual de aquel libro, y en su probable influencia sobre el hipocondríaco, cuando, una noche, habiéndome informado bruscamente de que lady Madeline ya no existía, anunció su intención de conservar el cuerpo durante una quincena (antes de su enterramiento final) en una de las numerosas criptas situadas bajo los gruesos muros del edificio. La razón profana que daba sobre aquella singular manera de proceder era de esas que no me sentía yo con libertad para discutir. Como hermano, había adoptado aquella resolución (me dijo él) en consideración al carácter insólito de la enfermedad de la difunta, a cierta curiosidad importuna e indiscreta por parte de los hombres de ciencia, y a la alejada y expuesta situación del panteón familiar. Confieso que, cuando recordé el siniestro semblante del hombre con quien me había encontrado en la escalera el día de mi llegada a la casa, no sentí deseo de oponerme a lo que consideraba todo lo más como una precaución inocente, pero muy natural.

A ruego de Usher, le ayudé personalmente en los preparativos de aquel entierro temporal. Pusimos el cuerpo en el féretro, y entre los dos lo transportamos a su lugar de reposo. La cripta en la que lo dejamos (y que estaba cerrada hacía tanto tiempo, que nuestras antorchas, semiapagadas en aquella atmósfera sofocante, no nos permitían ninguna investigación) era pequeña, húmeda y no dejaba penetrar la luz; estaba situada a una gran profundidad, justo debajo de aquella parte de la casa donde se encontraba mi dormitorio. Había sido utilizada, al parecer, en los lejanos tiempos feudales, como mazmorra, y en días posteriores, como depósito de pólvora o de alguna otra materia inflamable, pues una parte del suelo y todo el interior de una larga bóveda que cruzamos para llegar hasta allí estaban cuidadosamente revestidos de cobre. La puerta, de hierro macizo, estaba también protegida de igual modo. Cuando aquel inmenso peso giraba sobre sus goznes producía un ruido singular, agudo y chirriante.

Depositamos nuestro lúgubre fardo sobre unos soportes en aquella región de horror, apartamos un poco la tapa del féretro, que no estaba aún atornillada, y miramos la cara del cadáver. Un parecido chocante entre el hermano y la hermana atrajo enseguida mi atención, y Usher, adivinando tal vez mis pensamientos, murmuró unas palabras, por las cuales supe que la difunta y él eran gemelos, y que habían existido siempre entre ellos unas simpatías de naturaleza casi inexplicable. Nuestras miradas, entretanto, no permanecieron fijas mucho tiempo sobre la muerta, pues no podíamos contemplarla sin espanto. El mal que había llevado a la tumba a lady Madeline en la plenitud de su juventud había dejado, como suele suceder en las enfermedades de carácter estrictamente cataléptico, la burla de una débil coloración sobre el seno y el rostro, y en los labios, esa sonrisa equívoca y morosa que es tan terrible en la muerte. Volvimos a colocar y atornillamos la tapa, y después de haber asegurado la puerta de hierro, emprendimos de nuevo nuestro camino hacia las habitaciones superiores de la casa, que no eran menos tristes.

Y entonces, después de un lapso de varios días de amarga pena, tuvo lugar un cambio visible en los síntomas de la enfermedad mental de mi amigo. Sus maneras corrientes desaparecieron. Sus ocupaciones ordinarias eran descuidadas u olvidadas. Vagaba de estancia en estancia con un paso precipitado, desigual y sin objeto. La palidez de su fisonomía había adquirido, si es posible, un color más lívido; pero la luminosidad de sus ojos había desaparecido por completo. No oía ya aquel tono de voz áspero que tenía antes en ocasiones, y un temblor que se hubiera dicho causado por un terror sumo caracterizaba de ordinario su habla. Me ocurría a veces, en realidad, pensar que su mente, agitada sin tregua, estaba torturada por algún secreto opresor, cuya divulgación no tenía el valor para efectuar. Otras veces me veía yo obligado a pensar, en suma, que se trataba de rarezas inexplicables de la demencia, pues le veía mirando al vacío durante largas horas en una actitud de profunda atención, como si escuchase un ruido imaginario. No es de extrañar que su estado me aterrase, que incluso sufriese yo su contagio. Sentía deslizarse dentro de mí, en una gradación lenta, pero segura, la violenta influencia de sus fantásticas, aunque impresionantes supersticiones.

Fue en especial una noche, la séptima o la octava desde que depositamos a lady Madeline en la mazmorra, antes de retirarnos a nuestros lechos, cuando experimenté toda la potencia de tales sensaciones. El sueño no quería acercarse a mi lecho, mientras pasaban y pasaban las horas. Intenté buscar un motivo al nerviosismo que me dominaba. Me esforcé por persuadirme de que lo que sentía era debido, en parte al menos, a la influencia trastornadora del mobiliario opresor de la habitación, a los sombríos tapices desgarrados que, atormentados por las ráfagas de una tormenta que se iniciaba, vacilaban de un lado a otro sobre los muros y crujían penosamente en torno a los adornos del lecho. Pero mis esfuerzos fueron inútiles. Un irreprimible temblor invadió poco a poco mi ánimo, y a la larga una verdadera pesadilla vino a apoderarse por completo de mi corazón. Respiré con violencia, hice un esfuerzo, logré sacudirla, e incorporándome sobre las almohadas, y clavando una ardiente mirada en la densa oscuridad de la habitación, presté oído —no sabría decir por qué me impulsó una fuerza instintiva— a ciertos ruidos vagos, apagados e indefinidos que llegaban hasta mí a través de las pausas de la tormenta. Dominado por una intensa sensación de horror, inexplicable e insufrible, me vestí deprisa (pues sentía que no iba a serme posible dormir en toda la noche) y procuré, andando a grandes pasos por la habitación, salir del estado lamentable en que estaba sumido.

Apenas había dado así unas vueltas, cuando un paso ligero por una escalera cercana atrajo mi atención. Reconocí muy pronto que era el paso de Usher. Un instante después llamó suavemente en mi puerta, y entró, llevando una lámpara. Su cara era, como de costumbre, de una palidez cadavérica; pero había, además, en sus ojos una especie de loca hilaridad, y en todo su porte, una histeria evidentemente contenida. Su aspecto me aterró; pero todo era preferible a la soledad que había yo soportado tanto tiempo, y acogí su presencia como un alivio.

—¿Y usted no ha visto esto? —dijo él bruscamente, después de permanecer algunos momentos en silencio, mirándome—. ¿No ha visto usted esto? ¡Pues espere! Lo verá.

Mientras hablaba así, y habiendo resguardado cuidadosamente su lámpara, se precipitó hacia una de las ventanas y la abrió de par en par a la tormenta.

La impetuosa furia de la ráfaga nos levantó casi del suelo. Era, en verdad, una noche tempestuosa; pero espantosamente bella, de una rareza singular en su terror y en su belleza. Un remolino había concentrado su fuerza en nuestra proximidad, pues había cambios frecuentes y violentos en la dirección del viento, y la excesiva densidad de las nubes (tan bajas, que pesaban sobre las torrecillas de la casa) no nos impedía apreciar la viva velocidad con la cual acudían unas contra otras desde todos los puntos, en vez de perderse a distancia. Digo que su excesiva densidad no nos impedía percibir aquello, y aun así, no divisábamos ni la luna ni las estrellas, ni relámpago alguno proyectaba su resplandor. Pero las superficies inferiores de aquellas vastas masas de agitado vapor, lo mismo que todos los objetos terrestres muy cerca alrededor nuestro, reflejaban la claridad sobrenatural de una emanación gaseosa que se cernía sobre la casa y la envolvía en una mortaja luminosa y bien visible.

—¡No debe usted, no contemplará usted esto! —dije, temblando, a Usher, y le llevé con suave violencia desde la ventana a una silla—. Esas apariciones que le trastornan son simples fenómenos eléctricos, nada raros, o puede que tengan su horrible origen en los fétidos miasmas del estanque. Cerremos esta ventana; el aire es helado y peligroso para su organismo. Aquí tiene usted una de sus novelas favoritas. Leeré, y usted escuchará: y así pasaremos esta terrible noche, juntos.

El antiguo volumen que había yo cogido era el *Mad Trist*, de sir Launcelot Canning; pero lo había llamado el libro favorito de Usher por triste chanza, pues, en verdad, con su tosca y pobre prolijidad, poco atractivo podía ofrecer para la elevada y espiritual idealidad de mi amigo. Era, sin embargo, el único libro que tenía inmediatamente a mano, y me entregué a la vaga esperanza de que la excitación que agitaba al hipocondríaco podría hallar alivio (pues la historia de los trastornos mentales está llena de anomalías semejantes) hasta en la exageración de las locuras que iba yo a leerle. A juzgar por el gesto de predominante y ardiente interés con que escuchaba o aparentaba escuchar las frases de la narración, hubiese podido congratularme del éxito de mi propósito.

Había llegado a esa parte tan conocida de la historia en que Ethelred, el héroe del *Trist*, habiendo intentado en vano penetrar pacíficamente en la morada del ermitaño, se decide a entrar por la fuerza. Aquí, como se recordará, dice lo siguiente la narración:

> Y Ethelred, que era por naturaleza de valeroso corazón, y que ahora se sentía, además, muy fuerte, gracias a la potencia del vino que había bebido, no esperó más tiempo para hablar con el ermitaño, quien tenía de veras el ánimo propenso a la obstinación y a la malicia: pero, sintiendo la lluvia sobre sus hombros y temiendo el desencadenamiento de la tempestad, levantó su maza, y con unos golpes abrió pronto un camino, a través de las tablas de la puerta, a su mano enguantada de hierro; y entonces, tirando con ella vigorosamente hacia sí, hizo crujir, hundirse y saltar todo en pedazos, de tal modo que el ruido de la madera seca y sonando a hueco repercutió de una parte a otra de la selva.

Al final de esta frase me estremecí e hice una pausa, pues me había parecido (aunque pensé enseguida que mi excitada imaginación me engañaba) que de una parte muy alejada de la mansión llegaba confuso a mis oídos un ruido que se hubiera dicho, a causa de su exacta semejanza de tono, el eco (pero sofocado y sordo, ciertamente) de aquel ruido real de crujido y de arrancamiento descrito con tanto detalle por sir Launcelot. Era, sin duda, la única coincidencia lo que había atraído tan solo mi atención, pues entre el golpeteo de las hojas de las ventanas y los ruidos mezclados de la tempestad creciente, el sonido en sí mismo no tenía, de seguro, nada que pudiera intrigarme o turbarme.

Continué la narración:

> Pero el buen campeón Ethelred, franqueando entonces la puerta, se sintió dolorosamente furioso y asombrado al no percibir rastro alguno del malicioso ermitaño, sino, en su lugar, un dragón de una apariencia fenomenal y es-

camosa, con una lengua de fuego, y que estaba de centi-
nela ante un palacio de oro, con el suelo de plata, y sobre el
muro aparecía colgado un escudo brillante de bronce, con
esta leyenda encima:

El que entre aquí, vencedor será;
el que mate al dragón, el escudo ganará.

Y Ethelred levantó su maza y golpeó sobre la cabeza del
dragón, que cayó ante él y exhaló su aliento pestilente con
un ruido tan horrendo, áspero y penetrante a la vez, que
Ethelred tuvo que taparse los oídos con las manos para resistir del terrible estruendo como no lo había él oído nunca
antes.

Aquí hice de súbito una nueva pausa, y ahora con una
sensación de violento asombro, pues no cabía duda de que
había yo oído esta vez (me era imposible decir de qué dirección venía) un ruido débil y como lejano, pero áspero, prolongado, singularmente agudo y chirriante, la contrapartida
exacta del grito sobrenatural del dragón descrito por el novelista y tal cual mi imaginación se lo había ya figurado.

Oprimido como lo estaba, sin duda, por aquella segunda y muy extraordinaria coincidencia, por mil sensaciones contradictorias, entre las cuales predominaban un asombro y un terror extremos, conservé, empero, la suficiente
presencia de ánimo para tener cuidado de no excitar con
una observación cualquiera la sensibilidad nerviosa de mi
compañero. No estaba seguro en absoluto de que él hubiera
notado los ruidos en cuestión, siquiera, a no dudar, una extraña alteración se había manifestado, desde hacía unos minutos, en su actitud. De su posición primera enfrente de
mí había él hecho girar gradualmente su silla de modo a
encontrarse sentado con la cara vuelta hacia la puerta de la
habitación; así, solo podía yo ver parte de sus rasgos, aunque
noté que sus labios temblaban como si dejasen escapar un
murmullo inaudible. Su cabeza estaba caída sobre su pecho,

y, no obstante, yo sabía que no estaba dormido, pues el ojo que entreveía de perfil permanecía abierto y fijo. Además, el movimiento de su cuerpo contradecía también aquella idea, pues se balanceaba con suave, pero constante y uniforme oscilación. Noté, desde luego, todo eso, y reanudé el relato de sir Launcelot, que continuaba así:

> Y ahora el campeón, habiendo escapado de la terrible furia del dragón, y recordando el escudo de bronce, y que el encantamiento que sobre él pesaba estaba roto, apartó la masa muerta de delante de su camino y avanzó valientemente por el suelo de plata del castillo hacia el sitio del muro de donde colgaba el escudo; el cual, en verdad, no esperó a que estuviese él muy cerca, sino que cayó a sus pies sobre el pavimento de plata, con un pesado y terrible ruido.

Apenas habían pasado entre mis labios estas últimas sílabas, y como si en realidad hubiera caído en aquel momento un escudo de bronce pesadamente sobre un suelo de plata, oí el eco claro, profundo, metálico, resonante, si bien sordo en apariencia. Excitado a más no poder, salté sobre mis pies, en tanto que Usher no había interrumpido su balanceo acompasado. Sus ojos estaban fijos ante sí, y toda su fisonomía, contraída por una pétrea rigidez. Pero cuando puse la mano sobre su hombro, un fuerte estremecimiento recorrió todo su ser, una débil sonrisa tembló sobre sus labios, y vi que hablaba con un murmullo apagado, rápido y balbuciente, como si no se diera cuenta de mi presencia. Inclinándome sobre él, absorbí al fin el horrendo significado de sus palabras.

–¿No oye usted? Sí, yo oigo, y he oído. Durante mucho, mucho tiempo, muchos minutos, muchas horas, muchos días, he oído; pero no me atrevía. ¡Oh, piedad para mí, mísero desdichado que soy! ¡No me *atrevía*, no me atrevía a hablar! *¡La hemos metido viva en la tumba!* ¿No le he dicho que mis sentidos están agudizados? Le digo *ahora* que he oído sus primeros débiles movimientos dentro del ataúd. Los he oído hace muchos, muchos días, y, sin embargo, *¡no me atrevía a* *hablar!* Y ahora, esta noche, Ethelred, ¡ja, ja! ¡La puerta del ermitaño rota, el grito de muerte del dragón y el estruendo del escudo, diga usted mejor el arrancamiento de su féretro, y el chirrido de los goznes de hierro de su prisión, y su lucha dentro de la bóveda de cobre! ¡Oh! ¿Adónde huir? ¿No estará ella aquí enseguida? ¿No va a aparecer para reprocharme mi precipitación? ¿No he oído su paso en la escalera? ¿No percibo el pesado y horrible latir de su corazón? ¡Insensato! –Y en ese momento se alzó furiosamente de puntillas y aulló sus sílabas como si en aquel esfuerzo exhalase su alma–: *Insensato. ¡Le digo a usted que ella está ahora detrás de la puerta!*

En el mismo instante, como si la energía sobrehumana de sus palabras hubiese adquirido la potencia de un hechizo, las grandes y antiguas hojas que él señalaba entreabrieron pausadamente sus pesadas mandíbulas de ébano. Era aquello obra de una furiosa ráfaga, pero en el marco de aquella puerta estaba entonces la alta y amortajada figura de lady Madeline de Usher. Había sangre sobre su blanco ropaje, y toda su demacrada persona mostraba las señales evidentes de una enconada lucha. Durante un momento permaneció trémula y vacilante sobre el umbral; luego, con un grito apagado y quejumbroso, cayó a plomo hacia delante sobre su hermano, y en su violenta y ahora definitiva agonía le arrastró al suelo, ya cadáver y víctima de sus terrores anticipados.

Huí de aquella habitación y de aquella mansión, horrorizado. La tempestad se desencadenaba aún en toda su furia cuando franqueé la vieja calzada. De pronto una luz intensa se proyectó sobre el camino y me volví para ver de dónde podía brotar claridad tan singular, pues solo tenía a mi espalda la vasta mansión y sus sombras. La irradiación provenía de la luna llena, que se ponía entre un rojo de sangre, y que ahora brillaba con viveza a través de aquella grieta antes apenas visible, y que, como ya he dicho al principio, se extendía zigzagueando, desde el tejado del edificio hasta la base. Mientras la examinaba, aquella grieta se ensanchó con rapidez; hubo de nuevo una impetuosa ráfaga, un remolino; el disco entero del satélite estalló de repente ante mi vista; mi cerebro se alteró cuando vi los pesados muros desplomarse, partidos en dos; resonó un largo y tumultuoso estruendo, como la voz de mil cataratas, y el estanque profundo y fétido, situado a mis pies, se cerró tétrica y silenciosamente sobre los restos de la *Casa de Usher*.

[Trad. de Julio Gómez de la Serna]

William Wilson

La historia de «William Wilson» es reconocida como uno de los mayores logros de la prosa de Edgar Allan Poe, así como uno de sus relatos más populares. Aunque se trate de una obra de imaginación poética repleta de alegorías, puede leerse también como un conjunto de aventuras extraordinarias. Algunas de ellas son demasiado fantásticas para poder darles verosimilitud a la luz de la fría razón, pero el elemento de lo totalmente increíble queda reducido al mínimo. Tanto es así que algunos investigadores han percibido en esta narración el inicio del giro hacia el realismo en la prosa del autor.

El tema principal del cuento, la lucha de un hombre contra su conciencia, no es para nada inusual. Sin embargo, el marco en el que se desarrolla supone una aportación ciertamente original, pues involucra a unos individuos con gran parecido y nociones sobre lo que en términos filosóficos se conoce como bipartición del alma.

La carta que Poe escribió a Washington Irving el 12 de octubre de 1839 esclarece las dudas al respecto de las fuentes utilizadas para «William Wilson». El autor de Boston reconoce haberse inspirado en el artículo «An Unwritten Drama of Lord Byron» (1836), del propio Irving. Parece plausible que hiciera uso también de cuentos aparecidos en otros medios de la época. Además, dio al personaje principal y narrador su mismo cumpleaños, y al colegio del relato, el mismo nombre que el de la infancia del autor.

La fecha precisa de redacción del presente cuento es incierta, no así la de su publicación en The Gift: a Christmas and New Year's Present for 1840, fechada en 1 de mayo de 1839. Pocos meses después, en octubre, aparecería también en el Burton's Gentleman's Magazine.

> ¿Qué dirá de esto, qué dirá la horrenda concien-
> cia, ese espectro que está en mi camino?
>
> CHAMBERLYNE, *Pharronnida*

Permítaseme, por el momento, llamarme William Wilson. La blanca página que ahora está ante mí no debe ser manchada por mi verdadero nombre. Ha sido ya este con exceso objeto de desprecio y de horror, de abominación para mi estirpe. ¿No han divulgado su incomparable infamia los indignos vientos por las más distantes regiones del globo? ¡Oh, el más abandonado proscrito de todos los proscritos!, ¿no has muerto por siempre para la tierra, para sus honores, para sus flores, para sus doradas aspiraciones? ¿Y no está suspendida eternamente una nube densa, lúgubre e ilimitada entre tus esperanzas y el cielo?

No quisiera, aunque pudiese, sepultar hoy día aquí una lista de mis últimos años de inefable miseria y de imperdonable crimen. Esta época —estos últimos años— ha adquirido una repentina magnitud en vileza, cuyo solo origen es mi actual intención determinar. Los hombres, por lo general, caen en la vileza por grado. De mí se desprendió toda virtud de un golpe, como una capa, en un instante. De una maldad relativamente vulgar he pasado, con la zancada de un gigante, a unas enormidades mayores que las de un Heliogábalo. Sean indulgentes conmigo mientras relato qué azar, qué suceso único originó esa acción perversa. Se acerca la Muerte, y la sombra que la precede ha proyectado una influencia calmante sobre mi espíritu. Aspiro, al pasar por el sombrío valle, a la simpatía –iba casi a decir a la piedad– de mis semejantes. Quisiera gustoso hacerles creer que he sido, en cierto modo, el esclavo de las circunstancias que superan toda intervención humana. Desearía que descubriesen fuera de mí, en los detalles que voy a darles, algún pequeño oasis de fatalidad en un desierto de error. Quisiera que concediesen –lo cual ellos no pueden abstenerse de conceder– que, a pesar de que antes de ahora han existido grandes tentaciones, jamás el hombre ha sido tentado *así*, cuando menos, y en verdad, nunca ha caído *así*. ¿Y por eso no ha sufrido así nunca? ¿No he vivido realmente en un sueño? ¿Y no fenezco ahora víctima del horror y del misterio de las más extrañas visiones sublunares?

Soy descendiente de una raza que se ha distinguido en todo tiempo por un temperamento imaginativo y fácilmente excitable, y en mi primera infancia demostré que había heredado de lleno el carácter familiar. Cuando aumenté en edad, ese carácter se desarrolló con más fuerza; llegó a ser, por muchas razones, motivo de seria inquietud para mis amigos, y un perjuicio positivo para mí mismo. Crecí voluntarioso, entregado a los más salvajes caprichos, y fui presa de las pasiones más irrefrenables. Propensos a la debilidad, y abrumados por defectos constitucionales análogos a los míos propios, poco pudieron hacer mis padres para refrenar las perversas inclinaciones que me distinguían. Fracasaron por completo algunos débiles y mal dirigidos esfuerzos por su parte, y, como es lógico, constituyeron un triunfo total por la mía. Desde entonces era mi voz ley en el hogar, y a una edad en que pocos niños han dejado sus andadores, fui abandonado a mi propio gobierno y llegué a ser, excepto de nombre, el dueño de mis actos.

Mis primeros recuerdos de la vida escolar van unidos a una amplia y extravagante casa de estilo isabelino en un brumoso pueblo de Inglaterra, donde había numerosos árboles gigantescos y retorcidos, y cuyas casas todas eran sumamente vetustas. A fe mía, era un lugar semejante a un sueño, apaciguador del espíritu aquella vieja y venerable ciudad. En este instante mismo siento con la imaginación el estremecimiento refrescante de sus densamente sombrosas avenidas, respiro la fragancia de sus mil arboledas y me sobrecoge de nuevo con indefinible deleite la nota profunda y baja de la campana de la iglesia, rompiendo a cada hora con su tañido lento y repentino la quietud de la atmósfera oscura en que se sumía y se amodorraba la calada aguja gótica.

Hallo quizá tanto placer como me es posible experimentar ahora viviendo esos minuciosos minutos de la escuela y sus inquietudes. Sumido en el infortunio como estoy —infortunio, ¡ay!, demasiado real—, se me perdonará que busque un alivio, aunque ligero y pasajero, en la futilidad de esos pocos y extravagantes detalles. Por otra parte, aun siendo estos de todo punto triviales, y hasta ridículos en sí mismos, adquieren en mi mente una importancia circunstancial, por ir unidos a una época y un lugar en los que reconozco las primeras advertencias del Destino, que desde entonces me han envuelto por completo con su sombra. Dejadme, pues, que recuerde.

La casa, como he dicho, era vieja e irregular; los terrenos circundantes, amplios, y un alto y sólido muro de ladrillos, rematado con una capa de mortero y de vidrios rotos, la cercaban por completo. Esta muralla carcelaria formaba el límite de nuestra posesión; no veíamos el otro lado más que tres veces por semana —una vez cada sábado por la tarde, cuando, acompañados por dos profesores de estudios, nos permitían dar cortos paseos en fila por algunos de los campos vecinos—, y dos veces los domingos, cuando íbamos formados de la misma manera a los oficios matutinos y vespertinos en la única iglesia del pueblo. El director de nuestra escuela era el pastor de aquella iglesia. ¡Con qué profundo espíritu de admiración y de perplejidad acostumbraba yo a mirarle desde nuestro alejado banco en el coro, cuando subía él, con paso solemne y lento, al púlpito! Aquel hombre venerable, de cara tan modestamente bondadosa, con unas vestiduras tan lustrosas y tan clericalmente ondeantes, con una peluca tan minuciosamente empolvada, tan rígido y alto, ¿podía ser el mismo que, hacía un momento con cara agria y ropas manchadas de tabaco, hacía cumplir, palmeta en mano, las leyes draconianas de la escuela? ¡Oh, gigantesca paradoja, demasiado monstruosa para tener solución!

En una esquina del macizo muro se abría, torva, una puerta más sólida aún. Estaba claveteada y reforzada con cerrojos de hierro, y rematada por un borde dentado, también de hierro. ¡Qué impresiones de profundo terror inspiraba! No la abrían nunca, excepto para las tres periódicas salidas y entradas que he mencionado ya; entonces, en cada rechinamiento de sus potentes goznes, encontrábamos una plenitud de misterios, un mundo de temas para observaciones solemnes o para meditaciones más solemnes aún.

El extenso recinto era de forma irregular, con varias divisiones. De estas, tres o cuatro de las mayores constituían el patio de recreo. Estaba alisado y cubierto de una fina y dura grava. Recuerdo bien que no había en él ni árboles ni bancos, ni nada parecido. Naturalmente, estaba situado en la parte posterior de la casa. Ante la fachada se extendía un pequeño parterre plantado de bojes y otros arbustos; pero, en realidad, solo cruzábamos aquella sagrada división en raras ocasiones, tales como la primera llegada a la escuela o la salida definitiva, o quizá cuando un pariente o un amigo nos había hecho llamar, o cuando corríamos muy alegres hacia nuestra casa en Navidades o para las vacaciones de verano.

Pero la casa, ¡qué carácter tan arcaico tenía! Para mí era un verdadero palacio encantado. No acababan nunca sus recovecos y sus incomprensibles subdivisiones. Era difícil, en cualquier momento, decir con certeza en cuál de sus dos pisos se encontraba uno. De una habitación a otra se tenía la seguridad de hallar tres o cuatro escalones que subir o que bajar. Luego las ramas laterales resultaban innumerables –inconcebibles–, y daban vueltas de tal modo sobre sí mismas, que nuestras ideas más exactas respecto a la casa entera no eran muy diferentes de aquellas con que considerábamos el infinito. Durante los cinco años de mi estancia allí, no fui nunca capaz de determinar con precisión en qué remota localidad se enclavaba el pequeño dormitorio que me estaba asignado con otros dieciocho o veinte colegiales.

La sala de estudios era la más grande de la casa, y no puedo dejar de creer que del mundo. Era muy larga, estrecha y lúgubremente baja, con unas puntiagudas ventanas góticas y un techo de roble. En un lejano ángulo que inspiraba terror había un recinto cuadrado de ocho o diez pies, abarcando el sanctasanctórum «durante las horas de estudio» de nuestro subdirector el reverendo doctor Bransby. Era una sólida construcción, con una puerta maciza; antes que abrirla en ausencia del dómine, hubiéramos todos preferido perecer por la *peine forte et dure.* En otros dos ángulos había otras dos casillas, menos respetadas, en suma, pero que causaban también un gran terror. Una era la tribuna del profesor de humanidades, otra la del profesor de inglés y matemáticas. Esparcidos aquí y allá por la sala, cruzándose y volviendo a cruzarse con una infinita irregularidad, había incontables bancos y pupitres, negros, antiguos, deteriorados por el tiempo, atestados a más no poder de numerosos y manchados libros, y asimismo adornados con iniciales, nombres enteros, figuras grotescas y otras labores de cortaplumas, que habían perdido del todo la escasa forma original que les pudo corresponder como parte en días ya antiguos. A un extremo de la sala había un enorme cubo lleno de agua, y en otro, un reloj de estupendas dimensiones.

Rodeado por los macizos muros de aquella venerable escuela, pasé sin tedio o repulsión, empero, los años del tercer lustro de mi vida. El cerebro fecundo de la infancia no requiere un mundo exterior de incidentes con que ocuparse o divertirse, y la monotonía en apariencia triste de una escuela estaba henchida de la más intensa excitación que mi juventud en sazón ha obtenido de la lujuria, o mi plena virilidad del crimen. A pesar de todo, debo creer que mi primer desarrollo intelectual fue, en conjunto, poco corriente e incluso muy *outré*.[1] En general, los acontecimientos de la primera infancia dejan rara vez sobre la humanidad, en la madurez, una impresión definida. Todo es sombra gris —débil e irregular recuerdo—, un confuso embrollo de débiles placeres y de penas fantasmagóricas. En mí no ocurre así. Tengo que haber sentido en mi *infancia* con la energía de un hombre cuanto encuentro ahora grabado en mi memoria con líneas tan vivas como los exergos de las medallas cartaginesas.

Aun así, en realidad —en la realidad según la entiende el mundo—, ¡qué pequeño era allí el recuerdo! El despertar por la mañana, la orden de acostarse por la noche, el estudio, la lección dicha en clase, las semivacaciones periódicas, las visitas de inspección; el patio de recreo con sus riñas, sus pasatiempos, sus intrigas; todo esto, por un hechizo olvidado hacía largo tiempo, contenía un desbordamiento de sensaciones, un universo de emociones variadas, y de las más apasionantes y renovadoras excitaciones. *Oh, le bon temps, que ce siècle de fer!*[2] En verdad, el ardor, el entusiasmo y la impetuosidad de mi carácter hicieron pronto de mí un tipo señalado entre mis condiscípulos, y lentamente, pero por gradaciones naturales, me dieron un ascendiente sobre todos los que no eran mayores que yo en edad; sobre todos, con una sola excepción. Esta excepción estaba en la persona de un colegial, que sin parentesco alguno conmigo, llevaba el mismo nombre de pila y el mismo apellido que yo; circunstancia, en fin, poco notable, pues no obstante una noble ascendencia, el mío era uno de esos apellidos vulgares que parecen haber sido, por derecho de prescripción, desde tiempo inmemorial, propiedad común de la multitud. En este relato me he llamado a mí mismo por eso William Wilson, un nombre ficticio que no es muy

---

1. «Excesivo, extremado, exagerado.» *(N. del T.)*
2. «¡Oh, qué buena época aquel siglo de hierro!» *(N. del T.)*

diferente del auténtico. Solo mi homónimo, entre esos que en la fraseología escolar componían «nuestra pandilla», se atrevía a competir conmigo en los estudios de clase o en los deportes y riñas del recreo, a negar una absoluta credulidad a mis afirmaciones o a una sumisión a mi voluntad, y bien mirado a impedir mi arbitraria dictadura en todo lo que fuese. Si hay en la tierra un despotismo omnímodo, es el despotismo de un niño de genio dominante sobre los espíritus menos enérgicos de sus compañeros.

La rebeldía de Wilson era para mí causa de suma perturbación, tanto más cuanto que, a pesar de la fanfarronería con que me creía en el deber de demostrarle a él y a sus pretensiones, sentía yo que en el fondo le temía, y no podía impedirme de pensar en la igualdad que él mantenía tan fácilmente conmigo, como prueba de su auténtica superioridad, pues me costaba un perpetuo esfuerzo no ser dominado. Sin embargo, esta superioridad –o más bien esta igualdad– solo era reconocida por mí; nuestros condiscípulos, por una inexplicable ceguera, no parecían sospecharla siquiera. Realmente, su rivalidad, su resistencia, y en especial su impertinente y tenaz intervención en mis propósitos, no se habían trasluci do más que en privado. Parecía él desprovisto, además, de la ambición que me impulsaba, y de la apasionada energía por medio de la cual era yo capaz de sobresalir. En esta rivalidad se hubiera podido suponer que le movía tan solo un deseo caprichoso de ponerme obstáculos, de sorprenderme, de mortificarme, aunque algunas veces no podía yo dejar de notar, con un sentimiento compuesto de asombro, humillación y resentimiento, que él mezclaba a sus ofensas, a sus insultos, a sus contradicciones, cierta inadecuada y de fijo mal acogida *afectuosidad* de maneras. Únicamente podía yo concebir esta conducta singular como debida a una consumada suficiencia que asumía un aire vulgar de amparo y protección.

Acaso era este último rasgo en la conducta de Wilson, unido a la identidad de nuestro nombre, y a la simple coincidencia de haber ingresado en la escuela el mismo día, lo que puso en circulación entre las clases más adelantadas de la escuela la noticia de que éramos hermanos. De costumbre, los alumnos de estas clases no se enteran con mucha exactitud de las cuestiones relacionadas con los de las clases elementales. He dicho antes, o debería haberlo dicho, que Wilson no estaba en el grado más remoto, unido a mí por vínculos familiares. Pero, seguramente, de haber sido hermanos hubiéramos sido gemelos; porque, después de haber salido de casa del doctor Brasby, supe, por casualidad, que mi homónimo había nacido el 19 de enero de 1813, lo cual supone una notable similitud, ya que ese día es precisamente el de mi nacimiento.

Puede parecer extraño que, a pesar de la continua ansiedad que me causaba la rivalidad de Wilson y su intolerable espíritu de contradicción, no sintiese por él un odio cabal. Teníamos, con toda seguridad, casi a diario una disputa, en la cual, otorgándome, condescendiente, la palma de la victoria, se esforzaba por hacerme notar que era él quien la había merecido; pero un sentimiento de orgullo por mi parte y una verdadera dignidad por la suya nos mantenía siempre en eso que se llaman «relaciones correctas». A despecho de estas, había en nuestros temperamentos muchos puntos para congeniar a fondo, los cuales hubiesen despertado en mí un sentimiento que solo nuestra situación tal vez impedía madurar en amistad. Es difícil, en resumidas cuentas, definir o incluso describir mis sentimientos verdaderos con respecto a él. Formaban una abigarrada y heterogénea mezcla de cierta petulante animosidad que no era lo que se dice odio, de cierta estimación, de bastante respeto y mucho temor, con un mundo de inquieta curiosidad. Importa decir, para el moralista, por añadidura, que Wilson y yo éramos los más inseparables de los compañeros.

Fue, sin duda, el estado anómalo de las relaciones que existían entre nosotros lo que hizo que todos mis ataques contra él (y eran muchos, francos o encubiertos) tomasen el camino de la burla o de la ironía (el cual mortifica si cobra el aspecto de la simple chacota) antes que el de una hostilidad más seria y determinada. Pero no lograban mis esfuerzos a este respecto un éxito uniforme, ni siquiera cuando estaban mis planes más ingeniosamente combinados, pues mi homónimo tenía en su carácter mucho de esa austeridad llena de reserva y calma que, aun gozando con la mordedura de sus propias burlas, no enseña nunca el talón de Aquiles y se niega en absoluto a reírse de ellas. No podía yo encontrar en él más que un solo punto vulnerable, que estribaba en un detalle físico que, como resultado quizá de una enfermedad constitucional, evitaría cualquier antagonista menos encarnizado en sus fines que yo mismo: mi rival padecía una debilidad en los órganos de la garganta o guturales que le impedían elevar nunca la voz *por encima de un murmullo* muy bajo. No dejaba yo de sacar de este defecto el mísero provecho que estaba a mi alcance.

Las represalias de Wilson eran de más de una especie, empleaba una forma de broma que me turbaba más allá de todo límite. Es una cuestión que no he podido nunca resolver cómo su sagacidad descubrió en un principio que una cosa tan mínima podía molestarme; pero, una vez que lo descubrió, puso en ejecución aquella molestia. Siempre sentí aversión por mi inelegante patronímico y por mi apellido tan vulgar, si no plebeyo. Esas sílabas eran un veneno para mis oídos, y cuando el día mismo de mi llegada se presentó en la escuela un segundo William Wilson, le odié por llevar aquel apelativo, y me molestó doblemente el nombre porque lo llevaba un extraño, un extraño que sería causa de que lo oyese yo pronunciar con repetición, que estaría de continuo en mi presencia, y cuyos actos, en la rutina ordinaria de las cosas de la escuela, serían inevitablemente a causa de tan detestable coincidencia, confundidos a menudo con los míos.

El sentimiento de vejación engendrado así se hizo más fuerte a cada circunstancia que tendía a mostrar la semejanza moral o física entre mi rival y yo. No había yo descubierto aún el hecho notable de que fuéramos de la misma edad; pero vi que éramos de la misma talla y noté que teníamos un singular parecido en el contorno general y en nuestros rasgos. Me exasperaba también el rumor referente a nuestro parentesco, al que prestaban crédito en las clases superiores. En una palabra, nada podía molestarme más (aunque ocultase yo escrupulosamente tal molestia) que cualquier alusión a una similitud de espíritu, persona o nacimiento existente entre nosotros. Por cierto que no tenía yo razón para creer que esa similitud (a excepción de la cuestión del parentesco, y en el caso del propio Wilson) hubiera sido nunca tema de comentarios u observada siquiera por nuestros condiscípulos. Era evidente que *él* la observaba en todos sus aspectos, y con tanta atención como yo; pero lo de que hubiese podido descubrir en semejante circunstancia una mina tan rica de contrariedades, no puede atribuirse, como he dicho antes, más que a su perspicacia nada corriente.

Me daba la réplica con una perfecta imitación de mí mismo en palabras y gestos, y desempeñaba admirablemente su papel. Mi traje era fácil de copiar, y se apropió sin dificultad mis andares y mi porte general; a pesar de su defecto constitucional, ni siquiera mi voz se le había escapado. No intentaba imitar, por supuesto, mis tonos altos, pero la clave era idéntica, *y su murmullo singular se convertía en el verdadero eco de mi propia voz.*

No intentaré exponer hasta qué extremo me atormentaba este exquisito retrato (pues no puedo llamarlo con exactitud caricatura). No tenía yo más que un consuelo, y era que la imitación, por lo visto, solo la notaba yo, y que no tenía que sufrir sino las sonrisas extrañamente sarcásticas de mi homónimo. Satisfecho de haber producido en mi pecho el efecto deseado, parecía reírse entre dientes de la picadura que me había infligido y mostrarse en especial desdeñoso del aplauso público que el éxito de sus ingeniosos esfuerzos le hubiera conquistado enseguida. Durante varios meses fue un enigma que no pude resolver cómo en la escuela no adivinaron de veras su intención ni percibieron su manera de llevarla a cabo, ni compartieron su alegría burlona. Quizá no era francamente perceptible la *gradación* de su copia, o más bien, debía yo mi seguridad al aire de maestría del copista quien, despreciando la letra (que es todo lo que los obtusos pueden ver en una pintura), no expresaba más que el espíritu pleno de su original, para mi personal meditación y pena.

He hablado ya más de una vez del aire molesto de protección que había él adoptado conmigo, y de su frecuente y oficiosa intervención en mis determinaciones. Esa intervención tomaba a veces el desagradable carácter de consejo, consejo que no me daba abiertamente, sino que sugería, que insinuaba. Lo recibía yo con una repugnancia que adquiría fuerza a medida que aumentaba por mi parte en años. Sin embargo, quiero hacerle la simple justicia de reconocer que en esa época lejana no recuerdo una sola ocasión en que las sugerencias de mi rival hayan participado de esos errores o locuras tan corrientes a su edad, desprovista de madurez y de experiencia; que su sentido moral, en fin, si no sus aptitudes generales, y su sabiduría mundana eran más agudos que los míos, y que sería yo hoy día un hombre mejor, y en consecuencia, más feliz, si no hubiera rechazado tan a menudo los consejos incluidos en aquellos significativos murmullos que me inspiraban entonces un odio tan cordial y un desprecio tan amargo.

Por eso llegué a ser a la larga muy rebelde a su odiosa intervención, y aborrecí cada día más lo que yo consideraba intolerable arrogancia suya. He dicho ya que en los primeros años de nuestra convivencia como condiscípulos, mis sentimientos respecto a él hubiesen podido convertirse fácilmente en amistad; pero en los últimos meses de mi estancia en la escuela, aunque la impertinencia de sus maneras habituales hubiera, sin duda, disminuido en cierto modo, mis sentimientos en una proporción casi semejante eran sobre todo de positivo odio. En una ocasión él lo percibió, creo yo, y desde entonces me rehuyó o simuló rehuirme.

Hacia aquella misma época, si no recuerdo mal, en un violento altercado que tuvimos, perdió él su acostumbrada cautela hablando y obrando con una franqueza de conducta más bien extraña a su carácter. Entonces descubrí o me imaginé descubrir en su acento, en su aire, y en su aspecto general, algo que al principio me hizo estremecer y que luego me interesó profundamente, trayendo a mi espíritu visiones oscuras de mi primera infancia, recuerdos extraños, confusos y apiñados de un tiempo en que la propia memoria no había nacido todavía. Como mejor puedo describir la sensación que me oprimió es diciendo que me era difícil desprenderme de la creencia de que había conocido ya al ser que tenía delante en una época muy lejana, en un pasado remoto. Esta ilusión, empero, se disipó tan de súbito como había surgido, y la menciono solo para marcar el día de mi última conversación con mi singular homónimo.

La enorme y vieja casa, entre sus incontables subdivisiones, tenía varias grandes estancias, que comunicaban unas con otras, donde dormían la mayor parte de los estudiantes. Había, además (como debía ocurrir por fuerza en un edificio tan torpemente proyectado), muchos pequeños recovecos o escondrijos, sobrantes de la construcción, y la ingeniosidad económica del doctor Bransby los había utilizado también como dormitorios, aunque, por ser simples gabinetes, solo tenían capacidad para un individuo. Uno de esos cuartitos lo ocupaba Wilson.

Cierta noche, hacia el final de mi quinto año en la escuela, e inmediatamente después del altercado con Wilson a que he aludido, aprovechando que todo estaba sumido en el sueño, me levanté de mi lecho, y con una lámpara en la mano, me deslicé por un laberinto de estrechos corredores desde mi dormitorio al de mi rival. Había yo maquinado a sus expensas una de aquellas bromas malignas en las que fracasara hasta entonces sin cesar. Tenía el propósito de llevar a cabo mi plan y decidí hacerle sentir toda la maldad de que estaba henchido. Llegué a su gabinete, entré sin ruido, dejando la lámpara, con una pantalla, en el umbral. Avancé un paso y escuché el ruido de su respiración apacible. En la seguridad de que estaba dormido, volví a la puerta, cogí la lámpara y con ella me acerqué a la cama. Las cortinas estaban corridas alrededor y las separé con suavidad y lentitud para ejecutar mi plan. Cayó de lleno sobre el durmiente una luz viva, y mis ojos en el mismo momento se fijaron en su cara. Miré, y un entumecimiento, una sensación de hielo penetraron al instante en mi ser. Palpitó mi corazón, vacilaron mis rodillas y todo mi espíritu fue presa de un horror sin causa, pero intolerable. Respirando anhelosamente, bajé la lámpara más cerca aún de su cara. ¿Eran aquellos, *aquellos* los rasgos de William Wilson? Comprobé que sí lo eran, pero temblé como en un acceso febril, imaginando que no lo eran. ¿Qué *había* en ellos para confundirme de aquel modo? Le contemplaba con fijeza, mientras se perdía mi cerebro en un caos de pensamientos incoherentes. No se me aparecía así —no, por cierto— en la viveza de sus horas despiertas. ¡El mismo nombre! ¡Los mismos rasgos! ¡La llegada en el mismo día a la escuela! ¡Y luego, su tenaz e insensata imitación de mi paso, de mi voz, de mi traje, de mis maneras! ¿Cabía, pues, en los límites de la posibilidad humana, *que lo que veía yo ahora* fuese simple resultado de la práctica habitual de aquella sarcástica imitación? Sobrecogido de terror y con un estremecimiento, apagué la lámpara, salí en silencio del cuarto y abandoné luego la vieja escuela para no volver a ella nunca más.

Después de un lapso de varios meses, que pasé en casa de mis padres en plena ociosidad, entré como estudiante en Eton. Aquel breve intervalo fue suficiente para debilitar mis recuerdos de los sucesos de la escuela del doctor Bransby, o al menos, para operar un cambio importante en la naturaleza de los sentimientos que me los recordaban. La realidad —la tragedia— del drama no existía ya. Podía ahora encontrar motivos para dudar del testimonio de mis sentidos, y rara vez recordaba aquel tema sin asombrarme de hasta dónde puede llegar la humana credulidad y sin sonreír ante la fuerza de imaginación que poseía yo por herencia. La vida que hacía en Eton no era a propósito para disminuir aquella especie de escepticismo. El torbellino de desenfrenada locura en que me sumí tan inmediata como temerariamente lo barrió todo, excepto la espuma de mis horas pasadas, y absorbió de un golpe toda impresión sólida o seria, no dejando en mi memoria sino las veleidades de mi pasada existencia.

No deseo, empero, trazar aquí el curso de mi miserable desenfreno, un desenfreno que desafiaba las normas y eludía la vigilancia de la institución. Tres años de locura, pasados sin provecho, no habían podido darme más que vicios arraigados, aumentando hasta un grado inaudito mi desarrollo corporal, cuando después de una semana de disipación desalmada invité a un pequeño grupo de los más disolutos estudiantes a una francachela secreta en mis habitaciones. Nos reunimos a hora avanzada de la noche, pues nuestra orgía debía prolongarse hasta la mañana. Corría el vino en libertad, y no carecíamos de otras seducciones acaso más peligrosas, hasta el punto de que, cuando el alba aparecía débilmente por el oriente, nuestras delirantes extravagancias llegaban al colmo. Enardecido hasta la locura por las tartas y la embriaguez, me obstinaba en pronunciar un brindis indecente sobre toda ponderación, cuando distrajeron mi atención de pronto la violenta manera de entreabrirme una puerta y la voz anhelante de un criado desde fuera. Me dijo que una persona, al parecer con mucha prisa, quería hablarme en el vestíbulo.

Singularmente excitado por el vino, aquella inesperada interrupción me causó más placer que sorpresa. Salí tambaleándome, y a los pocos pasos llegué al vestíbulo de la casa. En aquella estancia baja y pequeña no había ninguna lámpara, y no recibía más luz que la sombra débil del amanecer que penetraba por la ventana cimbrada. Al poner el pie en el umbral, percibí la figura de un joven de talla aproximada a la mía, vestido con una bata de cachemira blanca, de la hechura de moda, como la que llevaba yo en aquel momento. Aquella débil luz me permitía ver, pero no pude distinguir los rasgos de su cara. Apenas entré, se precipitó hacia mí, y cogiéndome del brazo con un gesto de impaciencia petulante, murmuró las palabras «William Wilson» en mi oído.

Me despejé por completo en un instante.

Había no sé qué en las maneras del extranjero y en el temblor nervioso de su dedo levantado, poniéndose entre mis ojos y la luz, que me llenó de un ilimitado asombro; pero no fue aquello lo que me produjo una conmoción tan violenta. Era la absoluta y reprobatoria solemnidad contenida en la pronunciación singular, baja, sibilante, de aquel nombre, y, sobre todo, el carácter, el tono, la *clave* de aquellas pocas, sencillas, familiares, y aun así, *susurradas* sílabas, que trajeron mil recuerdos acumulados de los pasados días y agitaron mi alma como las descargas de una pila eléctrica. Antes de que hubiese podido recobrar mis sentidos, había desaparecido él.

Aunque este acontecimiento no dejara de producir un efecto muy vivo sobre mi trastornada imaginación, fue desvaneciéndose. Durante varias semanas, tan pronto me afanaba en una seria investigación como permanecía envuelto en una nube de meditación morbosa. No pretendí disfrazar mi percepción de la identidad del singular individuo que intervenía con tanta tenacidad en mis asuntos y me acosaba con sus insinuantes consejos. Pero ¿quién, sí, quién era aquel Wilson? ¿Y de dónde venía? ¿Y cuál era su propósito? Sobre ninguno de estos extremos pude obtener satisfacción; comprobé simplemente, con respecto a él, que una repentina desgracia familiar le había hecho abandonar la escuela del doctor Bransby la tarde del día en que yo me escapé. Pero, después de una breve temporada, dejé de pensar en ello, por estar absorbida toda mi atención en un proyectado traslado a Oxford. Allí pronto me fue posible –la incalculable vanidad de mis padres me proporcionó un equipo y una pensión que me permitieron entregarme a discreción al lujo, tan dilecto ya a mi corazón– competir en derroches con los más arrogantes herederos de los más ricos condados de Gran Bretaña.

Incitado por tales medios al vicio, mi temperamento constitucional irrumpió con redoblado ardor, y en la loca ceguera de mis orgías pisoteé hasta los más corrientes frenos del decoro. Pero sería absurdo detenerme en detalles de mis extravagancias. Bastará con decir que superé las prodigalidades de Herodes, y que, dando nombre a una multitud de nuevas locuras, añadí un abundante apéndice a la larga lista de los vicios por entonces habituales en la más disoluta universidad de Europa.

Parecerá difícil creer que hubiese yo rebajado tan en absoluto el rango de nobleza, que intentase familiarizarme con los más viles artes del jugador profesional llegando a ser un adepto de esa despreciable ciencia, que la practicase habitualmente como medio de acrecer mi ya enorme renta a expensas de mis condiscípulos de espíritu más débil. Y, sin embargo, así ocurrió. La enormidad misma de esa ofensa a todo sentimiento honorable demostrado era sin duda la principal, si no la única razón de la impunidad con que la perpetraba. ¿Quién, realmente, entre mis compañeros más depravados, no habría negado el evidente testimonio de sus sentidos antes que sospechar tal conducta en el alegre, el franco, el generoso William Wilson, el más noble y el más liberal camarada en Oxford, aquel cuyas locuras (decían sus parásitos) no eran sino las locuras de una juventud y de una imaginación sin trabas, cuyos errores no eran sino inimitables caprichos, cuyos vicios más negros tan solo suponían una despreocupada y soberbia extravagancia?

Había yo seguido dos años ya con éxito aquella línea de conducta, cuando llegó a la universidad un joven *parvenu* de la nobleza –Glendinning–, rico, según el rumor público, como Herodes Atticus, cuya riqueza había sido adquirida sin esfuerzo. Pronto descubrí su escasa inteligencia, y claro está le consideré como el sujeto más adecuado para mis trapacerías. Le insté con frecuencia a que jugase, y me dediqué, con las artes usuales del jugador, a dejarle ganar sumas considerables para apresarle más eficazmente en mis redes. Por fin, bien madurado mi plan, me reuní con él (abrigando la resuelta intención de que aquel encuentro fuera el último y decisivo) en las habitaciones de un condiscípulo (mister Preston), que tenía igual intimidad con nosotros dos, pero que, debo hacerle esta justicia, no tenía la menor sospecha de mi propósito. Por dar a aquello un aspecto mejor, me di maña a fin de reunir allí un grupo de ocho o diez personas, y procuré con todo cuidado que la introducción de las barajas pareciese casual, y se hiciera a propuesta de mi proyectada víctima. Para abreviar, en tan vil cuestión no se omitió ninguna de las bajas tretas tan usuales en semejantes ocasiones; maravilla que haya gentes tan estúpidas, que se dejen atrapar en ellas.

Habíamos prolongado nuestra velada hasta muy avanzada la noche, y al cabo me las compuse para dejar a Glendinning como único adversario mío. El juego era, además, el mío preferido, el ecarté.[3] El resto de los reunidos, interesados por la magnitud de nuestra partida, habían dejado sus cartas y formaban corro a nuestro alrededor. El *parvenu* a quien había yo inducido con mis manejos, durante la primera parte de la noche, a beber en abundancia, barajaba entonces, repartía o jugaba de una rara manera nerviosa, para lo cual influía en parte su embriaguez, según pensé, aunque no la explicaba del todo. En muy breve tiempo me era deudor de una crecida suma, y tras de un sorbo de oporto, hizo precisamente lo que yo en frío había previsto: me propuso doblar nuestra ya extravagante apuesta. Con una bien simulada apariencia de desgana, y solo después de que mi repetida negativa le hubo incitado a proferir unas agrias palabras que dieron a mi consentimiento el aspecto de un *pique*, accedí, por último. El resultado, naturalmente, no dejó de probar lo bien atrapada que estaba en mis redes la presa: en menos de una hora había él cuadruplicado su deuda. Desde hacía un rato su cara había perdido el color florido que le prestaba el vino, pero entonces vi con verdadero asombro que había adquirido una palidez de lo más espantosa. He dicho, con asombro. Glen-

---

3.   Como se sabe, es un juego de naipes entre dos, cada uno de los jugadores coge cinco cartas, que de común acuerdo pueden cambiarse por otras; quien en cada mano haga más bazas se apunta un tanto; otro el que saque un rey de muestra, y gana el primero que suma cinco tantos. *(N. del T.)*

dinning, según mis informes minuciosos, era riquísimo, y las sumas que había perdido hasta aquel momento, aunque considerables, no podían, suponía yo, preocuparle en serio, y menos aún afectarle de un modo tan violento. La idea que se ofreció desde luego a mi espíritu fue que estaba trastornado por el vino que acababa de ingerir; y más bien con el propósito de defender mi propia conducta a los ojos de mis compañeros que por un motivo desinteresado, iba a insistir con ahínco en interrumpir la partida. Entonces algunas palabras pronunciadas cerca de mí entre los presentes y una exclamación de Glendinning, que revelaba una completa desesperación, me hicieron comprender que había yo provocado su ruina total, en unas circunstancias que, convirtiéndole en objeto de compasión para todos, le habrían protegido hasta de los malos oficios de un demonio.

Resulta difícil de decir cuál iba a ser entonces mi conducta. El deplorable estado de mi víctima hacía que pesara sobre todos un aire de embarazosa tristeza, y reinó un profundo silencio por unos momentos, durante los cuales no pude impedir que mis mejillas enrojecieran bajo las miradas ardientes de desprecio o de reproche que me dirigían los menos depravados de la reunión. Confesaré incluso que durante un instante mi pecho se sintió aliviado de un intolerable peso de angustia por la repentina y extraordinaria interrupción que sobrevino. Las grandes y pesadas hojas de la puerta se abrieron de par en par de golpe, con un impulso tan violento y vigoroso, que apagaron, como por arte mágico, todas las bujías de la estancia. Pero su última claridad me permitió aún entrever que había entrado un extraño, de mi propia altura, aproximadamente, y embozado todo en una capa. Sin embargo, la oscuridad era en aquel momento absoluta, y solo podíamos *sentir* que se hallaba en medio de nosotros. Antes de que ninguno pudiese dominar el enorme asombro en que nos había sumido aquella brusquedad, oímos la voz del intruso.

—Señores —dijo en un bajo, claro, e inolvidable *murmullo* que me sobrecogió hasta el tuétano—, señores, no intento disculpar mi conducta, porque, al obrar así, no hago más que cumplir con un deber. Ignoran ustedes, sin duda, el verdadero carácter de la persona que ha ganado esta noche al ecarté una crecida suma a lord Glendinning. Quiero por eso proporcionarles un procedimiento rápido y decisivo para obtener estos informes tan necesarios. Sírvanse examinar a su gusto la vuelta de su bocamanga izquierda, y los varios paquetitos que podrán encontrar en los bolsillos un tanto espaciosos de su bordada bata.

Mientras hablaba, era tan profundo el silencio, que se hubiera oído caer un alfiler sobre el suelo. Al terminar, salió de pronto y tan bruscamente como había entrado. ¿Puedo describir, describiré mis sensaciones? ¿Podré decir que sentí todos los horrores del condenado? Tenía, de seguro, poco tiempo para reflexionar. Varias manos me clavaron con rudeza en mi sitio, y fueron traídas enseguida unas luces. A esto siguió un registro de mi persona. En la vuelta de mi bocamanga se encontraron todas las cartas esenciales del ecarté y en los bolsillos de mi bata, cierto número de barajas exactamente iguales a las usadas en nuestras reuniones, con la sola excepción de las mías, que eran de esas llamadas por los técnicos «redondeadas», pues en ellas están los triunfos un tanto combados en los bordes superiores, y las otras cartas, un poco convexas por los lados. Gracias a esta disposición, la víctima que corta, como suele hacerse, a lo largo de la baraja, lo hace siempre de manera a dar a su contrario un triunfo, mientras que el tahúr, al cortar a lo ancho, no dará, con seguridad, a su víctima nada que pueda redundar en ventaja suya durante la partida.

Una explosión de indignación ante aquel descubrimiento me hubiera afectado menos que el silencio despreciativo o la calma sarcástica con que fue acogido.

—Señor Wilson —dijo nuestro anfitrión, inclinándose para recoger bajo sus pies un costosísimo gabán de rara piel—, señor Wilson, esto le pertenece. —El tiempo era frío, y al salir de mis habitaciones me había echado por encima de la bata un gabán, que me quité al llegar al teatro de la partida–. Supongo que es innecesario buscar aquí –añadió mirando los pliegues de la prenda con una amarga sonrisa– cualquier otra nueva prueba de su destreza. A la verdad, ya tenemos bastantes. Espero que comprenderá usted la necesidad de abandonar Oxford, o en todo caso, de salir enseguida de mis habitaciones.

Rebajado, humillado hasta el polvo como me sentía entonces, es probable que reaccionara ante aquel lenguaje irritante con alguna inmediata violencia personal, si no hubiera estado fija toda mi atención por el momento en un hecho del género más pasmoso. El gabán que había yo traído era de una rica piel, de una rareza y de un precio que no me atrevo a concretar. Su hechura era, además, de mi propia creación, pues me mostraba descontentadizo hasta un grado absurdo de presunción en cuestiones de aquella frívola naturaleza. Por eso, cuando mister Preston me tendió el que había recogido del suelo, cerca de la puerta de la habitación, vi con un estupor que bordeaba el terror cómo tenía ya el mío al brazo (donde me lo había echado, sin duda inconscientemente), y que el que me presentaba era una exacta imitación en todos y cada uno de sus más minuciosos detalles. El ser singular que me había descubierto de tan desastrosa manera iba envuelto, lo recordaba yo, en una capa, y ninguno de los presentes había traído gabán, con mi sola excepción. Conservando alguna presencia de ánimo, cogí el que me presentaba Preston, y lo puse, sin que lo notasen, sobre el mío; salí de la habitación con un gesto ceñudo de amenaza y de reto, y a la mañana siguiente, al amanecer, inicié un viaje precipitado de Oxford al continente, en una completa agonía de horror y de vergüenza.

Huía yo en vano. Mi destino maldito me ha perseguido triunfante, demostrando, en realidad, que únicamente había comenzado entonces el ejercicio de su misterioso poder. Apenas puse el pie en París, tuve una nueva prueba del detestable interés que Wilson se tomaba por mis asuntos.

Transcurrieron los años sin que experimentase yo ningún alivio. ¡Miserable! En Roma, ¡con qué inoportuna y a la par espectral oficiosidad se interpuso entre mi ambición y yo! ¡Y en Viena, y también en Berlín, y en Moscú! ¿Dónde, en verdad, no encontré una amarga razón para maldecirle desde el fondo de mi corazón? Ante su impenetrable tiranía, huí a la postre, sobrecogido de pánico, como ante la peste, y hasta el fin de la tierra *huí en vano*.

Y siempre, siempre, en secreta comunión con mi espíritu me repetía yo las preguntas: «¿Quién es él? ¿De dónde viene? ¿Y cuál es su objeto?». Pero no encontraba respuesta. Y a la sazón escrutaba con minucioso cuidado las formas, los métodos y los rasgos característicos de su impertinente intromisión. Pero hasta en eso encontraba muy poco que pudiera servir de base a una conjetura. Era, por cierto, notable que en ninguno de los numerosos casos en que se había cruzado últimamente en mi camino, solo lo hubiera hecho para frustrar mis planes o trastornar unos actos que, de lograr éxito, no hubiesen tenido otro resultado que un amargo daño. ¡Pobre justificación, a fe mía, aquella para una autoridad con tanto imperio usurpada! ¡Pobre compensación para los derechos naturales del libre arbitrio, negados de modo tan tenaz e insultante!

Me había yo visto también obligado a observar que mi torturador, desde hacía una larga temporada (mientras mantenía escrupulosamente con maravillosa habilidad su capricho de aparecer vestido igual que yo), había logrado, al efectuar sus variadas intromisiones en mi voluntad, que yo no viese en ningún momento los rasgos de su cara. Lo que Wilson pudiera *ser* era, en suma, el colmo del fingimiento o de la locura. ¿Podía él suponer un instante que en mi censor en Eton, en el destructor de mi honor en Oxford, en el que frustró mi ambición en Roma, mi venganza en París, mi apasionado amor en Nápoles, o lo que llamó falsamente mi avaricia en Egipto; que en aquel ser, mi principal enemigo y mi genio maléfico, dejase yo de reconocer al William

Wilson de mis días de la escuela, al homónimo, al compañero, al rival, al odiado y temido rival de la institución del doctor Bransby? ¡Imposible! Pero dejad que me apresure hacia la última y memorable escena del drama.

Hasta entonces había yo sucumbido indolentemente a aquella imperiosa dominación. El sentimiento de profundo respeto con que templaba de ordinario el carácter elevado, la majestuosa sabiduría, la aparente omnipresencia y omnipotencia de Wilson, unido al terror que me inspiraban algunos otros rasgos de su naturaleza, habían creado en mí hasta entonces la idea de mi completa debilidad e impotencia, aconsejándome una implícita, aunque amarga y contrariada sumisión a su arbitraria voluntad. Pero en los últimos tiempos me había entregado de lleno al vino, y su influjo enloquecedor sobre mi temperamento hereditario me hacía cada vez más intolerante a toda dominación. Comencé a murmurar, a vacilar, a resistir. ¿Y fue solo mi imaginación la que me indujo a creer que, al aumentar mi propia firmeza, sufriría la de mi atormentador una disminución proporcional a aquella? Es posible; empezaba yo ahora a sentir la inspiración de una esperanza ardiente, y al final alimenté en lo más secreto de mi pensamiento una sombría y desesperada resolución de no someterme por más tiempo a aquella esclavitud.

Fue en Roma, durante el carnaval de 18..., al que yo asistía durante una mascarada que se celebraba en el *palazzo* del duque napolitano Di Broglio. Había abusado más que de costumbre del vino, y ahora la sofocante atmósfera de los salones atestados me excitaba hasta un extremo insoportable.

Además, la dificultad de abrirme paso entre el gentío contribuyó no poco a excitar mi mal humor, pues buscaba yo con ansiedad (no diré por qué motivo indigno) a la joven, a la alegre, a la bella esposa del viejo y chocheante Di Broglio. Con una confianza harto despreocupada me había ella confiado previamente el secreto del disfraz que llevaría, y como acababa de divisarla, tenía prisa por llegar hasta ella. En aquel momento, sentí una mano que se posaba ligera sobre mi hombro, y aquel inolvidable, bajo y maldito *murmu-llo* en mi oído.

Invadido por un rabia frenética me volví de repente hacia aquel que me había interrumpido y le cogí con violencia por el cuello. Iba vestido como yo esperaba, con un traje igual por completo al mío; llevaba una capa española de terciopelo azul, y suspendido de un cinturón carmesí un estoque. Un antifaz de seda negra cubría por completo su cara.

—Bandido —dije con una voz enronquecida por la rabia, y cada sílaba que pronunciaba parecía un nuevo alimento para mi furia—. ¡Bandido, impostor, maldito villano! ¡No irás tras mis pasos hasta la muerte! ¡Sígueme, o te atravieso donde estás!

Y me abrí camino por el salón de baile hacia una pequeña antesala contigua, arrastrándole irresistiblemente conmigo.

Al entrar, le empujé lejos de mí. Se tambaleó contra el muro, mientras yo cerraba la puerta con un juramento, ordenándole que desenvainase. Vaciló un instante; luego con un leve suspiro sacó su espada en silencio y se puso en guardia.

El combate fue breve, sin duda. Estaba yo enloquecido por toda clase de excitaciones, y sentía en mi solo brazo la energía y la fuerza de una multitud. En pocos segundos le empujé con la simple fuerza de la muñeca contra el panel de madera, y teniéndole así a mi merced, hundí en su pecho mi espada con brutal ferocidad repetidas veces.

En aquel momento alguien tocó la cerradura de la puerta. Me apresuré a prevenir una intrusión y volví al punto hacia mi adversario tendido. Pero ¿qué lenguaje humano podría describir adecuadamente *aquel* asombro, *aquel* horror que me invadió ante el espectáculo que se presentó a mi vista? El breve instante en que aparté los ojos había bastado para producir, al parecer, un cambio material en la disposición de la parte alta y más alejada de la habitación. Un amplio espejo —en mi confusión, eso me pareció al principio— se levantaba ahora, allí donde no había yo divisado nada antes, y cuando me dirigí hacia él en el colmo del terror, mi propia imagen, pero con los rasgos muy pálidos y salpicados de sangre, avanzó hacia mí con un paso débil y vacilante.

Digo que así me pareció, aunque no lo era en realidad. Era mi adversario, era Wilson el que estaba ante mí, en su agonía. Su antifaz y su capa yacían donde los había arrojado, sobre el suelo. ¡Ni un hilo en todo su traje ni una línea en todos los rasgos notables y singulares de su rostro que no fuesen hasta la más absoluta identidad, *los míos propios*!

Era Wilson, pero sin hablar ya con un murmullo, hasta el punto de que me hubiese podido imaginar que era yo mismo el que hablaba cuando dijo:

—*Has vencido y yo sucumbo. Pero de aquí en adelante tú también has muerto; ¡has muerto para el Mundo, para el Cielo y para la Esperanza! En mí existías tú, y mira en mi muerte, por esta imagen que es la tuya, cuán enteramente te has asesinado a ti mismo.*

[Trad. de Julio Gómez de la Serna]

El hombre de la multitud

En este relato Poe se adentra en el misterio que toda alma humana esconde y que los demás nunca llegan a conocer del todo: la maldad. Puede observarse que el protagonista mismo —cuyo nombre nunca se menciona y quien se encuentra inexplicablemente separado de la multitud— no es ni rico ni pobre, a pesar de que su vestimenta podría sugerir tanto una cosa como la otra. ¿No encarna, acaso, a todos los hombres?

Esta historia se encuentra en la estela de la temprana obra de Charles Dickens, Sketches by Boz *(1836). No obstante, mientras este describe lugares y personas reales de Londres al mismo tiempo que denuncia la desigualdad y la injusticia, Poe adopta la escena, imagina a los transeúntes y se pregunta por un individuo solitario que parece el demonio. Se desconocen sus quehaceres; él vive entre la multitud.*

Se publicó por primera vez en noviembre de 1840, una fecha que parece fiable. No obstante, las circunstancias en que vio la luz merecen unas líneas. La relación del autor con el Burton's Gentleman's Maga-zine *finalizó en junio de ese mismo año. En noviembre, George R. Graham, propietario de* The Casket, *compró la revista y en diciembre apareció la historia de Poe en ambas publicaciones. Eran exactamente iguales excepto que mantenían una portada propia, con el encabezado común «Graham's Magazine», y su número de serie diferenciado. Además* Gentleman's *incluía ocho páginas adicionales que concluían una historia iniciada meses antes. En enero de 1841 Graham empezó a publicar el* Graham's Lady's and Gentleman's Magazine (The Casket and Gentleman's United), *siguiendo la numeración de la antigua* The Casket, *e incluyó a Poe como colaborador.*

Ce grand malheur de ne pouvoir être seul.[1]

LA BRUYÈRE

Se ha dicho muy bien de cierto libro alemán que «*er lasst sich nicht lesen*» (que no se deja leer). Hay secretos que no admiten ser descubiertos. Unos hombres mueren en sus lechos por la noche estrujando las manos de espectrales confesores y mirándolos lastimosamente en los ojos; mueren con desesperación en el corazón y convulsiones en la garganta, a causa del horror de los misterios que *no permiten* ser revelados. De cuando en cuando, ¡ay!, la conciencia humana soporta una carga de tan pesado horror, que no puede desprenderse de ella más que en la tumba. Y por eso queda sin divulgar la esencia de todo crimen.

No hace mucho tiempo, a la caída de una tarde de otoño, me hallaba yo sentado ante la amplia ventana saliente del café D., en Londres. Durante algunos meses había estado enfermo; pero ahora me encontraba en plena convalecencia, y al recuperar mis fuerzas, me sentía en una de esas felices disposiciones de ánimo que son precisamente lo contrario del *ennui*;[2] disposiciones de la más aguda apetencia, cuando

1. «Es una gran desgracia no poder estar solo.» *(N. del T.)*
2. «Tedio.» *(N. del T.)*

desaparece la película de la visión mental, y el intelecto, electrizado, supera su condición diaria, en tan alto grado como la ardiente y a la par cándida razón de Leibniz supera la loca y endeble retórica de Georgias. El mero hecho de respirar era un gozo, y ello me producía un positivo placer e incluso muchas fuentes de legítimo dolor. Cada cosa me inspiraba un tranquilo, pero inquisitivo interés. Con un cigarrillo en la boca y un periódico sobre las rodillas, me había divertido durante la mayor parte de la tarde, unas veces en examinar los anuncios, otras en observar la mezclada concurrencia del salón, y otras en contemplar la calle a través de los cristales empañados por el humo.

Esa calle es una de las principales vías de la ciudad, y había estado invadida por la multitud durante todo el día. Pero, al oscurecer, aumentó el gentío por momentos, y cuando encendieron los faroles, dos densas y continuas oleadas de gente pasaban frente a la puerta. No me había yo encontrado nunca antes en una situación semejante a la de aquel momento especial del anochecer, y el tumultuoso océano de cabezas humanas me llenaba, por eso, de una emoción deliciosa y nueva. Al cabo no puse la menor atención en las cosas que ocurrían en el local, y permanecí absorto en la contemplación de la escena de fuera.

Al principio tomaron mis observaciones un giro abstracto y general. Miraba a los transeúntes por masas, y mi pensamiento no los consideraba más que en sus relaciones conjuntas. Pronto, empero, pasé a los detalles y examiné con minucioso interés las innumerables variedades de figura, indumentaria, aire, andares, cara y expresión fisonómica.

La mayor parte de los que pasaban tenían un porte presuroso, como adecuado a los negocios, y parecían preocupados únicamente de abrirse camino entre la multitud. Fruncían las cejas y movían los ojos rápidamente; cuando eran empujados por otros transeúntes no mostraban síntomas de impaciencia, sino que se arreglaban las ropas y se aceleraban. Otros, en mayor número aún, eran de movimientos inquietos; tenían las caras enrojecidas, hablaban y gesticulaban para sí mismos, como si se sintiesen solos a causa del amontonamiento de gentes a su alrededor. Cuando eran detenidos en su marcha, aquellos seres cesaban de pronto de murmurar, pero redoblaban sus gestos y esperaban, con una sonrisa, ausente y excesiva, el paso de las personas que les obstruían el suyo. Si los empujaban, se disculpaban, efusivos, con los autores del empujón, y parecían llenas de azoramiento. Estas dos amplias clases de gentes que acabo de mencionar no tenían ningún rasgo característico de veras. Sus ropas pertenecían a ese género que incluyo en la categoría de decente. Eran, sin duda, caballeros, comerciantes, abogados, artesanos, agiotistas, los eupátridas y el vulgo de la sociedad, hombres ociosos y hombres activamente dedicados a asuntos personales, que regían negocios bajo su propia responsabilidad. No atraían mucho mi atención.

El grupo de los empleados era de los más evidentes, y en él distinguía yo dos divisiones notables. Había los pequeños empleados de casas de relumbrón: unos jóvenes *gentlemen* de ajustadas levitas, botas relucientes, pelo lustroso y bocas arrogantes. Dejando a un lado cierta gallardía en su porte, que podría ser denominada *de despacho* a falta de una palabra mejor, el carácter de aquellas personas parecía ser un facsímil exacto de lo que había constituido la perfección del *bon ton* doce o dieciocho meses antes. Exhibían la gracia de desecho de la clase media, y esto, creo yo, implica la mejor definición de su clase.

La división de los altos empleados de casas sólidas, o de los *steady old fellows*,[3] era imposible de confundir. Se los reconocía por sus levitas y pantalones negros o marrones de hechura cómoda, por sus corbatas y chalecos blancos, por su calzado holgado y de sólida apariencia, con medias gruesas o botines. Tenían todos la cabeza ligeramente calva, y las orejas rectas, utilizadas hacía largo tiempo para sostener la plu-

3. «Compañeros firmes y antiguos.» *(N. del T.)*

ma, habían adquirido un singular hábito de separación en su punta. Observé que se quitaban o se ponían sus sombreros con ambas manos, y que llevaban relojes con cortas cadenas de oro de un modelo sólido y antiguo. Tenían la afectación de la respetabilidad, si es que puede existir realmente una afectación tan honorable.

A varios de esos individuos de arrogante aspecto, los reconocí pronto como pertenecientes a la raza de los rateros elegantes, que infesta todas las grandes ciudades. Vigilé a aquella clase media con verdadera curiosidad, y me resultó difícil imaginar cómo podrían ser confundidos con unos *gentlemen* por los propios *gentlemen*. Los puños de sus camisas, que asomaban demasiado, y su aire de excesiva franqueza los traicionaba enseguida.

Los tahúres –que descubrí en gran cantidad– eran todavía más fáciles de reconocer. Llevaban toda clase de trajes, desde el del arrojado tramposo camorrista, con chaleco de terciopelo, corbata de fantasía, cadena dorada y botones de filigrana, hasta el de pastor protestante, de tan escrupulosa sencillez, que nada podía ser menos propenso a la sospecha. Todos, sin embargo, se distinguían por cierto color moreno de su curtido cutis, por un apagamiento vaporoso del ojo y por la palidez de sus estrechos labios. Había, además, otros dos rasgos, por los cuales podía yo siempre descubrirlos: el tono bajo y cauteloso en la conversación, y un más que ordinario estiramiento del pulgar hasta formar ángulo recto con los demás dedos. Muy a menudo, en compañía de aquellos pícaros, he observado una clase de hombres algo diferentes en su vestimenta, pero que eran pájaros del mismo plumaje. Se los puede definir como caballeros que viven de su ingenio. Parecen dividirse para devorar al público en dos batallones: el de los dandis y el de los militares. En la primera clase los rasgos característicos son cabellos largos y sonrisas, y en la segunda, levitas halduras y ceño.

Descendiendo en la escala de lo que se llama nobleza, encontré temas de meditación más sombríos y profundos. Vi judíos buhoneros con ojos centelleantes de halcón en rostros cuyos otros rasgos mostraban no más una expresión de abyecta humildad; porfiados mendigos profesionales empujando a pobres de mejor calaña a quienes solo la desesperación había arrojado en público a la noche para implorar la caridad; débiles y lívidos inválidos a quienes tenía asidos con mano firme la muerte y que se retorcían y se tambaleaban entre la multitud, mirando, suplicantes, a todas las caras, como en busca de algún fortuito consuelo, de alguna esperanza perdida; modestas muchachas que volvían de una larga y prolongada labor hacia un triste hogar, y retrocedían más llorosas que indignadas ante las miradas de los rufianes cuyo contacto directo no podían evitar, a pesar suyo; rameras de todas las clases y de todas las edades, la inequívoca belleza en el primor de su feminidad, que hacía recordar la estatua de Luciano, cuya superficie era de mármol de Paros, y cuyo interior estaba lleno de inmundicias; la leprosa harapienta, repugnante y completamente decaída; la arrugada y pintarrajeada bruja, cargada de joyas, haciendo un último esfuerzo hacia la juventud; la adolescente pura, de formas sin acusar, pero entregada ya, por una larga camaradería, a las horrendas coqueterías de su comercio y ardiendo con frenética ambición por verse colocada al nivel de sus mayores en el vicio; innumerables e indescriptibles borrachos —algunos, andrajosos y llenos de remiendos, tambaleándose, desarticulados, con caras tumefactas y ojos empañados; otros, vistiendo ropas enteras, aunque sucias, con una fanfarronería un tanto vacilante, gruesos labios sensuales y caras rubicundas de franca apariencia; otros, vestidos con telas que en otro tiempo fueron buenas y que aun ahora estaban cepilladas con esmero—; hombres que andaban con un aire más firme y flexible de lo natural, pero cuyos rostros estaban espantosamente pálidos, cuyos ojos eran atrozmente feroces e inyectados, y que, mientras avanzaban a grandes pasos entre la multitud, agarraban con trémulos dedos todos los objetos que encontraban a su alcance; y junto a ellos, pasteleros, recaderos, cargadores de carbón, deshollinadores, tocadores de organillo, domadores de monos, vendedores de canciones, que entonaban otros mientras ellos las vendían; artesanos harapientos y obreros extenuados de todas clases, desbordantes de una ruidosa y desordenada viveza que irritaba el oído con sus discordancias y aportaba una sensación dolorosa a los ojos.

Conforme se hacía más profunda la noche, se hacía también más hondo mi interés por la escena, pues no solo se alteraba el carácter general de la multitud (sus rasgos más nobles desaparecían con la retirada gradual de la parte más tranquila de la gente, y los groseros se ponían más de relieve a medida que la última hora sacaba a cada especie infamante de su guarida), sino que los rayos de los faroles, débiles al principio en su lucha con el día agonizante, recobraban al cabo su ascendiente y proyectaban sobre todas las cosas una luz incierta y deslumbradora. Todo estaba oscuro, y sin embargo, brillante, como ese ébano al cual se ha comparado el estilo de Tertuliano.

Los extraños efectos de la luz me obligaron a examinar las caras de los individuos; y aunque la rapidez con que pasaba aquel mundo luminoso ante la ventana me impidiera lanzar más de una ojeada sobre cada rostro, me parecía que, dado mi peculiar estado mental, podía con frecuencia leer en el breve intervalo de una ojeada la historia de largos años.

Con la frente pegada al cristal, estaba yo así dedicado a escudriñar la multitud, cuando de repente apareció ante mi vista una cara (que era la de un viejo decrépito, de unos sesenta y cinco o setenta años), una cara que enseguida atrajo y absorbió mi atención, a causa de la absoluta idiosincrasia de su expresión. No había yo visto nunca antes nada ni remotamente parecido a aquella expresión. Recuerdo bien que mi primer pensamiento, al verla, fue que Retzsch, de haberla observado, la hubiera preferido con mucho para sus encarnaciones pictóricas del demonio. Cuando intentaba, durante el breve instante de mi primer vistazo, efectuar algún análisis del sentimiento transmitido, noté surgir, confusas y paradójicas, en mi espíritu unas ideas de amplia potencia mental, de cautela, de ruindad, de avaricia, de frialdad, de maldad, de sed sanguinaria, de triunfo, de alegría, de excesivo terror, de intensa y suprema desesperación. Me sentí singularmente despierto, sobrecogido, fascinado.

«¡Qué extraña historia —me dije a mí mismo— está escrita en ese pecho!» Tuve entonces un vehemente deseo de no perder de vista a aquel hombre, de saber más de él. Me puse deprisa el gabán, y cogiendo mi sombrero y mi bastón, me abrí camino por la calle y me lancé entre la multitud en la dirección que le había visto tomar, pues había desaparecido ya. Con cierta dificultad conseguí al fin divisarle, me aproximé y le seguí de cerca, aunque con precaución para no atraer su atención.

Tenía ahora una buena oportunidad de examinar su persona. Era de pequeña estatura, muy delgado y muy débil en apariencia. Sus ropas, en general, estaban sucias y harapientas; pero como pasaba de cuando en cuando bajo la fuerte claridad de un farol, observé que su ropa blanca aunque manchada era de buena clase, y si no me engañó mi vista, a través de un desgarrón del *roquelaure*[4] abrochado hasta la barbilla y adquirido en una prendería, sin duda, en que se envolvía, entreví el refulgir de un brillante y de un puñal. Estas observaciones avivaron mi curiosidad, y decidí seguir al desconocido a donde fuera.

Era ya noche cerrada, y sobre la ciudad caía una niebla densa y húmeda que acabó en una lluvia copiosa y continua. Este cambio de tiempo tuvo un efecto raro sobre la multitud, que se agitó toda ella con una nueva conmoción y quedó oculta por un mundo de paraguas. La ondulación, los

---

4. Aunque tanto en la edición inglesa como en la estadounidense figura aquí esta palabra ortográfica (sin duda, por errata *respetada*) «roquelaire», creo que debe emplearse «roquelaure» con más propiedad, ya que se trata del nombre con que se designa una especie de capote ajustado al cuello, que se usaba en otro tiempo. Proviene esa denominación del título del duque de Roquelaure, general francés (1614-1683), que adquirió tanta fama por sus hazañas militares como por su mordacidad y su fealdad. *(N. del T.)*

empellones y el zumbido crecieron diez veces más. Por mi parte, no me fijé mucho en la lluvia, pues tenía aún en las venas una antigua fiebre en acecho, que hacía que la humedad me resultase un tanto peligrosamente grata. Anudé un pañuelo alrededor de mi cuello y me mantuve firme. Durante una media hora el viejo se abrió camino con dificultad por la calle, y yo anduve casi pisándole los talones para no perderle de vista. Como no volvió nunca la cabeza, no me vio. Luego torció por una calle transversal que, aun estando llena de gente, no se hallaba tan atestada como la principal de la que acababa él de venir. Aquí tuvo lugar un visible cambio en su actitud. Caminó mucho más despacio y con menos decisión que antes, vacilando mucho. Cruzó y volvió a cruzar la vía, sin finalidad aparente, y la multitud era tan espesa que a cada uno de estos movimientos me veía obligado a seguirle más de cerca. Era una calle estrecha y larga, y su paseo se prolongó casi una hora, durante la cual fueron disminuyendo los transeúntes hasta reducirse a la cantidad que se ve de ordinario a las doce del día en Broadway, cerca del parque; hasta tal punto es grande la diferencia entre la población londinense y la de la ciudad estadounidense más populosa. Un segundo giro nos llevó a una plaza brillantemente iluminada y desbordante de vida. Reapareció la primera actitud del desconocido. Su mentón se hundió sobre su pecho, mientras sus ojos giraron con viveza bajo sus cejas fruncidas en todos sentidos hacia cuantos le rodeaban. Apresuró el paso con regularidad e insistencia. Me sorprendió, no obstante, cuando hubo dado la vuelta a la plaza, que retrocediese sobre sus pasos. Y me asombró aún más verle repetir el mismo paseo varias veces, estando a punto de que me descubriera al girar sobre sus talones con un movimiento repentino.

En aquel ejercicio consumió otra hora, al final de la cual fuimos menos obstaculizados por los transeúntes que al principio. Caía con fuerza la lluvia, refrescaba el aire, y la gente se retiraba a sus casas. Con un gesto de impaciencia, el errabundo se adentró por una calle oscura, relativamente solitaria. A lo largo de ella corrió un cuarto de milla o cosa así con una agilidad que no hubiera yo imaginado en un hombre de tanta edad, costándome mucho trabajo seguirle. En pocos minutos desembocamos en un amplio y bullicioso ferial, de cuya topografía parecía bien enterado el desconocido, quien volvió a adoptar su aparente actitud primitiva, abriéndose camino aquí y allá entre el gentío de compradores y vendedores.

Durante la hora y media, aproximadamente, que pasamos en aquel lugar, necesité mucha cautela para no perderle de vista sin atraer su atención. Por fortuna, llevaba yo chanclos de caucho, y podía moverme en un perfecto silencio. No se dio cuenta ni por un solo momento de que yo le espiaba. Entraba tienda por tienda, no preguntaba el precio de nada, ni decía una palabra, y examinaba todos los objetos con una mirada fija y ausente. Estaba yo ahora asombrado por completo de su conducta, y adopté la firme resolución de no separarme de aquel hombre hasta haber satisfecho de alguna manera mi curiosidad con respecto a él.

Un reloj de sonora campanada dio las once y todo el público se marchó del mercado acto seguido. Un tendero, al bajar el cierre, dio un codazo al viejo, y en el mismo momento vi que recorría su cuerpo un estremecimiento. Se precipitó en la calle, miró a su alrededor durante un instante, y luego huyó con una increíble velocidad por las numerosas y tortuosas callejuelas desiertas, hasta que desembocamos de nuevo en la gran vía de donde habíamos partido, la calle donde estaba el café D. Sin embargo, no tenía ya el mismo aspecto. Seguía estando brillantemente iluminada por el gas; pero caía furiosa la lluvia y se veían pocos transeúntes. El desconocido palideció. Dio unos pasos, pensativo, por la avenida antes populosa; luego, con un fuerte suspiro, torció en dirección del río, y adentrándose en una amplia diversidad de calles apartadas, llegó, por último, ante uno de los principales teatros. Estaban cerrándolo, y el público salía apiñado por las puertas. Vi al viejo abrir la boca como para respirar cuando se metió entre el gentío; pero me pareció que la intensa angustia de su cara se había calmado en cierto modo. Volvió a hundir la cabeza en su pecho, y apareció tal como le había visto la primera vez. Observé que se dirigía ahora hacia el mismo lado que el público, aun cuando, en suma, no podía yo comprender la rara obstinación de sus actos.

Mientras él avanzaba, se iba desperdigando la gente, y se repitieron su malestar y vacilaciones. Durante un rato siguió de cerca a un grupo de diez o doce alborotadores; pero poco a poco, uno por uno, se fueron separando, hasta quedar reducidos solo a tres, en una calleja estrecha y lóbrega, escasamente frecuentada. El desconocido hizo un alto, y durante un momento, pareció absorto en sus pensamientos; luego, con una agitación muy marcada, siguió con rapidez una calle que nos condujo a las afueras de la ciudad, por sitios muy diferentes de los que habíamos cruzado antes. Era el barrio más hediondo de Londres, donde todas las cosas ostentan la marca de la miseria más deplorable y del crimen más desenfrenado. A la luz débil de un farol casual se veían casas de madera altas, antiguas, carcomidas, tambaleantes, en direcciones tan diversas y caprichosas, que apenas se divisaba entre ellas la apariencia de un paso. Los adoquines estaban esparcidos al azar, sacados de sus huecos por la profusa hierba tenaz. Horribles inmundicias se pudrían en las alcantarillas cegadas. Toda la atmósfera rebosaba desolación. No obstante, mientras avanzábamos, se reavivaron los ruidos de la vida humana con firmeza gradual, y por último, nutridos grupos de la chusma más malvada se movieron vacilantes aquí y allá. Palpitaron de nuevo los ánimos del viejo, como una lámpara que está pronta a extinguirse. Una vez más se precipitó hacia delante con elástico paso. De repente volvimos una esquina, ardió ante nuestra vista una fulgurante luz, y nos encontramos ante uno de los enormes templos suburbanos de la Intemperancia, uno de los palacios del demonio Ginebra.

Ahora era ya casi el alba; pero aún se apretujaba un tropel de miserables borrachos por dentro y por fuera de la fastuosa puerta. Casi con un grito de alegría se abrió paso el viejo entre ellos, readquirió enseguida su primitivo porte, y se puso a pasear arriba y abajo, sin objeto apreciable. No llevaba mucho tiempo dedicado a esta tarea, cuando un fuerte empujón hacia las puertas reveló que el dueño iba a cerrarlas por la hora. Lo que observé entonces en la cara del ser singular a quien espiaba yo tan tenazmente fue algo más intenso que la desesperación. Sin embargo, no vaciló en su carrera; pero con una energía loca, volvió sobre sus pasos de pronto hacia el corazón del poderoso Londres. Huyó largo rato con suma rapidez mientras yo le seguía con aturdido asombro, resuelto a no abandonar una investigación por la que sentía un interés de todo punto absorbente. Salió el sol mientras seguíamos marchando, y cuando hubimos llegado otra vez al más atestado centro comercial de la populosa ciudad, la calle del café D., presentaba esta un aspecto de bullicio y de actividad humana casi igual al que había yo presenciado en la noche anterior. Y allí, entre la confusión que aumentaba por momentos, persistí en mi persecución del desconocido. Pero, como de costumbre, él andaba de un lado para otro, y durante todo el día no salió del torbellino de aquella calle. Y cuando las sombras de la segunda noche iban llegando, me sentí mortalmente cansado, y deteniéndome bien de frente al errabundo, le miré con decisión a la cara. No reparó en mí, y reanudó su solemne paseo, en tanto que yo, dejando de seguirle, permanecí absorto en aquella contemplación.

—Este viejo —dije por fin— es el tipo y el genio del crimen profundo. Se niega a estar solo. *Es el hombre de la multitud*. Sería inútil seguirle, pues no lograría saber más de él ni de sus actos. El peor corazón del mundo es un libro más repelente que el *Hortulus Animae*[5] y quizá una de las grandes mercedes de Dios sea que *er lasst sich nicht lesen*, que no se deja leer.

[Trad. de Julio Gómez de la Serna]

5. El *Hortulus Animae cum Oratiunculis Aliquibus Superadditis*, de Grunninger.

Los crímenes de la rue Morgue

Este relato es un gran monumento literario. Aunque no constituye su primera historia detectivesca, es la primera que escribió con el objetivo de obtener popularidad internacional, y la carta de presentación de uno de los detectives privados más célebres de la literatura: C. Auguste Dupin. Se considera «Los crímenes de la rue Morgue» como la predecesora de un buen número de obras. Sin embargo, ostenta una naturaleza excesivamente sangrienta que el autor trató de evitar más adelante en «La carta robada», un relato más elegante y mejor valorado por el propio Poe.

Entre las posibles fuentes de inspiración se cuenta el artículo «New Mode of Thieving», publicado en Londres en Notes and Queries *el 12 de mayo de 1834, aunque probablemente Poe lo leyó en el* Annual Register. *También podría haberse basado en una historia, entonces muy conocida, acerca del mono de un barbero que, en ausencia de su propietario, trata de afeitar a los clientes con desastrosos resultados; en otra versión, el mono escapa por la chimenea. Existe otra historia parecida sobre un mono que imita a su amo afeitándose y acaba cortándose el cuello. En cambio, John Robert Moore afirma en un artículo publicado en* American Literature *en marzo de 1936 que el escritor de Boston podría haberse basado en el capítulo XXV de* Roberto, conde de París *(1831), de sir Walter Scott, donde al villano lo estrangula un orangután. Otra posibilidad es que se basara en un asesinato real que tuvo lugar en París.*

J. M. Johnson, aprendiz en Barrett & Thrasher, *donde se imprimió por primera vez, encontró el manuscrito en una papelera y pidió permiso para quedárselo. Cuando se publicó en marzo de 1841, «Los crímenes de la rue Morgue» se recibió con gran entusiasmo. Años más tarde, la historia sirvió para despertar el interés del público francés en Poe, entre el cual ya había adquirido notoriedad en Francia con «William Wilson».*

> Qué canción entonaban las sirenas, o qué nombre asumió Aquiles cuando se escondió entre las mujeres, son, sin duda, cuestiones complejas, pero no están más allá de *toda* conjetura.

Sir Thomas Browne

Las condiciones mentales que suelen considerarse como analíticas son, en sí mismas, de difícil análisis. Las consideramos tan solo por sus defectos. De ellas conocemos, entre otras cosas, que son siempre, para el que las posee, cuando se poseen en grado extraordinario, una fuente de vivísimos goces. Del mismo modo que el hombre fuerte disfruta con su habilidad física, deleitándose en ciertos ejercicios que ponen en acción a sus músculos, el analista goza con esa actividad intelectual que se ejerce al *desentrañar*. Consigue satisfacción hasta de las más triviales ocupaciones que ponen en juego su talento. Se desvive por los enigmas, acertijos y jeroglíficos y en cada una de las soluciones muestra un sentido de *agudeza* que parece al vulgo una penetración sobrenatural. Los resultados obtenidos por un solo espíritu y la esencia de su procedimiento adquieren, realmente, la apariencia total de una intuición.

Esta facultad de resolución está, tal vez, muy fortalecida por los estudios matemáticos, y, especialmente, por esa importantísima rama que, con ninguna propiedad y solo teniendo en cuenta sus operaciones previas, ha sido llamada *per excellence* análisis. Y, no obstante, calcular no es intrínsecamente analizar.

Un ajedrecista, por ejemplo, lleva a cabo lo uno sin esforzarse en lo otro. Por ello el juego de ajedrez, en sus efectos sobre el carácter mental, no está lo suficientemente comprendido.

Yo no intento escribir un tratado en estas líneas, sino que prologo únicamente un relato muy singular, con observaciones efectuadas a la ligera. Usaré, por tanto, de esta ocasión para asegurar que las facultades más importantes de la inteligencia reflexiva trabajan con mayor decisión y provecho en el sencillo juego de damas que en toda esa frivolidad primorosa del ajedrez. En este último, donde las piezas tienen, cada una, distintos y raros movimientos, con diversos y variables valores, o que tan solo es complicado, se toma por error, muy común, por profundo. La *atención* aquí es poderosamente puesta en juego. Si un solo instante se flaquea, se comete un descuido, los resultados implican pérdida o derrota.

Comoquiera que los movimientos posibles no son solamente variados, sino complicados, las posibilidades de estos descuidos son múltiples; de cada diez casos, nueve triunfa el jugador más capaz de reconcentración y no el más perspicaz. En el juego de damas, por el contrario, donde los movimientos son *únicos* y de muy poca variación, las posibilidades de descuido son menores, y como la atención queda relativamente distraída, las ventajas que consigue cada una de las partes lo son por una *perspicacia* superior.

Para ser menos abstractos, supongamos, por ejemplo, un juego de damas cuyas piezas se han reducido a cuatro reinas y donde no es posible el descuido. Evidentemente, en este caso, la victoria, hallándose los jugadores en absoluta igualdad, puede decidirse en virtud de un movimiento calculado resultante de un determinado esfuerzo de la inteligencia. Privado de los recursos ordinarios, el analista consigue penetrar en el espíritu de su contrario. Por tanto, se identifica con él, y a menudo descubre de una ojeada el único medio –a veces, en realidad, absurdamente sencillo– en virtud del cual puede inducirle a error o llevarlo a un cálculo equivocado.

Desde hace largo tiempo se ha citado el whist por su acción sobre la facultad calculadora. Se ha visto que hombres de gran inteligencia han encontrado en él un goce aparentemente inexplicable, mientras abandonaban el ajedrez como una frivolidad. No hay duda de que no hay juego alguno que, en relación con este, haga trabajar la facultad analítica. El mejor jugador de ajedrez del mundo no puede ser más que el mejor jugador de ajedrez. Pero la habilidad, en el whist, implica ya capacidad para el triunfo en todas las demás importantes empresas en las que la inteligencia se enfrenta con la inteligencia. Cuando digo habilidad, me refiero a esa perfección en el juego que lleva consigo una comprensión de *todas* las fuentes de donde se deriva una legítima ventaja. Estas fuentes no solo son diversas, sino también multiformes. Frecuentemente se hallan en las profundidades del pensamiento, y son por entero inaccesibles para las inteligencias ordinarias. Observar atentamente es recordar distintamente.

Y desde este punto de vista, el jugador de ajedrez capaz de intensa concentración jugará muy bien al whist, puesto que las reglas de Hoyle, basadas en el puro mecanismo del juego, son suficientes y generalmente inteligibles. Por esto, el poseer una buena memoria y jugar de acuerdo con el libro son comúnmente puntos considerados como el cumplimiento total del jugador excelentemente. Pero en aquellos casos que se encuentran fuera de los límites de la pura regla, es donde el talento del analista se demuestra. En silencio, realiza una porción de observaciones y deducciones. Posiblemente, sus compañeros harán otro tanto, y la diferencia en la extensión de la información adquirida no se basará tanto en la validez de la deducción como en la calidad de la observación.

Lo principal, lo importante, es saber *lo que debe* ser observado. Nuestro jugador no se reduce únicamente al juego, y aunque este sea el objeto actual de su atención, habrá de prescindir de determinadas deducciones originadas al considerar objetos extraños al juego. Examina la fisonomía de su compañero, y la compara cuidadosamente con la de cada uno de sus contrarios. Se fija en el modo de distribuir las cartas a cada mano, con frecuencia calculando triunfo por triunfo y tanto por tanto, observando las miradas de los jugadores a su juego. Se da cuenta de cada una de las variaciones de los rostros, a medida que adelanta el juego recogiendo gran número de ideas por las diferencias que observa en las distintas expresiones de seguridad, sorpresa, triunfo o desagrado. En la manera de recoger una baza juzga si la misma persona podrá hacer la que sigue. Reconoce la carta jugada en el ademán con que se deja sobre la mesa. Una palabra casual o involuntaria; la forma accidental con que cae una carta, o el volverla sin querer, con la ansiedad o la indiferencia que acompañan la acción de evitar que sea vista; la cuenta de las bazas y el orden de su colocación; la perplejidad, la duda, el entusiasmo o el temor, todo ello facilita a su percepción, intuitiva en apariencia, indicaciones del verdadero estado de cosas. Cuando se han dado las dos o tres primeras vueltas, conoce completamente los juegos de cada uno, y, desde aquel momento, echa sus cartas con tal absoluto dominio de propósitos como si los demás jugadores las tuvieran vueltas hacia él.

La facultad analítica no debe confundirse con el simple ingenio, porque mientras el analista es, necesariamente, ingenioso, el hombre ingenioso está, con frecuencia, notablemente incapacitado para el análisis. La facultad constructiva o de combinación con que, por lo general, se manifiesta el ingenio, y a la que los frenólogos, equivocadamente, a mi parecer, asignan un órgano aparte, suponiendo que se trata de una facultad primordial, se ha visto tan a menudo en individuos cuya inteligencia bordeaba, por otra parte, la idiotez, que ha llamado la atención general entre los escritores de temas morales. Entre el ingenio y la aptitud analítica hay una diferencia mucho mayor, en efecto, que entre la fantasía y la imaginación, aunque de un carácter rigurosamente análogo. En realidad, se observará fácilmente que el hombre ingenioso es siempre fantástico, mientras que el *verdadero* imaginativo nunca deja de ser analítico. El relato que sigue a continuación podrá servir en cierto modo al lector para ilustrarle en una interpretación de las proposiciones que acabo de anticipar.

Encontrándome en París durante la primavera y parte del verano de 18..., conocí allí a un señor llamado C. Auguste Dupin. Pertenecía este joven caballero a una excelente, es decir, ilustre familia; pero por una serie de adversos sucesos se había quedado reducido a tal pobreza, que sucumbió la energía de su carácter y renunció a sus ambiciones mundanas, lo mismo que a procurar el restablecimiento de su hacienda. Con el beneplácito de sus acreedores, quedó todavía en posesión de un pequeño resto de su patrimonio, y con la renta que este le producía encontró el medio, gracias a una economía rigurosa, de subvenir a sus necesidades, sin preocuparse en absoluto por lo más superfluo. En realidad, su único lujo eran los libros, y en París estos son fáciles de adquirir.

Nuestro conocimiento tuvo efecto en una oscura biblioteca de la rue Montmartre, donde nos puso en estrecha intimidad la coincidencia de buscar los dos un muy raro y al mismo tiempo notable volumen. Nos vimos con frecuencia. Yo me había interesado vivamente por la sencilla historia de su familia, que me contó con todo pormenor, con la ingenuidad y abandono con que un francés se explaya en sus confidencias cuando habla de sí mismo. Por otra parte, me admiraba el número de sus lecturas, y, sobre todo, me llegaba al alma el vehemente afán y la viva frescura de su imaginación. La índole de las investigaciones que me ocupaban entonces en París me hicieron comprender que la amistad de un hombre semejante era para mí un inapreciable tesoro.

Con esta idea me confié sin rebozo a él. Por último, convinimos en que viviríamos juntos todo el tiempo que durase mi permanencia en la ciudad, y como mis asuntos económicos se desenvolvían menos embarazosamente que los suyos, me fue permitido participar en los gastos de alquilar y amueblar, de acuerdo con el carácter algo fantástico y melancólico de nuestro común temperamento, una vieja y grotesca casa abandonada hacía ya mucho tiempo, en virtud de ciertas suposiciones que no quisimos averiguar. Lo cierto es que la casa se estremecía como si fuera a hundirse en un retirado y desolado rincón del faubourg Saint-Germain.

Si hubiera sido conocida por la gente la rutina de nuestra vida en aquel lugar, nos hubieran tomado por locos, aunque de especie inofensiva. Nuestra reclusión era completa. No recibíamos visita alguna. En realidad, el lugar de nuestro retiro era un secreto guardado cuidadosamente para mis antiguos camaradas, y ya hacía mucho tiempo que Dupin había cesado de frecuentar o hacerse visible en París. Vivíamos solo para nosotros.

Una rareza del carácter de mi amigo —no sé cómo calificarla de otro modo— consistía en estar enamorado de la noche. Pero con esta *bizarrerie*, como con todas las demás suyas, condescendía yo tranquilamente, y me entregaba a sus singulares caprichos con un perfecto *abandono*. No siempre podía estar con nosotros la negra divinidad, pero sí podíamos falsear su presencia. En cuanto la mañana alboreaba, cerrábamos inmediatamente los macizos postigos de nuestra vieja casa y encendíamos un par de bujías perfumadas intensamente, y que no daban más que un resplandor muy pálido y débil. En medio de esta tímida claridad, entregábamos nuestras almas a sus ensueños; leíamos, escribíamos o conversábamos hasta que el reloj nos advertía la llegada de la verdadera oscuridad. Salíamos entonces cogidos del brazo a pasear por aquellas calles, continuando la conversación del día y rondando por doquier hasta muy tarde, buscando a través de las estrafalarias luces y sombras de la populosa ciudad esas innumerables excitaciones mentales que no puede procurar la tranquila meditación.

En circunstancias tales, yo no podía menos de notar y admirar a Dupin, aunque ya, por la rica imaginación de que estaba dotado, me sentía preparado a esperarlo, un talento particularmente analítico. Por otra parte, parecía deleitarse intensamente en ejercitarlo, ya que no concretamente en ejercerlo, y no vacilaba en confesar el placer que ello le producía.

Se vanagloriaba ante mí, burlonamente, de que muchos hombres, para él, llevaban ventanas en sus pechos, y acostumbraba apoyar tales afirmaciones usando de pruebas muy sorprendentes y directas de su íntimo conocimiento hacia mí.

En tales momentos, sus maneras eran glaciales y abstraídas. Se quedaban sus ojos sin expresión, mientras su voz, por lo general ricamente atenorada, se elevaba hasta un timbre atiplado, que hubiera parecido petulante de no ser por la ponderada y completa claridad de su pronunciación. A menudo, viéndolo en tales disposiciones de ánimo, meditaba yo acerca de la antigua filosofía del Alma Doble, y me divertía la idea de un doble Dupin: el creador y el analítico.

Por cuanto acabo de decir, no hay que creer que estoy contando algún misterio o escribiendo una novela. Mis observaciones a propósito de este francés no son más que el resultado de una inteligencia hiperestesiada o enferma, tal vez. Un ejemplo dará mejor idea de la naturaleza de sus observaciones durante la época a que aludo.

Íbamos una noche paseando por una calle larga y sórdida, cercana al Palais Royal. Al parecer, cada uno de nosotros se había sumido en sus propios pensamientos, y por lo menos durante quince minutos ninguno pronunció una sola sílaba. De pronto Dupin rompió el silencio con estas palabras:

—En realidad, ese muchacho es demasiado pequeño y estaría mejor en el Théâtre des Variétés.

—No cabe duda —repliqué, sin fijarme en lo que decía y sin observar en aquel momento, tan absorto había estado en mis reflexiones, el modo extraordinario con que mi interlocutor había hecho coincidir sus palabras con mis meditaciones.

Un momento después me repuse y experimenté un profundo asombro.

—Dupin —dije gravemente—, lo que ha sucedido excede mi comprensión. No vacilo en manifestar que estoy asombrado y que apenas puedo dar crédito a lo que he oído. ¿Cómo es posible que usted haya podido adivinar lo que estaba pensando?

Diciendo esto, me interrumpí, para asegurarme, ya sin ninguna duda, de que él sabía realmente en quién pensaba:

—¿En Chantilly? —preguntó—. ¿Por qué se ha interrumpido usted? Usted pensaba que su escasa estatura no era la apropiada para dedicarse a la tragedia.

Esto era precisamente lo que había constituido el tema de mis reflexiones. Chantilly era un ex zapatero remendón de la rue Saint-Denis, apasionado por el teatro y que había estudiado el papel de Jerjes en la tragedia de Crebillon de este título. Pero sus esfuerzos habían provocado la burla del público.

—Dígame usted, por Dios —exclamé—, por qué método, si es que hay alguno, ha penetrado usted en mi alma en este caso.

Realmente, estaba yo mucho más asombrado de lo que hubiese querido confesar.

—Ha sido el vendedor de frutas —contestó mi amigo— quien le ha llevado a usted a la conclusión de que el remendón de suelas no tiene la suficiente estatura para representar el papel de Jerjes *et id genus omne*.[1]

—¿El vendedor de frutas? Me asombra usted. No conozco a ninguno.

—Sí; es ese hombre con quien ha tropezado usted al entrar en esta calle, hará unos quince minutos, aproximadamente.

Recordé entonces que, en efecto, un vendedor de frutas, que llevaba sobre la cabeza una gran banasta de manzanas, estuvo a punto de hacerme caer, sin pretenderlo, cuando pasábamos de la rue C. a la calleja en que ahora nos encontrábamos. Pero yo no podía comprender la relación de este hecho con Chantilly.

No había por qué suponer *charlatanerie* alguna en Dupin.

—Se lo explicaré —me dijo—. Para que pueda usted darse cuenta de todo claramente, vamos a repasar primero en sen-

---

1. «Y para ninguno de su clase.» *(N. de los T.)*

tido inverso el curso de sus meditaciones desde este instante en que le estoy hablando hasta el de su *rencontre* con el vendedor de frutas. En sentido inverso, los más importantes eslabones de la cadena se suceden de esta forma: Chantilly, Orion, doctor Nichols, Epicuro, estereotomía, los adoquines y el vendedor de frutas.

Existen pocas personas que no se hayan entretenido, en cualquier momento de su vida, en recorrer en sentido inverso las etapas por las cuales han sido conseguidas ciertas conclusiones de su inteligencia. Frecuentemente es una ocupación llena de interés, y el que la prueba por primera vez se asombra de la aparente distancia ilimitada y de la falta de ilación que parece median desde el punto de partida hasta la meta final. Júzguese, pues, cuál no sería mi asombro cuando escuché lo que el joven francés acababa de decir, y no pude menos de reconocer que había dicho verdad. Continuó después de este modo:

—Si bien recuerdo, en el momento en que íbamos a dejar la rue C. hablábamos de caballos. Este era el último tema que discutimos. Al entrar en esta calle, un vendedor de frutas, que llevaba una gran banasta sobre la cabeza, pasó velozmente ante nosotros y lo empujó a usted contra un montón de adoquines, en un lugar donde la calzada se encuentra en reparación. Usted puso el pie sobre una de las piedras sueltas, resbaló y se torció levemente el tobillo. Aparentó usted cierto fastidio o mal humor, murmuró unas palabras, se volvió para observar el montón de adoquines y continuó luego caminando en silencio. Yo no prestaba particular atención a lo que usted hacía; pero, desde hace mucho tiempo, la observación se ha convertido para mí en una especie de necesidad.

»Caminaba usted con los ojos fijos en el suelo, atendiendo a los baches y rodadas del empedrado, por lo que deduje que continuaba usted pensando todavía en las piedras. Procedió así hasta que llegamos a la callejuela llamada Lamartine, que, a modo de prueba, ha sido pavimentada con tarugos sobrepuestos y acoplados sólidamente. Al entrar en ella, su rostro se iluminó, y me di cuenta de que se movían sus labios. Por este movimiento no me fue posible dudar que pronunciaba usted la palabra "estereotomía", término que tan pretenciosamente se aplica a esta especie de pavimentación. Yo estaba seguro de que no podía usted pronunciar para sí la palabra "estereotomía" sin que esto le llevara a pensar en los átomos, y, por consiguiente, en las teorías de Epicuro.

»Y comoquiera que no hace mucho rato discutíamos este tema, le hice notar a usted de qué modo tan singular, y sin que ello haya sido muy notado, las vagas conjeturas de ese noble griego han encontrado en la reciente cosmogonía nebular su confirmación. He comprendido por esto que no podía usted resistir a la tentación de levantar sus ojos a la gran *nebula* de Orión, y con toda seguridad he esperado que usted lo hiciera. En efecto, usted ha mirado a lo alto, y he adquirido entonces la certeza de haber seguido correctamente el hilo de sus pensamientos. Ahora bien: en la amarga *tirade* sobre Chantilly, publicada ayer en el *Musée*, el escritor satírico, haciendo mortificantes alusiones al cambio de nombre del zapatero al calzarse el coturno, citaba un verso latino del que hemos hablado nosotros con frecuencia. Me refiero a este:

Perdidit antiquum litera prima sonum.[2]

»Yo le había dicho a usted que este verso se relacionaba con la palabra Orion, que en un principio se escribía Urion. Además, por determinadas discusiones un tanto apasionadas que tuvimos acerca de mi interpretación, tuve la seguridad de que usted no la habría olvidado. Por tanto, era evidente que asociaría usted las dos ideas: Orion y Chantilly, y esto lo he comprendido por la forma de la sonrisa que he visto en sus labios. Ha pensado usted, pues, en aquella inmolación del pobre zapatero. Hasta ese momento, usted había caminado con

2. «La antigua palabra perdió su primera letra.» *(N. de los T.)*

el cuerpo encorvado, pero a partir de ese momento se irguió usted, recobrando toda su estatura. Este movimiento me ha confirmado que pensaba usted en la diminuta figura de Chantilly, y ha sido entonces cuando he interrumpido sus meditaciones para observar que, por tratarse de un hombre de baja estatura, estaría mejor Chantilly en el Théâtre des Variétés.

Poco después de esta conversación, hojeábamos una edición de la tarde de la *Gazette des Tribunaux* cuando llamaron nuestra atención los siguientes titulares: EXTRAORDINARIOS CRÍMENES.

Esta madrugada, alrededor de las tres, los habitantes del quartier Saint-Roch fueron despertados por una serie de espantosos gritos que parecían proceder del cuarto piso de una casa de la rue Morgue, ocupada, según se dice, por una tal madame L'Espanaye y su hija mademoiselle Camille L'Espanaye. Después de algún tiempo empleado en infructuosos esfuerzos para poder penetrar buenamente en la casa, se forzó la puerta de entrada con palanca de hierro, y entraron ocho o diez vecinos acompañados de dos gendarmes. En ese momento cesaron los gritos; pero en cuanto aquellas personas llegaron apresuradamente al primer rellano de la escalera, se distinguieron dos o más voces ásperas que parecían disputar violentamente y proceder de la parte alta de la casa. Cuando la gente llegó al segundo rellano, cesaron también aquellos rumores y todo permaneció en absoluto silencio. Los vecinos recorrieron todas las habitaciones precipitadamente. Al llegar, por último, a una gran sala situada en la parte posterior del cuarto piso, cuya puerta hubo de ser forzada, por estar cerrada interiormente con llave, se ofreció a los circunstantes un espectáculo que sobrecogió sus ánimos, no solo de horror sino de asombro.

Se hallaba la habitación en violento desorden, rotos los muebles y diseminados en todas direcciones. No quedaba más lecho que la armadura de una cama, cuyas partes habían sido arrancadas y tiradas por el suelo. Sobre una silla se encontró una navaja barbera manchada de sangre. Había en la chimenea dos o tres largos y abundantes mechones de pelo cano, empapados en sangre y que parecían haber sido arrancados de raíz. Sobre el suelo se encontraron cuatro napoleones, un zarcillo adornado con un topacio, tres grandes cucharas de plata, tres cucharillas de *métal d'Alger* y dos sacos conteniendo, aproximadamente, cuatro mil francos en oro. En un rincón se hallaron los cajones de un *bureau, abiertos*, y, al parecer, saqueados, aunque quedaban en ellos algunas cosas. Se encontró también un cofrecillo de hierro bajo la *cama*, no bajo su armadura. Se hallaba abierto y la cerradura contenía aún la llave. En el cofre no se encontraron más que unas cuantas cartas viejas y otros papeles sin importancia.

No se encontró rastro alguno de madame L'Espanaye; pero comoquiera que se notase una anormal cantidad de hollín en el hogar, se efectuó un reconocimiento de la chimenea, y —horroriza decirlo— se extrajo de ella el cuerpo de su hija, que estaba colocado cabeza abajo y que había sido introducido por la estrecha abertura hacia una altura considerable. El cuerpo estaba todavía caliente. Al examinarlo, se comprobaron en él numerosas excoriaciones, ocasionadas, sin duda, por la violencia con que el cuerpo había sido metido allí y por el esfuerzo que hubo de emplearse para sacarlo. En su rostro se veían profundos arañazos, y en la garganta, cárdenas magulladuras y hondas huellas producidas por las uñas, como si la muerte se hubiera verificado por estrangulación.

Después de un minucioso examen efectuado en todas las habitaciones, sin que se lograra ningún descubrimiento nuevo, los presentes se dirigieron a un pequeño patio pavimentado, situado en la parte posterior del edificio, donde hallaron el cadáver de la anciana señora, con el cuello cortado de tal modo, que la cabeza se desprendió del tronco al levantar el cuerpo. Tanto este como la cabeza estaban tan horriblemente mutilados, que apenas conservaban apariencia humana.

Que sepamos, no se ha obtenido hasta el momento el menor indicio que permita aclarar este horrible misterio.

El diario del día siguiente daba algunos nuevos pormenores:

La tragedia de la rue Morgue. Gran número de personas han sido interrogadas con respecto a tan extraordinario y horrible «affaire» (la palabra «affaire» no tiene todavía en Francia el poco significado que se le da entre nosotros), pero nada ha podido deducirse que dé alguna luz sobre ello. Damos a continuación todas las declaraciones más importantes que se han obtenido:

Pauline Dubourg, lavandera, declara haber conocido desde hace tres años a las víctimas y haber lavado para ellas durante todo este tiempo. Tanto la madre como la hija parecían vivir en buena armonía y profesarse mutuamente un gran cariño. Pagaban con puntualidad. Nada se sabe acerca de su género de vida y medios de existencia. Supone que madame L'Espanaye decía la buenaventura para ganar el sustento. Tenía fama de poseer algún dinero escondido. Nunca encontró a otras personas en la casa cuando la llamaban para recoger la ropa, ni cuando la devolvía. Estaba segura de que las señoras no tenían servidumbre alguna. Salvo el cuarto piso, no parecía que hubiera muebles en ninguna parte de la casa.

Pierre Moreau, estanquero, declara que es el habitual proveedor de tabaco y de rapé de madame L'Espanaye desde hace cuatro años. Nació en su vecindad y ha vivido siempre allí. Hacía más de seis años que la muerta y su hija vivían en la casa donde fueron encontrados sus cadáveres. Anteriormente a su estadía, el piso había sido ocupado por un joyero, que alquilaba a su vez las habitaciones interiores a distintas personas. La casa era propiedad de madame L'Espanaye. Descontenta por los abusos de su inquilino, se había trasladado al inmueble de su propiedad, negándose a alquilar ninguna parte de él. La buena señora chocheaba a causa de la edad. El testigo había visto a su hija unas cinco o seis veces durante los seis años. Las dos llevaban una vida muy retirada, y era fama que tenían dinero. Entre los vecinos había oído decir que madame L'Espanaye decía la buenaventura, pero él no lo creía. Nunca había visto pasar la puerta a nadie, excepto a la señora y a su hija, una o dos veces a un recadero y ocho o diez a un médico.

En esta misma forma declararon varios vecinos, pero de

ninguno de ellos se dice que frecuentara la casa. Tampoco se sabe que la señora y su hija tuvieran parientes vivos. Raramente estaban abiertos los postigos de los balcones de la fachada principal. Los de la parte trasera estaban siempre cerrados, a excepción de las ventanas de la gran sala posterior del cuarto piso. La casa era una finca excelente y no muy vieja.

Isidore Muset, gendarme, declara haber sido llamado a la casa a las tres de la madrugada, y dice que halló ante la puerta principal a unas veinte o treinta personas que procuraban entrar en el edificio. Con una bayoneta, y no con una barra de hierro, pudo, por fin, forzar la puerta. No halló grandes dificultades en abrirla, porque era de dos hojas y carecía de cerrojo y pasador en su parte alta. Hasta que la puerta fue forzada, continuaron los gritos, pero luego cesaron repentinamente. Daban la sensación de ser alaridos de una o varias personas víctimas de una gran angustia. Eran fuertes y prolongados, y no gritos breves y rápidos. El testigo subió rápidamente los escalones. Al llegar al primer rellano oyó dos voces que disputaban acremente. Una de estas era áspera, y la otra, aguda, una voz muy extraña. De la primera pudo distinguir algunas palabras, y le pareció francés el que las había pronunciado. Pero evidentemente, no era voz de mujer. Distinguió claramente las palabras *«sacré»* y *«diable»*. La aguda voz pertenecía a un extranjero, pero el declarante no puede asegurar si se trataba de hombre o mujer. No pudo distinguir lo que decían, pero supone que hablasen español. El testigo declaró el estado de la casa y de los cadáveres como fue descrito ayer por nosotros.

Henri Duval, vecino, y de oficio platero, declara que él formaba parte del grupo que entró primeramente en la casa. En términos generales, corrobora la declaración de Muset. En cuanto se abrieron paso, forzando la puerta, la cerraron de nuevo, con objeto de contener a la muchedumbre que se había reunido a pesar de la hora. Este opina que la voz aguda sea la de un italiano, y está seguro de que no era la de un francés. Duda, en cambio, de que se tratase de una voz masculina, admitiendo que pueda ser la de una mujer. No conoce el italiano. No pudo distinguir las palabras, pero, por la entonación del que hablaba, está convencido de que era un italiano. Conocía a madame L'Espanaye y a su hija. Con las dos había conversado con frecuencia. Estaba seguro de que la voz no correspondía a ninguna de las dos mujeres.

Odenheimer, restaurateur. Voluntariamente, el testigo se ofreció a declarar. Como no hablaba francés, fue interrogado haciéndose uso de un intérprete. Nació en Ámsterdam. Pasaba por delante de la casa en el momento en que se oyeron los gritos. Se detuvo durante unos minutos, diez, probablemente. Eran fuertes y prolongados y producían horror y angustia. Fue uno de los que entraron en la casa. Corrobora las declaraciones anteriores en todos sus pormenores, excepto uno: está seguro de que la voz aguda era la de un hombre, de un francés. No pudo distinguir claramente las palabras que había pronunciado. Estaban dichas en alta voz y con rapidez, con cierta desigualdad, pronunciadas, según suponía, con miedo y con ira al mismo tiempo. La voz era áspera, no tan aguda como áspera. Realmente, no puede asegurar que fuese una voz aguda. La voz grave dijo varias veces: «Sacré», «diable», y una vez sola «mon Dieu».

Jules Mignaud, banquero, de la Casa Mignaud et Fils, de la rue Deloraine. Es el mayor de los Mignaud. Madame L'Espanaye tenía algunos intereses. Había abierto una cuenta corriente en su casa de banca en la primavera del año... (ocho años antes). Con frecuencia había ingresado pequeñas cantidades. No retiró ninguna hasta tres días antes de su muerte. La retiró personalmente, y la suma ascendía a cuatro mil francos. La cantidad fue pagada en oro, y se encargó a un dependiente que la llevara a su casa.

Adolphe Le Bon, dependiente de la Banca Mignaud et Fils, declara que en el día de autos, al mediodía, acompañó a madame L'Espanaye a su domicilio con los cuatro mil francos, distribuidos en dos pequeños talegos. Al abrirse la puerta apareció mademoiselle L'Espanaye. Esta cogió uno de los saquitos, y la anciana señora el otro. Entonces, él saludó y se fue. En aquellos momentos no había nadie en la calle. Era una calle apartada, muy solitaria.

William Bird, sastre, declara que fue uno de los que entraron en la casa. Es inglés. Ha vivido dos años en París. Fue uno de los primeros que subieron por la escalera. Oyó las voces que disputaban. La gruesa era de un francés. Pudo oír algunas palabras, pero ahora no puede recordarlas todas. Oyó claramente «sacré» y «mon Dieu». Por un momento se produjo un rumor, como si varias personas peleasen. Ruido de riña y forcejeo. La voz aguda era muy fuerte, más que la grave. Está seguro de que no se trataba de la voz de ningún inglés, sino más bien la de un alemán. Podía haber sido la de una mujer. No entiende el alemán.

Cuatro de los testigos mencionados arriba, nuevamente interrogados, declararon que la puerta de la habitación en que fue encontrado el cuerpo de mademoiselle L'Espanaye se hallaba cerrada por dentro cuando el grupo llegó a ella. Todo se hallaba en un silencio absoluto. No se oían ni gemidos ni ruidos de ninguna especie. Al forzar la puerta, no se vio a nadie. Tanto las ventanas de la parte posterior como las de la fachada estaban cerradas y aseguradas fuertemente por dentro con sus cerrojos respectivos. Entre las dos salas se hallaba también una puerta de comunicación, que estaba cerrada, pero no con llave. La puerta que conducía de la habitación delantera al pasillo estaba cerrada por dentro con llave. Una pequeña estancia de la parte delantera del cuarto piso, a la entrada del pasillo, estaba abierta también, puesto que tenía la puerta entornada. En esta sala se hacinaban camas viejas, cofres y objetos de esta especie. No quedó una sola pulgada de la casa sin que hubiese sido registrada cuidadosamente. Se ordenó que tanto por arriba como por abajo se introdujeran deshollinadores por las chimeneas. La casa constaba de cuatro pisos, con buhardillas (*mansardes*). En el techo se hallaba, fuertemente asegurada, una puerta de escotillón, y parecía no haber sido abierta durante muchos años. Por lo que respecta al intervalo de tiempo transcurrido entre las voces que disputaban y el acto de forzar la puerta del piso, las afirmaciones de los testigos difieren bastante. Unos hablan de tres minutos, y otros amplían este tiempo a cinco. Costó mucho forzar la puerta.

Alfonzo Garcio, empresario de pompas fúnebres, declara que habita en la rue Morgue, y que es español. También formaba parte del grupo que entró en la casa. No subió la escalera, porque es muy nervioso y temía los efectos que podía producirle la emoción. Oyó las voces que disputaban. La grave era de un francés. No pudo distinguir lo que decían, y está seguro de que la voz aguda era de un inglés. No entiende el idioma, pero se basa en la entonación.

Alberto Montani, confitero, declara haber sido uno de los primeros en subir la escalera. Oyó las voces aludidas. La grave era de un francés. Pudo distinguir varias palabras. Parecía que este individuo reconviniera a otro. En cambio, no pudo comprender nada de la voz aguda. Hablaba rápidamente y de forma entrecortada. Supone que esta voz fuera la de un ruso. Corrobora también las declaraciones generales. Es italiano. No ha hablado nunca con ningún ruso.

Interrogados de nuevo algunos testigos, certificaron que las chimeneas de todas las habitaciones del cuarto piso eran demasiado estrechas para que permitieran el paso de una persona. Cuando hablaron de «deshollinadores», se refirieron a las escobillas cilíndricas que con ese objeto usan los limpiachimeneas. Las escobillas fueron pasadas de arriba abajo por todos los tubos de la casa. En la parte posterior de esta no hay paso alguno por donde alguien hubiese podido bajar mientras el grupo subía las escaleras. El cuerpo de mademoiselle L'Espanaye estaba tan fuertemente introducido en la chimenea, que no pudo ser extraído de allí sino con la ayuda de cinco hombres.

Paul Dumas, médico, declara que fue llamado hacia el amanecer para examinar los cadáveres. Yacían entonces los dos sobre las correas de la armadura de la cama, en la habitación donde fue encontrada mademoiselle L'Espanaye. El cuerpo de la joven estaba muy magullado y lleno de excoriaciones. Se explican suficientemente estas circunstancias por haber sido empujado hacia arriba en la chimenea. Sobre todo, la garganta presentaba grandes excoriaciones. Tenía también profundos arañazos bajo la barbilla, al lado de una serie de lívidas manchas que eran, evidentemente, impresiones de dedos. El rostro se hallaba horriblemente descolorido, y los ojos fuera de sus órbitas. La lengua había sido mordida y seccionada parcialmente. Sobre el estómago se descubrió una gran magulladura, producida, según se supone, por la presión de una rodilla. Según monsieur Dumas, mademoiselle L'Espanaye había sido estrangulada por alguna persona o personas desconocidas. El cuerpo de su madre estaba horriblemente mutilado. Todos los huesos de la pierna derecha y del brazo estaban, poco o mucho, quebrantados. La *tibia* izquierda, igual que las costillas del mismo lado, estaban hechas astillas. Tenía todo el cuerpo con espantosas magulladuras y descolorido. Es imposible certificar cómo fueron producidas aquellas heridas. Tal vez un pesado garrote de madera, o una gran barra de hierro –alguna silla–, o una herramienta ancha, pesada y roma, podrían haber producido resultados semejantes. Pero siempre que hubieran sido manejados por un hombre muy fuerte. Ninguna mujer podría haber causado aquellos golpes con clase alguna de arma. Cuando el testigo la vio, la cabeza de la muerta estaba totalmente separada del cuerpo y, además, destrozada. Evidentemente, la garganta había sido seccionada con un instrumento afiladísimo, probablemente una navaja barbera.

Alexandre Étienne, cirujano, declara haber sido llamado al mismo tiempo que el doctor Dumas, para examinar los cuerpos. Corroboró la declaración y las opiniones de este.

No han podido obtenerse más pormenores importantes en otros interrogatorios. Un crimen tan extraño y tan complicado en todos sus aspectos no había sido cometido jamás en París, en el caso de que se trate realmente de un crimen. La policía carece totalmente de rastro, circunstancia rarísima en asuntos de tal naturaleza. Puede asegurarse, pues, que no existe la menor pista.

En la edición de la tarde afirmaba el periódico que reinaba todavía gran excitación en el quartier Saint-Roch; que, de nuevo, se habían investigado cuidadosamente las circunstancias del crimen, pero que no se había obtenido ningún resultado. A última hora anunciaba una noticia que Adolphe Le Bon había sido detenido y encarcelado, pero ninguna de las circunstancias ya expuestas parecía acusarle.

Dupin demostró estar particularmente interesado en el desarrollo de aquel asunto; cuando menos, así lo deducía yo por su conducta, porque no hacía ningún comentario. Tan solo después de haber sido encarcelado Le Bon me preguntó mi parecer sobre aquellos asesinatos.

Yo no pude expresarle sino mi conformidad con todo el público parisiense, considerando aquel crimen como un misterio insoluble. No veía el modo con que pudiera darse con el asesino.

—Por interrogatorios tan superficiales no podemos juzgar nada con respecto al modo de encontrarlo —dijo Dupin—. La policía de París, tan elogiada por su *perspicacia,* es astuta, pero nada más. No hay más método en sus diligencias que el que las circunstancias sugieren. Exhiben siempre las medidas tomadas, pero con frecuencia ocurre que son tan poco apropiadas a los fines propuestos que nos hacen pensar en monsieur Jourdain pidiendo su *robe-de-chambre, pour mieux entendre la musique.*[3] A veces no dejan de ser sorprendentes los resultados obtenidos. Pero, en su mayor parte, se consiguen por mera insistencia y actividad. Cuando resultan ineficaces tales procedimientos, fallan todos sus planes. Vidocq, por ejemplo, era un excelente adivinador y un hombre perseverante; pero como su inteligencia carecía de educación se desviaba con frecuencia por la misma intensidad de sus investigaciones. Disminuía el poder de su visión por mirar el objeto tan de cerca. Era capaz de ver, probablemente, una o dos circunstancias con una poco corriente claridad; pero al hacerlo perdía necesariamente la visión total del asunto. Esto puede decirse que es el defecto de ser demasiado profundo. La verdad no está siempre en el fondo de un pozo. En realidad, yo pienso que, en cuanto a lo que más importa conocer, es invariablemente superficial. La profundidad se encuentra en los valles, donde la buscamos, pero no en las cumbres de las montañas, que es desde donde la vemos. Las variedades y orígenes de esta especie de error tienen un magnífico ejemplo en la contemplación de los cuerpos celestes. Dirigir a una

3. «Para oír mejor la música». *(N. de los T.)*

estrella una rápida ojeada, examinarla oblicuamente, volviendo hacia ella las partes exteriores de la *retina* (que son más sensible a las débiles impresiones de la luz que las anteriores), es contemplar la estrella distintamente, obtener la más exacta apreciación de su brillo, brillo que se oscurece a medida que volvemos nuestra visión *de lleno* hacia ella. En el último caso, caen en los ojos mayor número de rayos, pero en el primero se obtiene una receptibilidad más afinada. Con una extrema profundidad, embrollamos y debilitamos el pensamiento, y aun lo confundimos. Podemos, incluso, lograr que Venus se desvanezca del firmamento si le dirigimos una atención demasiado sostenida, demasiado concentrada o demasiado directa.

»Por lo que respecta a estos asesinatos, examinemos algunas investigaciones por nuestra cuenta, antes de formar de ellos una opinión. Una investigación como esta nos procurará una buena diversión —a mí me pareció impropia esta última palabra, aplicada al presente caso, pero no dije nada—, y, por otra parte, Le Bon ha comenzado por prestarme un servicio y quiero demostrarle que no soy un ingrato. Iremos al lugar del suceso y lo examinaremos por nuestros propios ojos. Conozco a G., el prefecto de policía, y no me será difícil conseguir el permiso necesario.

Nos fue concedida la autorización y nos dirigimos inmediatamente a la rue Morgue. Es esta una de esas miserables callejuelas que unen la rue Richelieu y la de Saint-Roch. Cuando llegamos a ella, eran ya las últimas horas de la tarde, porque este barrio se encuentra situado a gran distancia de aquel en que nosotros vivíamos. Pronto hallamos la casa, porque aún había ante ella varias personas mirando a las ventanas con vana curiosidad. Era una casa como tantas de París. Tenía una puerta principal, y en uno de sus lados había una casilla de cristales con un bastidor corredizo en la ventanilla, y parecía ser la *loge de concierge*.[4] Antes de entrar, nos dirigimos calle arriba, torciendo por un callejón, y, torcien-

4. «Portería.» *(N. de los T.)*

do de nuevo, pasamos a la fachada posterior del edificio. Dupin examinó durante todo este rato los alrededores, así como la casa, con una atención tan cuidadosa, que me era imposible comprender su finalidad.

Volvimos luego sobre nuestros pasos, y llegamos ante la fachada de la casa. Llamamos a la puerta, y después de mostrar nuestro permiso, los agentes de guardia nos permitieron la entrada. Subimos las escaleras, hasta llegar a la habitación donde había sido encontrado el cuerpo de mademoiselle L'Espanaye y donde se hallaban aún los dos cadáveres. Como de costumbre, había sido respetado el desorden de la habitación. Nada vi de lo que se había publicado en la *Gazette des Tribunaux*. Dupin lo analizaba todo minuciosamente, sin exceptuar los cuerpos de las víctimas. Pasamos inmediatamente a otras habitaciones, y bajamos luego al patio. Un gendarme nos acompañó a todas partes, y la investigación nos ocupó hasta el anochecer, marchándonos entonces. De regreso a nuestra casa, mi compañero se detuvo unos minutos en las oficinas de un periódico.

He dicho ya que las rarezas de mi amigo eran muy diversas, y que *je les ménageais*: esta frase no tiene equivalente en inglés. Hasta el día siguiente, a mediodía, se negó a toda conversación sobre los asesinatos. Entonces me preguntó de pronto si yo había observado algo *particular* en el lugar del hecho.

En su manera de pronunciar la palabra «particular» había algo que me produjo un estremecimiento sin saber por qué.

—No, nada de *particular* —le dije—; por lo menos, nada más de lo que ya sabemos por el periódico.

—Mucho me temo —me replicó— que la *Gazette* no haya logrado penetrar en el insólito horror del asunto. Pero dejemos las necias opiniones de este papelucho. Yo creo que si este misterio se ha considerado como insoluble, por la misma razón debería ser fácil de resolver, y me refiero al *outré* carácter de sus circunstancias. La policía se ha confundido por la ausencia aparente de motivos que justifiquen no el crimen, sino la atrocidad con que ha sido cometido. Asimismo, les confunde la aparente imposibilidad de conciliar las voces que disputaban con la circunstancia de no haber sido hallada arriba sino a mademoiselle L'Espanaye asesinada y no encontrar la forma de que nadie saliera del piso sin ser visto por las personas que subían por las escaleras. El extraño desorden de la habitación; el cadáver metido con la cabeza hacia abajo en la chimenea; la mutilación espantosa del cuerpo de la anciana, todas estas consideraciones, con las ya descritas y otras no dignas de mención, han sido suficientes para paralizar sus facultades, haciendo que fracasara por completo la tan traída y llevada *perspicacia* de los agentes del gobierno. Han caído en el grande aunque común error de confundir lo insospechado con lo abstruso. Pero precisamente por estas desviaciones de lo normal es por donde ha de hallar la razón su camino en la investigación de la verdad, en el caso en que ese hallazgo sea posible. En investigaciones como la que estamos realizando ahora no hemos de preguntarnos tanto si ha ocurrido como qué ha ocurrido que no había ocurrido jamás hasta ahora. Realmente, la sencillez con que yo he de llegar, o he llegado ya, a la solución de este misterio, se halla en razón directa con su aparente falta de solución según el criterio de la policía.

Con mudo asombro, fijé la mirada en mi amigo.

—Estoy esperando ahora —continuó diciéndome, mirando a la puerta de nuestra habitación— a un individuo que, aun cuando seguramente no ha cometido esta carnicería, bien puede estar, en cierta medida, complicado en ella. Es probable que resulte inocente de la parte más desagradable de los crímenes cometidos. Creo no equivocarme en esta suposición, porque en ella se funda mi esperanza de descubrir el misterio. Yo espero a este individuo aquí, en esta habitación, y de un momento a otro. Cierto es que puede no venir, pero lo probable es que venga. Si viene, hay que detenerlo. Aquí hay unas pistolas, y los dos sabemos para qué sirven cuando las circunstancias lo requieren.

Sin saber lo que me hacía, ni lo que oía, tomé las pistolas, mientras Dupin continuaba hablando como si monologara. Se dirigían sus palabras a mí, pero su voz, no muy alta, tenía esa entonación empleada frecuentemente en hablar con una persona que se halla un poco distante. Sus pupilas inexpresivas miraban fijamente hacia la pared.

—La experiencia ha demostrado plenamente que las voces que disputaban —dijo—, oídas por quienes subían las escaleras, no eran las de las dos mujeres. Este hecho descarta el que la anciana hubiese matado primero a su hija y se hubiera suicidado después. Hablo de esto únicamente por respeto al método; porque, además, la fuerza de madame L'Espanaye no hubiera conseguido nunca arrastrar el cuerpo de su hija por la chimenea arriba, tal como fue hallado. Por otra parte, la naturaleza de las heridas excluye totalmente la idea de suicidio. Por tanto el asesinato ha sido cometido por terceras personas, y las voces de estas son las que se oyeron disputar. Permítame que le haga notar no todo lo que se ha declarado con respecto a estas voces, sino lo que hay de particular en las declaraciones. ¿No ha observado usted nada en ellas?

Yo le dije que había observado que mientras todos los testigos coincidían en que la voz grave era de un francés, había un gran desacuerdo por lo que respecta a la voz aguda, o áspera, como uno de ellos la había calificado.

—Esto es evidencia pura —dijo—, pero no lo particular de esa evidencia. Usted no ha observado nada característico, pero, no obstante, *había* algo que observar. Como ha notado usted, los testigos estuvieron de acuerdo en cuanto a la voz grave. En ello había unanimidad. Por lo que respecta a la voz aguda, consiste su particularidad no en el desacuerdo, sino en que, cuando un italiano, un inglés, un español, un holandés y un francés intentan describirla, cada uno de ellos opinan como si fuese *la de un extranjero*. Cada uno está seguro de que no es la de un compatriota, y cada uno la compara, no a la de un hombre de una nación cualquiera cuyo idioma conoce, sino todo lo contrario. Supone el francés que era la voz de un español y que «hubiese podido distinguir algunas palabras *de haber estado familiarizado con el español*». El holandés sostiene que fue la de un francés, pero sabemos que, por *no conocer este idioma, el testigo había sido interrogado por un intérprete.* Supone el inglés que la voz fue la de un alemán, pero añade *que no entiende el alemán.* El español «está seguro» de que es la de un inglés, pero «considera, por la entonación, tan solo que lo es, *ya que no tiene ningún conocimiento del idioma*». El italiano cree que es la voz de un ruso, pero *jamás ha tenido conversación alguna con un ruso.* Otro francés difiere del primero, y está seguro de que la voz era de un italiano; pero *aunque no conoce este idioma,* como el español, «está seguro, por su entonación».

»Ahora bien: ¡cuán extraña debía de ser aquella voz para que tales testimonios pudieran darse de ella, en cuyas reflexiones, ciudadanos de cinco grandes naciones europeas, no pueden reconocer nada que les sea familiar! Tal vez usted diga que puede muy bien haber sido la voz de un asiático o la de africano; pero ni los asiáticos ni los africanos se ven frecuentemente por París. Pero, sin decir que esto no sea posible, quiero dirigir su atención nada más que sobre tres puntos. Uno de los testigos describe aquella voz como "más áspera que aguda"; otros dicen que es "rápida y *desigual*"; en este caso, no hubo palabras, no hubo sonido que tuviera semejanza alguna con palabras, que ningún testigo menciona como inteligibles.

»Ignoro qué impresión –continuó Dupin– puede haber causado en su entendimiento, pero no dudo en manifestar que las legítimas deducciones efectuadas con solo esta parte de los testimonios conseguidos (la que se refiere a las voces graves y agudas), bastan por sí mismas para motivar una sospecha que bien puede dirigirnos en todo ulterior avance en la investigación de este misterio. He dicho "legítimas deducciones", pero así no queda del todo explicada mi intención. Quiero únicamente manifestar que esas deducciones son las *únicas* apropiadas, y que mi sospecha se origina *inevitable-*

mente en ellas como una conclusión única. No diré todavía cuál es esa sospecha. Tan solo deseo hacerle comprender a usted que para mí tiene fuerza bastante para dar definida forma (determinada tendencia) a mis investigaciones en aquella habitación.

»Mentalmente, trasladémonos a aquella sala. ¿Qué es lo primero que hemos de buscar allí? Los medios de evasión utilizados por los asesinos. No hay necesidad de decir que ninguno de los dos creemos en este momento en acontecimientos sobrenaturales. Madame y mademoiselle L'Espanaye no han sido, evidentemente, asesinadas por espíritus. Quienes han cometido el crimen fueron seres materiales y escaparon por procedimientos materiales. ¿De qué modo? Afortunadamente, solo hay una forma de razonar con respecto a este punto, y esta *habrá* de llevarnos a una solución precisa. Examinemos, pues, uno por uno, los posibles medios de evasión.

»Cierto es que los asesinos se encontraban en la alcoba donde fue hallada mademoiselle L'Espanaye, o, cuando menos, en la contigua, cuando las personas subían por las escaleras. Por tanto, solo hay que investigar las salidas de estas dos habitaciones. La policía ha dejado al descubierto los pavimentos, los techos y la mampostería de las paredes en todas partes. A su vigilancia no hubieran podido escapar determinadas salidas *secretas*. Pero yo no me fiaba de sus ojos y he querido examinarlo con los míos. En efecto, *no* había salida secreta. Las puertas de las habitaciones que daban al pasillo estaban cerradas perfectamente por dentro. Veamos las chimeneas. Aunque de anchura normal hasta una altura de ocho o diez pies sobre los hogares, no puede, en toda su longitud, ni siquiera dar cabida a un gato corpulento. La imposibilidad de salida por los ya indicados medios es, por tanto, absoluta. Así pues, no nos quedan más que las ventanas. Por la de la alcoba que da a la fachada principal no hubiera podido escapar nadie sin que la muchedumbre que había en la calle lo hubiera notado. Por tanto, los asesinos *han* de haber pasado por las de la habitación posterior. Llevados, pues, de estas deducciones y, de forma tan inequívoca, a esta conclusión, no podemos, según un minucioso razonamiento, rechazarla, teniendo en cuenta evidentes imposibilidades. Nos queda solo por demostrar que esas evidentes "imposibilidades" en realidad no lo son.

»En la habitación hay dos ventanas. Una de ellas no está obstruida por los muebles, y está completamente visible. La parte inferior de la otra la oculta a la vista la cabecera de la pesada armazón del lecho, estrechamente pegada a ella. La primera de las dos ventanas está fuertemente cerrada y asegurada por dentro. Resistió a los más violentos esfuerzos de quienes intentaron levantarla. En la parte izquierda de su marco se veía un gran agujero practicado con una barrena, y un clavo muy grueso hundido en él hasta la cabeza. Al examinar la otra ventana se encontró otro clavo semejante, clavado de la misma forma, y un vigoroso esfuerzo para separar el marco fracasó también. La policía se convenció entonces de que por ese camino no se había efectuado la salida, *y por esta razón* consideró superfluo quitar aquellos clavos y abrir las ventanas.

»Mi examen fue más minucioso, por la razón que acabo ya de decir, ya que sabía que era *preciso* probar que todas aquellas aparentes imposibilidades no lo eran realmente.

»Continué razonando así a posteriori. Los asesinos han debido de escapar por una de estas ventanas. Suponiendo esto, no es fácil que pudieran haberlas sujetado por dentro, como se las ha encontrado, consideración que, por su evidencia, paralizó las investigaciones de la policía. No obstante, las ventanas *estaban* cerradas y aseguradas. Era, pues, *preciso* que pudieran cerrarse por sí mismas. No había modo de escapar a esta conclusión. Fui directamente a la ventana no obstruida, y con cierta dificultad extraje el clavo y traté de levantar el marco. Como yo suponía, resistió a todos los esfuerzos. Había, pues, evidentemente, un resorte escondido, y este hecho, corroborado por mi idea, me convenció de que mis premisas, por muy misteriosas que apareciesen las circunstancias relativas a los clavos, eran correctas. Una minuciosa investigación me hizo descubrir pronto el oculto resorte. Lo oprimí y, satisfecho con mi descubrimiento, me abstuve de abrir la ventana.

»Volví entonces a colocar el clavo en su sitio, después de haberlo examinado atentamente. Una persona que hubiera pasado por aquella ventana podía haberla cerrado y haber funcionado solo el resorte. Pero el clavo no podía haber sido colocado. Esta conclusión era clarísima, y restringía mucho el campo de mis investigaciones. Los asesinos debían, por tanto, haber escapado por la otra ventana.

»Suponiendo que los dos resortes fueran iguales, como era posible, debía, pues, haber una diferencia entre los clavos, o, por lo menos, en su colocación. Me subí sobre las correas de la armadura del lecho, y por encima de su cabecera examiné minuciosamente la segunda ventana. Pasando la mano por detrás de la madera descubrí y apreté el resorte, que, como yo había supuesto, era idéntico al anterior. Entonces examiné el clavo. Era del mismo grueso que el otro, y aparentemente estaba clavado de la misma forma, hundido casi hasta la cabeza.

»Tal vez diga usted que me quedé perplejo, pero si abriga semejante pensamiento es que no ha comprendido bien la naturaleza de mis deducciones. Sirviéndome de una palabra deportiva, no me he encontrado ni una vez "en falta". El rastro no se ha perdido. No se ha perdido ni un solo instante. En ningún eslabón de la cadena ha habido un defecto. Hasta su última consecuencia he seguido el secreto. Y la consecuencia era *el clavo*. En todos sus aspectos, he dicho, aparentaba ser análogo al de la otra ventana; pero todo era nada (tan decisivo como parecía) comparado con la consideración de que en aquel punto terminaba mi pista. "Debe de haber algún defecto en este clavo", me dije. Lo toqué, y su cabeza con casi un cuarto de pulgada de su espiga se me quedó en la mano. El resto se quedaba en el orificio donde se había roto.

La rotura era antigua, como se deducía del óxido de sus bordes, y al parecer, había sido producida por un martillazo que hundió una parte de la cabeza del clavo en la superficie del marco.

»Volví entonces a colocar cuidadosamente aquella parte en el lugar de donde la había separado, y su semejanza con un clavo intacto fue completa. La rotura era inapreciable. Apreté el resorte y levanté suavemente unas pulgadas el marco. Con él subió la cabeza del clavo, quedando fija en su agujero. Cerré la ventana y era otra vez perfecta la apariencia del clavo entero.

»Hasta aquí estaba resuelto el enigma. El asesino había huido por la ventana situada a la cabecera del lecho. Al bajar por sí misma, luego de haber escapado por ella, o tal vez al ser cerrada deliberadamente, se había quedado sujeta por el resorte, y la sujeción de este había engañado a la policía, confundiéndola con la del clavo, por lo cual se había considerado innecesario proseguir la investigación.

»El problema era ahora saber cómo había bajado el asesino. Sobre este punto me sentía satisfecho de mi paseo en torno al edificio. Aproximadamente a cinco pies y medio de la ventana en cuestión, pasa la cadena de un pararrayos. Por esta hubiera sido imposible a cualquiera llegar hasta la ventana, y ya no digamos entrar. Sin embargo, al examinar los postigos del cuarto piso, vi que eran de una especie particular, que los carpinteros parisienses llaman *ferrades*, especie poco usada hoy, pero hallada frecuentemente en las casas antiguas de Lyon y Burdeos. Tienen la forma de una puerta normal (sencilla y no de dobles batientes), excepto que su mitad superior está enrejada o trabajada a modo de celosía, por lo que ofrece un agarradero excelente para las manos. En el caso en cuestión, estos postigos tienen una anchura de tres pies y medio, más o menos. Cuando los vimos desde la parte posterior de la casa, los dos estaban abiertos hasta la mitad; es decir, formaban con la pared un ángulo recto. Es probable que la policía haya examinado, como yo, la parte posterior del edificio; pero al mirar las *ferrades* en el sentido de su anchura (como deben de haberlo hecho), no se han dado cuenta de la dimensión de este sentido, o cuando menos no le han dado la necesaria importancia. En realidad, una vez se convencieron de que no podía efectuarse la huida por aquel lado, no la examinaron sino superficialmente.

»Sin embargo, para mí era claro que el postigo que pertenecía a la ventana situada a la cabecera de la cama, si se abría totalmente, hasta que tocara la pared, llegaría hasta unos dos pies de la cadena del pararrayos. También estaba claro que con el esfuerzo de una energía y un valor insólito podía muy bien haberse entrado por aquella ventana con ayuda de la cadena. Llegado a aquella distancia de dos pies y medio (supongamos ahora abierto el postigo), un ladrón hubiese podido encontrar en el enrejado un sólido asidero, para que luego, desde él, soltando la cadena y apoyando bien los pies contra la pared, pudiera lanzarse rápidamente, caer en la habitación y atraer hacia sí violentamente el postigo, de modo que se cerrase, y suponiendo, desde luego, que se hallara siempre la ventana abierta.

»Tenga usted en cuenta que me he referido a una energía insólita, necesaria para llevar a cabo con éxito una empresa tan arriesgada y difícil.

»Mi propósito es el de demostrarle, en primer lugar, que el hecho podía realizarse, y muy *principalmente* llamar su atención sobre el carácter *muy extraordinario*, casi carácter sobrenatural, de la agilidad necesaria para su ejecución.

»Me replicará usted, sin duda, valiéndose del lenguaje de la ley, que para "defender mi causa" debiera más bien prescindir de la energía requerida en ese caso antes que insistir en valorarla exactamente. Esto es realizable en la práctica forense, pero no en la razón. Mi objetivo final es la verdad tan solo, y mi propósito inmediato conducir a usted a que compare esa *insólita* energía de que acabo de hablarle con la *peculiarísima* voz aguda (o áspera) y *desigual*, con respecto a cuya nacionalidad no se han hallado ni siquiera dos testigos que estuviesen de acuerdo, y en cuya pronunciación no ha sido posible descubrir una sola sílaba.

A estas palabras comenzó a formarse en mi espíritu una vaga idea de lo que pensaba Dupin. Me parecía llegar al límite de la comprensión, sin que todavía pudiera comprender, lo mismo que esas personas que se encuentran algunas veces en el borde de un recuerdo y no son capaces de llegar a conseguirlo. Mi amigo continuó sus razonamientos.

—Habrá usted visto —me dijo— que he retrotraído la cuestión del modo de salir al de entrar. Mi plan es demostrarle que ambas cosas se han efectuado de la misma manera y por el mismo sitio. Volvamos ahora a la habitación. Estudiemos todos sus aspectos. Según se ha dicho, los cajones del *bureau* han sido saqueados, aunque han quedado en ellos algunas prendas de vestir. Esta conclusión es absurda. Es una simple conjetura, muy necia, por cierto, y nada más. ¿Cómo es posible saber que todos esos objetos encontrados en los cajones no eran todo lo que contenían? Madame L'Espanaye y su hija vivían una vida excesivamente retirada. No se trataban con nadie, salían rara vez y, por consiguiente, tenían pocas ocasiones para cambiar de vestido. Los objetos que se han encontrado eran de tan buena calidad, por lo menos, como cualquiera de los que posiblemente hubiesen poseído esas señoras. Si un ladrón hubiera cogido alguno, ¿por qué no los mejores, o por qué no todos? En fin, ¿hubiese abandonado cuatro mil francos en oro para cargar con un fardo de ropa blanca? El oro *fue* abandonado. Casi la totalidad de la suma mencionada por monsieur Mignaud, el banquero, ha sido hallada en el suelo, en los saquitos.

»Insisto, por tanto, en querer descartar de su pensamiento la idea desatinada de un *motivo*, engendrada en el cerebro de la policía por esa declaración que se refiere a dinero entregado a la puerta de la casa. Coincidencias diez veces más notables que estas (entrega del dinero y asesinato) se presentan constantemente en nuestra vida sin despertar siquiera nuestra atención momentánea. Por lo general, las coincidencias son otros tantos motivos de error en el camino de esa clase de pensadores educados de tal modo que nada saben de la teoría de probabilidades, esa teoría a la cual las más memorables conquistas de la civilización humana deben lo más glorioso de su saber. En este caso, si el oro hubiera desaparecido, el hecho de haber sido entregado tres días antes hubiese podido parecer algo más que una coincidencia. Corroboraría la idea de un motivo. Pero, dadas las circunstancias reales en que nos hallamos, si hemos de suponer que el oro ha sido el móvil del hecho, también debemos imaginar que quien lo ha cometido ha sido tan vacilante y tan idiota, que ha abandonado al mismo tiempo el oro y el motivo.

»Fijados bien en nuestro pensamiento los puntos sobre los cuales yo he llamado su atención: la voz peculiar, la insólita agilidad y la sorprendente falta de motivo en un crimen de una atrocidad tan singular como este, examinemos por sí misma esta carnicería. Nos encontramos con una mujer estrangulada con las manos y metida cabeza abajo en una chimenea. Normalmente los criminales no emplean semejantes procedimientos de asesinato. En el violento modo de introducir el cuerpo en la chimenea habrá usted de admitir que hay algo *excesivamente exagerado*, algo que está en desacuerdo con nuestras corrientes nociones con respecto a los actos humanos, aun cuando supongamos que los autores de este crimen sean los seres más depravados. Por otra parte, piense usted cuán enorme debe de haber sido la fuerza que logró introducir tan violentamente el cuerpo *hacia arriba* en una abertura como aquella, por cuanto los esfuerzos unidos de varias personas apenas si lograron *sacarlo* de ella.

»Fijemos ahora nuestra atención en otros indicios que ponen de manifiesto este vigor maravilloso. Había en el hogar unos espesos mechones de cabellos grises humanos. Habían sido arrancados de cuajo. Sabe usted la fuerza que es necesaria para arrancar de la cabeza aun cuando no sean más que veinte o treinta cabellos a la vez. Tan bien como yo, usted habrá visto aquellos mechones. Sus raíces ensangrentadas (¡qué espantoso espectáculo!) tenían adheridos fragmentos de cuero cabelludo, segura prueba de la prodigiosa fuerza que ha sido necesaria para arrancar un millar de cabellos a la vez. La garganta de la anciana no solo estaba cortada, sino que tenía la cabeza completamente separada del tronco, y el instrumento para esta operación fue una sencilla navaja barbera.

»Le ruego que se fije también en la *brutal* ferocidad de tal acto. No es necesario hablar de las magulladuras que aparecieron en el cuerpo de madame L'Espanaye. Monsieur Dumas y su honorable colega monsieur Étienne han declarado que habían sido producidas por un instrumento romo. En ello, estos señores están en lo cierto. El instrumento ha sido, sin duda alguna, el pavimento del patio sobre el que la víctima ha caído desde la ventana situada encima del lecho. Por muy sencilla que parezca ahora esta idea, escapó a la policía, por la misma razón que le impidió notar la anchura de los postigos, porque, dada la circunstancia de los clavos, su percepción estaba cerrada herméticamente a la idea de que las ventanas hubieran podido ser abiertas.

»Si ahora, como añadidura a todo esto, ha reflexionado usted bien acerca del extraño desorden de la habitación, hemos llegado ya al punto de combinar las ideas de agilidad maravillosa, fuerza sobrehumana, bestial ferocidad, carnicería sin motivo, una *grotesquerie* en lo horrible, extraña en absoluto a la humanidad, y una voz extranjera por su acento para los oídos de hombres de distintas naciones y desprovista de todo silabeo que pudiera advertirse distinta e inteligiblemente. ¿Qué se deduce de todo ello? ¿Cuál es la impresión que ha producido en su imaginación?

Al hacerme Dupin esta pregunta sentí un escalofrío.

—Un loco ha cometido ese crimen —dije—, algún lunático furioso que se habrá escapado de alguna *maison de santé* vecina.

—En algunos aspectos —me contestó—, no es desacertada su idea. Pero hasta sus más feroces paroxismos, las voces de los locos no se parecen nunca a esa voz peculiar oída desde la escalera. Los locos pertenecen a una nación cualquiera, y su lenguaje, aunque incoherente, es siempre articulado. Por otra parte, el cabello de un loco no se parece al que yo tengo en la mano. De los dedos rígidamente crispados de madame L'Espanaye he desenredado este pequeño mechón. ¿Qué puede usted deducir de esto?

—Dupin —exclamé, completamente desalentado—, ¡qué cabello más raro! No es un cabello *humano*.

—Yo no he dicho que lo fuera —me contestó—. Pero antes de decidir con respecto a este particular, le ruego que examine este pequeño diseño que he trazado en un trozo de papel. Es un facsímil que representa lo que una parte de los testigos han declarado como cárdenas magulladuras y profundos rasguños producidos por las uñas en el cuello de mademoiselle L'Espanaye, y que los doctores Dumas y Étienne llaman una serie de manchas lívidas evidentemente producidas por la impresión de los dedos.

»Comprenderá usted —continuó mi amigo, desdoblando el papel sobre la mesa y ante nuestros ojos— que este dibujo da idea de una presión firme y poderosa. Aquí no hay *deslizamiento* visible. Cada dedo ha conservado, quizá hasta la muerte de la víctima, la terrible presa en la cual se ha moldeado. Pruebe usted ahora de colocar sus dedos, todos a un tiempo, en las respectivas impresiones, tal como las ve usted aquí.

Lo intenté en vano.

—Es posible —continuó— que no efectuemos esta experiencia de un modo decisivo. El papel está desplegado sobre una superficie plana, y la garganta humana es cilíndrica. Pero aquí tenemos un tronco de leña cuya circunferencia es, poco más o menos, la de la garganta. Arrolle a su superficie este diseño y volvamos a efectuar la experiencia.

Lo hice así, pero la dificultad fue todavía más evidente que la primera vez.

—Esta —dije— no es la huella de una mano humana.

—Ahora, lea este pasaje de Cuvier —continuó Dupin.

Era una historia anatómica, minuciosa y general, del gran orangután salvaje de las islas de la India Oriental. Son harto conocidas de todo el mundo la gigantesca estatura, la fuerza y agilidad prodigiosa, la ferocidad salvaje y las facultades de imitación de estos mamíferos. Comprendí entonces, de pronto, todo el horror de aquellos asesinatos.

—La descripción de los dedos —dije, cuando hube terminado la lectura— está de acuerdo perfectamente con este dibujo. Creo que ningún animal, excepto el orangután de la especie que aquí se menciona, pueda haber dejado huellas como las que ha dibujado usted. Este mechón de pelo ralo tiene el mismo carácter que el del animal descrito por Cuvier. Pero no me es posible comprender las circunstancias de este espantoso misterio. Hay que tener en cuenta, además, que se oyeron disputar *dos* voces, e, indiscutiblemente, una de ellas pertenecía a un francés.

—Cierto, y recordará usted una expresión atribuida casi unánimemente a esa voz por los testigos; la expresión *mon Dieu*. Y en tales circunstancias, uno de los testigos, Montani, el confitero, la identificó como expresión de protesta o reconvención. Por tanto, yo he fundado en estas voces mis esperanzas de la completa resolución de este misterio. Indudablemente, un francés conoce el asesinato. Es posible, y, en realidad, más que posible, probable, que sea él inocente de toda participación en los hechos sangrientos que han ocurrido. Puede habérsele escapado el orangután, y puede haber seguido su rastro hasta la habitación. Pero, dadas las agitadas circunstancias que se hubieran producido, pudo no haberle sido posible capturarlo de nuevo. Todavía anda suelto el animal. No es mi propósito continuar estas conjeturas, y las califico así porque no tengo derecho a llamarlas de otro modo, ya que los atisbos de reflexión en que se fundan apenas alcanzan la suficiente base para ser apreciables incluso para mi propia inteligencia, y, además, porque no me es posible hacerlas inteligibles para la comprensión de otra persona. Llamémoslas, pues, conjeturas, y considerémoslas así. Si, como yo supongo, el francés a que me refiero es inocente de tal atrocidad, este anuncio que, a nuestro regreso, dejé en las oficinas de *Le Monde*, un periódico consagrado a intereses marítimos y muy buscado por los marineros, nos lo traerá a casa.

Me entregó el periódico, y leí:

> *Captura*. En el Bois de Boulogne se ha encontrado, a primeras horas de la mañana del día... de los corrientes (*la mañana del crimen*), un enorme orangután de la especie de Borneo. Su propietario (*que se sabe es un marino perteneciente a la tripulación de un navío maltés*) podrá recuperar el animal, previa su identificación, pagando algunos pequeños gastos ocasionados por su captura y manutención. Dirigirse al número... de la rue... faubourg Saint-Germain..., tercero.

—¿Cómo ha podido usted saber —le pregunté a Dupin— que el individuo de que se trata es marinero y está enrolado en un navío maltés?

—*Yo no lo conozco* —repuso Dupin—; no estoy *seguro* de que exista. Pero tengo aquí este pedacito de cinta que, a juzgar por su forma y su grasiento aspecto, ha sido usado, evidentemente, para anudar los cabellos en forma de esas largas *guerres*[5] a que tan aficionados son los marineros. Por otra parte, este lazo saben anudarlo muy pocas personas, y es característico de los malteses. Recogí esta cinta al pie de la cadena del pararrayos. No puede pertenecer a ninguna de las dos víctimas. Todo lo más, si me he equivocado en mis deducciones con respecto a este lazo, es decir, pensando que ese francés sea un marinero enrolado en un navío maltés, no habré perjudicado a nadie diciendo lo que digo en el anuncio. Si me he equivocado supondrá él que algunas circunstancias me engañaron, y no se tomará el trabajo de inquirir-

5. «Coletas.» (*N. de los T.*)

las. Pero, si acierto, habremos dado un paso muy importante. Aunque inocente del crimen, el francés habrá de conocerlo, y vacilará entre si debe responder o no al anuncio y reclamar o no el orangután. Sus razonamientos serán los siguientes: «Soy inocente; soy pobre; mi orangután vale mucho dinero, una verdadera fortuna, para un hombre que se encuentra en mi situación. ¿Por qué he de perderlo con un vano temor al peligro? Lo tengo aquí, a mi alcance. Lo encontraron en el Bois de Boulogne, a mucha distancia del escenario de aquel crimen. ¿Quién sospecharía que un animal ha cometido semejante acción? La policía está despistada. No ha obtenido el menor indicio. Dado el caso de que sospecharan del animal, sería imposible demostrar que yo tengo conocimiento del crimen, ni mezclarme en él por el solo hecho de conocerlo. Además, me *conocen*. El anunciante me señala como dueño del animal. No sé hasta qué punto llega este conocimiento. Si soslayo en reclamar una propiedad de tanto valor, y que, además, se sabe que es mía, concluiré haciendo sospechoso al animal. No es prudente llamar la atención sobre mí ni sobre él. Contestaré, por tanto, a este anuncio, recobraré mi orangután y lo encerraré hasta que se haya olvidado por completo este asunto».

En este instante oímos pasos en la escalera.

—Esté preparado —me dijo Dupin—. Coja sus pistolas, pero no haga uso de ellas ni las enseñe, hasta que yo le haga una seña.

Habíamos dejado abierta la puerta principal de la casa. El visitante entró sin llamar y subió algunos peldaños de la escalera. Ahora, sin embargo, parecía vacilar. Le oímos descender. Dupin se precipitó hacia la puerta, pero en este instante le oímos subir de nuevo. Ahora ya no retrocedía por segunda vez, sino que subió con decisión y llamó a la puerta de nuestro piso.

—Adelante —dijo Dupin con voz satisfecha y alegre.

Entró un hombre. A no dudarlo, era un marinero. Un hombre alto, fuerte, musculoso, con una expresión de arrogancia no del todo desagradable. Su rostro, muy atezado, estaba oculto en más de su mitad por las patillas y el *mustachio*. Estaba provisto de un grueso garrote de roble, y no parecía llevar otras armas. Saludó, inclinándose torpemente, pronunciando un «buenas tardes» con acento francés, el cual, aunque bastardeado levemente por el suizo, daba a conocer claramente su origen parisiense.

–Siéntese, amigo –dijo Dupin–. Supongo que viene a reclamar su orangután. Le aseguro que casi se lo envidio. Es un hermoso animal, y, sin duda alguna, de mucho precio. ¿Qué edad cree usted que tiene?

El marinero suspiró hondamente, como quien se alivia de un enorme peso, y contestó luego con firme voz:

–No puedo decírselo, pero no creo que tenga más de cuatro o cinco años. ¿Lo tiene usted aquí?

–¡Oh, no! Esta habitación no reúne condiciones para ello. Está en una cuadra de alquiler en la rue Dubourg, cerca de aquí. Mañana por la mañana, si usted quiere, podrá recuperarlo. Supongo que vendrá usted preparado para demostrar su propiedad.

–Sin duda alguna, señor.

–Mucho sentiré tener que separarme de él –dijo Dupin.

–No pretendo que se haya usted tomado tantas molestias para nada, señor –dijo el hombre–. Ni pensarlo. Estoy dispuesto a pagar una gratificación por el hallazgo del animal, mientras sea razonable.

–Bien –contestó mi amigo–. Todo esto es, sin duda, muy justo. Veamos. ¿Qué voy a pedirle? ¡Ah, ya sé! Se lo diré ahora. Mi gratificación será esta: ha de decirme usted cuanto sepa con respecto a los asesinatos de la rue Morgue.

Estas últimas palabras las dijo Dupin con voz muy baja y con una gran tranquilidad. Con análoga tranquilidad se dirigió hacia la puerta, la cerró y se guardó la llave en el bolsillo. Luego sacó la pistola y, sin mostrar agitación alguna, la dejó sobre la mesa.

La cara del marinero enrojeció como si se hallara en un

arrebato de sofocación. Se levantó y empuñó su bastón. Pero inmediatamente se dejó caer sobre la silla, con un temblor convulsivo y con el rostro de un cadáver. No dijo una sola palabra, y de todo corazón lo compadecí.

—Amigo mío —dijo Dupin bondadosamente—, le aseguro a usted que se alarma sin motivo alguno. No es nuestro propósito causarle el menor daño. Le doy a usted mi palabra de honor, de caballero y francés, que nuestra intención no es perjudicarle. Sé perfectamente que nada tiene usted que ver con las atrocidades de la rue Morgue. Sin embargo, no puedo negar que, en cierto modo, está usted complicado. Por cuanto le digo comprenderá usted perfectamente que, con respecto a este asunto, poseo excelentes medios de información, medios en los cuales no hubiera usted pensado jamás. El caso está ya claro para nosotros. Nada ha hecho usted que haya podido evitar. Naturalmente, nada que lo haga a usted culpable. Nadie puede acusarle de haber robado, pudiendo haberlo hecho con toda impunidad, y no tiene tampoco nada que ocultar. También carece de motivos para hacerlo. Además, por todos los principios del honor, está usted obligado a confesar cuanto sepa. Se ha encarcelado a un inocente, a quien se acusa de un crimen cuyo autor solamente usted puede señalar.

Cuando Dupin hubo pronunciado estas palabras, ya el marinero había recobrado un poco su presencia de ánimo. Pero toda su arrogancia había desaparecido.

—¡Que Dios me ampare! —dijo, después de una breve pausa—. Le diré cuanto sepa sobre este asunto; pero estoy seguro de que no creerá usted ni la mitad siquiera. Estaría loco si lo creyese. Sin embargo, *soy* inocente, y aunque me cueste la vida le hablaré con franqueza.

En resumen, fue esto lo que nos contó:

Había hecho recientemente un viaje al archipiélago Índico. Él formaba parte de un grupo que desembarcó en Borneo, y pasó al interior para una excursión de placer. Entre él y un compañero suyo habían dado captura al orangután. Su compañero murió, y el animal quedó de su exclusiva pertenencia. Después de muchas molestias producidas por la ferocidad indomable del cautivo, durante el viaje de regreso consiguió por fin alojarlo en su misma casa, en París, donde, para no atraer sobre él la curiosidad insoportable de los vecinos, lo recluyó cuidadosamente, con objeto de que curase de una herida que se había producido en un pie con una astilla, a bordo de su buque. Su proyecto era venderlo.

Una noche, o, mejor dicho, una mañana, la del crimen, al volver de una francachela celebrada con algunos marineros, encontró al animal en su alcoba. Se había escapado del cuarto contiguo, donde él creía tenerlo seguramente encerrado. Se hallaba sentado ante un espejo, teniendo una navaja de afeitar en una mano. Estaba todo enjabonado, intentando afeitarse, operación en la que probablemente había observado a su amo a través del ojo de la cerradura. Aterrado, viendo tan peligrosa arma en manos de un animal tan feroz y sabiéndole muy capaz de hacer uso de ella, el hombre no supo qué hacer durante unos segundos. Frecuentemente había conseguido dominar al animal en sus accesos más furiosos utilizando un látigo, y recurrió a él también en aquella ocasión. Pero al ver el látigo, el orangután saltó de repente fuera de la habitación, echó a correr escaleras abajo y, viendo una ventana, desgraciadamente abierta, salió a la calle.

El francés, desesperado, corrió tras él. El mono, sin soltar la navaja, se paraba de cuando en cuando, se volvía y le hacía muecas, hasta que llegaba el hombre cerca de él. Entonces escapaba de nuevo. La persecución duró así un buen rato. Se hallaban las calles en completa tranquilidad, porque serían las tres de la madrugada. Al descender por un pasaje situado detrás de la rue Morgue, la atención del fugitivo fue atraída por una luz procedente de la ventana abierta de la habitación de madame L'Espanaye, en el cuarto piso de la casa. Se precipitó hacia la casa, y al ver la cadena del pararrayos, trepó ágilmente por ella, se agarró al postigo, que estaba abierto de par en par hasta la pared, y apoyándose en esta se lanzó sobre la cabecera de la cama. Apenas toda esta gimnasia duró un minuto. El orangután, al entrar en la habitación, había rechazado contra la pared el postigo, que de nuevo quedó abierto.

El marinero estaba entones contento y perplejo. Tenía grandes esperanzas de capturar ahora al animal, que podría escapar difícilmente de la trampa donde se había metido, de no ser que lo hiciera por la cadena, donde él podría salirle al paso cuando descendiese. Por otra parte, le inquietaba grandemente lo que pudiera ocurrir en el interior de la casa, y esta última reflexión le decidió a seguir persiguiendo al fugitivo. Para un marinero no es difícil trepar por una cadena de pararrayos. Pero una vez hubo llegado a la altura de la ventana, cerrada entones, se vio en la imposibilidad de alcanzarla. Lo más que pudo hacer fue dirigir una rápida ojeada al interior de la habitación. Lo que vio le sobrecogió de tal modo de terror, que estuvo a punto de caer. Fue entones cuando se oyeron los terribles gritos que despertaron, en el silencio de la noche, al vecindario de la rue Morgue. Madame L'Espanaye y su hija, vestidas con sus camisones, estaban, según parece, arreglando algunos papeles en el cofre de hierro ya mencionado, que había sido llevado al centro de la habitación. Estaba abierto, y esparcido su contenido por el suelo. Sin duda, las víctimas se hallaban de espaldas a la ventana, y, a juzgar por el tiempo que transcurrió entre la llegada del animal y los gritos, es probable que no se dieran cuenta inmediatamente de su presencia. El golpe del postigo debió de ser verosímilmente atribuido al viento.

Cuando el marinero miró al interior, el terrible animal había asido a madame L'Espanaye por los cabellos, que, en aquel instante, tenía sueltos, por estarse peinando, y movía la navaja ante su rostro, imitando los ademanes de un barbero. La hija yacía inmóvil en el suelo, desvanecida. Los gritos y esfuerzos de la anciana (durante los cuales estuvo arrancando el cabello de su cabeza) tuvieron el efecto de cambiar los probables propósitos pacíficos del orangután en pura cólera. Con un decidido movimiento de su hercúleo brazo le separó casi la cabeza del tronco. A la vista de la sangre, su ira se convirtió en frenesí. Con los dientes apretados y despidiendo llamas por los ojos, se lanzó sobre el cuerpo de la hija y clavó sus terribles garras en su garganta, sin soltarla hasta que expiró. Sus extraviadas y feroces miradas se fijaron entonces en la cabecera del lecho, sobre la cual la cara de su amo, rígido por el horror, apenas se distinguía en la oscuridad. La furia de la bestia, que recordaba todavía el terrible látigo, se convirtió instantáneamente en miedo. Comprendiendo que lo que había hecho le hacía acreedor de un castigo, pareció deseoso de ocultar su sangrienta acción. Con la angustia de su agitación y nerviosismo, comenzó a dar saltos por la alcoba, derribando y destrozando los muebles con sus movimientos y levantando los colchones del lecho. Por fin, se apoderó del cuerpo de la joven y, a empujones, lo introdujo por la chimenea en la posición en que fue encontrado. Después se lanzó sobre el de la madre y lo precipitó de cabeza por la ventana.

Al ver que el mono se acercaba a la ventana con su mutilado fardo, el marinero retrocedió horrorizado hacia la cadena, y, más que agarrándose, dejándose deslizar por ella, se fue inmediata y precipitadamente a su casa, con el temor de las consecuencias de aquella horrible carnicería, y abandonando gustosamente, tal fue su horror, toda preocupación por lo que pudiera sucederle al orangután. Así pues, las voces oídas por la gente que subía las escaleras fueron sus exclamaciones de horror y espanto, mezcladas con los diabólicos charloteos del animal.

Poco me queda que añadir. Antes del amanecer debió de huir el orangután de la alcoba utilizando la cadena del pararrayos. Maquinalmente cerraría la ventana al pasar por ella. Tiempo más tarde fue capturado por su dueño, quien lo vendió por una fuerte suma para el Jardin des Plantes. Después de haber contado cuanto sabíamos, añadiendo algunos comentarios por parte de Dupin, en el *bureau* del prefecto de policía, Le Bon fue puesto inmediatamente en libertad.

El funcionario, por muy inclinado que estuviera en favor de mi amigo, no podía disimular de modo alguno su mal humor, viendo el giro que el asunto había tomado, y se permitió unas frases sarcásticas con respecto a la corrección de las personas que se mezclaban en las funciones que a él le correspondían.

—Déjele que diga lo que quiera —me dijo luego Dupin, que no creía oportuno contestar—. Déjele que hable. Así aligerará su conciencia. Por lo que a mí respecta, estoy contento de haberle vencido en su propio terreno. No obstante, el no haber acertado la solución de este misterio no es tan extraño como él supone, porque, realmente, nuestro amigo el prefecto es lo suficientemente agudo para pensar sobre ello con profundidad. Pero su ciencia carece de *base*. Todo él es cabeza, mas sin cuerpo como las pinturas de la diosa Laverna, o, por mejor decir, todo cabeza y espalda, como el bacalao. Sin embargo, es una buena persona. Le aprecio particularmente por un truco maestro de canto, al cual debe su reputación de hombre de talento. Me refiero a su modo *de nier ce qui est, et d'expliquer ce qui n'est pas.*[6]

[Trad. de Fernando Gutiérrez y Diego Navarro]

6. «De negar lo que es, y explicar lo que no es.» (Rousseau, *Nouvelle Héloïse.*) *(N. de los T.)*

Un descenso dentro del Maelstrom

Esta historia, publicada por primera vez en mayo de 1841 en el Graham's Magazine, *es merecidamente uno de los relatos más populares de Poe. Se inspiró principalmente en un relato que apareció en el* Fraser's Magazine *en septiembre de 1834: «The Maelstrom: a Fragment», de Edward Wilson Landor. Narra la historia de un barco que naufragó como consecuencia de un remolino en la costa noruega. El protagonista de la historia narra su experiencia cuando se encontraba a bordo del barco y sintió cómo se adentraba en el remolino. No sabe cómo logró burlar la muerte, pues perdió la conciencia y al despertar se encontraba a salvo en tierra firme.*

Para documentarse, Poe consultó los artículos acerca del Maelstrom, Noruega y remolinos en la Encyclopaedia Britannica. *Es posible que incluso complementara su investigación leyendo* The Mariner's Chronicle *(1834), en que se recogían grandes desastres marítimos como el de un capitán de barco que fue testigo del fenómeno llamado «Maelstrom» y quien probablemente se convirtió en fuente de inspiración.*

> Las vías de Dios en la Naturaleza, así como en
> la Providencia, no son *nuestras* vías, y los mode-
> los que ideamos no tienen relación alguna con
> la amplitud, la profundidad y la inescrutabilidad
> de sus obras, *que contienen un abismo más hondo*
> *que el pozo de Demócrito.*

Joseph Glanville

Habíamos alcanzado la cima del peñasco más alto. Durante algunos minutos el viejo pareció sentirse harto extenuado para hablar.

—No hace mucho tiempo —dijo, por último— le hubiera guiado a usted por este camino tan bien como el más joven de mis hijos; pero hace tres años me sucedió una aventura como no había sucedido antes a ningún mortal, o al menos, como no había sucedido a ningún hombre que sobreviviese para contarla, y las seis horas de terror mortal que entonces pasé han destrozado mi cuerpo y mi alma. Creerá usted que soy *muy viejo*, pero no lo soy. Bastó un solo día para convertir este pelo de un negro azabache en blanco, para debilitar mis miembros y trastornar mis nervios hasta el punto de que me deja tembloroso el menor esfuerzo y me asusta una sombra. ¿Sabe usted que no puedo apenas mirar hacia esa pequeña escollera sin sentir el vértigo?

La «pequeña escollera» al borde de la cual se había él tendido con tanta negligencia para descansar, de manera que la parte más pesada de su cuerpo sobresalía, y solo le preservaba de una caída el punto de apoyo que tenía su codo sobre la arista final y escurridiza; aquella «pequeña escollera» se elevaba a unos quinientos o seiscientos pies de un amontonamiento de rocas negras y brillantes sobre un gran precipicio. Por nada del mundo hubiese yo querido arriesgarme a una docena de yardas de aquel borde. En realidad, estaba tan excitado por la peligrosa situación de mi compañero, que me dejé caer cuan largo soy sobre el suelo, agarrándome a unos arbustos de alrededor, sin atreverme siquiera a levantar los ojos al cielo, mientras luchaba en vano por librarme de la obsesión de que la furia del viento hacía peligrar la base misma de la montaña. Necesité previamente largo tiempo para poder razonar y encontrar el suficiente valor para mirar hacia la lejanía.

—Debe usted desechar esas fantasías —dijo el guía—, pues le he traído aquí para que vea lo mejor posible la escena del suceso que antes mencioné, y para contarle la historia entera teniendo el auténtico paraje bajo sus ojos.

»Estamos ahora —prosiguió con aquella minuciosa manera que le caracterizaba—, estamos ahora encima de la costa misma de Noruega, a los sesenta y ocho grados de latitud, en la gran provincia de Nordland y en el triste distrito de Lofoden. La montaña sobre la cual nos hallamos es Helseggen, la Nubosa. Ahora, levántese usted un poco, así, y mire más allá de esa faja de vapores que hay debajo de nosotros, en el mar.

Miré con vértigo, y vi una inmensa extensión de océano, cuyas aguas color tinta me recordaron enseguida al Nubio geógrafo de que se habla en el *Mare tenebrarum*. La imaginación humana no puede concebir un panorama más deplorablemente desolado. A derecha e izquierda, hasta donde podía alcanzar la mirada, se extendían, como las murallas del mundo, las líneas de un horrible acantilado negro en forma de escollera saliente, cuyo carácter lúgubre estaba reforzado a fondo por la resaca que llegaba hasta su cresta blanca y lívida, aullando y mugiendo siempre. Enfrente mismo del promontorio sobre el cual estábamos situados, a una distancia de cinco o seis millas mar adentro, se veía una isla pequeña que parecía desierta, o mejor dicho, se percibía su posición a través del impetuoso oleaje que la envolvía. A unas dos millas de la tierra se alzaba otro islote de lo más pedregoso y yermo, rodeado de grupos interrumpidos de rocas negras.

El aspecto del océano, en el espacio comprendido entre la orilla y la isla más distante, tenía algo extraordinario de veras. En aquel mismo momento, soplaba del lado de tierra un ventarrón tan fuerte, que un bergantín, en alta mar, estaba al pairo con la vela mayor doblemente arrizada, y su casco se sumergía sin cesar por completo, hasta desaparecer de la vista, aunque no había nada a su alrededor que se pareciese a una marejada regular, sino tan solo, y a despecho del viento, un chapoteo de agua, corto, rápido y agitado en todos los sentidos. Se veía poca espuma, excepto en la proximidad inmediata de las rocas.

—A la isla que ve usted allá lejos —prosiguió el viejo— la llaman los noruegos Vurrgh. La que está a mitad del camino es Moskoe. La que se halla a una milla al norte es Ambaaren. Allí están Islesen, Hotholm, Keildhelm, Suarven y Buckholm. Más lejos, entre Moskoe y Vurrgh, están Otterholm, Flimen, Sandflesen y Estocolmo. Estos son los verdaderos nombres de estos lugares; pero es algo que no puedo comprender por qué he creído necesario nombrárselos todos. ¿Oye usted algo? ¿Ve algún cambio en el agua?

Estábamos hacía unos diez minutos en lo alto del Helseggen, adonde subimos desde el interior de Lofoden; de modo que no habíamos podido contemplar el mar, hasta que se nos apareció de pronto desde la cumbre. Mientras el viejo hablaba percibí un ruido fuerte que iba aumentando gradualmente, como el mugido de una numerosa manada de búfalos por una pradera americana; y en el mismo momento vi eso que los marineros llaman «mar picada» transformarse de súbito en una corriente que derivaba hacia el este. Mientras la contemplaba yo, aquella corriente adquirió una velocidad monstruosa. A cada segundo aumentaba su rapidez, su impetuosidad desordenada. En cinco minutos el mar entero, hasta Vurrgh, estuvo azotado por una furia indomable; pero era entre Moskoe y la costa donde predominaba el estruendo. Allí el vasto lecho de las olas, cosido y surcado por mil corrientes contrarias, estallaba, repentino, en convulsiones frenéticas, jadeando, hirviendo, silbando, girando en gigantescos e innumerables remolinos, y rizándose y precipitándose todo hacia el este con una rapidez que no se manifiesta nunca en el agua, salvo en las cataratas.

En pocos minutos sufrió otro cambio radical la escena. La superficie general se hizo algo más lisa, y desaparecieron los remolinos uno por uno, mientras surgieron unas prodigiosas fajas de espuma allí donde antes no había visto ninguna. Aquellas fajas, finalmente, se extendieron a una gran distancia, y combinándose entre ellas, adoptaron el movimiento giratorio de los remolinos calmados y parecieron formar el germen de otro más vasto. De repente –muy de repente– adquirió este una clara y definida existencia en un círculo de más de una milla de diámetro. El borde del remolino estaba marcado por una ancha faja de espuma brillante, pero ni una parcela de esta última se deslizaba en la boca del terrible embudo, cuyo interior, hasta donde alcanzaba la vista, estaba formado por un muro de agua, pulido, brillante, de un negro azabache, inclinado hacia el horizonte en un ángulo de unos cuarenta y cinco grados, girando, vertiginoso, a influjos de un movimiento oscilatorio, hirviente y proyectando por los aires una voz aterradora, mitad chillido, mitad rugido, tal como la poderosa catarata del Niágara no ha elevado nunca en sus conmociones hacia el cielo.

La montaña temblaba en su base misma, y se bamboleaba la roca. Me tiré al suelo de bruces, y en un exceso de agitación nerviosa, me agarré a la escasa hierba.

–Esto –dije, por último, al viejo–, esto *no puede* ser más que el gran remolino del Maelstrom.

—Así lo llaman algunas veces —dijo él—. Nosotros los noruegos lo llamamos el Moskoe-strom, por la isla de Moskoe, que está situada a mitad de camino.

Las descripciones corrientes de este remolino no me habían preparado para lo que veía. La de Jonas Ramus, que es quizá más detallada que ninguna, no da la menor idea de la magnificencia y del horror del cuadro, ni de la violenta y perturbadora sensación de *novedad* que confunde al espectador. No sé con seguridad desde qué punto de vista ni a qué hora lo ha contemplado el mencionado escritor; pero no puede ser en modo alguno ni desde la cumbre de Helseggen, ni durante una borrasca. Hay, empero, algunos pasajes de su descripción que pueden citarse, aunque su efecto resulte sumamente débil comparado con la impresión que produce el espectáculo.

—Entre Lofoden y Moskoe —dijo él— la profundidad del agua oscila de las treinta y seis a las cuarenta brazas; pero en el otro lado, hacia Ver (Vurrgh), esa profundidad disminuye hasta el punto de que un navío no podría hallar paso sin correr el riesgo de destrozarse contra las rocas, lo cual puede ocurrir hasta con el tiempo más tranquilo. Cuando sube la marea, la corriente se precipita en el espacio comprendido entre Lofoden y Moskoe con una turbulenta rapidez; pero apenas iguala al rugido de su impetuoso reflujo el de las más fuertes y terribles cataratas. Se deja oír el ruido a varias leguas, y son los remolinos u hoyas tan extensos y profundos, que si un barco entra en su zona de atracción, es absorbido inevitablemente y arrastrado al fondo, quedando allí hecho pedazos contra las rocas, y cuando la corriente se calma, los restos son arrojados de nuevo a la superficie. Pero esos intervalos de tranquilidad solo tienen lugar entre el reflujo y la pleamar, con tiempo de calma, y no duran más de un cuarto de hora, pasado el cual reaparece su violencia. Cuando la corriente es más tumultuosa y aumenta su furia a causa de una borrasca, es peligroso acercarse a una milla noruega de ella. Barcas, yates y navíos han sido arrastrados adentro por no haber tenido cuidado antes de encontrarse cerca de su atracción. Sucede con frecuencia que algunas ballenas llegan demasiado cerca de la corriente y son dominadas por su violencia, y es imposible describir sus aullidos y bramidos en sus inútiles esfuerzos para libertarse por sí mismas. En cierta ocasión, un oso, al intentar cruzar a nado de Lofoden a Moskoe, fue atrapado por la corriente y arrastrado al fondo, mientras rugía tan espantosamente que se lo oía desde la orilla. Grandes troncos de pinos y de abetos, después de haber sido absorbidos por la corriente, reaparecen rotos y desgarrados hasta tal punto, que parecen haberles crecido cerdas. Esto demuestra a las claras que el fondo está formado de rocas puntiagudas, entre las cuales han rodado de un lado para otro. Dicha corriente está regulada por el flujo y reflujo del mar, que tiene lugar con regularidad cada seis horas. En el año 1645, próxima la mañana del domingo de Sexagésima, se alborotó con tal estruendo e impetuosidad, que se desprendían las piedras de las casas junto a la costa.

Por lo que concierne a la profundidad del agua, no comprendo cómo se ha podido comprobar en la proximidad inmediata del remolino. Las «cuarenta brazas» deben referirse solo a las partes del estrecho que se hallan cercanas a la orilla, ya sea de Moskoe o ya sea de Lofoden. La profundidad en el centro del Moskoe-strom debe de ser conmensurablemente mayor, y la mejor prueba de este hecho consiste en echar un vistazo de soslayo hacia el abismo del remolino cuando está uno sobre la cumbre más elevada de Helseggen. Mirando desde lo alto de este pico hacia abajo, al mugiente Phlegethon, no podía yo dejar de sonreír a la sencillez con que el honrado Jonas Ramus relata, como una cosa difícil de creer, las anécdotas de las ballenas y de los osos, pues me parecía en realidad una cosa evidente por sí misma que el mayor barco de línea existente, al llegar a la zona de atracción mortal, debía de resistir allí tan poco como una pluma al huracán, y desaparecer por entero y de repente.

Las explicaciones dadas del fenómeno —algunas de las

cuales recuerdo que me parecían bastante plausibles al leerlas con atención– presentaban ahora un aspecto muy distinto y nada satisfactorio. La idea generalmente admitida es que, como los tres pequeños remolinos de las islas Feroe, este «no tiene otra causa que el choque de las olas alzándose y volviendo a caer, en el flujo y en el reflujo, contra unos escollos y bajíos que confinan las aguas y las lanzan así, como una catarata; y por eso, cuanto más se eleva la marea, más profunda es la caída, y el resultado natural de todo ello supone un remolino o vórtice, cuya prodigiosa succión es lo bastante conocida por experimentos menores». Estas son las palabras de la *Enciclopedia Británica*. Kircher y otros imaginan que en el centro del canal del Maelstrom hay un abismo que atraviesa el globo y desemboca en alguna región muy distante: el golfo de Botnia ha sido designado alguna vez de un modo categórico. Esta opinión, poco razonable en sí misma, era la que admitía con más facilidad mi imaginación mientras yo contemplaba aquello; y al indicársela al guía, me sorprendió no poco oírle decir que, aun cuando fuese aquella la idea generalmente admitida por los noruegos a este respecto, no era la suya. En cuanto a la tal primera opinión, se confesó incapaz de comprenderla, pues, por concluyente que sea sobre el papel, se hace de todo punto ininteligible y hasta absurda, en medio del trueno del abismo.

–Ahora que ha visto usted bien el remolino –dijo el viejo– y si quiere que nos deslicemos detrás de esa peña, a sotavento, amortiguando así el rugir del agua, le contaré una historia que le convencerá que conozco algo del Moskoe-strom.

Me coloqué como él deseaba, y comenzó:

–Yo y mis hermanos poseíamos en otro tiempo una goleta aparejada en queche, de unas setenta toneladas, con la cual pescábamos de costumbre entre las islas más allá de Moskoe, cerca de Vurrgh. En todos los violentos remolinos de ese mar hay buena pesca, si se aprovechan las oportunidades y se tiene el valor de intentarlo; pero, entre las gentes todas de la costa de Lofoden, nosotros tres únicamente hacíamos de modo regular la travesía a las islas, como le he dicho. Los lugares de pesca habituales se hallan mucho más lejos hacia el sur. Allí se pesca a todas horas sin mucho peligro, y, por tanto, son preferidos esos lugares. Pero los sitios escogidos aquí, entre las rocas, dan no ya el pescado de más fina calidad, sino en mucha mayor abundancia, hasta el punto de que a menudo cogíamos nosotros en un solo día lo que los más tímidos del oficio no hubieran podido coger juntos en una semana. En suma, convertíamos aquello en una especulación desesperada; el riesgo de la vida hacía las veces del trabajo, y el denuedo equivalía al capital.

»Resguardábamos el queche en una caleta a unas cinco millas en la costa por encima de esta, y era nuestra costumbre, con buen tiempo, aprovechar la tregua de cinco minutos para avanzar por el canal principal del Moskoe-strom, muy lejos de la hoya, echando luego el ancla en algún sitio cerca de Otterholm o de Sandflesen, donde los remolinos no son tan violentos como en otras partes. Allí solíamos permanecer hasta levar anclas y volver a casa, aproximadamente, en esa hora en que el agua se calmaba. No nos aventurábamos nunca en esa expedición sin un viento constante para la ida y el regreso (un viento del que estuviésemos seguros para nuestro retorno), y rara vez nos equivocamos sobre ese punto. Dos veces en seis años nos vimos obligados a pasar toda la noche anclados a causa de una calma chicha, lo cual es cosa rara allí precisamente, y en otra ocasión permanecimos en tierra cerca de una semana, muertos de hambre, a causa un ventarrón que empezó a soplar poco después de nuestra llegada, haciendo el canal demasiado borrascoso para atravesarlo. En esa ocasión hubiéramos sido arrastrados mar adentro, a pesar de todo (pues los remolinos nos hacían dar vueltas y vueltas con tal violencia, que al final se nos enredó el ancla y la fuimos rastreando), si no nos hubiera impelido una de esas innumerables corrientes, que se forman hoy aquí y mañana allá, y que nos llevó a sotavento de Flimen, adonde, por fortuna, pudimos arribar.

»No le contaré ni la vigésima parte de las dificultades con que tropezamos en las pesquerías (es ese un mal paraje hasta con buen tiempo); pero encontramos siempre manera de desafiar el propio Moskoe-strom sin accidente, aunque a ratos me subía el corazón a la boca cuando nos sucedía retrasarnos o adelantarnos un minuto a la calma. Algunas veces el viento no era tan fuerte como creíamos al partir, y entonces avanzábamos menos deprisa que hubiéramos querido, mientras la corriente hacía el queche ingobernable. Mi hermano mayor tenía un hijo de dieciocho años, y yo, por mi parte, dos mocetones. Nos hubieran prestado una gran ayuda en tales casos, lo mismo cogiendo los remos que pescando atrás; pero, realmente, aunque corriésemos peligro nosotros mismos, no teníamos valor para dejar que se arriesgasen aquellos jóvenes, pues, bien considerado todo, era un peligro horrible, y esta es la verdad.

»Hará ahora, dentro de unos días, tres años que ocurrió lo que voy a contarle. Era el 10 de julio de 18..., un día que la gente de esta parte del mundo no olvidará jamás, pues fue de esos en que sopló el más terrible huracán que ha venido nunca de los cielos. Y, sin embargo, durante toda la mañana y hasta muy avanzada la tarde, tuvimos una fina y suave brisa del sudoeste, y el sol lució espléndidamente de tal modo, que el más viejo de los marineros no hubiese podido prever lo que iba a ocurrir.

»Habíamos atravesado los tres, mis dos hermanos y yo, entre las islas a las dos de la tarde, poco más o menos, y cargamos pronto el queche con soberbio pescado, el cual, como habíamos observado muy bien, era más abundante que nunca hasta entonces. Eran las siete en punto, *por mi reloj*, cuando levamos el ancla y partimos hacia nuestra casa, para pasar lo peor del Strom con el agua en calma, lo cual sabíamos que sucedería a las ocho.

»Salimos con una brisa fresca a estribor, y durante algún tiempo navegamos veloces, sin pensar en el peligro, pues realmente no veíamos el menor motivo de preocupación. De repente nos sorprendió una brisa que venía de Helseggen. Era aquello muy desusado (algo que no nos había sucedido nunca antes), y empezaba yo a sentir una leve inquietud, sin saber de cierto por qué. Dejamos ir al barco con el viento; pero no pudimos nunca hender los remolinos, y estaba yo a punto de proponer que volviéramos al lugar del anclaje, cuando, al mirar atrás, vimos todo el horizonte cubierto por una nube singular de un tono cobrizo, que ascendía con la velocidad más pasmosa.

»Al mismo tiempo la brisa que nos había cogido de proa cesó, y sorprendidos entonces por una calma chicha, nos arrastraba en todas direcciones. Pero semejante estado de cosas no duró lo suficiente para darnos tiempo a pensar en ello. En menos de un minuto la borrasca estuvo sobre nosotros; en menos de dos el cielo se puso completamente encapotado, y volviéndose de repente tan oscuro, que, con la espuma pulverizada que nos saltaba a los ojos, no podíamos vernos unos a otros en el queche.

»Intentar describir semejante huracán sería una locura. El más viejo marinero de Noruega no ha pasado nunca una cosa parecida. Habíamos arriado nuestras velas antes de que el ventarrón nos cogiese; pero desde la primera ráfaga nuestros dos palos se vinieron abajo como si hubiesen sido aserrados por su base: el mayor se llevó a mi hermano pequeño, que se había asido a él para salvarse.

»Nuestro barco era el más ligero juguete que hubiese nunca flotado sobre el agua. Tenía un puente casi a nivel, con una sola pequeña escotilla a proa, que acostumbrábamos siempre a cerrar sólidamente al cruzar el Strom, a modo de precaución contra la mar picada. Pero en aquella ocasión nos hubiéramos hundido enseguida, pues durante unos instantes estuvimos sepultados bajo el agua por completo. No podría decir cómo escapó mi hermano mayor de la muerte, ni he tenido nunca oportunidad de explicármelo. Por mi parte, tan pronto como hube soltado el trinquete, me tiré de bruces sobre cubierta, con los pies contra la estrecha borda de proa y las manos agarradas a un cáncamo o armella, junto a la base del palo de trinquete. El simple instinto me impulsó a obrar así; era, sin duda, lo mejor que podía hacer, pues estaba demasiado aturdido para pensar.

»Durante unos momentos nos encontramos materialmente inundados, como le digo, y en todo ese tiempo contuve la respiración y me aferré a la armella. Cuando no pude ya permanecer más tiempo así me levanté sobre las rodillas, sin soltar las manos, y alcé del todo la cabeza. Luego nuestro barquito dio una sacudida, exactamente como un perro al salir del agua, y se elevó por sí mismo, en parte, fuera del mar. Intenté ahora salir lo mejor que pude del estupor que me invadía y recobrar mis sentidos para ver lo que podía hacer, cuando sentí que alguien me agarraba del brazo. Era mi hermano mayor, y mi corazón brincó de alegría, ya que tenía la certeza de que había caído por la borda; pero un momento después toda mi alegría se convirtió en horror, pues acercando su boca a mi oído gritó esta palabra: "¡El Moskoestrom!".

»Nadie sabrá nunca lo que sentí en aquel momento. Me estremecí de la cabeza a los pies como en el más violento acceso de fiebre. Sabía yo muy bien lo que entendía él por esa sola palabra; sabía lo que quería darme a entender. ¡Con el viento que nos empujaba ahora, estábamos condenados al remolino del Strom, y nada podía salvarnos!

»Habrá usted comprendido que, al cruzar el canal del Strom, navegábamos siempre lejos, por encima del remolino, hasta con el tiempo de mayor calma, y luego teníamos que esperar y acechar cuidadosamente el repunte de la marea; pero ahora corríamos en derechura hacia la hoya misma, ¡y entre un huracán como aquel! "Con toda seguridad", pensé, "llegaremos a ella justo en el momento de calma, y nos queda por eso una pequeña esperanza". Pero un minuto después me maldije por haber sido tan loco al soñar con esperanza alguna. Sabía yo muy bien que estábamos condenados, aunque hubiésemos navegado en un barco de noventa cañones.

»En aquel momento la primera furia de la tempestad había cesado, o quizá nosotros no la sentíamos tanto, porque corríamos delante de ella; pero, en todo caso, el mar, que el viento había dominado al principio, liso y espumeante, se levantaba ahora en verdaderas montañas. Un cambio singular había tenido lugar también en los cielos. Alrededor en todas direcciones seguía siendo negro como la pez; pero casi encima de nosotros se había abierto una grieta circular de cielo claro, tan claro como no lo he visto nunca, de un azul intenso y brillante, y a través de ella resplandecía la luna llena con un brillo que no le había yo conocido antes nunca. Lo iluminaba todo a nuestro alrededor con la mayor claridad; mas ¡oh Dios mío, qué escena la que iluminaba!

»Hice entonces uno o dos esfuerzos para hablar a mi hermano pero el estruendo había aumentado de tal modo, sin que pudiese explicarme cómo, que no conseguí que él oyese una sola palabra, aunque grité con toda la fuerza de mi voz en su mismo oído. De pronto sacudió la cabeza, palideciendo mortalmente, y levantó uno de los dedos, como para indicar: "¡Escucha!".

»Al principio no entendí lo que quería decir; pero pronto un pensamiento espantoso relampagueó en mí. Saqué el reloj del bolsillo. No funcionaba. Miré la esfera a la luz de la luna, y luego prorrumpí en llanto. Y lo tiré lejos al océano. *¡Se había parado a las siete! ¡Habíamos dejado pasar el momento de la calma, y el remolino del Strom estaba en plena furia!*

»Cuando un barco está bien construido, adecuadamente aparejado y no excesivamente cargado, las olas, con un viento fuerte, si se halla en alta mar, parecen siempre deslizarse por debajo de su quilla (lo cual encuentra extraño el hombre de tierra), y es lo que se llama *cabalgar*, en términos marinos.

»Bueno, la cosa marchaba bien mientras cabalgamos hábilmente sobre el oleaje; pero a la sazón un mar gigantesco nos apresaba por detrás, arrastrándonos consigo (hacia arriba, hacia arriba) como para empujarnos al cielo. No hubiera yo nunca creído que una ola pudiese subir tanto. Y luego descendíamos con una curva un deslizamiento, una zambullida que me producía náuseas y vértigo, como si cayese en sueños desde lo alto de una enorme montaña. Pero desde la cima de la ola había yo lanzado un rápido vistazo alrededor, y aquella sola ojeada fue suficiente. Vi nuestra posición exacta en un instante. El remolino de Moskoe-strom estaba a un cuarto de milla o cosa así en proa; pero se parecía tan poco al Moskoe-strom de todos los días como ese remolino que ve usted ahora se parece al que se forma en un molino. De no haber sabido yo dónde estábamos y lo que teníamos que esperar, no hubiera reconocido en absoluto aquel lugar. Tal como era, cerré involuntariamente los ojos con horror. Mis párpados se juntaron como en un espasmo.

»Menos de dos minutos después, sentimos de repente calmarse el oleaje, y la espuma nos envolvió. El barco dio una brusca semivirada a babor y partió en esa nueva dirección como un rayo. En el mismo momento el rugido del agua quedó completamente sofocado por una especie de grito agudo, un ruido que puede usted imaginar representándose las válvulas de escape de mil buques lanzando su vapor a la vez. Estábamos ahora en la faja agitada que circunda siempre el remolino, y yo creía, por supuesto, que en un instante íbamos a hundirnos en el abismo, cuyo fondo no podíamos ver más que de un modo confuso a causa de la pasmosa velocidad con que éramos arrastrados. El barco no parecía sumergirse en el agua ni por asomo, sino rozarla como una burbuja de aire sobre la superficie de la ola. Teníamos el remolino a estribor, y a babor se levantaba el vasto océano que acabábamos de dejar. Se elevaba como un enorme muro entre nosotros y el horizonte.

»Puede esto parecer extraño; pero entonces al encontrarnos en las verdaderas fauces de la sima, me sentí más sosegado que cuando no hacía más que acercarme a ella. Habiendo desechado de mí toda esperanza, me sentí liberado de gran parte de aquel terror que se adueñó de mí al principio.

Supongo que era la desesperación lo que ponía en tensión mis nervios.

»Tomará usted acaso esto por una jactancia; pero lo que digo es la verdad: empecé a pensar qué cosa tan magnífica era morir de aquella manera, y cuán necio era en mí tomar en consideración mi propia vida ante una manifestación tan maravillosa del poder de Dios. Creo que enrojecí de vergüenza cuando cruzó esta idea mi mente. Poco después me sentí poseído de la más ardiente curiosidad relacionada con el remolino mismo. Sentí en realidad *el deseo* de explorar sus profundidades, aunque tuviese para ello que sacrificarme; mi pena mayor era pensar que no podría nunca contar a mis antiguos compañeros los misterios que iba a contemplar. Eran, sin duda, estas unas singulares fantasías para ocupar la mente de un hombre en semejante extremo, y he pensado después con frecuencia que los giros de la barca alrededor de la hoya habían trastornado un poco mi cabeza.

»Hubo otra circunstancia que contribuyó a hacerme recobrar el dominio de mí mismo, y fue la cesación del viento, que no podía alcanzarnos en nuestra actual situación, pues, como usted mismo puede ver, la faja de espuma queda considerablemente por debajo del nivel general del océano, y este último nos dominaba ahora como la cresta de una alta y negra montaña. Si no se ha encontrado usted nunca en el mar durante un huracán, no podrá hacerse una idea del trastorno mental ocasionado por el viento y la lluvia de espuma conjuntamente. Le ciega a uno, le aturde, le estrangula y le quita todo poder de acción o de reflexión. Pero nos sentíamos ahora muy aliviados de aquellas molestias, como esos reos condenados a muerte a quienes conceden en la prisión favores insignificantes que les prohibían mientras su sentencia no era firme.

»Cuántas veces dimos la vuelta a la faja, me sería imposible decirlo. Corrimos alrededor de ella durante una hora tal vez, volando más que flotando, y aproximándonos gradualmente al centro del remolino, cada vez más cerca, más cerca de su horrible borde interior. Durante todo este tiempo yo no me solté de la armella. Mi hermano estaba en la parte de atrás aferrado a una pequeña barrica vacía, atada con solidez bajo la bovedilla, y era así el único objeto de cubierta que no había sido barrido al embestirnos el huracán. Cuando nos acercábamos al borde del pozo, soltó el barril y quiso asir la argolla que, en la agonía de su terror, se esforzaba por arrancar de mis manos, y que no era lo bastante ancha para proporcionarnos a los dos un asidero seguro. No he experimentado nunca una pena tan profunda como viéndole intentar aquel acto, aunque comprendí que estaba trastornado, que el sumo terror le había convertido en un loco furioso. Con todo, no me preocupé de disputarle el sitio. Sabía yo bien que era lo mismo estar agarrado o no; le dejé la armella, y me fui al barril de atrás. No había gran impedimento para hacerlo, pues el queche se deslizaba alrededor con bastante facilidad, aplomado sobre su quilla, impulsado tan solo de un lado para otro por las inmensas olas y el hervor del remolino. Apenas me había asegurado en mi nueva posición, cuando dimos un bandazo a estribor y nos precipitamos de cabeza en el abismo. Murmuré una rápida plegaria al Señor y pensé que todo había terminado.

»Cuando sentía la nauseabunda succión del descenso, me agarré instintivamente al barril y cerré los ojos. Durante unos segundos no me atreví a abrirlos mientras esperaba una destrucción instantánea de mi ser, asombrado de no estar ya luchando a muerte con el agua. Pero pasaban los minutos. Vivía aún. La sensación de caída había cesado y el movimiento del barco se parecía mucho al que tuvo antes cuando estábamos apresados por la faja de espuma, con la diferencia de que ahora se inclinaba más de costado. Reuní todo mi valor y contemplé una vez más aquella escena.

»Nunca olvidaré las sensaciones de espanto, de horror y de admiración con que miré fijamente alrededor mío. El barco parecía suspendido, como por magia, a mitad del camino, sobre la superficie interior de un embudo de amplia circunferencia y prodigiosa profundidad, y cuyas paredes perfectamente lisas podían haber sido tomadas por ébano, sin la pasmosa rapidez con que giraban, y la refulgente y lívida claridad que reflejaban bajo los rayos de la luna llena que, desde aquel hoyo circular que he descrito antes, fluían en un río de oro glorioso a lo largo de los negros muros y se adentraban en las más profundas reconditeces del abismo.

»Al principio, estaba yo demasiado aturdido para observar nada con exactitud. La explosión general de aterradora grandeza era todo lo que podía yo ver. Sin embargo, cuando me repuse un poco, mi mirada se dirigió instintivamente hacia abajo. En aquella dirección podía hundir mi vista sin obstáculos a causa de la situación de nuestro queche, que estaba suspendido sobre la superficie inclinada de la sima. Corría siempre sobre su quilla, es decir, que su puente formaba un plano paralelo al del agua; pero este último se inclinaba en un ángulo de más de cuarenta y cinco grados, de modo que parecíamos sostenernos sobre nuestro costado. No podía yo dejar de observar, empero, que no me costaba más trabajo sostenerme con las manos y los pies, en aquella situación, que si hubiéramos estado en un plano horizontal, lo cual se debía, supongo, a la velocidad con que girábamos.

»Los rayos de la luna parecían buscar el verdadero fondo del profundo abismo; pero no podía yo percibir nada claramente, a causa de una espesa bruma que lo envolvía todo, y sobre la cual estaba suspendido un magnífico arcoíris, parecido a ese puente estrecho y vacilante que los musulmanes dicen que es el único paso entre el Tiempo y la Eternidad. Aquella bruma o espuma estaba, sin duda, originada por la colisión de los grandes muros del embudo cuando se encontraban en el fondo; pero en cuanto al aullido que ascendía de aquella bruma hacia los cielos, no intentaré describirlo.

»Nuestro primer deslizamiento dentro del abismo, desde la faja de espuma de arriba, nos había arrastrado a una gran distancia por la pendiente abajo; pero, posteriormente, nuestro descenso fue mucho más pausado. Girábamos y girábamos, no con un movimiento uniforme, sino con sacudidas y vertiginosos vaivenes que a veces nos lanzaban tan solo a un centenar de yardas, y otras nos hacían efectuar el circuito completo del remolino. A cada vuelta, nuestro avance hacia abajo era lento, aunque muy perceptible.

»Miré a mi alrededor el vasto desierto de ébano líquido que nos arrastraba, y noté que nuestro barco no era el único objeto apresado en el abrazo del remolino. Por encima y por debajo de nosotros se veían restos de navíos, gruesos maderos de construcción y troncos de árboles juntamente con muchos otros objetos más pequeños, tales como piezas de mobiliario, bitácoras rotas, barriles y duelas. He descrito antes la curiosidad innatural que había sustituido a mis terrores primitivos. Me pareció que aumentaba a medida que me acercaba más y más a mi espantoso destino. Empecé entonces a espiar, con un extraño interés, las innúmeras cosas que flotaban en nuestra compañía. *Debía* yo de estar delirando, pues encontraba *amusement*[1] en calcular las velocidades relativas de sus diversos descensos hacia el espumeante fondo. "Ese abeto", me sorprendí una vez diciendo, "será, de seguro, lo primero que hará la aterradora zambullida, y desaparecerá". Y después me sentí defraudado al ver que los restos de un barco mercante holandés se abismaron antes. Por último, tras de haber hecho varias conjeturas de ese género, equivocándome siempre, este hecho (el hecho de mi invariable error) me llevó a un orden de reflexiones que hicieron temblar otra vez mis miembros y palpitar mi corazón más abrumadoramente.

»No era un nuevo terror el que me afectaba así, sino el resurgir de una *esperanza* más emocionante. Esta esperanza brotaba en parte de la memoria y en parte de la actual observación. Recordé la gran variedad de restos flotantes que sembraban la costa de Lofoden, habiendo sido absorbidos y luego vomitados por el Moskoe-strom. La mayoría de aquellos res-

---

1. «Diversión, entretenimiento.» *(N. del T.)*

tos aparecían destrozados de la manera más extraordinaria, tan deshechos y desmenuzados, que tenían el aspecto de estar formados todos de picos y astillas; pero recordaba yo con claridad que había *algunos* que no estaban desfigurados del todo. No podía explicarme aquella diferencia más que suponiendo que los fragmentos astillados eran los únicos que habían sido *absorbidos por completo*, y que los otros entraron en el remolino en un período bastante avanzado de la marea, o después de entrar en él descendieron, por una razón o por otra, con la suficiente lentitud para no llegar al fondo antes de la vuelta del flujo o del reflujo según los casos. Concebía yo que era posible en ambos que hubiesen remontado, remolineando de nuevo hasta el nivel del océano, sin correr la suerte de los que habían sido arrastrados antes o absorbidos más deprisa. Hice también tres importantes observaciones: la primera, que por regla general, cuanto más gruesos eran los cuerpos, más rápido era su descenso; la segunda, que entre dos masas de igual tamaño, una esférica y la otra de una *forma cualquiera*, la velocidad mayor en el descenso correspondía a la esférica, y la tercera, que entre dos masas de igual volumen, una cilíndrica y otra de una forma cualquiera, la cilíndrica era absorbida más despacio. Desde mi liberación he tenido varias conversaciones sobre este tema con un viejo maestro de escuela del distrito, y de él he aprendido a emplear las palabras "cilindro" y "esfera". Me ha explicado, aunque haya olvidado la explicación, que lo que había yo observado era, en realidad, la consecuencia natural de las formas de los fragmentos flotantes, demostrándome cómo un cilindro, al girar en un remolino, ofrece más resistencia a la succión y es atraído con mayor dificultad que un cuerpo de un volumen igual y de una forma cualquiera.[2]

»Había una circunstancia sobrecogedora que daba gran fuerza a esas observaciones y me hacía estar ansioso de comprobarlas, y era que en cada revolución pasábamos ante algo

2. Véase Arquímedes, *De Incidentibus in Fluido*, libro II.

parecido a un barril, o bien ante la verga del mástil de un barco, y que muchos de aquellos objetos, flotando a nuestro nivel cuando abrí los ojos por primera vez ante las maravillas del remolino, estaban ahora situados muy por encima de nosotros y parecían haberse movido poco de su posición original.

»No vacilé más tiempo sobre lo que debía hacer. Decidí atarme confiadamente a la barrica a la cual estaba agarrado, y lanzarme con ella al agua. Llamé la atención de mi hermano por signos, señalándole los barriles flotantes que pasaban junto a nosotros, e hice todo cuanto estaba en mí por que comprendiese lo que iba yo a intentar. Creí a la larga que había entendido mi propósito; pero, tanto si fue así como si no lo fue, movió él la cabeza con desesperación, negándose a abandonar su sitio junto a la armella. Me era imposible cogerle: el trance no admitía demora, y así, con una amarga angustia, le abandoné a su destino; me até yo mismo a la barrica con la amarra que la sujetaba a la bovedilla, y sin más vacilación me arrojé con ella al mar.

»El resultado fue precisamente el que yo esperaba. Puesto que soy yo mismo quien le cuenta a usted ahora esta historia (y según puede ver me salvé, y como conoce usted el modo de salvación que empleé, y puede, por tanto, prever todo lo que voy a decirle más adelante) quiero llegar pronto a la conclusión de mi relato.

»Habría transcurrido una hora, aproximadamente, desde que abandoné el queche, cuando, después de descender a gran distancia debajo de mí, dio tres o cuatro vueltas en rápida sucesión, y llevándose a mi amado hermano, se hundió de proa, enseguida y para siempre, en el caos de espuma del fondo. El barril al cual estaba yo atado flotaba casi a mitad de camino de la distancia entre el fondo del abismo y el sitio desde donde me había yo arrojado por la borda, y entonces tuvo lugar un gran cambio en el carácter del remolino. La pendiente de los lados del amplio embudo se hizo por momentos menos y menos empinada. Las vueltas del remolino se tornaron gradualmente menos violentas. Poco a poco la espuma y el arcoíris desaparecieron, y el fondo de la sima pareció levantarse con lentitud. El cielo era claro, el viento había cesado, y la luna llena se ponía con esplendor al oeste, cuando me encontré sobre la superficie del océano, justo a la vista de las costas de Lofoden, encima del lugar donde *había estado* la hoya del Moskoe-strom. Era la hora de la calma; pero el mar se levantaba aún en olas montañosas por los efectos del huracán. Fui arrastrado violentamente al canal del Strom, y en pocos minutos arrojado hacia la costa, entre las pesquerías de los marineros. Un barco me recogió extenuado de fatiga, y entonces que había pasado el peligro, el recuerdo de aquel horror me privó del habla. Los que me izaron a bordo eran mis viejos compañeros de todos los días; pero no me reconocían, como no hubieran reconocido a un viajero que volviese del mundo de los espíritus. Mi pelo, que el día anterior era negro como el plumaje del cuervo, se había quedado tan blanco como lo ve usted ahora. Dijeron ellos también que toda la expresión de mi cara había cambiado. Les conté mi historia, y no la creyeron. Se la cuento ahora a usted, y no me atrevo apenas a esperar que le preste más fe que los festivos pescadores de Lofoden.

[Trad. de Julio Gómez de la Serna]

El retrato ovalado

En su versión final, «El retrato ovalado» es uno de los relatos arabescos más conocidos. Poe lo acortó bastante con respecto a la primera versión titulada «Life in Death», publicada en el Graham's Magazine en abril de 1842.

La idea central gira en torno a la antigua creencia de que un espíritu podía establecerse en un facsímil: una idea que sostuvieron desde los antiguos egipcios, que levantaban estatuas para venerar la fuerza vital divina en el hombre, el ka, hasta los pueblos primitivos de la modernidad, para quienes la fotografía resulta una práctica del maligno. «El retrato ovalado» es la última historia del autor que trata sobre la relación entre una persona y su doble o imagen.

Poe se inspiró en una pintura de su amigo Robert M. Sully, tal como apunta su nieta, la señorita Julia Sully de Richmond. La pintura era un retrato ovalado de una niña con un medallón colgado de una cinta alrededor del cuello. No obstante, es probable que también conociera una historia acerca de Tintoretto, quien se dice que pintó un retrato de su hija, Maria Robusti, en su lecho de muerte.

Es probable que el relato también contenga algún elemento autobiográfico. En este sentido cabe mencionar que Virginia Poe no se interesaba demasiado por la poesía de su marido, al igual que la heroína de esta historia, que está celosa de la pintura de su cónyuge. Por otro lado, a Virginia se le rompió un vaso sanguíneo mientras cantaba en enero de 1842, y su enfermedad perturbó enormemente a Poe. Se cree que escribió «Life in Death» poco antes de su publicación, en torno al 15 de marzo.

La posterior revisión indica que quizá, como ocurrió con «Eleonora», consideraba que se había precipitado en el proceso de escritura. En este caso no solo podó el texto, sino que, además, prescindió de uno de los dos temas principales y se centró en el otro, intensificando su efecto.

El castillo en el cual mi criado había decidido penetrar, aun cuando fuese por la fuerza, antes que permitirme, hallándome gravemente herido, pasar una noche al raso, era uno de esos grandes edificios, mezcla de melancolía y grandeza, que durante tanto tiempo han erguido su ceñuda frente por entre los Apeninos, no tanto en la realidad como en la fantasía de mister Radcliffe.

Según todas las apariencias, había sido temporalmente abandonado, y en fecha muy reciente, por su dueño. Nos instalamos en una de las habitaciones más reducidas y menos suntuosamente arregladas. Estaba situada en una apartada torre del castillo. Su decorado era rico, pero ajado y viejo. De sus paredes colgaban tapices y se adornaban con diversos y multiformes trofeos heráldicos, así como con una insólita cantidad de pinturas modernas de gran viveza encuadradas en ricos marcos con arabescos de oro. Tal vez a causa de mi debilidad febril, incipiente en ese instante, sentí un vivo interés por estos cuadros que estaban colgados no solo de las superficies principales de las paredes, sino también de los numerosos rincones que la extraña arquitectura del castillo hacía necesarios.

Le ordené a Pedro que cerrase los pesados postigos de la habitación, puesto que ya era de noche, que encendiese los brazos de un gran candelabro que se hallaba colocado junto a la cabecera de mi cama, y que descorriese, de par en par, las cortinas de terciopelo negro que también rodeaban mi lecho.

Deseaba que se hiciera todo aquello para que, al menos, si no llegaba a conciliar el sueño, pudiese distraerme alternativamente en la contemplación de aquellos cuadros y entregarme a la atenta lectura de un pequeño volumen que habíamos hallado sobre la almohada y que contenía la crítica y descripción de cada uno.

Durante largo rato, muy largo rato, estuve leyendo, y devota, muy devotamente, contemplé los cuadros. Las horas transcurrieron rápida y maravillosamente. Y llegó la profunda medianoche. Me desagradaba la posición del candelabro, y extendiendo la mano dificultosamente, con objeto de no despertar a mi criado adormecido, lo coloqué de modo que sus rayos incidiesen plenamente sobre el libro.

Pero este cambio produjo un efecto completamente inesperado. Los resplandores de las numerosas bujías (porque había muchas) se proyectaron entonces en un nicho de la habitación que hasta ese momento había sido dejado en sombras por una de las columnas de la cama. Distinguí, vivamente iluminado, un cuadro que hasta ese momento me había pasado inadvertido. Era el retrato de una niña que apenas si empezaba a ser mujer. Dirigí una rápida ojeada a aquella pintura, y cerré los ojos. ¿Por qué? En un principio no pude comprenderlo; pero mientras mis ojos continuaban cerrados analicé en mi espíritu la razón que tenía para haberlo hecho. Fue un movimiento involuntario, para ganar tiempo y pensar, para asegurarme de que mis ojos no me habían engañado, para calmar y dominar mi fantasía y entregarme luego a una contemplación más serena y auténtica. Pocos momentos después, volví a mirar de nuevo fijamente a la pintura.

Ni podía ni quería dudar de lo que vi entonces claramente, porque el primer resplandor de las bujías sobre el lienzo había disipado el soñoliento estupor de mis sentidos y me había devuelto de pronto a la vida despierta.

Ya he dicho que el retrato era el de una joven. Se reducía a la cabeza y los hombros, pintados según esa técnica que suele llamarse estilo de *vignette*, al modo dc las cabezas predilectas de Sully. El seno, los brazos e incluso los bucles de sus radiantes cabellos se fundían imperceptiblemente en la vaga, pero profunda sombra que servía de fondo al conjunto. El marco era ovalado, magníficamente dorado, y afiligranado con arabescos.

Como obra de arte, no podía encontrarse nada más admirable que la pintura misma. Pero ni la factura de la obra, ni la inmortal belleza de aquel semblante, podían haber sido lo que tan repentinamente y con tal vehemencia me había impresionado entonces, y menos aún que mi fantasía, conmovida en su duermevela, hubiese confundido aquella cabeza con la de un ser vivo. Me di cuenta en el acto de que los pormenores del dibujo, el estilo de *vignette* y el aspecto del marco hubiesen disipado inmediatamente semejante idea y me hubieran evitado toda otra distracción, aun cuando fuera momentánea. Reflexionando seriamente con respecto a aquello, tal vez durante una hora, permanecí medio tendido, medio sentado, con la mirada fija en aquel retrato. Por último, satisfecho de haber acertado con el secreto real del efecto que producía sobre mí, me acosté completamente de espaldas sobre el lecho.

Había adivinado que el encanto de aquella pintura consistía en una absoluta *semejanza con la vida* en su expresión, que primero me había estremecido y, finalmente, me desconcertó, subyugándome y anonadándome. Con profundo y respetuoso temor, dejé de nuevo el candelabro en su posición primitiva. Una vez se hubo apartado de mi vista el motivo de mi intensa agitación, busqué afanosamente el volumen que contenía el análisis de las pinturas y su historia. Volví las hojas hasta que encontré el número que correspondía al retrato ovalado, y leí el impreciso y singular relato que sigue:

Era una joven de particular belleza y no menos amable que llena de jovialidad. Pero malhadada fue la hora en que vio, amó, casó y vivió con el pintor. Él, apasionado, estudioso, austero y teniendo ya una esposa en su arte; ella, joven de rara belleza y no menos amable que llena de jovialidad, solo luz y sonrisa, y juguetona como un cervatillo, amante y cariñosa para todas las cosas de este mundo. Odiaba solamente el arte, que era su rival; temía solo a la paleta, a los pinceles y a otros desagradables utensilios que la privaban de la presencia de su adorado. Fue, pues, algo terrible para ella oír al pintor hablar de su deseo de retratar también a su joven esposa. Pero esta era humilde y obediente. Y, dócilmente, posó, sentada, durante largas semanas, en la sombría y alta habitación de la torre, donde se filtraba la luz sobre el lienzo solo desde arriba. Pero él, el pintor, ponía toda su afición en la obra, que adelantaba de hora en hora y de día en día. Y era él un hombre apasionado, vehemente y caprichoso, que se perdía siempre en fantasías. Tanto, que no *quería* ver cómo aquella luz, que se vertía tan tristemente en aquella torre solitaria, marchitaba visiblemente, a los ojos de todo el mundo y excepcionalmente a los suyos, la salud y el alma de su mujer. Y, sin embargo, ella no cesaba de sonreírle, sin lamentarse nunca, porque veía que el pintor, que tenía un gran prestigio, experimentaba un ferviente y abrasador goce en su tarea, y se afanaba día y noche en pintar a la que tanto lo amaba, pero que a diario se desalentaba más y enflaquecía. Y, en verdad, quienes contemplaban el retrato hablaban en voz queda de su semejanza, como de una prodigiosa maravilla y como una prueba no solo del talento del pintor, sino de su profundo amor por aquella a quien pintaba de forma tan excelsa. Pero hacia el fin, cuando se acercaba más la obra a su término, no se dejó a nadie visitar la torre, porque el pintor había enloquecido en el ardor de su tarea, y rara vez apartaba sus ojos del lienzo, ni tan siquiera para mirar el rostro de su mujer. Y no quería ver que los colores que dejaba en el lienzo los arrancaba de las mejillas de la que se hallaba sentada frente a él. Y cuando hubieron transcurrido muchas semanas, y muy poco quedaba por hacer, excepto un toque sobre los labios y una pincelada sobre los ojos, vaciló el espíritu de la mujer, como la llama que va a extinguirse en una lámpara. Y el toque fue dado, y fue dada también la pincelada. Y por un instante se quedó extático el pintor ante la obra que acababa de realizar. Mas un momento después, cuando todavía lo contemplaba, se estremeció de horror, palideció y se quedó despavorido, y gritó en voz alta: «¡En verdad que es *la vida misma*!». Y volvió bruscamente los ojos hacia su amada: *¡Estaba muerta!*

[Trad. de Fernando Gutiérrez y Diego Navarro]

La máscara de la Muerte Roja

Escrita en marzo de 1842, «La máscara de la Muerte Roja» es una obra maestra quizá sin igual en la narrativa breve de Edgar Allan Poe. Los críticos han diferido durante años respecto de la interpretación del cuento, cuyo argumento introduce elementos sobrenaturales, si bien los incidentes principales tienen resonancias históricas.

Durante la epidemia de cólera en París de 1832, la gente empezó a tomar conciencia de la brevedad de la vida y del imperativo moral de hacer de la propia una existencia feliz. Por ese motivo, en ese período se organizaron muchos bailes, algunos de los cuales de disfraces. N. P. Willis, en un texto publicado en el New-York Mirror *ese mismo año, describe uno de estos actos y delinea la figura de un hombre alto vestido como si de la cólera misma se tratara, en una aterradora representación. Muy probablemente este artículo sirviera a Poe de inspiración, que sin lugar a dudas conocía el trabajo de Willis.*

Por otro lado, el marco de la historia evoca al del Decamerón de Giovanni Boccaccio, en el que los narradores son un grupo de personas retiradas en un remoto castillo para prevenirse del contagio de la peste que asola Florencia. No es casualidad que el nombre del protagonista fuese italiano –principe Prospero– en la versión original inglesa del cuento. Asimismo, Life of Petrarch *del poeta Thomas Campbell, que Poe comentó para el* Graham's Magazine *en 1841, pudo servir para recabar información.*

La Muerte Roja es fruto de la portentosa imaginación del autor, pero el origen de su nombre remite a la medieval Muerte Negra (1348-1349). Recuerda también en algunos aspectos a la primera plaga de los egipcios descrita en el bíblico libro del Éxodo.

Durante mucho tiempo, la «Muerte Roja» había devastado la región. Jamás pestilencia alguna fue tan fatal y espantosa. Su avatar era la sangre, el color y el horror de la sangre. Se producían agudos dolores, un súbito desvanecimiento y, después, un abundante sangrar por los poros y la disolución del ser. Las manchas purpúreas por el cuerpo, y especialmente por el rostro de la víctima, desechaban a esta de la humanidad y la cerraban a todo socorro y a toda compasión. La invasión, el progreso y el resultado de la enfermedad eran cuestión de media hora.

Pero el príncipe Próspero era feliz, intrépido y sagaz. Cuando sus dominios perdieron la mitad de su población, reunió a un millar de amigos fuertes y de corazón alegre, elegidos entre los caballeros y las damas de su corte, y con ellos constituyó un refugio recóndito en una de sus abadías fortificadas. Era una construcción vasta y magnífica, una creación del propio príncipe, de gusto excéntrico, pero grandioso. La rodeaba un fuerte y elevado muro, con sus correspondientes puertas de hierro. Los cortesanos, una vez dentro, se sirvieron de hornillos y pesadas mazas para soldar los cerrojos, decidieron atrincherarse contra los súbitos impulsos de la desesperación del exterior e impedir toda salida a los frenesíes del interior.

La abadía fue abastecida copiosamente. Gracias a tales precauciones los cortesanos podían desafiar el contagio. El mundo exterior, que se las compusiera como pudiese. Por lo demás, sería locura afligirse o pensar en él. El príncipe había provisto aquella mansión de todos los medios de placer. Había bufones, improvisadores, danzarines, músicos, lo bello en todas sus formas, y había vino. En el interior existía todo esto, además de la seguridad. Afuera, la «Muerte Roja».

Ocurrió a finales del quinto o sexto mes de su retiro, mientras la plaga hacía grandes estragos afuera, cuando el príncipe Próspero proporcionó a su millar de amigos un baile de máscaras de la más insólita magnificencia.

¡Qué voluptuoso cuadro el de ese baile de máscaras! Permítaseme describir los salones donde tuvo efecto. Eran siete, en una hilera imperial. En muchos palacios estas hileras de salones constituyen largas perspectivas en línea recta cuando los batientes de las puertas están abiertos de par en par, de modo que la mirada llega hasta el final sin obstáculo. Aquí, el caso era muy distinto, como se podía esperar por parte del duque y de su preferencia señaladísima por lo *bizarre*. Las salas estaban dispuestas de modo tan irregular que la mirada solamente podía alcanzar una cada vez. Al cabo de un espacio de veinte o treinta yardas se encontraba una súbita revuelta, y en cada esquina, un aspecto diferente.

A derecha e izquierda, en medio de cada pared, una alta y estrecha ventana gótica comunicaba con un corredor cerrado que seguía las sinuosidades del aposento. Cada ventanal estaba hecho de vidrios de colores que armonizaban con el tono dominante de la decoración del salón para el cual se abría. El que ocupaba el extremo oriental, por ejemplo, estaba decorado en azul, y los ventanales eran de un azul vivo. El segundo aposento estaba ornado y guarnecido de púrpura, y las vidrieras eran purpúreas. El tercero, enteramente verde, y verdes sus ventanas. El cuarto, anaranjado, recibía la luz a través de una ventana anaranjada. El quinto, blanco, y el sexto, violeta. El séptimo salón estaba rigurosamente forrado por colgaduras de terciopelo negro, que revestían todo el techo y las paredes y caían sobre un tapiz de la misma tela y del mismo color. Pero solamente en este aposento el color de las vidrieras no correspondía al del decorado.

Los ventanales eran escarlata, de un intenso color de sangre. Ahora bien: no se veía lámpara ni candelabro alguno en estos siete salones, entre los adornos de las paredes o del techo artesonado. Ni lámparas ni velas; ninguna claridad de esta clase, en aquella larga hilera de habitaciones. Pero en los corredores que la rodeaban, exactamente enfrente de cada ventana, se levantaba un enorme trípode con un brasero resplandeciente que proyectaba su claridad a través de los cristales coloreados e iluminaba la sala de un modo deslumbrante. Se producía así una infinidad de aspectos cambiantes y fantásticos. Pero en el salón de poniente, en la cámara negra, la claridad del brasero, que se reflejaba sobre las negras tapicerías a través de los cristales sangrientos, era terriblemente siniestra y prestaba a las fisonomías de los imprudentes que penetraban en ella un aspecto tan extraño, que muy pocos bailarines tenían valor para pisar su mágico recinto.

También en este salón se erguía, apoyado contra el muro de poniente, un gigantesco reloj de ébano. Su péndulo se movía con un tictac sordo, pesado y monótono. Y cuando la minutera completaba el circuito de la esfera e iba a sonar la hora, salía de los pulmones de bronce de la máquina un sonido claro, estrepitoso, profundo y extraordinariamente musical, pero de un timbre tan particular y potente que, de hora en hora, los músicos de la orquesta se veían obligados a interrumpir un instante sus acordes para escuchar el sonido. Los valsistas se veían forzados a cesar en sus evoluciones.

Una perturbación momentánea recorría toda aquella multitud, y mientras sonaban las campanas se notaba que los más vehementes palidecían y los más sensatos se pasaban las manos por la frente, pareciendo sumirse en meditación o en un sueño febril. Pero una vez desaparecía por completo el eco, una ligera hilaridad circulaba por toda la reunión. Los músicos se miraban entre sí y se reían de sus nervios y de su locura, y se juraban en voz baja unos a otros que la próxima vez que sonaran las campanadas no sentirían la misma impresión. Y luego, cuando después de la fuga de los sesenta minutos que comprenden los tres mil seiscientos segundos de la hora desaparecida, cuando llegaba una nueva campanada del reloj fatal, se producía el mismo estremecimiento, el mismo escalofrío y el mismo sueño febril.

Pero, a pesar de todo esto, la orgía continuaba alegre y magnífica. El gusto del duque era muy singular. Tenía una vista segura por lo que se refiere a colores y efectos. Despreciaba el *decora* de moda. Sus proyectos eran temerarios y salvajes, y sus concepciones brillaban con un esplendor bárbaro. Muchas gentes lo consideraban loco. Sus cortesanos sabían perfectamente que no lo era. Sin embargo, era preciso oírlo, verlo, tocarlo, para asegurarse de que no lo estaba.

En ocasión de esta gran *fête*, había dirigido gran parte de la decoración de los muebles, y su gusto personal había dirigido el estilo de los disfraces. No hay duda de que eran concepciones grotescas. Era deslumbrador, brillante. Había cosas chocantes y cosas fantásticas, mucho de lo que después se ha visto en *Hernani*. Había figuras arabescas, con miembros y aditamentos inapropiados.

Delirantes fantasías, atavíos como de loco. Había mucho de lo bello, mucho de lo licencioso, mucho de lo *bizarre,* algo de lo terrible y no poco de lo que podría haber producido repugnancia. De un lado a otro de las siete salas se pavoneaba una muchedumbre de pesadilla. Y esa multitud –la pesadilla– se contorsionaba en todos sentidos, tiñéndose del color de los salones, haciendo que la música pareciera el eco de sus propios pasos.

De pronto, repica de nuevo el reloj de ébano que se encuentra en el salón de terciopelo. Por un instante queda entonces todo parado; todo guarda silencio, excepto la voz del reloj. Las figuras de pesadilla se quedan yertas, paradas. Pero los ecos de la campana se van desvaneciendo. No han durado sino un instante, y, apenas han desaparecido, una risa leve mal reprimida se cierne por todos lados. Y una vez más, la música suena, vive en los ensueños.

De un lado a otro, se retuercen más alegremente que nunca, reflejando el color de las ventanas distintamente teñidas y a través de las cuales fluyen los rayos de los trípodes. Pero en el salón más occidental de los siete no hay ahora máscara ninguna que se atreva a entrar, porque la noche va transcurriendo. Allí se derrama una luz más roja a través de los cristales color de sangre, y la oscuridad de las cortinas teñidas de negro es aterradora. Y a los que pisan la negra alfombra les llega del cercano reloj de ébano un más pesado repique, más solemnemente acentuado que el que hiere los oídos de las máscaras que se divierten en las salas más apartadas.

Pero en estas otras salas había una densa muchedumbre. En ellas latía febrilmente el corazón de la vida. La fiesta llegaba a su pleno arrebato cuando, por último, sonaron los tañidos de medianoche en el reloj. Y, entonces, la música cesó, como ya he dicho, y se apaciguaron las evoluciones de los danzarines. Y, como antes, se produjo una angustiosa inmovilidad, en todas las cosas. Pero el tañido del reloj había de reunir esta vez doce campanadas. Por esto ocurrió tal vez que, con el mayor tiempo, se insinuó en las meditaciones de los pensativos que se encontraban entre los que se divertían mayor cantidad de pensamientos. Y, quizá por lo mismo, varias personas entre aquella muchedumbre, antes que se hubiesen ahogado en el silencio los postreros ecos de la última campanada, habían tenido tiempo para darse cuenta de la presencia de una figura enmascarada que hasta entonces no había llamado la atención de nadie. Y al difundirse en un susurro el rumor de aquella nueva intrusión, se suscitó entre todos los concurrentes un cuchicheo o murmullo significativo de asombro y desaprobación. Y luego, finalmente, el terror, el pavor y el asco.

En una reunión de fantasmas como la que he descrito puede muy bien suponerse que ninguna aparición ordinaria hubiera provocado una sensación como aquella. A decir verdad, la libertad carnavalesca de aquella noche era casi ilimitada. Pero el personaje en cuestión había superado la extravagancia de un Herodes y los límites complacientes, no obstante, de la moralidad equívoca e impuesta por el príncipe. En los corazones de los hombres más temerarios hay cuerdas que no se dejan tocar sin emoción. Hasta en los más depravados, en quienes la vida y la muerte son siempre motivo de juego, hay cosas con las que no se puede bromear. Toda la concurrencia pareció entonces sentir profundamente lo inadecuado del traje y de las maneras del desconocido. El personaje era alto y delgado, y estaba envuelto en un sudario que lo cubría de la cabeza a los pies.

La máscara que ocultaba su rostro representaba tan admirablemente la rígida fisonomía de un cadáver, que hasta el más minucioso examen hubiese descubierto con dificultad el artificio. Y, sin embargo, todos aquellos alegres locos hubieran soportado, y tal vez aprobado, aquella desagradable broma. Pero la máscara había llegado hasta el punto de adoptar el tipo de la «Muerte Roja». Sus vestiduras estaban manchadas de *sangre*, y su ancha frente, así como sus demás facciones, se encontraban salpicadas con el horror escarlata.

Cuando los ojos del príncipe Próspero se fijaron en aquella figura espectral (que con pausado y solemne movimiento, como para representar mejor su papel, se pavoneaba de un lado a otro entre los que bailaban), se le vio, en el primer momento, conmoverse por un violento estremecimiento de terror y de asco. Pero, un segundo después, su frente enrojeció de ira.

—¿Quién se atreve —preguntó con voz ronca a los cortesanos que se hallaban junto a él—, quién se atreve a insultarnos con esta burla blasfema? ¡Apoderaos de él y desenmascararle, para que sepamos a quién hemos de ahorcar en nuestras almenas al salir el sol!

Ocurría esto en el salón del este, o cámara azul, donde se hallaba el príncipe Próspero al pronunciar estas palabras. Resonaron claras y potentes a través de los siete salones, pues el príncipe era un hombre impetuoso y fuerte, y la música había cesado a un ademán de su mano.

Ocurría esto en la cámara azul, donde se hallaba el prín-

cipe rodeado de un grupo de pálidos cortesanos. Al principio, mientras hablaba, hubo un ligero movimiento de avance de este grupo hacia el intruso, que, en tal instante, estuvo
también al alcance de sus manos, y que ahora, con paso tranquilo y majestuoso, se acercaba cada vez más al príncipe. Pero
por cierto terror indefinido, que la insensata arrogancia del
enmascarado había inspirado a toda la concurrencia, nadie
hubo que pusiera mano en él para prenderle, de tal modo que,
sin encontrar obstáculo alguno, pasó a una yarda del príncipe, y mientras la inmensa asamblea, como obedeciendo a un
mismo impulso, retrocedía desde el centro de la sala hacia las
paredes, él continuó sin interrupción su camino, con aquel
mismo paso solemne y mesurado que le había distinguido
desde su aparición, pasando de la cámara azul a la purpúrea,
de la purpúrea a la verde, de la verde a la anaranjada, de esta
a la blanca, y llegó a la de color violeta antes de que se hubiera hecho un movimiento decisivo para detenerle.

Sin embargo, fue entonces cuando el príncipe Próspero,
exasperado de ira y vergüenza por su momentánea cobardía,
se lanzó precipitadamente a través de las seis cámaras, sin que
nadie lo siguiera a causa del mortal terror que de todos se había apoderado. Blandía un puñal desenvainado, y se había
acercado impetuosamente a unos tres o cuatro pies de aquella figura que se batía en retirada, cuando esta, habiendo llegado al final del salón de terciopelo, se volvió bruscamente
e hizo frente a su perseguidor. Sonó un agudo grito y la daga
cayó relampagueante sobre la fúnebre alfombra, en la cual,
acto seguido, se desplomó, muerto, el príncipe Próspero.

Entonces, invocando el frenético valor de la desesperación, un tropel de máscaras se precipitó a un tiempo en la
negra estancia, y agarrando al desconocido, que se mantenía
erguido e inmóvil como una gran estatua a la sombra del reloj de ébano, exhalaron un grito de terror inexpresable, viendo que bajo el sudario y la máscara de cadáver que habían
aferrado con energía tan violenta no se hallaba forma tangible alguna.

Y, entonces, reconocieron la presencia de la «Muerte Roja». Había llegado como un ladrón en la noche, y, uno por uno, cayeron los alegres libertinos por las salas de la orgía, inundados de un rocío sangriento. Y cada uno murió en la desesperada postura de su caída.

Y la vida del reloj de ébano se extinguió con la del último de aquellos licenciosos. Y las llamas de los trípodes se extinguieron. Y la tiniebla, y la ruina, y la «Muerte Roja» tuvieron sobre todo aquello ilimitado dominio.

[Trad. de Fernando Gutiérrez y Diego Navarro]

El pozo y el péndulo

En un supuesto listado de las obras más populares de Poe, la presente ocuparía sin sombra de duda uno de los primeros puestos. Algunos admiradores del autor no verán en ella uno de sus mejores trabajos, otros lectores encontrarán excesiva su violencia, pero lo cierto es que «El pozo y el péndulo» ha fascinado, fascinó y fascina aún en la actualidad.

En «Cómo escribir un artículo al estilo del Blackwood» había analizado sarcásticamente las características propias de los textos aparecidos en el Edinburgh Magazine, y había hecho una salvaje parodia en «El rey Peste». En esta narración, empero, el autor parece haberse decidido a escribir una historia propia del Blackwood, eso sí, superando con creces al original. El método de Poe consistió, pues, en combinar, modificándolos para su propósito, los aspectos representativos del estilo del Blackwood, esto es, relatos sensacionales de terribles experiencias narrados en primera persona. Utilizó así algunos de los relatos con más circulación del momento, esperando, probablemente, que la gente identificase las referencias en su propio cuento. Sin embargo, y como es bien sabido, con el tiempo aquellas narraciones han quedado a la sombra, oscura e inconmensurable, del escrito de Poe, redactado antes del verano de 1842.

El argumento principal de «El pozo y el péndulo» habría tenido su fuente de inspiración en el ensayo Philosophy of Religion (1825) de Thomas Dick, en un fragmento del cual se refiere a varias prácticas de tortura por parte de la Inquisición durante la guerra de la Independencia española. Poe conocía el trabajo de Dick y ya se había servido de él.

Impia tortorum longas hic turba furores
sanguinis innocui, non satiata, aluit,
sospite nunc patria, fracto nunc funeris antro,
mors ubi dira fuit vita salusque patent.[1]

Cuarteto compuesto para las
puertas de un mercado que debió
de erigirse en el solar del
Club de los Jacobinos, en París

Estaba agotado, agotado hasta no poder más, por aquella larga
agonía. Cuando, por último, me desataron y pude sentarme,
noté que perdía el conocimiento. La sentencia, la espantosa
sentencia de muerte, fue la última frase claramente acentua-
da que llegó a mis oídos. Luego, el sonido de las voces de los
inquisidores me pareció que se apagaba en el indefinido zumbido de un sueño. El ruido aquel provocaba en mi espíritu
una idea de *rotación*, quizá a causa de que lo asociaba en mis
pensamientos con una rueda de molino. Pero aquello duró
poco tiempo, porque, de pronto, no oí nada más. No obstante, durante algún rato pude ver, pero ¡con qué terrible exageración! Veía los labios de los jueces vestidos de negro: eran

1. «Una insaciable banda de torturadores largo tiempo han saciado su
sed con sangre inocente. Salvada ahora nuestra patria, destruida la mazmorra de muerte; donde había muerte segura, vida y tranquilidad son patentes.» *(N. de los T.)*

blancos, más blancos que la hoja de papel sobre la que estoy escribiendo estas palabras; y delgados hasta lo grotesco, adelgazados por la intensidad de su dura expresión, de su resolución inexorable, del riguroso desprecio al dolor humano. Veía que los decretos de lo que para mí representaba el Destino salían aún de aquellos labios. Los vi retorcerse en una frase mortal; los vi pronunciar las sílabas de mi nombre, y me estremecí al ver que el sonido no seguía al movimiento.

Durante varios momentos de espanto frenético vi también la blanda y casi imperceptible ondulación de las negras colgaduras que cubrían las paredes de la sala, y mi vista cayó entonces sobre los siete grandes hachones que se habían colocado sobre la mesa. Tomaron para mí, al principio, el aspecto de la caridad, y los imaginé ángeles blancos y esbeltos que debían salvarme. Pero, de pronto, una náusea mortal invadió mi alma, y sentí que cada fibra de mi ser se estremecía como si hubiera estado en contacto con el hilo de una batería galvánica. Y las formas angélicas se convertían en insignificantes espectros con cabeza de llama, y comprendí que no debía esperar de ellos auxilio alguno. Entonces, como una magnífica nota musical, se insinuó en mi imaginación la idea del inefable reposo que nos espera en la tumba. Llegó suave, furtivamente; creo que necesité un gran rato para apreciarla por completo. Pero en el preciso instante en que mi espíritu comenzaba a sentir esa idea, y a acariciarla, las figuras de los jueces se desvanecieron por arte de magia; los grandes hachones se redujeron a la nada; sus llamas se apagaron, y sobrevino la negrura de las tinieblas; todas las sensaciones parecieron desaparecer como en una zambullida loca y precipitada del alma en el Hades. Y el Universo fue solo noche, silencio, inmovilidad.

Estaba desvanecido. Pero, no obstante, no puedo decir que hubiese perdido la conciencia del todo. La que me quedaba no intentaré definirla, ni describirla siquiera. Pero, en fin, todo no estaba perdido. En medio del más profundo sueño..., ¡no! En medio del delirio..., ¡no! En medio del desvanecimiento..., ¡no! En medio de la muerte..., ¡no! Si fuera de otro modo, no habría salvación para el hombre. Cuando nos despertamos del más profundo sueño, rompemos la telaraña de *algún* sueño. Y, no obstante, un segundo más tarde es tan delicado este tejido, que no recordamos haber soñado.

Dos grados hay, al volver del desmayo a la vida: el sentimiento de la existencia moral o espiritual y el de la existencia física. Parece probable que si, al llegar al segundo grado, hubiéramos de evocar las impresiones del primero, volveríamos a encontrar todos los recuerdos elocuentes del abismo trasmundano. ¿Y cuál es ese abismo? ¿Cómo, al menos, podremos distinguir sus sombras de las de la tumba? Pero si las impresiones de lo que he llamado «primer grado» no acuden de nuevo al llamamiento de la voluntad, no obstante, después de un largo intervalo, ¿no aparecen sin ser solicitadas, mientras, maravillados, nos preguntamos de dónde proceden? Quien no se haya desmayado nunca no descubrirá extraños palacios y casas singularmente familiares entre las ardientes llamas; no será el que contemple, flotando en el aire, las visiones melancólicas que el vulgo no puede vislumbrar; no será el que medite sobre el perfume de alguna flor desconocida, ni el que se perderá en el misterio de alguna melodía que nunca hubiese llamado su atención hasta entonces.

En medio de mis repetidos e insensatos esfuerzos, en medio de mi enérgica tenacidad en recoger algún vestigio de ese estado de vacío, hubo instantes en que soñé triunfar. Tuve momentos breves, brevísimos, en que he llegado a condensar recuerdos que en épocas posteriores mi razón lúcida me ha afirmado no poder referirse sino a ese estado en que parece aniquilada la conciencia. Muy confusamente me presentan esas sombras de recuerdos grandes figuras que me levantaban, transportándome silenciosamente hacia abajo, aún más hacia abajo, cada vez más abajo, hasta que me invadió un vértigo espantoso a la simple idea del infinito en descenso.

También me recuerdan no sé qué vago espanto que experimentaba el corazón, precisamente a causa de la calma sobrenatural de ese corazón. Luego, el sentimiento de una repentina inmovilidad en todo lo que me rodeaba, como si quienes me llevaban, un cortejo de espectros, hubieran pasado, al descender, los límites de lo ilimitado, y se hubiesen detenido, vencidos por el hastío infinito de su tarea. Recuerda mi alma más tarde una sensación de insipidez y de humedad; después, todo no es más que *locura*, la locura de una memoria que se agita en lo abominable.

De pronto vuelven a mi alma un movimiento y un sonido: el movimiento tumultuoso del corazón y el rumor de sus latidos. Luego, un intervalo en el que todo desaparece. Luego, el sonido de nuevo, el movimiento y el tacto, como una sensación vibrante penetradora de mi ser. Después la simple conciencia de mi existencia sin pensamiento, sensación que duró mucho. Luego, bruscamente, el *pensamiento* de nuevo, un temor que me producía escalofríos y un esfuerzo ardiente por comprender mi verdadero estado. Después, un vivo afán de caer en la insensibilidad. Luego, un brusco renacer del alma y una afortunada tentativa de movimiento. Entonces, el recuerdo completo del proceso, de los negros tapices, de la sentencia, de mi debilidad, de mi desmayo. Y el olvido más completo en torno a lo que ocurrió más tarde. Únicamente después, y gracias a la constancia más enérgica, he logrado recordarlo vagamente.

No había abierto los ojos hasta ese momento. Pero sentía que estaba tendido de espaldas y sin ataduras. Extendí la mano y pesadamente cayó sobre algo húmedo y duro. Durante algunos minutos la dejé descansar así, haciendo esfuerzos por adivinar dónde podía encontrarme y lo que había sido de mí. Sentía una gran impaciencia por hacer uso de mis ojos, pero no me atreví. Tenía miedo de la primera mirada sobre las cosas que me rodeaban. No es que me aterrorizara contemplar cosas horribles, sino que me aterraba la idea de no ver *nada*.

A la larga, con una loca angustia en el corazón, abrí rápidamente los ojos. Mi espantoso pensamiento se hallaba, pues, confirmado. Me rodeaba la negrura de la noche eterna. Me parecía que la intensidad de las tinieblas me oprimía y me sofocaba. La atmósfera era intolerablemente pesada. Continué acostado tranquilamente e hice un esfuerzo por emplear mi razón. Recordé los procedimientos inquisitoriales, y, partiendo de esto, procuré deducir mi posición verdadera. Había sido pronunciada la sentencia, y me parecía que desde entonces había transcurrido un largo intervalo de tiempo. No obstante, ni un solo momento imaginé que estuviera realmente muerto.

A pesar de todas las ficciones literarias, semejante idea es absolutamente incompatible con la existencia real. Pero ¿dónde me encontraba y cuál era mi estado? Sabía que los condenados a muerte morían con frecuencia en los autos de fe. La misma tarde del día de mi juicio se había celebrado una solemnidad de especie. ¿Me habían llevado, acaso, de nuevo a mi calabozo para aguardar en él el próximo sacrificio que había de celebrarse meses más tarde? Desde el principio comprendí que esto no podía ser. Inmediatamente había sido puesto en requerimiento el contingente de víctimas. Por otra parte, mi primer calabozo, como todas las celdas de los condenados, en Toledo, estaba empedrado y había en él alguna luz.

Repentinamente, una horrible idea aceleró mi sangre en torrentes hacia mi corazón, y durante unos instantes caí de nuevo en mi insensibilidad. Al volver en mí, de un solo movimiento me levanté sobre mis pies, temblando convulsivamente en cada fibra. Desatinadamente, extendí mis brazos por encima de mi cabeza y a mi alrededor, en todas direcciones. No sentí nada. No obstante, temblaba a la idea de dar un paso, pero me daba miedo tropezar contra los muros de mi *tumba*. Brotaba el sudor por todos mis poros, y en gruesas gotas frías se detenía sobre mi frente. A la larga, se me hizo intolerable la agonía de la incertidumbre y avancé con precaución, extendiendo los brazos y con los ojos fuera de sus órbitas, con la esperanza de hallar un débil rayo de luz. Di algunos pasos, pero todo estaba vacío y negro. Respiré con mayor libertad. Por fin, me pareció evidente que el destino que me habían reservado no era el más espantoso de todos.

Y entonces, mientras precavidamente continuaba avanzando, se confundían en masa en mi memoria mil vagos rumores que sobre los horrores de Toledo corrían. Sobre esos calabozos se contaban cosas extrañas. Yo siempre había creído que eran fábulas; pero, sin embargo, eran tan extraños, que solo podían repetirse en voz baja. ¿Debía morir yo de hambre, en aquel subterráneo mundo de tinieblas, y qué muerte más terrible quizá me esperaba? Puesto que conocía demasiado bien el carácter de mis jueces, no podía dudar de que el resultado era la muerte, y una muerte de una amargura escogida. Lo que sería, y la hora de su ejecución, era lo único que me preocupaba y me aturdía.

Mis extendidas manos encontraron, por último, un sólido obstáculo. Era una pared que parecía construida de piedra, muy lisa, húmeda y fría. La fui siguiendo de cerca, caminando con la precavida desconfianza que me habían inspirado ciertas narraciones antiguas. Sin embargo, esta operación no me proporcionaba medio alguno para examinar la dimensión de mi calabozo, pues podía dar la vuelta y volver al punto de donde había partido sin darme cuenta de lo perfectamente igual que parecía la pared. En vista de ello busqué el cuchillo que guardaba en uno de mis bolsillos cuando fui conducido al tribunal. Pero había desaparecido, porque mis ropas habían sido cambiadas por un traje de grosera estameña.

Con objeto de comprobar perfectamente mi punto de partida, había pensado clavar la hoja en alguna pequeña grieta de la pared. Sin embargo, la dificultad era bien fácil de ser solucionada, y, no obstante, al principio, debido al desorden de mi pensamiento, me pareció insuperable. Rasgué una tira de la orla de mi vestido y la coloqué en el suelo en toda su longitud, formando un ángulo recto con el muro. Recorriendo a tientas mi camino en torno a mi calabozo, al terminar el circuito tendría que encontrar el trozo de tela. Por lo menos, esto era lo que yo creía; pero no había tenido en cuenta ni las dimensiones de la celda ni mi debilidad. El terreno era húmedo y resbaladizo. Tambaleándome, anduve durante algún rato. Después tropecé y caí. Mi gran cansancio me decidió a continuar tumbado, y no tardó el sueño en apoderarse de mí en aquella posición.

Al despertarme y alargar el brazo hallé a mi lado un pan y un cántaro con agua. Estaba demasiado agotado para reflexionar en tales circunstancias, y bebí y comí ávidamente. Tiempo más tarde reemprendí mi viaje en torno a mi calabozo, y trabajosamente logré llegar al trozo de estameña. En el momento de caer había contado ya cincuenta y dos pasos, y desde que reanudé el camino hasta encontrar la tela, cuarenta y ocho. De modo que medía un total de cien pasos, y suponiendo que dos de ellos constituyeran una yarda, calculé en unas cincuenta yardas la circunferencia de mi calabozo. Sin embargo, había tropezado con numerosos ángulos en la pared, y esto impedía el conjeturar la forma de la cueva, pues no había duda alguna de que aquello era una cueva.

No ponía gran interés en aquellas investigaciones, y con toda seguridad estaba desalentado. Pero una vaga curiosidad me impulsó a continuarlas. Dejando la pared, decidí atravesar la superficie de mi prisión. Al principio procedí con extrema precaución, pues el suelo, aunque parecía ser de una materia dura, era traidor por el limo que en él había. No obstante, al cabo de un rato logré animarme y comencé a andar con seguridad, procurando cruzarlo en línea recta.

De esta forma avancé diez o doce pasos, cuando el trozo rasgado que quedaba de orla se me enredó entre las piernas, haciéndome caer de bruces violentamente.

En la confusión de mi caída no noté al principio una circunstancia no muy sorprendente y que, no obstante, segundos después, hallándome todavía en el suelo, llamó mi atención. Mi barbilla se apoyaba sobre el suelo del calabozo, pero mis labios y la parte superior de la cabeza, aunque parecían colocados a menos altura que la barbilla, no descansaban en ninguna parte. Me pareció, al mismo tiempo, que mi frente se empapaba en un vapor viscoso y que un extraño olor a setas podridas llegaba hasta mi nariz. Alargué el brazo y me estremecí descubriendo que había caído al borde mismo de un pozo circular cuya extensión no podía medir en aquel momento. Tocando las paredes precisamente debajo del brocal, logré arrancar un trozo de piedra y la dejé caer en el abismo. Durante algunos segundos presté atención a sus rebotes. Chocaba en su caída contra las paredes del pozo. Lúgubremente, se hundió por último en el agua, despertando ecos estridentes. En el mismo instante se dejó oír un ruido sobre mi cabeza, como de una puerta abierta y cerrada casi al mismo tiempo, mientras un débil rayo de luz atravesaba repentinamente la oscuridad y se apagaba enseguida.

Con toda claridad vi la suerte que se me preparaba, y me felicité por el oportuno accidente que me había salvado. Un paso más, y el mundo no me hubiera vuelto a ver. Aquella muerte, evitada a tiempo, tenía ese mismo carácter que había yo considerado como fabuloso y absurdo en las historias que sobre la Inquisición había oído contar. Las víctimas de su tiranía no tenían otra alternativa que la muerte, con sus crueles agonías físicas o con sus abominables torturas morales. Esta última fue la que me había sido reservada. Mis nervios estaban abatidos por un largo sufrimiento, hasta el punto de que me hacía temblar el sonido de mi propia voz, y me consideraba por todos motivos una víctima excelente para la clase de tortura que me aguardaba.

Temblando, retrocedí a tientas hasta la pared, decidido a dejarme morir antes que afrontar el horror de los pozos que en las tinieblas de la celda multiplicaba mi imaginación. En otra situación de ánimo hubiese tenido el suficiente valor para concluir con mis miserias de una sola vez, lanzándome a uno de aquellos abismos; pero en aquellos momentos era yo el más perfecto de los cobardes. Por otra parte, me era imposible olvidar lo que había leído con respecto a aquellos pozos, de los que se decía que la extinción *repentina* de la vida era una esperanza cuidadosamente excluida por el genio infernal de quien los había concebido.

Durante algunas horas me tuvo despierto la agitación de

mi ánimo. Pero, por último, me adormecí de nuevo. Al despertarme, como la primera vez, hallé a mi lado un pan y un cántaro de agua. Me consumía una sed abrasadora, y de un trago vacié el cántaro. Algo debía de tener aquella agua, pues apenas bebí sentí unos irresistibles deseos de dormir. Caí en un sueño profundo parecido al de la muerte No he podido saber nunca cuánto tiempo duró; pero, al abrir los ojos, pude distinguir los objetos que me rodeaban. Gracias a una extraña claridad sulfúrea, cuyo origen no pude descubrir al principio, podía ver la magnitud y aspecto de mi cárcel.

Me había equivocado mucho con respecto a sus dimensiones. Las paredes no podían tener más de veinticinco yardas de circunferencia. Durante unos minutos, ese descubrimiento me turbó grandemente, turbación en verdad pueril, ya que, dadas las terribles circunstancias que me rodeaban, ¿qué cosa menos importante podía encontrar que las dimensiones de mi calabozo? Pero mi alma ponía un interés extraño en las cosas nimias, y tenazmente me dediqué a darme cuenta del error que había cometido al tomar las medidas de aquel recinto. Por último se me apareció como un relámpago la luz de la verdad. En mi primera exploración había contado cincuenta y dos pasos hasta el momento de caer. En ese instante debía encontrarme a uno o dos pasos del trozo de tela. Realmente, había efectuado casi el circuito de la cueva. Entonces me dormí, y al despertarme, necesariamente debí de volver sobre mis pasos, creando así un circuito casi doble del real. La confusión de mi cerebro me impidió darme cuenta de que había empezado la vuelta con la pared a mi izquierda y que la terminaba teniéndola a la derecha.

También me había equivocado por lo que respecta a la forma del recinto. Tanteando el camino, había encontrado varios ángulos, deduciendo de ello la idea de una gran irregularidad; tan poderoso es el efecto de la oscuridad absoluta sobre el que sale de un letargo o de un sueño. Los ángulos eran, sencillamente, producto de leves depresiones o huecos que se encontraban a intervalos desiguales. La forma general del recinto era cuadrada. Lo que creía mampostería parecía ser ahora hierro u otro metal dispuesto en enormes planchas, cuyas suturas y junturas producían las depresiones.

Toda la superficie de aquella construcción metálica estaba embadurnada groseramente con toda clase de emblemas horrorosos y repulsivos, nacidos de la superstición sepulcral de los frailes. Figuras de demonios con amenazadores gestos, con formas de esqueleto y otras imágenes de horror más realista, llenaban en toda su extensión las paredes. Me di cuenta de que los contornos de aquellas monstruosidades estaban suficientemente claros, pero que los colores parecían manchados y estropeados por efecto de la humedad del ambiente. Vi entonces que el suelo era de piedra. En su centro había un pozo circular, de cuya boca había yo escapado, pero no vi que hubiese alguno más en el calabozo.

Todo esto lo vi confusamente y no sin esfuerzo, pues mi situación física había cambiado mucho durante mi sueño. Ahora, de espaldas, estaba acostado cuan largo era sobre una especie de armadura de madera muy baja. Estaba atado con una larga tira que parecía de cuero. Se enrollaba en distintas vueltas en torno a mis miembros y a mi cuerpo, dejando únicamente libres mi cabeza y mi brazo izquierdo. Sin embargo, tenía que hacer un violento esfuerzo para alcanzar el alimento que contenía un plato de barro que habían dejado a mi lado sobre el suelo. Con verdadero terror me di cuenta de que el cántaro había desaparecido, y digo con terror porque me devoraba una sed intolerable. Creí entonces que el plan de mis verdugos consistía en exasperar esta sed, puesto que el alimento que contenía el plato era una carne cruelmente salada.

Levanté los ojos y examiné el techo de mi prisión. Se hallaba a una altura de treinta o cuarenta pies y se parecía mucho, por su construcción, a las paredes laterales. En una de sus caras llamó mi atención una figura de las más singulares. Era una representación pintada del Tiempo, tal como se acostumbra a representarlo, pero en lugar de la guadaña tenía un objeto que a primera vista creí se trataba de un enorme péndulo como los de los relojes antiguos. No obstante, algo había en el aspecto de aquella máquina que me hizo mirarla con más detención.

Mientras la observaba directamente, mirando hacia arriba, pues se hallaba colocada exactamente sobre mi cabeza, me pareció ver que se movía. Un momento después se confirmaba mi idea. Su balanceo era corto y, por tanto, muy lento. No sin cierta desconfianza, y, sobre todo, con extrañeza, la observé durante unos minutos. Cansado, al cabo, de vigilar su fastidioso movimiento, volví mis ojos hacia los demás objetos de la celda.

Un ruido leve atrajo mi atención. Miré al suelo y vi algunas enormes ratas que lo cruzaban. Habían salido del pozo que yo podía distinguir a mi derecha. En ese instante, mientras las miraba, subieron en tropel, a toda prisa, con voraces ojos y atraídas por el olor de la carne. Me costó gran esfuerzo y atención apartarlas.

Transcurrió media hora, tal vez una hora –pues apenas imperfectamente podía medir el tiempo–, cuando, de nuevo, levanté los ojos sobre mí. Lo que entonces vi me dejó atónito y sorprendido. El camino del péndulo había aumentado casi una yarda, y, como consecuencia natural, su velocidad era también mucho mayor. Pero, principalmente, lo que más me impresionó fue la idea de que había *descendido* visiblemente. Puede imaginarse con qué espanto observé entonces que su extremo inferior estaba formado por media luna de brillante acero, que, aproximadamente, tendría un pie de largo de un cuerno a otro. Los cuernos estaban dirigidos hacia arriba, y el filo inferior, evidentemente afilado como una navaja barbera. También parecía una navaja barbera, pesado y macizo, y se ensanchaba desde el filo en una forma ancha y sólida. Se ajustaba a una gruesa varilla de cobre, y todo ello *silbaba* moviéndose en el espacio.

Ya no había duda alguna con respecto a la suerte que me había preparado la horrible ingeniosidad monacal. Los agentes de la Inquisición habían previsto mi descubrimiento del pozo; *del pozo*, cuyos horrores habían sido reservados para un hereje tan temerario como yo; *del pozo*, imagen del infierno, considerado por la opinión como la Última Tule de todos los castigos. El más fortuito de los accidentes me había salvado de caer en él, y yo sabía que el arte de convertir el suplicio en un lazo y una sorpresa constituía una rama importante de aquel sistema fantástico de ejecuciones misteriosas. Por lo visto, habiendo fracasado mi caída en el pozo, no figuraba en el demoníaco plan arrojarme a él. Por tanto, estaba destinado, y en este caso sin ninguna alternativa, a una muerte distinta y más dulce. ¡Más dulce! En mi agonía, pensando en el uso singular que yo hacía de esta palabra, casi sonreí.

¿Para qué contar las largas, las interminables horas de horror, más que mortales, durante las que conté las vibrantes oscilaciones del acero? Pulgada a pulgada, línea a línea, descendía gradualmente, efectuando un descenso solo apreciable a intervalos, que eran para mí más largos que siglos. Y cada vez más, cada vez más, seguía bajando, bajando.

Pasaron días, tal vez muchos días, antes de que llegase a balancearse lo suficientemente cerca de mí para abanicarme con su aire acre. Hería mi olfato el olor del acero afilado. Rogué al Cielo, cansándolo con mis súplicas, que hiciera descender más rápidamente el acero. Enloquecí, me volví frenético, hice esfuerzos para incorporarme e ir al encuentro de aquella espantosa y movible cimitarra. Y luego, de pronto, se apoderó de mí una gran calma y permanecí tendido, sonriendo a aquella muerte brillante, como podría sonreír un niño a un juguete precioso.

Transcurrió luego un instante de perfecta insensibilidad. Fue un intervalo muy corto. Al volver a la vida no me pareció que el péndulo hubiera descendido una altura apreciable. No obstante, es posible que aquel tiempo hubiese sido larguísimo. Yo sabía que existían seres infernales que tomaban nota de mi desvanecimiento y que a su capricho podían detener la vibración.

Al volver en mí, sentí un malestar y una debilidad indecibles, como resultado de una enorme inanición. Aun entre aquellas angustias, la naturaleza humana suplicaba el sustento. Con un esfuerzo penoso, extendí mi brazo izquierdo tan lejos como mis ligaduras me lo permitían, y me apoderé de un pequeño sobrante que las ratas se habían dignado dejarme. Al llevarme un pedazo a los labios, un informe pensamiento de extraña alegría, de esperanza, se alojó en mi espíritu. No obstante, ¿qué había de común entre la esperanza y yo? Repito que se trataba de un pensamiento informe. Con frecuencia tiene el hombre pensamientos así, que nunca se completan. Me di cuenta de que se trataba de un pensamiento de alegría, de esperanza, pero comprendí también que había muerto al nacer. Me esforcé inútilmente en completarlo, en recobrarlo. Mis largos sufrimientos habían aniquilado casi por completo las ordinarias facultades de mi espíritu. Yo era un imbécil, un idiota.

La oscilación del péndulo se efectuaba en un plano que formaba ángulo recto con mi cuerpo. Vi que la cuchilla había sido dispuesta de modo que atravesara la región del corazón. Rasgaría la tela de mi traje, volvería luego y repetiría la operación una y otra vez. A pesar de la gran dimensión de la curva recorrida –unos treinta pies, más o menos– y la silbante energía de su descenso, que incluso hubiera podido cortar aquellas murallas de hierro, todo cuanto podía hacer, en resumen, y durante algunos minutos, era rasgar mi traje.

Y en este pensamiento me detuve. No me atrevía a ir más allá de él. Insistí sobre él con una sostenida atención, como si con esta insistencia hubiera podido parar *allí* el descenso de la cuchilla. Empecé a pensar en el sonido que produciría esta al pasar sobre mi traje, y en la extraña y penetrante sensación que produce el roce de la tela sobre los nervios. Pensé en todas esas cosas, hasta que los dientes me rechinaron.

Más bajo, más bajo aún. Se deslizaba cada vez más bajo. Yo hallaba un placer frenético en comparar su velocidad de arriba abajo con su velocidad lateral. Ahora, hacia la derecha; ahora, hacia la izquierda. Después se iba lejos, lejos, y volvía luego, con el chillido de un alma condenada, hasta mi corazón con el andar furtivo del tigre. Yo aullaba y reía alternativamente, según me dominase una u otra idea.

Más bajo, invariablemente, inexorablemente más bajo. Se movía a tres pulgadas de mi pecho. Furiosamente, intenté libertar con violencia mi brazo izquierdo. Estaba libre solamente desde el codo hasta la mano. Únicamente podía mover la mano desde el plato que habían colocado a mi lado hasta mi boca; solo esto, y con un gran esfuerzo. Si hubiera podido romper las ligaduras por encima del codo, hubiese cogido el péndulo e intentado detenerlo, lo que hubiera sido como intentar detener una avalancha.

Siempre más bajo, incesantemente, inevitablemente más bajo. Respiraba con verdadera angustia, y me agitaba a cada vibración. Mis ojos seguían el vuelo ascendente de la cuchilla y su caída, con el ardor de la desesperación más enloquecida; espasmódicamente, se cerraban en el momento del descenso sobre mí. Aun cuando la muerte hubiera sido un alivio, ¡oh, qué alivio más indecible! Y, sin embargo, temblaba con todos mis nervios al pensar que bastaría que la máquina descendiera un grado para que se precipitara sobre mi pecho el hacha afilada y reluciente. Y mis nervios temblaban, y hacían encoger todo mi ser a causa de la *esperanza*. Era la *esperanza*, la esperanza triunfante aún sobre el potro, que se dejaba oír al oído de los condenados a muerte, incluso en los calabozos de la Inquisición.

Comprobé que diez o doce vibraciones, aproximadamente, pondrían el acero en inmediato contacto con mi traje. Y con esta observación se entró en mi ánimo la calma condensada y aguda de la desesperación. Desde hacía muchas horas, desde hacía muchos días, tal vez, *pensé* por vez primera. Se me ocurrió que la tira o correa que me ataba era de un solo trozo. Estaba atado con una ligadura continuada. La primera mordedura de la cuchilla de la media luna, efectuada en cualquier lugar de la correa, tenía que desatarla lo suficiente para permitir que mi mano la desenrollara de mi cuerpo. ¡Pero qué terrible era, en este caso, su proximidad! El resultado de la más ligera sacudida había de ser mortal. Por otra parte, ¿habrían previsto o impedido esta posibilidad los secuaces del verdugo? ¿Era probable que en el recorrido del péndulo atravesasen mi pecho las ligaduras? Temblando al imaginar frustrada mi débil esperanza, la última, realmente, levanté mi cabeza lo bastante para ver bien mi pecho. La correa cruzaba mis miembros estrechamente, juntamente con todo mi cuerpo, en todos sentidos, *menos en la trayectoria de la cuchilla homicida.*

Aún no había dejado caer de nuevo mi cabeza en su primera posición, cuando sentí brillar en mi espíritu algo que solo sabría definir, aproximadamente, diciendo que era la mitad no formada de la idea de libertad que ya he expuesto, y de la que vagamente había flotado en mi espíritu una sola mitad cuando llevé a mis labios ardientes el alimento. Ahora, la idea entera estaba allí presente, débil, apenas viable, casi indefinida, pero, en fin, completa. Inmediatamente, con la energía de la desesperación, intenté llevarla a la práctica.

Hacía varias horas que cerca del caballete sobre el que me hallaba acostado se encontraba un número incalculable de ratas. Eran tumultuosas, atrevidas, voraces. Fijaban en mí sus ojos rojos, como si no esperasen más que mi inmovilidad para hacer presa. «¿A qué clase de alimento –pensé– se habrán acostumbrado en este pozo?»

Menos una pequeña parte, y a pesar de todos mis esfuerzos para impedirlo, habían devorado el contenido del plato. Mi mano se acostumbró a un movimiento de vaivén hacia el plato; pero a la larga, la uniformidad maquinal de ese movimiento le había restado eficacia. Aquella plaga, en su voracidad, dejaba señales de sus agudos dientes en mis dedos. Con los restos de la carne aceitosa y picante que aún quedaba, froté vigorosamente mis ataduras hasta donde me fue posible hacerlo, y hecho esto retiré mi mano del suelo y me quedé inmóvil y sin respirar.

Al principio, lo repentino del cambio y el cese del movimiento hicieron que los voraces animales se asustaran. Se apartaron alarmados y algunos volvieron al pozo. Pero esta actitud no duró más de un instante. No había yo contado en vano con su glotonería. Viéndome sin movimiento, una o dos de las más atrevidas se encaramaron por el caballete y olisquearon la correa. Todo esto me pareció el preludio de una invasión general. Un nuevo tropel surgió del pozo. Se agarraron a la madera, la escalaron y a centenares saltaron sobre mi cuerpo. Nada las asustaba el movimiento regular del péndulo. Lo esquivaban y trabajaban activamente sobre la engrasada tira. Se apretaban moviéndose y se amontonaban incesantemente sobre mí. Sentía que se retorcían sobre mi garganta, que sus fríos hocicos buscaban mis labios.

Me encontraba medio sofocado por aquel peso que se multiplicaba constantemente. Un asco espantoso, que ningún hombre ha sentido en el mundo, henchía mi pecho y helaba mi corazón como un pesado vómito. Un minuto más, y me daba cuenta de que la operación habría terminado. Sobre mí sentía perfectamente la distensión de las ataduras. Me daba cuenta de que en más de un sitio habían de estar cortadas. Con una resolución sobrehumana, continué inmóvil.

No me había equivocado en mis cálculos. Mis sufrimientos no habían sido vanos. Sentí luego que estaba *libre*. En pedazos, colgaba la correa en torno de mi cuerpo. Pero el movimiento del péndulo se efectuaba ya sobre mi pecho. La estameña de mi traje había sido atravesada y cortada la camisa. Efectuó dos oscilaciones más, y un agudo dolor atravesó mis nervios. Pero había llegado el instante de salvación. A un ademán de mis manos, huyeron tumultuosamente mis libertadoras. Con un movimiento tranquilo y decidido, prudente y oblicuo, lento y aplastándome contra el banquillo, me deslicé fuera del abrazo de la tira y del alcance de la cimitarra. Cuando menos, por el momento *estaba libre*.

¡Libre! ¡Y en las garras de la Inquisición! Apenas había escapado de mi lecho de horror, apenas hube dado unos pasos por el suelo de mi calabozo, cesó el movimiento de la máquina infernal y la oí subir atraída hacia el techo por una fuerza invisible. Aquella fue una lección que llenó de desesperación mi alma. Indudablemente, todos mis movimientos eran espiados. ¡Libre! Había escapado de la muerte bajo una determinada agonía, solo para ser entregado a algo peor que la muerte misma, y bajo otra nueva forma. Pensando en ello, fijé convulsivamente mis ojos en las paredes de hierro que me rodeaban. Algo extraño, un cambio que en un principio no pude apreciar claramente se había producido con toda evidencia en la habitación. Durante varios minutos en los que estuve distraído, lleno de ensueños y de escalofríos, me perdí en conjeturas vanas e incoherentes.

Por primera vez me di cuenta del origen de la luz sulfurosa que iluminaba la celda. Provenía de una grieta de media pulgada de anchura, que se extendía en torno del calabozo en la base de las paredes, que, de ese modo, parecían, y en efecto lo estaban, completamente separadas del suelo. Intenté mirar por aquella abertura, aunque como puede imaginarse, inútilmente. Al levantarme desanimado, se descubrió a mi inteligencia, de pronto, el misterio de la alteración que la celda había sufrido.

Había tenido ocasión de comprobar que, aun cuando los contornos de las figuras pintadas en las paredes fuesen suficientemente claros, los colores parecían alterados y borrosos. Ahora acababan de tomar, y tomaban a cada momento, un sorprendente e intensísimo brillo, que daba a aquellas imágenes fantásticas y diabólicas un aspecto que hubiera hecho temblar a nervios más firmes que los míos. Pupilas demoníacas, de una viveza siniestra y feroz, se clavaban sobre mí desde mil sitios distintos, donde yo anteriormente no había sospechado que se encontrara ninguna, y brillaban cual fulgor lúgubre de un fuego que, aunque vanamente, quería considerar completamente imaginario.

¡Imaginario! Me bastaba respirar para traer hasta mi nariz un vapor de hierro enrojecido. Se extendía por el calabozo un olor sofocante. A cada momento se reflejaba un ardor más profundo en los ojos clavados en mi agonía. Un rojo más oscuro se extendía sobre aquellas horribles pinturas sangrientas. Estaba jadeante; respiraba con grandes esfuerzos. No había duda con respecto al deseo de mis verdugos, los más despiadados, los más demoníacos de todos los hombres.

Me aparté lejos del metal ardiente, dirigiéndome al centro del calabozo. Frente a aquella destrucción por el fuego, la idea de la frescura del pozo llegó a mi alma como un bálsamo. Me lancé hacia sus mortales bordes. Dirigí mis miradas hacia el fondo.

El resplandor de la inflamada bóveda iluminaba sus cavidades más ocultas. No obstante durante un minuto de desvarío, mi espíritu se negó a comprender la significación de lo que veía. Al fin, aquello penetró en mi alma, a la fuerza, triunfalmente. Se grabó a fuego en mi razón estremecida. ¡Una voz, una voz para hablar! ¡Oh horror! ¡Todos los horrores, menos ese! Con un grito, me aparté del brocal, y, escondido mi rostro entre las manos, lloré con amargura.

El calor aumentaba rápidamente, y levanté una vez más los ojos, temblando en un acceso febril. En la celda se había operado un segundo cambio, y ese se efectuaba, evidentemente, en la *forma*. Como la primera vez, intenté inútilmente apreciar o comprender lo que sucedía. Pero no me dejaron mucho tiempo en la duda. La venganza de la Inquisición era rápida, y dos veces la había frustrado. No podía luchar por más tiempo con el rey del espanto. La celda había sido cuadrada. Ahora notaba que dos de sus ángulos de hierro eran agudos, y, por tanto, obtusos los otros dos. Con un gruñido, con un sordo gemido, aumentaba rápidamente el terrible contraste.

En un momento, la estancia había convertido su forma en la de un rombo. Pero la transformación no se detuvo aquí. No deseaba ni esperaba que se parase. Hubiera llegado a los muros al rojo para aplicarlos contra mi pecho, como si fueran una vestidura de eterna paz. «¡La muerte! –me dije–. ¡Cualquier muerte, menos la del pozo!» ¡Insensato! ¿Cómo no pude comprender que el pozo era necesario, que aquel pozo único era la razón del hierro candente que me sitiaba? ¿Resistiría yo su calor? Y aun suponiendo que pudiera resistirlo, ¿podría sostenerme contra su presión?

Y el rombo se aplastaba, se aplastaba, con una rapidez que no me dejaba tiempo para pensar. Su centro, colocado sobre la línea de mayor anchura, coincidía precisamente con el abismo abierto. Intenté retroceder, pero los muros, al unirse, me empujaban con una fuerza irresistible.

Llegó, por último, un momento en que mi cuerpo, quemado y retorcido, apenas halló sitio para él, apenas hubo lugar para mis pies en el suelo de la prisión. No luché más, pero la agonía de mi alma se exteriorizó en un fuerte y prolongado grito de desesperación. Me di cuenta de que vacilaba sobre el brocal, y volví los ojos...

Pero he aquí un ruido de voces humanas. Una explosión, un huracán de trompetas, un poderoso rugido semejante al de mil truenos. Los muros de fuego se echaron hacia atrás precipitadamente. Un brazo alargado me cogió el mío, cuando, ya desfalleciente, me precipitaba en el abismo. Era el brazo del general Lasalle. Las tropas francesas habían entrado en Toledo. La Inquisición se hallaba en poder de sus enemigos.

[Trad. de Fernando Gutiérrez y Diego Navarro]

El corazón revelador

«El corazón revelador» es sin lugar a dudas un logro mayor de la literatura. Pertenece a la serie que Poe dedicó a las supersticiones populares. En este caso, la creencia en la que se basa el autor es la del mal de ojo, frecuente en muchas culturas, por lo que resulta difícil concretar la fuente de la que se sirvió. Es probable que oyera hablar por vez primera de este extraño fenómeno durante su estancia en Fort Moultrie de Charleston Harbor, Carolina del Norte.

Las palabras del narrador no dejan ninguna duda sobre su locura. No obstante, el autor se ocupa cuidadosamente de que quede sin responder cuánto de lo relatado es alucinado y cuánto es real. ¿Había perdido la cordura el protagonista antes de imaginar que el viejo le había echado un mal de ojo... o fue un auténtico mal de ojo lo que le hizo enloquecer? A lo largo de los años, muchos lectores han llegado a suponer que aquello que el asesino oye es su propio corazón.

El autor habría encontrado inspiración en dos obras que desde luego conocía. En primer lugar, cabe tener en cuenta la descripción hecha por Daniel Webster de un crimen real: John Francis Knapp había empleado a un hombre para robar y asesinar a un tal Joseph White, de Salem, la noche del 6 de abril de 1830. La otra fuente podría ser «Confesión encontrada en una prisión de la época de Carlos II», de Charles Dickens, en la que un asesino es descubierto porque la sangre del cadáver de su sobrino empieza a brotar del suelo de su salón ante la mirada de dos visitantes.

Poe terminó la redacción del cuento a finales de 1842, pero Bradbury y Soden, editores del Boston Miscellany, *habrían rechazado el manuscrito, razón por la cual su publicación se demoró hasta que Lowell lo incluyó en el primer número de* The Pioneer, *aparecido durante los primeros meses de 1843.*

¡De veras! Soy muy nervioso. Tremendamente nervioso. Lo he sido siempre; pero ¿por qué decís que estoy loco? La enfermedad ha aguzado mis sentidos, pero no los ha destruido ni embotado. De todos ellos, el más agudo era el del oído. Yo he escuchado todas las cosas del cielo y de la tierra y bastantes del infierno. ¿Cómo, entonces, he de estar loco? Atención. Observad con qué salud, con qué calma puedo contaros toda esta historia.

Es imposible explicar cómo la idea penetró originariamente en mi cerebro. Pero, una vez concebida, me acosó día y noche. Motivo, no había ninguno. Nada tenía que ver con ello la pasión. Yo quería al viejo. Nunca me había hecho daño. Jamás me insultó. Su oro no despertó en mí la menor codicia. Creo que era su ojo. Sí, esto era. Uno de sus ojos se parecía al de un buitre. Un ojo azul pálido, con una catarata. Cuantas veces caía ese ojo sobre mí se helaba mi sangre. Y así, lentamente, gradualmente, se me metió en la cabeza la idea de matar al anciano y librarme para siempre, de este modo, del ojo aquel.

Ahora viene la dificultad. Me creeréis loco. Los locos nada saben de cosa alguna. Pero si me hubieseis visto, si hubierais visto con qué sabiduría procedí, con qué precaución, con qué cautela, con qué disimulo puse manos a la obra...

Nunca estuve tan amable con él como durante toda la semana que precedió al asesinato. Cada noche, cerca de las doce, descorría el pestillo de su puerta y la abría, ¡oh!, muy suavemente. Y entonces, cuando la había abierto lo suficientemente para que pasara mi cabeza, introducía por la abertura una linterna sorda, bien cerrada, bien cerrada, para que no se filtrara ninguna claridad. Después metía la cabeza. ¡Oh! Os hubierais reído viendo con qué habilidad metía la cabeza. La movía lentamente, muy, muy lentamente, con miedo de turbar el sueño del anciano. Por lo menos, necesitaba una hora para introducir toda mi cabeza por la abertura y ver al viejo acostado en su cama. ¡Ah! ¿Hubiera sido tan prudente un loco?

Entonces, cuando mi cabeza estaba dentro de la habitación, abría con precaución mi linterna –¡oh, con qué cuidado, con qué cuidado!–, porque la charnela rechinaba un poco. La abría justamente lo necesario para que un hilo imperceptible de luz incidiera sobre el ojo de buitre. Hice esto durante siete noches interminables, a las doce, precisamente. Pero encontraba siempre el ojo cerrado, y así, fue imposible realizar mi propósito, porque no era el anciano el que me molestaba, sino su maldito ojo. Y todas las mañanas, cuando amanecía, entraba osadamente en su cuarto y le hablaba valerosamente, llamándole por su nombre con voz cordial, interesándome por cómo había pasado la noche. Estáis viendo, pues, que había de ser un viejo muy perspicaz para sospechar que todas las noches precisamente a las doce le observaba durante su sueño.

En la octava noche abrí la puerta con mayor precaución que antes. La aguja de un reloj se mueve más deprisa que lo que se movía entonces mi mano. Jamás como aquella noche pude darme tanta cuenta de la magnitud de mis facultades, de mi sagacidad. Apenas podía dominar mi sensación de triunfo. Pensar que estaba allí abriendo la puerta poco a poco, y que él ni siquiera soñaba en mis acciones o mis pensamientos secretos... A esta idea se me escapó una risita, y tal vez me oyese, porque se movió de pronto en su lecho como si fuera a despertarse. Tal vez creáis ahora que me retiré. Pues no. Su cuarto estaba tan negro como la pez, tan espesas eran las tinieblas —porque las ventanas estaban cerradas cuidadosamente por miedo a los ladrones—, y seguro de que él no podía ver la puerta entreabierta, continué empujándola un poco más, siempre un poco más.

Había introducido mi cabeza y me disponía a abrir la linterna, cuando mi pulgar resbaló sobre el cierre de hierro estañado y el anciano se incorporó en su lecho preguntando:

—¿Quién anda ahí?

Permanecí completamente inmóvil y nada dije. Durante toda una hora no moví un solo músculo, y en todo ese tiempo no oí que volviera a acostarse. Continuaba sentado en la cama, escuchando, exactamente lo mismo que yo lo había hecho durante noches enteras, oyendo a las arañas de la pared.

De pronto oí un débil gemido. Me di cuenta de que se trataba de un lamento de terror mortal. No era un lamento de dolor o tristeza, ¡oh, no!, era el murmullo sordo y ahogado que escapa de lo íntimo de un alma oprimida por el espanto. Yo ya conocía bien ese murmullo. Muchas noches, precisamente al filo de la media noche, cuando todos dormían, irrumpía en mi propio pecho, excavando con su eco terrible los terrores que me consumían. Digo que lo conocía bien. Sabía lo que estaba sintiendo el viejo y sentía piedad por él, aunque la risa llenase mi corazón. Sabía que él continuaba despierto desde que, habiendo oído el primer rumor, se movió en la cama. Sus temores habían ido siempre en aumento. Procuraba persuadirse de que eran infundados. Se había dicho a sí mismo: «No es nada. El viento en la chimenea. Un ratón que corre por el entarimado», o: «Simplemente un grillo que canta». Sí; procuró calmarse con estas hipótesis. Pero fue todo inútil. *Fue todo inútil*, porque la muerte que se aproximaba había pasado ante él con su gran sombra negra, envolviendo con ella a su víctima. Y era la influencia fúnebre de su sombra no vista lo que le hacía sentir —aunque no viera ni escuchara nada—, lo que le hacía *sentir* la presencia de mi cabeza en su cuarto.

Después de haber esperado largo rato, con toda paciencia, sin oír que se acostara de nuevo, me aventuré a abrir un poco la linterna, pero tan poco, tan poco como si nada. La abrí tan furtivamente, tan furtivamente, como no podréis imaginároslo, hasta que, al fin, un único y pálido rayo, como un hilo de telaraña, salió por la ranura y descendió sobre su ojo de buitre.

Estaba abierto, enteramente abierto y, al verlo, me encolericé. Lo vi con nitidez perfecta. Todo él, de un azul mate y cubierto por una horrorosa nube que me helaba la médula de los huesos. Pero no podía ver ni la cara ni el cuerpo del anciano, como por instinto, precisamente sobre el maldito lugar.

¿No os he dicho ahora que apenas es una hiperestesia de los sentidos aquello que consideráis locura? Entonces, os digo, un rumor sordo, ahogado, continuo, llegó a mis oídos, semejante al producido por un reloj envuelto en algodón. Inmediatamente reconocí *ese* sonido. Era el corazón del viejo, latiendo. Excitó mi furor como el redoble del tambor excita el valor del soldado.

Me dominé, no obstante, y continué sin moverme. Apenas respiraba. Tenía quieta en las manos la linterna. Me esforzaba en conservar el rayo de luz fijo sobre el ojo. Al mismo tiempo, el pálpito infernal del corazón era cada vez más fuerte, más apresurado, y, sobre todo, más sonoro. El pánico del anciano *debió* de ser tremendo. Este latir, ya lo he dicho, se volvía cada vez más fuerte, minuto a minuto. ¿Me oís bien? Ya os he dicho que era nervioso. Realmente lo soy, y entonces, en pleno corazón de la noche, en medio del temible silencio de aquella vieja casa, un ruido tan extraño hizo penetrar en mí un pavor irresistible. Durante algunos minutos me contuve y continué tranquilo. Pero la pulsación se hacía cada vez más fuerte, siempre más fuerte.

Creí que el corazón iba a estallar, y era que una nueva angustia se apoderaba de mí: el rumor podía ser oído por algún vecino. Había sonado la hora del viejo. Con un gran alarido, abrí de pronto la linterna y me precipité en la alcoba. El viejo dejó escapar un grito, uno solo. En un momento le derribé al suelo, depositando sobre él el tremendo peso del lecho. Sonreí entonces, complacido, viendo tan adelantada mi obra. Durante algunos minutos, el corazón, sin embargo, latió con un sonido ahogado. A pesar de todo, ya no me atormentaba. No podía oírse a través de las paredes. Por fin, cesó. El viejo estaba muerto. Levanté la cama y examiné el cuerpo. Sí; estaba muerto, muerto como una piedra. Puse mi mano sobre su corazón y estuve así durante algunos minutos. No advertí latido alguno. Estaba muerto como una piedra. En adelante, su ojo no me atormentaría más.

Si insistís en considerarme loco, vuestra opinión se desvanecerá cuando os describa las inteligentes precauciones que tomé para esconder el cadáver. Avanzaba la noche y yo trabajaba con prisa, pero en silencio. Lo primero que hice fue desmembrar el cuerpo. Corté la cabeza. Después, los brazos. Después, las piernas.

Enseguida arranqué tres tablas del entarimado y lo coloqué todo bajo el piso de madera. Después volví a poner las tablas con tanta habilidad y destreza, que ningún ojo humano –ni siquiera el *suyo*– hubiese podido descubrir allí nada alarmante. Nada había que lavar. Ni una mancha, ni una mancha de sangre. No se me escapó pormenor alguno. Una cubeta lo hizo desaparecer todo... ¡Ah! ¡Ah!

Cuando terminé todas estas operaciones eran las cuatro y estaba tan oscuro como medianoche. En el momento en que el reloj señalaba la hora, llamaron a la puerta de la calle. Bajé a abrir confiado, porque ¿qué era lo que tenía que temer *entonces*? Entraron tres hombres, que se presentaron a mí cortésmente como agentes de policía. Un vecino había oído un grito durante la noche y le hizo despertar la sospecha de que se había cometido un crimen. En la delegación había sido presentada una denuncia, y aquellos caballeros –los agentes– habían sido enviados para practicar un reconocimiento.

Sonreí, porque *¿qué* tenía que temer? Di la bienvenida a aquellos caballeros.

—El grito —les dije— lo lancé yo, soñando. El viejo —añadí— está de viaje por la comarca.

Conduje a mis visitantes por toda la casa. Los invité a que buscaran, a que buscaran *bien.* Por fin, los conduje a *su* cuarto. Les mostré sus tesoros, en seguridad perfecta, en perfecto orden. Entusiasmado con mi confianza, les llevé unas sillas a la habitación y les supliqué que se sentaran, mientras yo, con la desbordada audacia del triunfo absoluto, coloqué mi propia silla exactamente en el lugar que ocultaba el cuerpo de la víctima.

Los agentes estaban satisfechos. Mi *actitud* les había convencido. Me sentía singularmente bien. Se sentaron y hablaron de cosas familiares, a las que contesté jovialmente. Pero, al poco rato, me di cuenta de que palidecía y deseé que se fueran. Me dolía la cabeza y me parecía que mis oídos zumbaban. Sin embargo, ellos continuaban sentados y prosiguiendo la conversación. El zumbido se hizo más claro. Persistió y se volvió cada vez más perceptible. Empecé a hablar copiosamente, para libertarme de tal sensación. Pero esta resistió, reiterándose de tal modo, que no tardé en descubrir, por último, que el rumor *no* nacía en mis oídos.

Sin duda, me puse entonces *muy* pálido. Pero seguía hablando sin tino, elevando el tono de mi voz. El ruido aumentaba siempre. ¿Qué podía hacer?

Era *un ruido sordo, ahogado, continuo, semejante al producido por un reloj envuelto en algodón.* Respiraba con dificultad. Los agentes nada oían aún.

Hablé más deprisa, con mayor vehemencia. Pero el rumor crecía incesantemente. Me levanté y discutí sobre tonterías, con voz muy alta y violenta gesticulación. Pero el rumor crecía, crecía siempre. ¿Por qué ellos no se querían marchar? Comencé a andar de un lado para otro de la habitación, pesadamente, dando grandes pasos, como exasperado por sus observaciones. Pero el rumor crecía incesantemente. ¡Oh

Dios! ¿Qué *podía* yo hacer? Echaba espumarajos, desvariaba, pateaba. Movía la silla en que estaba sentado y la hacía resonar sobre el suelo. Pero el rumor lo dominaba todo y crecía indefinidamente. Se hacía más fuerte cada vez, más fuerte, siempre más *fuerte*. Y los hombres continuaban hablando, bromeando, sonriendo. ¿Sería posible que nada oyeran? ¡Dios todopoderoso! ¡No, no! ¡Estaban oyendo, estaban sospechando! *¡Sabían!* ¡Estaban *divirtiéndose* con mi terror! Así lo creí y lo creo ahora. Pero había algo peor que aquella burla. No podía tolerar por más tiempo aquellas hipócritas sonrisas. Me di cuenta de que era preciso gritar o morir, porque entonces... ¿Lo oís? ¡Escuchad! ¡Cuán alto, cuán alto, siempre más alto, *siempre más alto*!

–¡Miserables! –exclamé–. ¡No disimulen por más tiempo! ¡Lo confieso todo! ¡Arranquen esas tablas! ¡Aquí, aquí! ¡Es el latido de su horroroso corazón!

[Trad. de Fernando Gutiérrez y Diego Navarro]

El escarabajo de oro

La presente es una de las narraciones más populares de su autor. El 28 de mayo de 1844, menos de un año después de su primera publicación, Poe escribió a J. R. Lowell que habían circulado más de trescientas mil copias de «El escarabajo de oro», lo que lo convertía en su cuento más exitoso. Thomas Dunn English ya apuntó en su momento que, de hecho, esta historia, con su argumento, sus temas, su tono, había sido concebida para el gran público.

Poe escogió al más famoso de todos los piratas para establecer los fundamentos de este texto. El capitán William Kidd (c. 1645-1701), que había servido como guardacostas, se convirtió en lobo de mar y forjó una leyenda que no dejó de crecer tras su muerte. Ejecutado por ahorcamiento, las historias sobre él y su desaparecido botín cuajaron en lo más hondo de la cultura anglosajona. Las elucubraciones sobre la fortuna de Kidd aparecen en obras que pudieron servir a Poe de inspiración, como es el caso de la novela Sheppard Lee *de Robert M. Bird. Asimismo, los prototipos de los personajes de Legrand, Júpiter y el mismo narrador tendrían su origen en los personajes del «Wolfert Webber» de Washington Irving.*

Se ha sugerido también en algunas ocasiones que The Journal of Llewellin Penrose, a Seaman, *editado por John Eagles (1815), donde figura un breve episodio sobre la búsqueda del tesoro de un pirata, podría ser otra de sus fuentes de inspiración. Dejando a un lado las reminiscencias, en ninguna carta, artículo o nota Poe menciona esta obra.*

No menos controvertida es la consideración como fuente del pequeño libro Imogine *de George Ann Humphreys Sherburne, apuntada por Du Solle en el* Spirit of the Times *de Philadelphia, el 1 de julio de 1843. Una respuesta aparecería en el* Dollar Newspaper *a los pocos días, presumiblemente escrita por el editor Joseph Sailer, a quien es más que probable que ayudara el propio Poe.*

¡Hola, hola! ¡Este mozo es un danzante loco! Le
ha picado la tarántula.

Todo al revés

Hace muchos años trabé amistad íntima con un tal mister
William Legrand. Era de una antigua familia de hugonotes,
y en otro tiempo había sido rico; pero una serie de infortu-
nios le habían dejado en la miseria. Para evitar la humillación consiguiente a sus desastres, abandonó Nueva Orleans,
la ciudad de sus antepasados, y fijó su residencia en la isla de
Sullivan, cerca de Charleston, en Carolina del Sur.

Esta isla es una de las más singulares. Se compone únicamente de arena de mar, y tiene, poco más o menos, tres
millas de largo. Su anchura no excede de un cuarto de milla. Está separada del continente por una ensenada apenas
perceptible, que fluye a través de un yermo de cañas y léga-
mo, lugar frecuentado por patos silvestres. La vegetación,
como puede suponerse, es pobre, o, por lo menos, enana.
No se encuentran allí árboles de cierta magnitud. Cerca de
la punta occidental, donde se alza Fort Moultrie y algunas miserables casuchas de madera habitadas durante el
verano por las gentes que huyen del polvo y de las fiebres
de Charleston, puede encontrarse, es cierto, el palmito eri-
zado; pero la isla entera, a excepción de ese punto occiden-

tal, y de un espacio árido y blancuzco que bordea el mar, está cubierta de una espesa maleza del mirto oloroso tan apreciado por los horticultores ingleses. El arbusto alcanza allí con frecuencia una altura de quince o veinte pies, y forma una casi impenetrable espesura, cargando el aire con su fragancia.

En el lugar más recóndito de esa maleza, no lejos del extremo oriental de la isla, es decir, del más distante, Legrand se había construido él mismo una pequeña cabaña, que ocupaba cuando por primera vez, y de un modo simplemente casual, trabamos conocimiento. Este pronto acabó en amistad, pues había muchas cualidades en el recluso que atraían el interés y la estimación. Le encontré bien educado, de una singular inteligencia, aunque infestado de misantropía, y sujeto a perversas alternativas de entusiasmo y de melancolía. Tenía consigo muchos libros, pero rara vez los utilizaba. Sus principales diversiones eran la caza y la pesca, o vagar a lo largo de la playa, entre los mirtos, en busca de conchas o de ejemplares entomológicos; su colección de estos hubiera podido suscitar la envidia de un Swammerdamm. En estas excursiones iba, por lo general, acompañado de un negro sirviente, llamado Jupiter, que había sido manumitido antes de los reveses de la familia, pero al que no habían podido convencer, ni con amenazas ni con promesas, a abandonar lo que él consideraba su derecho a seguir los pasos de su joven *massa* Will. No es improbable que los parientes de Legrand, juzgando que este tenía la cabeza algo trastornada, se dedicaran a infundir aquella obstinación en Jupiter, con intención de que vigilase y custodiase al vagabundo.

Los inviernos en la latitud de la isla de Sullivan son rara vez rigurosos, y al finalizar el año resulta un verdadero acontecimiento que se requiera encender fuego. Sin embargo, hacia mediados de octubre de 18..., hubo un día de frío notable. Aquella fecha, antes de la puesta del sol subí por el camino entre la maleza hacia la cabaña de mi amigo, a quien no había visitado hacía varias semanas, pues residía yo por aquel tiempo en Charleston, a una distancia de nueve millas de la isla, y las facilidades para ir y volver eran mucho menos grandes que hoy día. Al llegar a la cabaña llamé, como era mi costumbre, y no recibiendo respuesta, busqué la llave donde sabía que estaba escondida, abrí la puerta y entré. Un hermoso fuego llameaba en el hogar. Era una sorpresa, y, por cierto, de las agradables. Me quité el gabán, coloqué un sillón junto a los leños chisporroteantes y aguardé con paciencia el regreso de mis huéspedes.

Poco después de la caída de la tarde llegaron y me dispensaron una acogida muy cordial. Jupiter, riendo de oreja a oreja, bullía preparando unos patos silvestres para la cena. Legrand se hallaba en uno de sus ataques ¿con qué otro término podría llamarse aquello?– de entusiasmo. Había encontrado un bivalvo desconocido que formaba un nuevo género, y, más aún, había cazado y cogido un *escarabajo* que creía totalmente nuevo, pero respecto al cual deseaba conocer mi opinión a la mañana siguiente.

–¿Y por qué no esta noche? –pregunté, frotando mis manos ante el fuego y enviando al diablo toda la especie de los escarabajos.

–¡Ah, si hubiera yo sabido que estaba usted aquí! –dijo Legrand–. Pero hace mucho tiempo que no le había visto, y ¿cómo iba yo a adivinar que iba usted a visitarme precisamente esta noche? Cuando volvía a casa, me encontré al teniente G., del fuerte, y sin más ni más, le he dejado el escarabajo: así que le será a usted imposible verlo hasta mañana. Quédese aquí esta noche, y mandaré a Jupiter allí abajo al amanecer. ¡Es la cosa más encantadora de la creación!

–¿El qué? ¿El amanecer?

–¡Qué disparate! ¡No! El escarabajo. Es de un brillante color dorado, aproximadamente del tamaño de una nuez, con dos manchas de un negro azabache: una, cerca de la punta posterior, y la segunda, algo más alargada, en la otra punta. Las antenas son...

—No hay *estaño*[1] en él; *massa* Will, se lo aseguro —interrumpió aquí Jupiter—; el escarabajo es un escarabajo de oro macizo todo él, dentro y por todas partes, salvo las alas; no he visto nunca un escarabajo la mitad de pesado.

—Bueno; supongamos que sea así —replicó Legrand, algo más vivamente, según me pareció, de lo que exigía el caso—. ¿Es esto una razón para dejar que se quemen las aves? El color —y se volvió hacia mí— bastaría casi para justificar la idea de Jupiter. No habrá usted visto nunca un reflejo metálico más brillante que el que emite su caparazón, pero no podrá usted juzgarlo hasta mañana... Entretanto, intentaré darle una idea de su forma.

Dijo esto sentándose ante una mesita sobre la cual había una pluma y tinta, pero no papel. Buscó un momento en un cajón, sin encontrarlo.

—No importa —dijo, por último—; esto bastará.

Y sacó del bolsillo de su chaleco algo que me pareció un trozo de viejo pergamino muy sucio, e hizo encima una especie de dibujo con la pluma. Mientras lo hacía, permanecí en mi sitio junto al fuego, pues tenía aún mucho frío. Cuando terminó su dibujo me lo entregó sin levantarse. Al cogerlo, se oyó un fuerte gruñido, al que siguió un ruido de rascadura en la puerta. Jupiter abrió, y un enorme terranova, perteneciente a Legrand, se precipitó dentro, y echándose sobre mis hombros me abrumó a caricias, pues yo le había prestado mucha atención en mis visitas anteriores. Cuando acabó de dar brincos, miré el papel, y a decir verdad, me sentí perplejo ante el dibujo de mi amigo.

—Bueno —dije después de contemplarlo unos minutos—; esto es un extraño escarabajo, lo confieso, nuevo para mí: no

---

1. La pronunciación en inglés de la palabra «antennae» hace que Jupiter crea que se trata de estaño («tin»): *Dey aint no tin him*. Es un juego de palabras intraducible, por tanto. Téngase en cuenta (máxime en la época en que Poe sitúa este relato) la manera especial de hablar de los negros americanos, cuyo *slang* resulta a veces ininteligible para los propios ingleses o yanquis. *(N. del T.)*

he visto nunca nada parecido antes, a menos que sea un cráneo o una calavera, a lo cual se parece más que a ninguna otra
cosa que haya caído bajo mi observación.

–¡Una calavera! –repitió Legrand–. ¡Oh, sí! Bueno; tiene
ese aspecto indudablemente en el papel. Las dos manchas
negras parecen unos ojos, ¿eh? Y la más larga de abajo parece
una boca; además, la forma entera es ovalada.

–Quizá sea así –dije–; pero temo que usted no sea un
artista, Legrand. Debo esperar a ver el insecto mismo para
hacerme una idea de su aspecto.

–En fin, no sé –dijo él, un poco irritado–: dibujo regu-
larmente, o, al menos, debería dibujar, pues he tenido buenos maestros, y me jacto de no ser del todo tonto.

–Pero entonces, mi querido compañero, usted bromea
–dije–: esto es un cráneo muy pasable, puedo incluso decir
que es un cráneo *excelente*, conforme a las vulgares nociones que tengo acerca de tales ejemplares de la fisiología; y su
escarabajo será el más extraño de los escarabajos del mundo
si se parece a esto. Podríamos inventar alguna pequeña superstición muy espeluznante sobre ello. Presumo que va usted a llamar a este insecto *scaraboeus caput hominis* o algo por
el estilo; hay en las historias naturales muchas denominacio-
nes semejantes. Pero ¿dónde están las antenas de que usted
habló?

–¡Las antenas! –dijo Legrand, que parecía acalorarse inexplicablemente con el tema–. Estoy seguro de que debe usted
de ver las antenas. Las he hecho tan claras cual lo son en el
propio insecto, y presumo que es muy suficiente.

–Bien, bien –dije–; acaso las haya hecho usted y yo no
las veo aún.

Y le tendí el papel sin más observaciones, no queriendo
irritarle; pero me dejó muy sorprendido el giro que había
tomado la cuestión: su mal humor me intrigaba, y en cuanto
al dibujo del insecto, allí no había en realidad *antenas* visibles, y el conjunto se parecía enteramente a la imagen ordinaria de una calavera.

Recogió el papel, muy malhumorado, y estaba a punto de estrujarlo, y de tirarlo, sin duda, al fuego, cuando una mirada casual al dibujo pareció encadenar su atención. En un instante su cara enrojeció intensamente, y luego se quedó muy pálida. Durante algunos minutos, siempre sentado, siguió examinando con minuciosidad el dibujo. A la larga se levantó, cogió una vela de la mesa, y fue a sentarse sobre un arca de barco, en el rincón más alejado de la estancia. Allí se puso a examinar con ansiedad el papel, dándole vueltas en todos sentidos. No dijo nada, empero, y su actitud me dejó muy asombrado; pero juzgué prudente no exacerbar con ningún comentario su mal humor creciente. Luego sacó de su bolsillo una cartera, metió con cuidado en ella el papel, y lo depositó todo dentro de un escritorio, que cerró con llave. Recobró entonces la calma; pero su primer entusiasmo había desaparecido por completo. Aun así, parecía mucho más abstraído que malhumorado. A medida que avanzaba la tarde, se mostraba más absorto en un sueño del que no lograron arrancarle ninguna de mis ocurrencias. Al principio había yo pensado pasar la noche en la cabaña, como hacía con frecuencia antes; pero, viendo a mi huésped en aquella actitud, juzgué más conveniente marcharme. No me instó a que me quedase; pero, al partir, estrechó mi mano con más cordialidad que de costumbre.

Un mes o cosa así después de esto (y durante ese lapso de tiempo no volví a ver a Legrand), recibí la visita, en Charleston, de su criado Jupiter. No había yo visto nunca al viejo y buen negro tan decaído, y temí que le hubiera sucedido a mi amigo algún serio infortunio.

–Bueno, Jupiter –dije–. ¿Qué hay de nuevo? ¿Cómo está tu amo?

–¡Vaya! A decir verdad, *massa*, no está tan bien como debiera.

–¡Que no está bien! Siento de verdad la noticia. ¿De qué se queja?

–¡Ah, caramba! ¡Ahí está la cosa! No se queja nunca de nada; pero, de todas maneras, está muy malo.

—¡Muy malo, Jupiter! ¿Por qué no lo has dicho enseguida? ¿Está en la cama?

—No, no, no está en la cama. No está bien en ninguna parte, y ahí le aprieta el zapato. Tengo la cabeza trastornada con el pobre *massa* Will.

—Jupiter, quisiera comprender algo de eso que me cuentas. Dices que tu amo está enfermo. ¿No te ha dicho qué tiene?

—Bueno, *massa*; es inútil romperse la cabeza pensando en eso. *Massa* Will dice que no tiene nada; pero entonces ¿por qué va de un lado para otro, con la cabeza baja y la espalda curvada, mirando al suelo, más blanco que una oca? Y haciendo garabatos todo el tiempo...

—¿Haciendo qué?

—Haciendo números con figuras sobre una pizarra; las figuras más raras que he visto nunca. Le digo que voy sintiendo miedo. Tengo que estar siempre con un ojo sobre él. El otro día se me escapó antes de amanecer y estuvo fuera todo el santo día. Había yo cortado un buen palo para darle una tunda de las que duelen cuando volviese a comer; pero fui tan tonto, que no tuve valor: ¡parece tan desgraciado!

—¿Eh? ¡Cómo! ¡Ah, sí! Después de todo has hecho bien en no ser demasiado severo con el pobre muchacho. No hay que pegarle, Jupiter; no está bien, seguramente. Pero ¿no puedes formarte una idea de lo que ha ocasionado esa enfermedad o más bien ese cambio de conducta? ¿Le ha ocurrido algo desagradable desde que no le veo?

—No, *massa*, no ha ocurrido nada desagradable *desde* entonces, sino *antes*; sí, eso temo: el mismo día en que usted estuvo allí.

—¡Cómo! ¿Qué quieres decir?

—Pues... quiero hablar del escarabajo, y nada más.

—¿De qué?

—Del escarabajo... Estoy seguro de que *massa* Will ha sido picado en alguna parte de la cabeza por ese escarabajo de oro.

—¿Y qué motivos tienes tú, Jupiter, para hacer tal suposición?

—Tiene ese bicho demasiadas uñas para eso, y también boca. No he visto nunca un escarabajo tan endiablado; coge y pica todo lo que se le acerca. *Massa* Will lo había cogido..., pero enseguida lo soltó, se lo aseguro... Le digo a usted que entonces es, sin duda, cuando le ha picado. La cara y la boca de ese escarabajo no me gustan; por eso no he querido cogerlo con mis dedos; pero he buscado un trozo de papel para meterlo. Le envolví en un trozo de papel con otro pedacito en la boca; así lo hice.

—¿Y tú crees que tu amo ha sido picado realmente por el escarabajo, y que esa picadura le ha puesto enfermo?

—No lo creo, lo sé. ¿Por qué está siempre soñando con oro, sino porque le ha picado el escarabajo de oro? Ya he oído hablar de esos escarabajos de oro.

—Pero ¿cómo sabes que sueña con oro?

—¿Cómo lo sé? Porque habla de ello hasta durmiendo; por eso lo sé.

—Bueno, Jupiter; quizá tengas razón, pero ¿a qué feliz circunstancia debo hoy el honor de tu visita?

—¿Qué quiere usted decir, *massa*?

—¿Me traes algún mensaje de mister Legrand?

—No, *massa*; le traigo este papel.

Y Jupiter me entregó una esquela que decía lo siguiente:

Querido amigo:

¿Por qué no le veo hace tanto tiempo? Espero que no cometerá usted la tontería de sentirse ofen÷dido por aquella pequeña brusquedad mía; pero no, no es probable.

Desde que le vi, siento un gran motivo de inquietud. Tengo algo que decirle; pero apenas sé cómo decírselo, o incluso no sé si se lo diré.

No estoy del todo bien desde hace unos días, y el pobre viejo Jup me aburre de un modo insoportable con sus buenas intenciones y cuidados. ¿Lo creerá usted? El otro día había preparado un garrote para castigarme por haberme escapado y pasado el día *solus* en las colinas del continente. Creo de veras que solo mi mala cara me salvó de la paliza.

No he añadido nada a mi colección desde que no nos vemos.

Si puede usted, sin gran inconveniente, venga con Jupiter. Venga. Deseo verle *esta noche* para un asunto de importancia. Le aseguro que es de la *más alta* importancia.

Siempre suyo,

WILLIAM LEGRAND

Había algo en el tono de esta carta que me produjo una gran inquietud. El estilo difería en absoluto del de Legrand. ¿Con qué podía él soñar? ¿Qué nueva chifladura dominaba su excitable mente? ¿Qué «asunto de la más alta importancia» podía él tener que resolver? El relato de Jupiter no presagiaba nada bueno.

Temía yo que la continua opresión del infortunio hubiese a la larga trastornado por completo la razón de mi amigo. Sin un momento de vacilación, me dispuse a acompañar al negro.

Al llegar al fondeadero, vi una guadaña y tres azadas, todas evidentemente nuevas, que yacían en el fondo del barco donde íbamos a navegar.

—¿Qué significa todo eso, Jup? —pregunté.

—Es una guadaña, *massa*, y unas azadas.

—Es cierto; pero ¿qué hacen aquí?

—*Massa* Will me ha dicho que comprase eso para él en la ciudad, y lo he pagado muy caro; nos cuesta un dinero de mil demonios.

—Pero, en nombre de todo lo que hay de misterioso, ¿qué va a hacer tu «*massa* Will» con esa guadaña y esas azadas?

—No me pregunte más de lo que sé; que el diablo me lleve si lo sé yo tampoco. Pero todo eso es cosa del escarabajo.

Viendo que no podía obtener ninguna aclaración de Jupiter, cuya inteligencia entera parecía estar absorbida por el escarabajo, bajé al barco y desplegué la vela. Una agradable y fuerte brisa nos empujó rápidamente hasta la pequeña ensenada al norte de Fort Moultrie, y un paseo de unas dos millas nos llevó hasta la cabaña. Serían alrededor de las tres de la tarde cuando llegamos. Legrand nos esperaba preso de viva impaciencia. Asió mi mano con nervioso *empressement*[2] que me alarmó, aumentando mis sospechas nacientes. Su cara era de una palidez espectral, y sus ojos, muy hundidos, brillaban con un fulgor sobrenatural. Después de algunas preguntas sobre mi salud, quise saber, no ocurriéndoseme nada mejor que decir, si el teniente G. le había devuelto el escarabajo.

–¡Oh, sí! –replicó, poniéndose muy colorado–. Lo recogí a la mañana siguiente. Por nada me separaría de ese escarabajo. ¿Sabe usted que Jupiter tiene toda la razón respecto a eso?

–¿En qué? –pregunté con un triste presentimiento en el corazón.

–En suponer que el escarabajo es de *oro de veras*.

Dijo esto con un aire de profunda seriedad que me produjo una indecible desazón.

–Ese escarabajo hará mi fortuna –prosiguió él, con una sonrisa triunfal– al reintegrarme mis posesiones familiares. ¿Es de extrañar que yo lo aprecie tanto? Puesto que la Fortuna ha querido concederme esa dádiva, no tengo más que usarla adecuadamente, y llegaré hasta el oro del cual ella es indicio. ¡Jupiter, trae ese escarabajo!

–¡Cómo! ¿El escarabajo, *massa*? Prefiero no tener jaleos con el escarabajo; ya sabrá cogerlo usted mismo.

En este momento Legrand se levantó con un aire solemne e imponente, y fue a sacar el insecto de un fanal, dentro del cual lo había dejado. Era un hermoso escarabajo desconocido en aquel tiempo por los naturalistas, y por supuesto, de un gran valor desde un punto de vista científico. Ostentaba dos manchas negras en un extremo del dorso, y en el otro, una más alargada. El caparazón era notablemente duro y bri-

2. «Ansia.» *(N. del T.)*

llante, con un aspecto de oro bruñido. Tenía un peso notable, y, bien considerada la cosa, no podía yo censurar demasiado a Jupiter por su opinión respecto a él; pero me era imposible comprender que Legrand fuese de igual opinión.

—Le he enviado a buscar —dijo él, en un tono grandilocuente, cuando hube terminado mi examen del insecto—; le he enviado a buscar para pedirle consejo y ayuda en el cumplimiento de los designios del Destino y del escarabajo...

—Mi querido Legrand —interrumpí—, no está usted bien, sin duda, y haría mejor en tomar algunas precauciones. Váyase a la cama, y me quedaré con usted unos días, hasta que se restablezca. Tiene usted fiebre y...

—Tómeme usted el pulso —dijo él.

Se lo tomé, y a decir verdad, no encontré el menor síntoma de fiebre.

—Pero puede estar enfermo sin tener fiebre. Permítame esta vez tan solo que actúe de médico con usted. Y después...

—Se equivoca —interrumpió él—; estoy tan bien como puedo esperar estarlo con la excitación que sufro. Si realmente me quiere usted bien, aliviará esta excitación.

—¿Y qué debo hacer para eso?

—Es muy fácil. Jupiter y yo partimos a una expedición por las colinas, en el continente, y necesitamos para ella la ayuda de una persona en quien podamos confiar. Es usted esa persona única. Ya sea un éxito o un fracaso, la excitación que nota usted en mí se apaciguará igualmente con esa expedición.

—Deseo vivamente servirle a usted en lo que sea —repliqué—; pero ¿pretende usted decir que ese insecto infernal tiene alguna relación con su expedición a las colinas?

—La tiene.

—Entonces, Legrand, no puedo tomar parte en tan absurda empresa.

—Lo siento, lo siento mucho, pues tendremos que intentar hacerlo nosotros solos.

—¡Intentarlo ustedes solos! (¡Este hombre está loco, seguramente!) Pero veamos, ¿cuánto tiempo se propone usted estar ausente?

—Probablemente, toda la noche. Vamos a partir enseguida, y en cualquiera de los casos, estaremos de vuelta al salir el sol.

—¿Y me promete por su honor que, cuando ese capricho haya pasado y el asunto del escarabajo (¡Dios mío!) esté arreglado a su satisfacción, volverá usted a casa y seguirá con exactitud mis prescripciones como las de su médico?

—Sí, se lo prometo; y ahora, partamos, pues no tenemos tiempo que perder.

Acompañé a mi amigo, con el corazón apesadumbrado. A cosa de las cuatro nos pusimos en camino Legrand, Jupiter, el perro y yo. Jupiter cogió la guadaña y las azadas. Insistió en cargar con todo ello, más bien, me pareció, por temor a dejar una de aquellas herramientas en manos de su amo que por un exceso de celo o de complacencia. Mostraba un humor de perros, y estas palabras, «condenado escarabajo», fueron las únicas que se escaparon de sus labios durante el viaje. Por mi parte estaba encargado de un par de linternas, mientras Legrand se había contentado con el escarabajo, que llevaba atado al extremo de un trozo de cuerda; lo hacía girar de un lado para otro, con un aire de nigromante, mientras caminaba. Cuando observaba yo aquel último y supremo síntoma del trastorno mental de mi amigo, no podía apenas contener las lágrimas. Pensé, no obstante, que era preferible acceder a su fantasía, al menos por el momento, o hasta que pudiese yo adoptar algunas medidas más enérgicas con una probabilidad de éxito. Entretanto, intenté, aunque en vano, sondearle respecto al objeto de la expedición. Habiendo conseguido inducirme a que le acompañase, parecía mal dispuesto a entablar conversación sobre un tema de tan poca importancia, y a todas mis preguntas no les concedía otra respuesta que un «Ya veremos».

Atravesamos en una barca la ensenada en la punta de la isla, y trepando por los altos terrenos de la orilla del continente, seguimos la dirección noroeste, a través de una región sumamente salvaje y desolada, en la que no se veía rastro de un pie humano. Legrand avanzaba con decisión, deteniéndose solamente algunos instantes, aquí y allá, para consultar ciertas señales que debía de haber dejado él mismo en una ocasión anterior.

Caminamos así cerca de dos horas, e iba a ponerse el sol, cuando entramos en una región infinitamente más triste que todo lo que habíamos visto antes. Era una especie de meseta cerca de la cumbre de una colina casi inaccesible, cubierta de espesa arboleda de la base a la cima, y sembrada de enormes bloques de piedra que parecían esparcidos en mezcolanza sobre el suelo, y muchos de los cuales se hubieran precipitado a los valles inferiores sin la contención de los árboles en que se apoyaban. Profundos barrancos, que se abrían en varias direcciones, daban un aspecto de solemnidad más lúgubre al paisaje.

La plataforma natural sobre la cual habíamos trepado estaba tan repleta de zarzas, que nos dimos cuenta muy pronto de que sin la guadaña nos hubiera sido imposible abrirnos paso. Jupiter, por orden de su amo, se dedicó a despejar el camino hasta el pie de un enorme tulípero que se alzaba, entre ocho o diez robles, sobre la plataforma, y que los sobrepasaba a todos, así como a los árboles que había yo visto hasta entonces, por la belleza de su follaje y forma, por la inmensa expansión de su ramaje y por la majestad general de su aspecto. Cuando hubimos llegado a aquel árbol, Legrand se volvió hacia Jupiter y le preguntó si se creía capaz de trepar por él. El viejo pareció un tanto azarado por la pregunta, y durante unos momentos no respondió. Por último, se acercó al enorme tronco, dio la vuelta a su alrededor y lo examinó con minuciosa atención. Cuando hubo terminado su examen, dijo simplemente:

—Sí, *massa*; Jup no ha encontrado en su vida árbol al que no pueda trepar.

—Entonces, sube lo más deprisa posible, pues pronto habrá demasiada oscuridad para ver lo que hacemos.

–¿Hasta dónde debo subir, *massa*? –preguntó Jupiter.

–Sube primero por el tronco, y entonces te diré qué camino debes seguir... ¡Ah, detente ahí! Lleva contigo este escarabajo.

–¡El escarabajo, *massa* Will, el escarabajo de oro! –gritó el negro, retrocediendo con terror–. ¿Por qué debo llevar ese escarabajo conmigo sobre el árbol? ¡Que me condene si lo hago!

–Si tienes miedo, Jup, tú, un negro grande y fuerte como pareces, a tocar un pequeño insecto muerto e inofensivo, puedes llevarlo con esta cuerda; pero si no quieres cogerlo de ningún modo, me veré en la necesidad de abrirte la cabeza con esta azada.

–¿Qué le pasa ahora, *massa*? –dijo Jup, avergonzado, sin duda, y más complaciente–. Siempre ha de tomarla con su viejo negro. Era solo una broma y nada más. ¡Tener yo miedo al escarabajo! ¡Pues sí que me preocupa a mí el escarabajo!

Cogió con precaución la punta de la cuerda, y manteniendo al insecto tan lejos de su persona como las circunstancias lo permitían, se dispuso a subir al árbol.

En su juventud, el tulípero o *Liriodendron tulipifera*, el más magnífico de los árboles selváticos americanos, tiene un tronco liso en particular y se eleva con frecuencia a gran altura, sin producir ramas laterales; pero cuando llega a su madurez, la corteza se vuelve rugosa y desigual, mientras pequeños rudimentos de ramas aparecen en gran número sobre el tronco. Por eso la dificultad de la ascensión, en el caso presente, lo era mucho más en apariencia que en la realidad. Abrazando lo mejor que podía el enorme cilindro con sus brazos y sus rodillas, asiendo con las manos algunos brotes y apoyando sus pies descalzos sobre los otros, Jupiter, después de haber estado a punto de caer una o dos veces, se izó al final hasta la primera gran bifurcación y pareció entonces considerar el asunto como virtualmente realizado. En efecto, el *riesgo* de la empresa había ahora desaparecido, aunque el escalador estuviese a unos sesenta o setenta pies de la tierra.

–¿Hacia qué lado debo ir ahora, *massa* Will? –preguntó él.

—Sigue siempre la rama más ancha, la de ese lado –dijo Legrand.

El negro le obedeció con prontitud, y en apariencia, sin la menor inquietud; subió, subió cada vez más alto, hasta que desapareció su figura encogida entre el espeso follaje que la envolvía. Entonces se dejó oír su voz lejana gritando:

—¿Debo subir mucho todavía?

—¿A qué altura estás? –preguntó Legrand.

—Estoy tan alto –replicó el negro–, que puedo ver el cielo a través de la copa del árbol.

—No te preocupes del cielo, pero atiende a lo que te digo. Mira hacia abajo el tronco y cuenta las ramas que hay debajo de ti por ese lado. ¿Cuántas ramas has pasado?

—Una, dos, tres, cuatro, cinco. He pasado cinco ramas por ese lado, *massa*.

—Entonces sube una rama más.

Al cabo de unos minutos la voz se oyó de nuevo, anunciando que había alcanzado la séptima rama.

—Ahora, Jup –gritó Legrand, con una gran agitación–, quiero que te abras camino sobre esa rama hasta donde puedas. Si ves algo extraño, me lo dices.

Desde aquel momento las pocas dudas que podía yo haber tenido sobre la demencia de mi pobre amigo se disiparon por completo. No me quedaba otra alternativa que considerarle como atacado de locura, y me sentí seriamente preocupado con la manera de hacerle volver a casa.

Mientras reflexionaba sobre qué sería preferible hacer, volvió a oírse la voz de Jupiter.

—Tengo miedo de avanzar más lejos por esta rama; es una rama muerta en casi toda su extensión.

—¿Dices que es una rama *muerta,* Jupiter? –gritó Legrand con voz trémula.

—Sí, *massa*, muerta como un clavo de puerta, eso es cosa sabida; no tiene ni pizca de vida.

—¿Qué debo hacer, en nombre del Cielo? –preguntó Legrand, que parecía sumido en una gran desesperación.

—¿Qué debe hacer? —dije, satisfecho de que aquella oportunidad me permitiese colocar una palabra—. Volver a casa y meterse en la cama. ¡Vámonos ya! Sea usted amable, compañero. Se hace tarde; y además, acuérdese de su promesa.

—¡Jupiter! —gritó él, sin escucharme en absoluto—, ¿me oyes?

—Sí, *massa* Will, le oigo perfectamente.

—Entonces tantea bien con tu cuchillo, y dime si crees que está muy podrida.

—Podrida, *massa*, podrida, sin duda —replicó el negro después de unos momentos—; pero no tan podrida como cabría creer. Podría avanzar un poco más, si estuviese yo solo sobre la rama, eso es verdad.

—¡Si estuvieras tú solo! ¿Qué quieres decir?

—Hablo del escarabajo. Es muy pesado el tal escarabajo. Supongo que, si lo dejase caer, la rama soportaría bien, sin romperse, el peso de un negro.

—¡Maldito bribón! —gritó Legrand, que parecía muy reanimado—. ¿Qué tonterías estás diciendo? Si dejas caer el insecto, te retuerzo el pescuezo. Mira hacia aquí, Jupiter, ¿me oyes?

—Sí, *massa*; no hay que tratar así a un pobre negro.

—Bueno; escúchame ahora. Si te arriesgas sobre la rama todo lo lejos que puedas hacerlo sin peligro y sin soltar el insecto, te regalaré un dólar de plata tan pronto como hayas bajado.

—Ya voy, *massa* Will; ya voy allá —replicó el negro con prontitud—. Estoy al final ahora.

—¡*Al final!* —chilló Legrand, muy animado—. ¿Quieres decir que estás al final de esa rama?

—Estaré muy pronto al final, *massa*... ¡Ooooh! ¡Dios mío, misericordia! ¿Qué es *eso* que hay sobre el árbol?

—¡Bien! —gritó Legrand, muy contento—, ¿qué es *eso*?

—Pues solo una calavera; alguien dejó su cabeza sobre el árbol, y los cuervos han picoteado toda la carne.

—¡Una calavera, dices! Muy bien... ¿Cómo está atada a la rama? ¿Qué la sostiene?

—Seguramente, se sostiene bien; pero tendré que ver. ¡Ah! Es una cosa curiosa, palabra... hay un clavo grueso clavado en esta calavera, que la retiene al árbol.

—Bueno; ahora, Jupiter, haz exactamente lo que voy a decirte, ¿me oyes?

—Sí, *massa*.

—Fíjate bien, y luego busca el ojo izquierdo de la calavera.

—¡Hum! ¡Oh, esto sí que es bueno! No tiene ojo izquierdo ni por asomo.

—¡Maldita estupidez la tuya! ¿Sabes distinguir bien tu mano izquierda de tu mano derecha?

—Sí que lo sé, lo sé muy bien; mi mano izquierda es con la que parto la leña.

—¡Seguramente! Eres zurdo. Y tu ojo izquierdo está del mismo lado de tu mano izquierda. Ahora supongo que podrás encontrar el ojo izquierdo de la calavera, o el sitio donde estaba ese ojo. ¿Lo has encontrado?

Hubo una larga pausa. Y finalmente, el negro preguntó:

—¿El ojo izquierdo de la calavera está del mismo lado que la mano izquierda del cráneo también?... Porque la calavera no tiene mano alguna... ¡No importa! Ahora he encontrado el ojo izquierdo, ¡aquí está el ojo izquierdo! ¿Qué debo hacer ahora?

—Deja pasar por él el escarabajo, tan lejos como pueda llegar la cuerda; pero ten cuidado de no soltar la punta de la cuerda.

—Ya está hecho todo, *massa* Will; era cosa fácil hacer pasar el escarabajo por el agujero... Mírelo cómo baja.

Durante este coloquio no podía verse ni la menor parte de Jupiter; pero el insecto que él dejaba caer aparecía ahora visible al extremo de la cuerda y brillaba, como una bola de oro bruñido a los últimos rayos del sol poniente, algunos de los cuales iluminaban todavía un poco la eminencia sobre la que estábamos colocados. El escarabajo, al descender, sobresalía visiblemente de las ramas, y si el negro lo hubiese soltado, habría caído a nuestros pies. Legrand cogió enseguida la guadaña y despejó un espacio circular, de tres o cuatro yardas de diámetro, justo debajo del insecto. Una vez hecho esto, ordenó a Jupiter que soltase la cuerda y que bajase del árbol.

Con gran cuidado clavó mi amigo una estaca en la tierra sobre el lugar preciso donde había caído el insecto, y luego sacó de su bolsillo una cinta para medir. La ató por una punta al sitio del árbol que estaba más próximo a la estaca, la desenrolló hasta esta y siguió desenrollándola en la dirección señalada por aquellos dos puntos —la estaca y el tronco— hasta una distancia de cincuenta pies; Jupiter limpiaba de zarzas el camino con la guadaña. En el sitio así encontrado clavó una segunda estaca, y tomándola como centro, describió un tosco círculo de unos cuatro pies de diámetro, aproximadamente. Cogió entonces una de las azadas, dio la otra a Jupiter y la otra a mí, y nos pidió que cavásemos lo más deprisa posible.

A decir verdad, yo no había sentido nunca un especial agrado con semejante diversión, y en aquel momento preciso, renunciaría a ella, pues la noche avanzaba, y me sentía muy fatigado con el ejercicio que hube de hacer; pero no veía modo alguno de escapar de aquello, y temía perturbar la ecuanimidad de mi pobre amigo con una negativa. De haber podido contar efectivamente con la ayuda de Jupiter, no hubiese yo vacilado en llevar a la fuerza al lunático a su casa; pero conocía demasiado bien el carácter del viejo negro para esperar su ayuda en cualquier circunstancia, y más en el caso de una lucha personal con su amo. No dudaba yo que Legrand estaba contaminado por alguna de las innumerables supersticiones del Sur referentes a los tesoros escondidos, y que aquella fantasía hubiera sido confirmada por el hallazgo del escarabajo, o quizá por la obstinación de Jupiter en sostener que era «un escarabajo de oro de verdad». Una mentalidad predispuesta a la locura podía dejarse arrastrar por tales sugestiones, sobre todo si concordaban con sus ideas favoritas preconcebidas; y entonces recordé el discurso del pobre muchacho referente al insecto que iba a ser «el indicio de su fortuna». Por encima de todo ello, me sentía enojado y perplejo; pero al final decidí hacer ley de la necesidad y cavar con buena voluntad para convencer lo antes posible al visionario, con una prueba ocular, de la falacia de las opiniones que él mantenía.

Encendimos las linternas y nos entregamos a nuestra tarea con un celo digno de una causa más racional; y como la luz caía sobre nuestras personas y herramientas, no pude impedirme pensar en el grupo pintoresco que formábamos, y en que si algún intruso hubiese aparecido, por casualidad, en medio de nosotros, habría creído que realizábamos una labor muy extraña y sospechosa.

Cavamos con firmeza durante dos horas. Se oían pocas palabras, y nuestra molestia principal la causaban los ladridos del perro, que sentía un interés excesivo por nuestros trabajos. A la larga se puso tan alborotado, que temimos diese la alarma a algunos merodeadores de las cercanías, o más bien era el gran temor de Legrand, pues, por mi parte, me habría regocijado cualquier interrupción que me hubiera permitido hacer volver al vagabundo a su casa. Finalmente, fue acallado el alboroto por Jupiter, quien, lanzándose fuera del hoyo con un aire resuelto y furioso, embozó el hocico del animal con uno de sus tirantes y luego volvió a su tarea con una risita ahogada.

Cuando expiró el tiempo mencionado, el hoyo había alcanzado una profundidad de cinco pies, y aun así, no aparecía el menor indicio de tesoro. Hicimos una pausa general, y empecé a tener la esperanza de que la farsa tocaba a su fin. Legrand, sin embargo, aunque a todas luces muy desconcertado, se enjugó la frente con aire pensativo y volvió a empezar. Habíamos cavado el círculo entero de cuatro pies de diámetro, y ahora superamos un poco aquel límite y cavamos dos pies más. No apareció nada. El buscador de oro, por el que sentía yo una sincera compasión, saltó del hoyo al cabo, con la más amarga desilusión grabada en su cara, y se decidió, lenta y pesarosamente, a ponerse la chaqueta, que se había quitado al empezar su labor. En cuanto a mí, me guardé de hacer ninguna observación. Jupiter, a una señal de su mano, comenzó a recoger las herramientas. Hecho esto, y una vez quitado el bozal al perro, volvimos en un profundo silencio hacia la casa.

Habríamos dado acaso una docena de pasos, cuando, con un tremendo juramento, Legrand se arrojó sobre Jupiter y le agarró del cuello. El negro, atónito, abrió los ojos y la boca en todo su tamaño, soltó las azadas y cayó de rodillas.

—¡Eres un bergante! —dijo Legrand, haciendo silbar las sílabas entre sus labios apretados—, ¡un malvado negro! ¡Habla, te digo! ¡Contéstame al instante y sin mentir! ¿Cuál es... cuál es tu ojo izquierdo?

—¡Oh, misericordia, *massa* Will! ¿No es, seguramente, este mi ojo izquierdo? —rugió, aterrorizado, Jupiter, poniendo su mano sobre el órgano *derecho* de su visión, y manteniéndola allí con la tenacidad de la desesperación, como si temiese que su amo fuese a arrancárselo.

—¡Lo sospechaba! ¡Lo sabía! ¡Hurra! —vociferó Legrand, soltando al negro y dando una serie de corvetas y cabriolas, ante el gran asombro de su criado, quien, alzándose sobre sus rodillas, miraba en silencio a su amo y a mí, a mí y a su amo.

—¡Vamos! Debemos volver —dijo este—. No está aún perdida la partida. —Y se encaminó de nuevo hacia el tulípero—. Jupiter —dijo, cuando llegamos al pie del árbol—, ¡ven aquí! ¿Estaba la calavera clavada a la rama con la cara vuelta hacia fuera, o hacia la rama?

—La cara está vuelta hacia afuera, *massa*; así es que los cuervos han podido comerse muy bien los ojos, sin la menor dificultad.

—Bueno; entonces, ¿has dejado caer el insecto por este ojo o por este otro? —Y Legrand tocaba alternativamente los ojos de Jupiter.

—Por este ojo, *massa*, por el ojo izquierdo, exactamente como usted me dijo.

Y el negro volvió a señalar su ojo derecho.

Entonces mi amigo, en cuya locura veía yo, o me imaginaba ver, ciertos indicios de método, trasladó la estaca que marcaba el sitio donde había caído el insecto unas tres pulgadas hacia el oeste de su primera posición. Colocando ahora la cinta de medir desde el punto más cercano del tronco hasta la estaca, como antes hiciera, y extendiéndola en línea recta a una distancia de cincuenta pies, donde señalaba la estaca, la alejó varias yardas del sitio donde habíamos estado cavando.

Alrededor del nuevo punto trazó ahora un círculo, un poco más ancho que el primero, y volvimos a manejar la azada. Estaba yo atrozmente cansado; pero, sin darme cuenta de lo que había ocasionado aquel cambio en mi pensamiento, no sentía ya gran aversión por aquel trabajo impuesto. Me interesaba de un modo inexplicable; más aún, me excitaba. Tal vez había en todo el extravagante comportamiento de Legrand cierto aire de presciencia, de deliberación, que me impresionaba. Cavaba con ardor, y de cuando en cuando me sorprendía buscando, por decirlo así, con los ojos, movidos de un sentimiento que se parecía mucho a la espera, aquel tesoro imaginario, cuya visión había trastornado a mi infortunado compañero. En uno de esos momentos en que tales fantasías mentales se habían apoderado más a fondo de mí, y cuando llevábamos trabajando quizá una hora y media, fuimos de nuevo interrumpidos por los violentos ladridos del perro. Su inquietud, en el primer caso, era, sin duda, el resultado de un retozo o de un capricho; pero ahora asumía un tono más áspero y más serio. Cuando Jupiter se esforzaba por volver a ponerle un bozal, ofreció el animal una furiosa resistencia, y saltando dentro del hoyo, se puso a cavar, frenético, con sus uñas. En unos segundos había dejado al descubierto una masa de osamentas humanas, formando dos esqueletos íntegros, mezclados con varios botones de metal y con algo que nos pareció ser lana podrida y polvorienta. Uno o dos azadonazos hicieron saltar la hoja de un ancho cuchillo español, y al cavar más, surgieron a la luz tres o cuatro monedas de oro y de plata.

Al ver aquello, Jupiter no pudo apenas contener su alegría; pero la cara de su amo expresó una extraordinaria desilusión. Nos rogó, con todo, que continuásemos nuestros esfuerzos, y apenas había dicho aquellas palabras, tropecé y caí hacia delante, al engancharse la punta de mi bota en una ancha argolla de hierro que yacía medio enterrada en la tierra blanda.

Nos pusimos a trabajar ahora con gran diligencia, y nunca he pasado diez minutos de más intensa excitación. Durante este intervalo desenterramos por completo un cofre oblongo de madera que, por su perfecta conservación y asombrosa dureza, había sido sometido a algún procedimiento de mineralización, acaso por obra del bicloruro de mercurio. Dicho cofre tenía tres pies y medio de largo, tres de ancho y dos y medio de profundidad. Estaba asegurado con firmeza por unos flejes de hierro forjado, remachados, y que formaban alrededor una especie de enrejado. De cada lado del cofre, cerca de la tapa, había tres argollas de hierro —seis en total—, por medio de las cuales seis personas podían asirla. Nuestros esfuerzos unidos solo consiguieron moverlo ligeramente de su lecho. Vimos enseguida la imposibilidad de transportar un peso tan grande. Por fortuna, la tapa estaba solo asegurada con dos tornillos movibles. Los sacamos, trémulos y palpitantes de ansiedad. En un instante, un tesoro de incalculable valor apareció refulgente ante nosotros. Los rayos de las linternas caían en el hoyo, haciendo brotar de un montón confuso de oro y de joyas destellos y brillos que cegaban del todo nuestros ojos.

No intentaré describir los sentimientos con que contemplaba aquello. El asombro, naturalmente, predominaba sobre los demás. Legrand parecía exhausto por la excitación, y no profirió más que algunas palabras. En cuanto a Jupiter, su rostro durante unos minutos adquirió la máxima palidez que puede tomar la cara de un negro en tales circunstancias. Parecía estupefacto, fulminado. Pronto cayó de rodillas en el hoyo, y hundiendo sus brazos hasta el codo en el oro, los dejó allí, como si gozase del placer de un baño. A la postre exclamó con un hondo suspiro, como en un monólogo:

–¡Y todo esto viene del escarabajo de oro! ¡Del pobre escarabajito, al que yo insultaba y calumniaba! ¿No te avergüenzas de ti mismo, negro? ¡Anda, contéstame!

Fue menester, por último, que despertase a ambos, al amo y al criado, ante la conveniencia de transportar el tesoro. Se hacía tarde y teníamos que desplegar cierta actividad, si queríamos que todo estuviese en seguridad antes del amanecer. No sabíamos qué determinación tomar, y perdimos mucho tiempo en deliberaciones, de lo trastornadas que teníamos nuestras ideas. Por último, aligeramos de peso al cofre quitando las dos terceras partes de su contenido, y pudimos, en fin, no sin dificultad, sacarlo del hoyo. Los objetos que habíamos extraído fueron depositados entre las zarzas, bajo la custodia del perro, al que Júpiter ordenó que no se moviera de su puesto bajo ningún pretexto, y que no abriera la boca hasta nuestro regreso. Entonces nos pusimos presurosamente en camino con el cofre; llegamos sin accidente a la cabaña, aunque después de tremendas penalidades, y a la una de la madrugada. Rendidos como estábamos, no hubiese habido naturaleza humana capaz de reanudar la tarea acto seguido. Permanecimos descansando hasta las dos; luego cenamos, y enseguida partimos hacia las colinas, provistos de tres grandes sacos que, por una suerte feliz, habíamos encontrado antes. Llegamos al filo de las cuatro a la fosa, nos repartimos el botín, con la mayor igualdad posible y dejando el hoyo sin tapar, volvimos hacia la cabaña, en la que depositamos por segunda vez nuestra carga de oro, a tiempo que los primeros débiles rayos del alba aparecían por encima de las copas de los árboles hacia el este.

Estábamos completamente destrozados, pero la intensa

excitación de aquel momento nos impidió todo reposo. Después de un agitado sueño de tres o cuatro horas de duración, nos levantamos, como si estuviéramos de acuerdo, para efectuar el examen de nuestro tesoro.

El cofre había sido llenado hasta los bordes, y empleamos el día entero y gran parte de la noche siguiente en escudriñar su contenido. No mostraba ningún orden o arreglo. Todo había sido amontonado allí, en confusión. Habiéndolo clasificado cuidadosamente, nos encontramos en posesión de una fortuna que superaba todo cuanto habíamos supuesto. En monedas había más de cuatrocientos cincuenta mil dólares, estimando el valor de las piezas con tanta exactitud como pudimos, por las tablas de cotización de la época. No había allí una sola partícula de plata. Todo era oro de una fecha muy antigua y de una gran variedad: monedas francesas, españolas y alemanas, con algunas guineas inglesas y varios discos de los que no habíamos visto antes ejemplar alguno. Había varias monedas muy grandes y pesadas, pero tan desgastadas, que nos fue imposible descifrar sus inscripciones. No se encontraba allí ninguna americana. La valoración de las joyas presentó muchas más dificultades. Había diamantes, algunos de ellos muy finos y voluminosos, en total ciento diez, y ninguno pequeño; dieciocho rubíes de un notable brillo, trescientas diez esmeraldas hermosísimas, veintiún zafiros y un ópalo. Todas aquellas piedras habían sido arrancadas de sus monturas y arrojadas en revoltijo al interior del cofre. En cuanto a las monturas mismas, que clasificamos aparte del otro oro, parecían haber sido machacadas a martillazos para evitar cualquier identificación. Además de todo aquello, había una gran cantidad de adornos de oro macizo: cerca de doscientas sortijas y pendientes de orejas, de extraordinario grosor; ricas cadenas, en número de treinta, si no recuerdo mal; noventa y tres grandes y pesados crucifijos; cinco incensarios de oro de gran valía; una prodigiosa ponchera de oro, adornada con hojas de parra muy bien engastadas, y con figuras de bacantes; dos empuñaduras de espada exquisitamente repujadas, y otros muchos objetos más pequeños que no puedo recordar. El peso de todo ello excedía de las trescientas cincuenta libras *avoirdupois*,[3] y en esta valoración no he incluido ciento noventa y siete relojes de oro soberbios, tres de los cuales valdrían cada uno quinientos dólares. Muchos eran viejísimos y desprovistos de valor como tales relojes: sus maquinarias habían sufrido más o menos de la corrosión de la tierra; pero todos estaban ricamente adornados con pedrerías, y las cajas eran de gran precio. Valoramos aquella noche el contenido total del cofre en un millón y medio de dólares, y cuando más tarde dispusimos de los dijes y joyas (quedándonos con algunos para nuestro uso personal), nos encontramos con que habíamos hecho una tasación muy por debajo del tesoro.

Cuando terminamos nuestro examen, y al propio tiempo se calmó un tanto aquella intensa excitación, Legrand, que me veía consumido de impaciencia por conocer la solución de aquel extraordinario enigma, entró a pleno detalle en las circunstancias relacionadas con él.

—Recordará usted —dijo— la noche en que le mostré el tosco bosquejo que había hecho del escarabajo. Recordará también que me molestó mucho el que insistiese en que mi dibujo se parecía a una calavera. Cuando hizo usted por primera vez su afirmación, creí que bromeaba; pero después pensé en las manchas especiales sobre el dorso del insecto, y reconocí en mi interior que su observación tenía en realidad cierta ligera base. A pesar de todo, me irritó su burla respecto a mis facultades gráficas, pues estoy considerado como un buen artista, y por eso, cuando me tendió usted el trozo de pergamino, estuve a punto de estrujarlo y de arrojarlo, enojado, al fuego.

—Se refiere usted al trozo de papel —dije.

—No; aquello tenía el aspecto de papel, y al principio yo

3. Sistema de pesos vigente en Inglaterra y Estados Unidos cuya unidad es la libra inglesa de 16 onzas o sea 0,451 kilogramos. *(N. del T.)*

mismo supuse que lo era; pero, cuando quise dibujar sobre él, descubrí enseguida que era un trozo de pergamino muy viejo. Estaba todo sucio, como recordará. Bueno; cuando me disponía a estrujarlo, mis ojos cayeron sobre el esbozo que usted había examinado, y ya puede imaginarse mi asombro al percibir realmente la figura de una calavera en el sitio mismo donde había yo creído dibujar el insecto. Durante un momento me sentí demasiado atónito para pensar con sensatez. Sabía que mi esbozo era muy diferente en detalle de este, aunque existiese cierta semejanza en el contorno general. Cogí enseguida una vela y, sentándome al otro extremo de la habitación, me dediqué a un examen minucioso del pergamino. Dándole vueltas, vi mi propio bosquejo sobre el reverso, ni más ni menos que como lo había hecho. Mi primera impresión fue entonces de simple sorpresa ante la notable semejanza efectiva del contorno; y resulta una coincidencia singular el hecho de aquella imagen, desconocida para mí, que ocupaba el otro lado del pergamino debajo mismo de mi dibujo del escarabajo, y de la calavera aquella que se parecía con tanta exactitud a dicho dibujo no solo en el contorno, sino en el tamaño. Digo que la singularidad de aquella coincidencia me dejó pasmado durante un momento. Es este el efecto habitual de tales coincidencias. La mente se esfuerza por establecer una relación (una ilación de causa y efecto), y siendo incapaz de conseguirlo, sufre una especie de parálisis pasajera. Pero cuando me recobré de aquel estupor, sentí surgir en mí poco a poco una convicción que me sobrecogió más aún que aquella coincidencia. Comencé a recordar de una manera clara y positiva que no había ningún dibujo sobre el pergamino cuando hice mi esbozo del escarabajo. Tuve la absoluta certeza de ello, pues me acordé de haberle dado vueltas a un lado y a otro buscando el sitio más limpio... Si la calavera hubiera estado allí, la habría yo visto, por supuesto. Existía allí un misterio que me sentía incapaz de explicar; pero desde aquel mismo momento me pareció ver brillar débilmente, en las más remotas y secretas cavidades de mi entendimiento, una especie de luciérnaga de la verdad de la cual nos había aportado la aventura de la última noche una prueba tan magnífica. Me levanté al punto, y guardando con cuidado el pergamino dejé toda reflexión ulterior para cuando pudiese estar solo.

»En cuanto se marchó usted, y Jupiter estuvo profundamente dormido, me dediqué a un examen más metódico de la cuestión. En primer lugar, quise comprender de qué modo aquel pergamino estaba en mi poder. El sitio en que descubrimos el escarabajo se hallaba en la costa del continente, a una milla aproximada al este de la isla, pero a corta distancia sobre el nivel de la marea alta. Cuando lo cogí, me picó con fuerza, haciendo que lo soltase. Jupiter, con su acostumbrada prudencia, antes de agarrar el insecto, que había volado hacia él, buscó a su alrededor una hoja o algo parecido con que apresarlo. En ese momento sus ojos, y también los míos, cayeron sobre el trozo de pergamino que supuse era un papel. Estaba medio sepultado en la arena, asomando una parte de él. Cerca del sitio donde lo encontramos vi los restos del casco de un gran barco, según me pareció. Aquellos restos de un naufragio debían de estar allí desde hacía mucho tiempo, pues apenas podía distinguirse su semejanza con la armazón de un barco.

»Jupiter recogió, pues, el pergamino, envolvió en él al insecto y me lo entregó. Poco después volvimos a casa y encontramos al teniente G.... Le enseñé el ejemplar y me rogó que le permitiese llevárselo al fuerte. Accedí a ello y se lo metió en el bolsillo de su chaleco sin el pergamino en que iba envuelto y que había conservado en la mano durante su examen. Quizá temió que cambiase de opinión y prefirió asegurar enseguida su presa; ya sabe usted que es un entusiasta de todo cuanto se relaciona con la historia natural. En aquel momento, sin darme cuenta de ello, debí de guardarme el pergamino en el bolsillo.

»Recordará usted que cuando me senté ante la mesa a fin de hacer un bosquejo del insecto no encontré papel donde habitualmente se guarda. Miré en el cajón, y no lo encontré allí. Rebusqué mis bolsillos, esperando hallar en ellos alguna carta antigua, cuando mis dedos tocaron el pergamino. Le detallo a usted de un modo exacto cómo cayó en mi poder, pues las circunstancias me impresionaron con una fuerza especial.

»Sin duda alguna, usted me creyó un soñador; pero yo había establecido ya una especie de *conexión*. Acababa de unir dos eslabones de una gran cadena. Allí había un barco que naufragó en la costa, y no lejos de aquel barco, un pergamino, *no un papel*, con una calavera pintada sobre él. Va usted, naturalmente, a preguntarme: ¿dónde está la relación? Le responderé que la calavera es el emblema muy conocido de los piratas. Llevan izado el pabellón con la calavera en todos sus combates.

»Como le digo, era un trozo de pergamino, y no de papel. El pergamino es de una materia duradera casi indestructible. Rara vez se consignan sobre uno cuestiones de poca monta, ya que se adapta mucho peor que el papel a las simples necesidades del dibujo o de la escritura. Esta reflexión me indujo a pensar en algún significado, en algo que tenía relación con la calavera. No dejé tampoco de observar *la forma* del pergamino. Aunque una de las esquinas aparecía rota por algún accidente, podía verse bien que la forma original era oblonga. Se trataba precisamente de una de esas tiras que se escogen como memorándum, para apuntar algo que desea uno conservar largo tiempo y con cuidado.

—Pero —le interrumpí— dice usted que la calavera *no estaba* sobre el pergamino cuando dibujó el insecto. ¿Cómo entonces establece una relación entre el barco y la calavera, puesto que esta última, según su propio aserto, debe de haber sido dibujada (Dios únicamente sabe cómo y por quién) en algún período posterior a su apunte del escarabajo?

—¡Ah! Sobre eso gira todo el misterio, aunque he tenido, en comparación, poca dificultad en resolver ese extremo del secreto. Mi marcha era segura y no podía conducirme más que a un solo resultado. Razoné así, por ejemplo: al dibujar el escarabajo, no aparecía la calavera sobre el pergamino. Cuando terminé el dibujo, se lo di a usted y le observé con fijeza hasta que me lo devolvió. No era *usted*, por tanto, quien había dibujado la calavera, ni estaba allí presente nadie que hubiese podido hacerlo. No había sido, pues, realizado por un medio humano. Y, sin embargo, allí estaba.

»En este momento de mis reflexiones, me dediqué a recordar, y recordé, en efecto, con entera exactitud, cada incidente ocurrido en el intervalo en cuestión. La temperatura era fría (¡oh raro y feliz accidente!) y el fuego llameaba en la chimenea. Había yo entrado en calor con el ejercicio y me senté junto a la mesa. Usted, empero, tenía vuelta su silla, muy cerca de la chimenea. En el momento justo de dejar el pergamino en su mano, y cuando iba usted a examinarlo, Wolf, el terranova, entró y saltó hacia sus hombros. Con su mano izquierda usted lo acariciaba, intentando apartarlo, cogido el pergamino con la derecha, entre sus rodillas y cerca del fuego. Hubo un instante en que creí que la llama iba a alcanzarlo, y me disponía a decírselo; pero antes de que hubiese yo hablado la retiró usted y se dedicó a examinarlo. Cuando hube considerado todos estos detalles, no dudé ni un segundo de que aquel *calor* había sido el agente que hizo surgir a la luz sobre el pergamino la calavera cuyo contorno veía señalarse allí. Ya sabe que hay y ha habido en todo tiempo preparaciones químicas por medio de las cuales es posible escribir sobre papel o sobre vitela caracteres que así no resultan visibles hasta que son sometidos a la acción del fuego. Se emplea algunas veces el zafre, digerido en agua regia y diluido en cuatro veces su peso de agua; de ello se origina un tono verde. El régulo de cobalto, disuelto en espíritu de nitro, da el rojo. Estos colores desaparecen a intervalos más o menos largos, después de que la materia sobre la cual se ha escrito se enfría, pero reaparecen a una nueva aplicación de calor.

»Examiné entonces la calavera con toda meticulosidad. Los contornos, los más próximos al borde del pergamino, resultaban mucho más *claros* que los otros. Era evidente que la acción del calor había sido imperfecta o desigual. Encendí inmediatamente el fuego y sometí cada parte del pergamino al calor ardiente. Al principio no tuvo aquello más efecto que reforzar las líneas débiles de la calavera; pero, perseverando en el ensayo, se hizo visible, en la esquina de la tira diagonalmente opuesta al sitio donde estaba trazada la calavera, una figura que supuse de primera intención era la de una cabra. Un examen más atento, no obstante, me convenció de que habían intentado representar un cabritillo.

—¡Ja, ja! —exclamé—. No tengo, sin duda, derecho a burlarme de usted (un millón y medio de dólares es algo muy serio para tomarlo a broma). Pero no irá a establecer un tercer eslabón en su cadena; no querrá encontrar ninguna relación especial entre sus piratas y una cabra; los piratas, como sabe, no tienen nada que ver con las cabras; eso es cosa de los granjeros.

—Pero si acabo de decirle que la figura no era la de una cabra.

—Bueno, la de un cabritillo, entonces; viene a ser casi lo mismo.

—Casi, pero no del todo —dijo Legrand—. Debe usted de haber oído hablar de un tal capitán Kidd. Consideré enseguida la figura de ese animal como una especie de firma logogrífica o jeroglífica. Digo firma porque el sitio que ocupaba sobre el pergamino sugería esa idea. La calavera, en la esquina diagonal opuesta, tenía así el aspecto de un sello, de una estampilla. Pero me hallé dolorosamente desconcertado ante la ausencia de todo lo demás del cuerpo de mi imaginado documento, del texto de mi contexto.

—Supongo que esperaba usted encontrar una carta entre el sello y la firma.

—Algo por el estilo. El hecho es que me sentí irresistiblemente impresionado por el presentimiento de una buena fortuna inminente. No podría decir por qué. Tal vez, después de todo, era más bien un deseo que una verdadera creencia;

pero ¿no sabe que las absurdas palabras de Jupiter, afirmando que el escarabajo era de oro macizo, hicieron un notable efecto sobre mi imaginación? Y luego, esa serie de accidentes y coincidencias era, en realidad, extraordinaria. ¿Observa usted lo que había de fortuito en que esos acontecimientos ocurriesen *el único* día del año en que ha hecho, ha podido hacer, el suficiente frío para necesitarse fuego, y que, sin ese fuego, o sin la intervención del perro en el preciso momento en que apareció, no habría podido yo enterarme de lo de la calavera, ni habría entrado nunca en posesión del tesoro?

—Pero continúe... Me consume la impaciencia.

—Bien; habrá usted oído hablar de muchas historias que corren, de esos mil vagos rumores acerca de tesoros enterrados en algún lugar de la costa del Atlántico por Kidd y sus compañeros. Esos rumores deben de tener algún fundamento real. Y si existían desde hace tanto tiempo y con tanta persistencia, ello se debía, a mi juicio, tan solo a la circunstancia de que el tesoro enterrado *permanecía* enterrado. Si Kidd hubiese escondido un botín durante cierto tiempo y lo hubiera recuperado después, no habrían llegado tales rumores hasta nosotros en su invariable forma actual. Observe que esas historias giran todas alrededor de buscadores, no de descubridores de tesoros. Si el pirata hubiera recuperado su botín, el asunto habría terminado allí. Me parecía que algún accidente (por ejemplo, la pérdida de la nota que indicaba el lugar preciso) debía de haberle privado de los medios para recuperarlo, llegando ese accidente a conocimiento de sus compañeros, quienes, de otro modo, no hubiesen podido saber nunca que un tesoro había sido escondido y que con sus búsquedas infructuosas, por carecer de guía al intentar recuperarlo, dieron nacimiento primero a ese rumor, difundido universalmente por entonces, y a las noticias tan corrientes ahora. ¿Ha oído usted hablar de algún tesoro importante que haya sido desenterrado a lo largo de la costa?

—Nunca.

—Pues es muy notorio que Kidd los había acumulado inmensos. Daba yo así por supuesto que la tierra seguía guardándolos, y no le sorprenderá mucho si le digo que abrigaba una esperanza que aumentaba casi hasta la certeza: la de que el pergamino tan singularmente encontrado contenía la última indicación del lugar donde se depositaba.

—Pero ¿cómo procedió usted?

—Expuse de nuevo la vitela al fuego, después de haberlo avivado; pero no apareció nada. Pensé entonces que era posible que la capa de mugre tuviera que ver en aquel fracaso: por eso lavé con esmero el pergamino vertiendo agua caliente encima, y una vez hecho esto, lo coloqué en una cacerola de cobre, con la calavera hacia abajo, y puse la cacerola sobre una lumbre de carbón. A los pocos minutos, estando ya la cacerola calentada a fondo, saqué la tira de pergamino; y fue inexpresable mi alegría al encontrarla manchada, en varios sitios, con signos que parecían cifras alineadas. Volví a colocarla en la cacerola, y la dejé allí otro minuto. Cuando la saqué, estaba enteramente igual a como va usted a verla.

Y al llegar aquí, Legrand, habiendo calentado de nuevo el pergamino, lo sometió a mi examen. Los caracteres siguientes aparecían de manera toscamente trazada, en color rojo, entre la calavera y la cabra:

53‡‡†305))6*;4826)4‡.)4‡);806*;48†8¶60))85;1‡(;:‡*8†83(88
5*†;46(;88*96*?;8)*‡(;485);5*†2:*‡(;4956*2(5*–4)8¶8*;406
9285);)6†8)4‡‡;1(‡9;48081;8:8‡1;48†85;4)485†528806*81(‡9;
48;(88;4(‡?34.48)4‡;161;:188;‡?;

—Pero —dije, devolviéndole la tira— sigo estando tan a oscuras como antes. Si todas las joyas de Golconda esperasen de mí la solución de este enigma, estoy en absoluto seguro de que sería incapaz de obtenerlas.

—Y el caso es —dijo Legrand— que la solución no resulta tan difícil como cabe imaginarla tras del primer examen apresurado de los caracteres. Estos caracteres, según pueden todos adivinarlo fácilmente, forman una cifra, es decir, contienen un significado; pero por lo que sabemos de Kidd, no podía suponerle capaz de construir una de las más abstrusas criptografías. Pensé, pues, lo primero, que esta era de una clase sencilla, aunque tal que pareciese absolutamente indescifrable para la tosca inteligencia del marinero, sin la clave.

—¿Y la resolvió usted, en verdad?

—Fácilmente; había yo resuelto otras diez mil veces más complicadas. Las circunstancias y cierta predisposición mental me han llevado a interesarme por tales acertijos, y es, en realidad, dudoso que el genio humano pueda crear un enigma de ese género que el mismo ingenio humano no resuelva con una aplicación adecuada. En efecto, una vez que logré descubrir una serie de caracteres visibles, no me preocupó apenas la simple dificultad de desarrollar su significación.

»En el presente caso, y realmente en todos los casos de escritura secreta, la primera cuestión se refiere al *lenguaje* de la cifra, pues los principios de solución, en particular tratándose de las cifras más sencillas, dependen del genio peculiar de cada idioma y pueden ser modificadas por este. En general no hay otro medio para conseguir la solución que ensayar (guiándose por las probabilidades) todas las lenguas que os sean conocidas, hasta encontrar la verdadera. Pero en la cifra de este caso toda dificultad quedaba resuelta por la firma. El retruécano sobre la palabra «Kidd»[4] solo es posible en lengua inglesa. Sin esa circunstancia hubiese yo comenzado mis ensayos por el español y el francés, por ser las lenguas en las cuales un pirata de mares españoles hubiera debido, con más naturalidad, escribir un secreto de ese género. Tal como se presentaba, presumí que el criptograma era inglés.

»Fíjese usted en que no hay espacios entre las palabras. Si los hubiese habido, la tarea habría sido fácil en comparación. En tal caso hubiera yo comenzado por hacer una colación y un análisis de las palabras cortas, y de haber encontrado, como es muy probable, una palabra de una sola letra

---

4. «Kidd», que significa «cabrito». (*N. del T.*)

(*a* o *I*-uno, yo, por ejemplo), habría estimado la solución asegurada. Pero como no había espacios allí, mi primera medida era averiguar las letras predominantes, así como las que se encontraban con menos frecuencia. Las conté todas y formé la siguiente tabla:

El signo 8		aparece 33 veces
–	;	– 26 –
–	4	– 19 –.
–	‡ y)	– 16 –
–	*	– 13 –
–	5	– 12 –
–	6	– 11 –
–	+ 1	– 10 –
–	0	– 8 –
–	9 y 2	– 5 –
–	: y 3	– 4 –
–	?	– 3 –
–	π	– 2 –
–	– y	– 1 vez

»Ahora bien: la letra que se encuentra con mayor frecuencia en inglés es la *e*. Después, la serie es la siguiente: *a o i d h n r s t u y c f g l m w b k p q x z*. La *e* predomina de un modo tan notable, que es raro encontrar una frase sola de cierta longitud de la que no sea el carácter principal.

»Tenemos, pues, nada más comenzar, una base para algo más que una simple conjetura. El uso general que puede hacerse de esa tabla es obvio; pero para esta cifra particular solo nos serviremos de ella muy parcialmente. Puesto que nuestro signo predominante es el *8*, empezaremos por ajustarlo a la *e* del alfabeto natural. Para comprobar esta suposición, observemos si el *8* aparece a menudo por pares, pues la *e* se dobla con gran frecuencia en inglés, en palabras como, por ejemplo, *meet*, *speed*, *seen*, *been*, *agree*, etcétera. En el caso presente, vemos que está doblado lo menos cinco veces, aunque el criptograma sea breve.

»Tomemos, pues, el *8* como *e*. Ahora, de todas las *palabras* de la lengua, *the* es la más usual; por tanto, debemos ver si no está repetida la combinación de tres signos, siendo el último de ellos el *8*. Si descubrimos repeticiones de tal letra, así dispuestas, representarán, muy probablemente, la palabra *the*. Una vez comprobado esto, encontraremos no menos de siete de tales combinaciones, siendo los signos *48* en total. Podemos, pues, suponer que *;* representa *t*, *4* representa *h*, y *8* representa *e*, quedando este último así comprobado. Hemos dado ya un gran paso.

»Acabamos de establecer, por tanto, una sola palabra; pero ello nos permite establecer también un punto más importante; es decir, varios comienzos y terminaciones de otras palabras. Veamos, por ejemplo, el penúltimo caso en que aparece la combinación *; 48* casi al final de la cifra. Sabemos que el *;* que viene inmediatamente después es el comienzo de una palabra, y de los seis signos que siguen a ese *the*, conocemos, por lo menos, cinco. Sustituyamos, pues, esos signos por las letras que representan, dejando un espacio para el desconocido:

t eeth.

»Debemos, lo primero, desechar el *th* como no formando parte de la palabra que comienza por la primera *t*, pues vemos, ensayando el alfabeto entero para adaptar una letra al hueco, que es imposible formar una palabra de la que ese *th* pueda formar parte. Reduzcamos, pues, los signos a

t ee.

»Y volviendo al alfabeto, si es necesario, como antes, llegamos a la palabra *tree* (árbol), como la única que puede leerse. Ganamos así otra letra, la *r*, representada por *(*, más las palabras yuxtapuestas *the tree* (el árbol).

»Un poco más lejos de estas palabras, a poca distancia,

vemos de nuevo la combinación ; *48* y la empleamos como *terminación* de lo que precede inmediatamente. Tenemos así esta distribución:

+

the tree : 4   ? *34 the,*

+

o sustituyendo con letras naturales los signos que conocemos, leeremos esto:

+

tre tree thr   ? 3 h the.

+

»Ahora, si sustituimos los signos desconocidos por espacios blancos o por puntos leeremos:

the tree thr... h the,

y, por tanto, la palabra *through* (por, a través) resulta evidente por sí misma. Pero este descubrimiento nos da tres nuevas

+

letras, *o, u,* y *g,* representadas por   ? y *3.*

+

»Buscando ahora cuidadosamente en las cifras combinaciones de signos conocidos, encontraremos no lejos del comienzo esta disposición:

83 (88, o agree,

que es, evidentemente, la terminación de la palabra *degree* (grado), que nos da otra letra, la *d,* representada por +.

»Cuatro letras más lejos de la palabra *degree,* observamos la combinación, cuyos signos conocidos traducimos, representando el desconocido por puntos, como antes; y leemos:

th . rtee.

»Arreglo que nos sugiere acto seguido la palabra *thirteen* (trece) y que nos vuelve a proporcionar dos letras nuevas, la *i* y la *n*, representadas por *6* y *.

»Volviendo ahora al principio del criptograma, encontramos la combinación.

+++
53
++

_____

»Traduciendo como antes, obtendremos

. good.

»Lo cual nos asegura que la primera letra es una *A*, y que las dos primeras palabras son *A good* (un bueno, una buena).

»Sería tiempo ya de disponer nuestra clave, conforme a lo descubierto, en forma de tabla, para evitar confusiones. Nos dará lo siguiente:

5	representa	a
+	—	d
8	—	e
3	—	g
4	—	h
6	—	i
*	—	n

+	–	o
+	–	o
(	–	r
:	–	t
?	–	u

»Tenemos así no menos de diez de las letras más importantes representadas, y es inútil buscar la solución con esos detalles. Ya le he dicho lo suficiente para convencerle de que cifras de ese género son de fácil solución, y para darle algún conocimiento de su desarrollo *razonado*. Pero tenga la seguridad de que la muestra que tenemos delante pertenece al tipo más sencillo de la criptografía. Solo me queda darle la traducción entera de los signos escritos sobre el pergamino, ya descifrados. He aquí:

> *A good glass in the bishop's hostel in the devil's seat twenty-one degrees and thirteen minutes northeast and by north main branch seventh limb east side shoot from the left eye of the death's-head a bee line from the tree throught the shot fifty feet out.*[5]

–Pero –dije– el enigma me parece de tan mala calidad como antes. ¿Cómo es posible sacar un sentido cualquiera de toda esa jerga referente a «la silla del diablo», «la cabeza de muerto» y «el hostal o la hostería del obispo»?

–Reconozco –replicó Legrand– que el asunto presenta un aspecto serio cuando echa uno sobre él una ojeada casual. Mi primer empeño fue separar lo escrito en las divisiones naturales que había intentado el criptógrafo.

–¿Quiere usted decir, puntuarlo?

---

5. «Un buen vaso en la hostería del obispo en la silla del diablo veintiún grados y trece minutos nordeste cuarto de norte, principal rama séptimo vástago lado este soltar desde el ojo izquierdo de la cabeza de muerto una línea recta desde el árbol a través de la bala cincuenta pies hacia fuera.» *(N. del T.)*

–Algo por el estilo.

–Pero ¿cómo le fue posible hacerlo?

–Pensé que el rasgo característico del escritor había consistido en agrupar sus palabras sin separación alguna, queriendo así aumentar la dificultad de la solución. Ahora bien: un hombre poco agudo, al perseguir tal objeto, tendrá, seguramente, la tendencia a superar la medida. Cuando en el curso de su composición llegaba a una interrupción de su tema que requería, naturalmente, una pausa o un punto, se excedió, en su tendencia a agrupar sus signos, más que de costumbre. Si observa usted ahora el manuscrito le será fácil descubrir cinco de esos casos de inusitado agrupamiento. Utilizando ese indicio hice la consiguiente división:

> *A good glass in the Bishop's hostel in the Devil's seat–twenty one degrees and thirteen minutes –northeast and by north–main branch seventh limb east side –shoot from the left eye of the death's-head– a bee line from the tree through the shot fifty feet out.*[6]

–Aun con esa separación –dije–, sigo estando a oscuras.

–También yo lo estuve –replicó Legrand– por espacio de algunos días, durante los cuales realicé diligentes pesquisas en las cercanías de la isla de Sullivan, sobre una casa que llevase el nombre de Hotel del Obispo, pues, por supuesto, deseché la palabra anticuada «hostal, hostería». No logrando ningún informe sobre la cuestión, estaba a punto de extender el campo de mi búsqueda y de obrar de un modo más sistemático, cuando una mañana se me ocurrió de repente que aquel «Bishop's Hostel» podía tener alguna relación con una antigua familia apellidada Bessop, la cual, desde tiempo in-

6. «Un buen vaso en la hostería del obispo en la silla del diablo –veintiún grados y trece minutos –nordeste cuarto de norte– principal rama séptimo vástago lado este –soltar desde el ojo izquierdo de la cabeza de muerto– una línea recta desde el árbol a través de la bala cincuenta pies hacia fuera.» *(N. del T.)*

memorial, era dueña de una antigua casa solariega a unas cuatro millas, aproximadamente, al norte de la isla. De acuerdo con lo cual fui a la plantación, y comencé de nuevo mis pesquisas entre los negros más viejos del lugar. Por último, una de las mujeres de más edad me dijo que ella había oído hablar de un sitio como Bessop's Castle, y que creía poder conducirme hasta él, pero que no era un castillo, ni mesón, sino una alta roca.

»Le ofrecí retribuirle bien por su molestia, y después de alguna vacilación, consintió en acompañarme hasta aquel sitio. Lo descubrimos sin gran dificultad; entonces la despedí y me dediqué al examen del paraje. El "castillo" consistía en una agrupación irregular de macizos y rocas, una de estas muy notable tanto por su altura como por su aislamiento y su aspecto artificial. Trepé a la cima, y entonces me sentí perplejo ante lo que debía hacer después.

»Mientras meditaba en ello, mis ojos cayeron sobre un estrecho reborde en la cara oriental de la roca, a una yarda quizá por debajo de la cúspide donde estaba colocado. Aquel reborde sobresalía unas dieciocho pulgadas, y no tendría más de un pie de anchura; un entrante en el risco, justamente encima, le daba una tosca semejanza con las sillas de respaldo cóncavo que usaban nuestros antepasados. No dudé que fuese aquello la "silla del diablo" a la que aludía el manuscrito, y me pareció descubrir ahora el secreto entero del enigma.

»El "buen vaso", lo sabía yo, no podía referirse más que a un catalejo, pues los marineros de todo el mundo rara vez emplean la palabra "vaso" en otro sentido. Comprendí ahora enseguida que debía utilizarse un catalejo desde un punto de vista determinado que no admitía variación. No dudé un instante en pensar que las frases "cuarenta y un grado y trece minutos" y "nordeste cuarto de norte" debían indicar la dirección en que debía apuntarse el catalejo. Sumamente excitado por aquellos descubrimientos, marché, presuroso, a casa, cogí un catalejo y volví a la roca.

»Me dejé escurrir sobre el reborde y vi que era imposible permanecer sentado allí, salvo en una posición especial. Este hecho confirmó mi preconcebida idea. Me dispuse a utilizar el catalejo. Naturalmente, los "cuarenta y un grados y trece minutos" podían aludir solo a la elevación por encima del horizonte visible, puesto que la dirección horizontal estaba indicada con claridad por las palabras "nordeste cuarto de norte". Establecí esta última dirección por medio de una brújula de bolsillo; luego, apuntando el catalejo con tanta exactitud como pude con un ángulo de cuarenta y un grados de elevación, lo moví con cuidado de arriba abajo, hasta que detuvo mi atención una grieta circular u orificio en el follaje de un gran árbol que sobresalía de todos los demás, a distancia. En el centro de aquel orificio divisé un punto blanco; pero no pude distinguir al principio lo que era. Graduando el foco del catalejo, volví a mirar, y comprobé ahora que era un cráneo humano.

»Después de este descubrimiento, consideré con entera confianza el enigma como resuelto, pues la frase "rama principal, séptimo vástago, lado este" no podía referirse más que a la posición de la calavera sobre el árbol, mientras lo de "soltar desde el ojo izquierdo de la cabeza de muerto" no admitía tampoco más que una interpretación con respecto a la busca de un tesoro enterrado. Comprendí que se trataba de dejar caer una bala desde el ojo izquierdo, y que una línea recta (línea *de abeja*), partiendo del punto más cercano al tronco por "la bala" (o por el punto donde cayese la bala), y extendiéndose desde allí a una distancia de cincuenta pies, indicaría el sitio preciso, y debajo de este sitio juzgué que era, por lo menos, *posible* que estuviese allí escondido un depósito valioso.

—Todo eso —dije— es harto claro, y asimismo ingenioso, sencillo y explícito. Y cuando abandonó usted el Hotel del Obispo, ¿qué hizo?

—Pues habiendo anotado escrupulosamente la orientación del árbol, me volví a casa. Sin embargo, en el momento de abandonar «la silla del diablo», el orificio circular desapareció, y de cualquier lado que me volviese me era ya imposible divisarlo. Lo que me parece el colmo del ingenio en este asunto es el hecho (pues, al repetir la experiencia, me he convencido de que es un hecho) de que la abertura circular en cuestión resulta solo visible desde un punto que es el indicado por esa estrecha cornisa sobre la superficie de la roca.

»En esta expedición al Hotel del Obispo fui seguido por Jupiter, quien observaba, sin duda, desde hacía unas semanas, mi aire absorto, y ponía un especial cuidado en no dejarme solo. Pero al día siguiente me levanté muy temprano, conseguí escaparme de él, y corrí a las colinas, en busca del árbol. Me costó mucho trabajo encontrarlo. Cuando volví a casa por la noche, mi criado se disponía a vapulearme. En cuanto al resto de la aventura, creo que está usted tan enterado como yo.

—Supongo —dije— que equivocó usted el sitio en las primeras excavaciones, a causa de la estupidez de Jupiter dejando caer el escarabajo por el ojo derecho de la calavera en lugar de hacerlo por el izquierdo.

—Exactamente. Esa equivocación originaba una diferencia de dos pulgadas y media, poco más o menos, en relación con la bala, es decir, en la posición de la estaca junto al árbol, y si el tesoro hubiera estado *bajo* la «bala», el error habría tenido poca importancia; pero «la bala», y al mismo tiempo el punto más cercano al árbol, representaban simplemente dos puntos para establecer una línea de dirección; claro está que el error, aunque insignificante al principio, aumentaba al avanzar siguiendo la línea, y cuando hubimos llegado a una distancia de cincuenta pies, nos había apartado por completo de la pista. Sin mi idea arraigada a fondo de que había allí algo enterrado, todo nuestro trabajo hubiera sido inútil.

—Pero su grandilocuencia, su actitud balanceando el insecto, ¡cuán excesivamente estrambóticas! Tenía yo la certeza de que estaba usted loco. ¿Y por qué insistió en dejar caer el escarabajo desde la calavera, en vez de una bala?

—¡Vaya! Para serle franco, me sentía algo molesto por sus claras sospechas respecto a mi sano juicio, y decidí castigarle algo, a mi manera, con un poquito de serena mistificación. Por esa razón balanceaba yo el insecto, y por esa razón también quise dejarlo caer desde el árbol. Una observación que hizo usted acerca de su peso me sugirió esta última idea.

—Sí, lo comprendo; y ahora no hay más que un punto que me desconcierta. ¿Qué vamos a decir de los esqueletos encontrados en el hoyo?

—Esa es una pregunta a la cual, lo mismo que usted, no sería yo capaz de contestar. No veo, por cierto, más que un modo plausible de explicar eso; pero mi sugerencia entraña una atrocidad tal, que resulta horrible de creer. Parece claro que Kidd (si fue verdaderamente Kidd quien escondió el tesoro, lo cual no dudo), parece claro que él debió de hacerse ayudar en su trabajo. Pero, una vez terminado este, pudo juzgar conveniente suprimir a todos los que compartían su secreto. Acaso un par de azadonazos fueron suficientes, mientras sus ayudantes estaban ocupados en el hoyo; acaso necesitó una docena. ¿Quién nos lo dirá?

[Trad. de Julio Gómez de la Serna]

El gato negro

Relato sin par entre los de su género, el presente combina algunos de los temas que fascinaban al autor, como la reencarnación, la perversidad y el castigo. Y si bien estos se recuperan para otras narraciones, incluso para ser tratados con más profundidad, ninguna de ellas puede compararse a la de «El gato negro».

Poe tuvo un gato negro, y en 1840 había publicado un artículo titulado «Instinto contra razón. Una gata negra», en el cual afirmaba: «Todos los gatos negros son brujos». Tal sentencia es dicha casi como si de un chiste se tratara, pero el escritor enseguida vio que en tal superstición podría haber una buena historia. «El gato negro» es, pues, un cuento de brujería: la aparición de un segundo gato de la nada, el lento acrecentamiento de la marca blanca y el asesinato de la mujer después de que el animal rozase con el protagonista en la escalera son pinceladas sobrenaturales.

El escritor puso mucho de sus circunstancias personales en este cuento. Hay un ejemplo de su infancia que raramente es mencionado por los estudiosos de su vida. En cierta ocasión, un joven Poe mató gratuitamente a un cervatillo, mascota de su madre de acogida, y ello motivó en él, con el tiempo, un terrible remordimiento.

Por otro lado, su afecto por los gatos proviene de su más temprana infancia. Matar a un gato se traducía en él como el asesinato de una criatura racional. El protagonista del relato era ya moralmente un asesino cuando su último acto de crueldad lo convirtió en uno a ojos de la ley.

Poe escribió «El gato negro» a finales del año 1842 y el cuento fue vendido al Saturday Evening Post, *donde apareció por vez primera. Thomas Dunn English parodió la historia hacia 1844 en «The Ghost of a Grey Tadpole».*

Ni espero ni quiero que se dé crédito a la historia más extraordinaria, y, sin embargo, más familiar, que voy a referir. Tratándose de un caso en el que mis sentidos se niegan a aceptar su propio testimonio, yo habría de estar realmente loco si así lo creyera. No obstante, no estoy loco, y, con toda seguridad, no sueño. Pero mañana puedo morir y quisiera aliviar hoy mi espíritu. Mi inmediato deseo es mostrar al mundo, clara, concretamente y sin comentarios, una serie de simples acontecimientos domésticos que, por sus consecuencias, me han aterrorizado, torturado y anonadado. A pesar de todo, no trataré de esclarecerlos. A mí casi no me han producido otro sentimiento que el de horror; pero a muchas personas les parecerán menos terribles que insólitos. Tal vez más tarde haya una inteligencia que reduzca mi fantasma al estado de lugar común. Alguna inteligencia más serena, más lógica y mucho menos excitable que la mía, encontrará tan solo en las circunstancias que relato con terror una serie normal de causas y de efectos naturalísimos.

La docilidad y humanidad de mi carácter sorprendieron desde mi infancia. Tan notable era la ternura de mi corazón, que había hecho de mí el juguete de mis amigos. Sentía una auténtica pasión por los animales, y mis padres me permitieron poseer una gran variedad de favoritos. Casi todo el tiempo lo pasaba con ellos, y nunca me consideraba tan feliz como cuando les daba de comer o los acariciaba. Con los años aumentó esta particularidad de mi carácter, y cuando fui hombre hice de ella una de mis principales fuentes de goce. Aquellos que han profesado afecto a un perro fiel y sagaz no requieren la explicación de la naturaleza o intensidad de los goces que eso puede producir. En el amor desinteresado de un animal, en el sacrificio de sí mismo, hay algo que llega directamente al corazón del que con frecuencia ha tenido ocasión de comprobar la amistad mezquina y la frágil fidelidad del *Hombre* natural.

Me casé joven. Tuve la suerte de descubrir en mi mujer una disposición semejante a la mía. Habiéndose dado cuenta de mi gusto por estos favoritos domésticos, no perdió ocasión alguna de proporcionármelos de la especie más agradable. Tuvimos pájaros, un pez de color de oro, un magnífico perro, conejos, un mono pequeño y un *gato*.

Era este último animal muy fuerte y bello, completamente negro y de una sagacidad maravillosa. Mi mujer, que era, en el fondo, algo supersticiosa, hablando de su inteligencia, aludía frecuentemente a la antigua creencia popular que consideraba a todos los gatos negros como brujas disimuladas. No quiere esto decir que hablara siempre *en serio* sobre este particular, y lo consigno sencillamente porque lo recuerdo.

Pluto —así se llamaba el gato— era mi predilecto amigo. Solo yo le daba de comer, y adondequiera que fuese me seguía por la casa. Incluso me costaba trabajo impedirle que me fuera siguiendo por las calles.

Nuestra amistad subsistió así algunos años, durante los cuales mi carácter y mi temperamento —me sonroja confesarlo—, por causa del demonio de la intemperancia, sufrió una alteración radicalmente funesta. De día en día me hice más taciturno, más irritable, más indiferente a los sentimientos ajenos. Empleé con mi mujer un lenguaje brutal, y con el tiempo la afligí incluso con violencias personales. Naturalmente, mis pobres mascotas debieron de notar el cambio de mi carácter. No solamente no les hacía caso alguno, sino que los maltrataba.

Sin embargo, por lo que se refiere a Pluto, aún despertaba en mí la consideración suficiente para no pegarle. En cambio, no sentía ningún escrúpulo en maltratar a los conejos, al mono e incluso al perro, cuando, por casualidad o afecto, se cruzaban en mi camino. Pero iba secuestrándome mi mal, porque ¿qué mal admite una comparación con el alcohol? Andando el tiempo, el mismo Pluto, que envejecía y, naturalmente, se hacía un poco huraño, comenzó a conocer los efectos de mi perverso carácter.

Una noche, en ocasión de regresar a casa completamente ebrio, de vuelta de uno de mis frecuentes escondrijos del barrio, me pareció que el gato evitaba mi presencia. Lo cogí, pero él, horrorizado por mi violenta actitud, me hizo en la mano, con los dientes, una leve herida. De mí se apoderó repentinamente un furor demoníaco. En aquel instante dejé de conocerme. Pareció como si, de pronto, mi alma original hubiese abandonado mi cuerpo, y una ruindad superdemoníaca, saturada de ginebra, se filtró en cada una de las fibras de mi ser. Del bolsillo de mi chaleco saqué un cortaplumas, lo abrí, cogí al pobre animal por la garganta y, deliberadamente, le vacié un ojo... Me cubre el rubor, me abrasa, me estremezco al escribir esta abominable atrocidad.

Cuando, al amanecer, hube recuperado la razón, cuando se hubieron disipado los vapores de mi crápula nocturna, experimenté un sentimiento mitad horror, mitad remordimiento, por el crimen que había cometido. Pero, todo lo más, era un débil y equívoco sentimiento, y el alma no sufrió sus acometidas. Volví a sumirme en los excesos, y no tardé en ahogar en el vino todo el recuerdo de mi acción.

Curó entretanto el gato lentamente. La órbita del ojo perdido presentaba, es cierto, un aspecto espantoso. Pero después, con el tiempo, no pareció que se daba cuenta de ello. Según su costumbre, iba y venía por la casa; pero, como debí suponerlo, en cuanto veía que me aproximaba a él, huía aterrorizado. Me quedaba aún lo bastante de mi antiguo corazón para que me afligiera aquella manifiesta antipatía en una criatura que tanto me había amado anteriormente. Pero este sentimiento no tardó en ser desalojado por la irritación. Como para mi caída final e irrevocable, brotó entonces el espíritu de *perversidad*, espíritu del que la filosofía no se cuida ni poco ni mucho.

No obstante, tan seguro como que existe mi alma, creo que la perversidad es uno de los primitivos impulsos del corazón humano, una de esas indivisibles primeras facultades o sentimientos que dirigen el carácter del hombre... ¿Quién no se ha sorprendido numerosas veces cometiendo una acción necia o vil, por la única razón de que sabía que *no* debía cometerla? ¿No tenemos una constante inclinación, pese a lo excelente de nuestro juicio, a violar lo que es la ley, simplemente porque comprendemos que es la *Ley*?

Digo que este espíritu de perversidad hubo de producir mi ruina completa. El vivo e insondable deseo del alma de atormentarse a sí misma, de violentar su propia naturaleza, de hacer el mal por amor al mal, me impulsaba a continuar y últimamente a llevar a efecto el suplicio que había infligido al inofensivo animal. Una mañana, a sangre fría, ceñí un nudo corredizo en torno a su cuello y lo ahorqué de la rama de un árbol. Lo ahorqué con mis ojos llenos de lágrimas, con el corazón desbordante del más amargo remordimiento. Lo ahorqué porque sabía que él me había amado, y porque reconocía que no me había dado motivo alguno para encolerizarme con él. Lo ahorqué porque sabía que al hacerlo cometía un pecado, un pecado mortal que comprometía a mi alma inmortal, hasta el punto de colocarla, si esto fuera posible, lejos incluso de la misericordia infinita del muy terrible y misericordioso Dios.

En la noche siguiente al día en que fue cometida una acción tan cruel, me despertó del sueño el grito de: «¡Fuego!». Ardían las cortinas de mi lecho. La casa era una gran hoguera. No sin grandes dificultades, mi mujer, un criado y yo logramos escapar del incendio. La destrucción fue total. Quedé arruinado y me entregué desde entonces a la desesperación.

No intento establecer relación alguna entre causa y efecto con respecto a la atrocidad y el desastre. Estoy por encima de tal debilidad. Pero me limito a dar cuenta de una cadena de hechos y no quiero omitir el menor eslabón. Visité las ruinas el día siguiente al del incendio. Excepto una, todas las paredes se habían derrumbado. Esta sola excepción la constituía un delgado tabique interior, situado casi en la mitad de la casa, contra el que se apoyaba la cabecera de mi lecho. Allí la fábrica había resistido en gran parte a la acción del fuego, hecho que atribuí a haber sido renovada recientemente. En torno a aquella pared se congregaba la multitud, y numerosas personas examinaban una parte del muro con atención viva y minuciosa. Excitaron mi curiosidad las palabras: «extraño», «singular», y otras expresiones parecidas. Me acerqué y vi, a modo de un bajorrelieve esculpido sobre la blanca superficie, la figura de un gigantesco gato. La imagen estaba copiada con una exactitud realmente maravillosa. Rodeaba el cuello del animal una cuerda.

Apenas hube visto esta aparición –porque yo no podía considerar aquello más que como una aparición–, mi asombro y mi terror fueron extraordinarios. Por fin vino en mi amparo la reflexión. Recordaba que el gato había sido ahorcado en un jardín contiguo a la casa. A los gritos de alarma, el jardín fue invadido inmediatamente por la muchedumbre, y el animal debió de ser descolgado por alguien del árbol y arrojado a mi cuarto por una ventana abierta. Indudablemente se hizo esto con el fin de despertarme. El derrumbamiento de las restantes paredes habían comprimido a la víctima de mi crueldad en el yeso recientemente extendido. La cal del muro, en combinación con las llamas y el *amoníaco* del cadáver, produjo la imagen tal como yo la veía.

Aunque prontamente satisfice así a mi razón, ya que no por completo mi conciencia, no dejó, sin embargo, de grabar en mi imaginación una huella profunda el sorprendente caso que acabo de dar cuenta. Durante algunos meses no pude liberarme del fantasma del gato, y en todo este tiempo nació en mi alma una especie de sentimiento que se parecía, aunque no lo era, al remordimiento. Llegué incluso a lamentar la pérdida del animal y a buscar en torno mío, en los miserables tugurios que a la sazón frecuentaba, otro favorito de la misma especie y de facciones parecidas que pudiera sustituirlo.

Me hallaba sentado una noche, medio aturdido, en un bodegón infame, cuando atrajo repentinamente mi atención un objeto negro que yacía en lo alto de uno de los inmensos barriles de ginebra o ron que componían el mobiliario más importante de la sala. Hacía ya algunos momentos que miraba a lo alto del tonel, y me sorprendió no haber advertido el objeto colocado encima. Me acerqué a él y lo toqué. Era un gato negro, enorme, tan corpulento como Pluto, al que se parecía en todo menos en un pormenor: Pluto no tenía un solo pelo blanco en todo el cuerpo, pero este tenía una señal ancha y blanca, aunque de forma indefinida, que le cubría casi toda la región del pecho.

Apenas puse en él mi mano, se levantó repentinamente, ronroneando con fuerza, se restregó contra mi mano y pareció contento de mi atención. Era, pues, el animal que yo buscaba. Me apresuré a proponer al dueño su adquisición, pero este no tuvo interés alguno por el animal. Ni lo conocía ni lo había visto hasta entonces.

Continué acariciándolo, y cuando me disponía a regresar a mi casa, el animal se mostró dispuesto a seguirme. Se lo permití, e inclinándome de cuando en cuando, caminamos hacia mi casa acariciándolo. Cuando llegó a ella se encontró como si fuera la suya, y se convirtió rápidamente en el mejor amigo de mi mujer.

Por mi parte, no tardó en formarse en mí una antipatía hacia él. Era, pues, precisamente, lo contrario de lo que yo había esperado. No sé cómo ni por qué sucedió esto, pero su evidente ternura me enojaba y casi me fatigaba. Paulatinamente, estos sentimientos de disgusto y fastidio se acrecentaron hasta convertirse en la amargura del odio. Yo evitaba su presencia. Una especie de vergüenza, y el recuerdo de mi primera crueldad, me impidieron que lo maltratara. Durante algunas semanas me abstuve de pegarle o de tratarlo con violencia; pero gradual, insensiblemente, llegué a sentir por él un horror indecible, y a eludir en silencio, como si huyera de la peste, su odiosa presencia.

Sin duda, lo que aumentó mi odio por el animal fue el descubrimiento que hice a la mañana del siguiente día de haberlo llevado a casa. Como Pluto, también él había sido privado de uno de sus ojos. Sin embargo, esta circunstancia contribuyó a hacerlo más grato a mi mujer, que, como he dicho ya, poseía grandemente la ternura de sentimientos que fue en otro tiempo mi rasgo característico y el frecuente manantial de mis placeres más sencillos y puros.

Sin embargo, el cariño que el gato me demostraba parecía crecer en razón directa de mi odio hacia él. Con una tenacidad imposible de hacer comprender al lector, seguía constantemente mis pasos. En cuanto me sentaba, se acurrucaba bajo mi silla, o saltaba sobre mis rodillas, cubriéndome con sus caricias espantosas. Si me levantaba para andar, se metía entre mis piernas y casi me derribaba, o bien, clavando sus largas y agudas garras en mi ropa, trepaba por ellas hasta mi pecho. En esos instantes, aun cuando hubiera querido matarlo de un golpe, me lo impedía en parte el recuerdo de mi primer crimen; pero, sobre todo, me apresuro a confesarlo, el verdadero *terror* del animal.

Este terror no era positivamente el de un mal físico, y, no obstante, me sería muy difícil definirlo de otro modo. Casi me avergüenza confesarlo. Aun en esta celda de malhechor, casi me avergüenza confesar que el horror y el pánico que me inspiraba el animal se habían acrecentado a causa de una de las fantasías más perfectas que es posible imaginar. Mi mujer, no pocas veces, había llamado mi atención con respecto al carácter de la mancha blanca de que he hablado y que constituía la única diferencia perceptible entre el animal extraño y aquel que había matado yo. Recordará, sin duda, el lector que esta señal, aunque grande, tuvo primitivamente una forma indefinida. Pero lenta, gradualmente, por fases imperceptibles y que mi razón se esforzó durante largo tiempo en considerar como imaginaria, había concluido adquiriendo una nitidez rigurosa de contornos.

En ese momento era la imagen de un objeto que me hace temblar nombrarlo. Era, sobre todo, lo que me hacía mirarlo como a un monstruo de horror y repugnancia, y lo que, si me hubiera atrevido, me hubiese impulsado a librarme de él. Era ahora, digo, la imagen de una cosa abominable y siniestra: la imagen ¡de la *horca*! ¡Oh lúgubre y terrible máquina, máquina de espanto y crimen, de muerte y agonía!

Yo era entonces, en verdad, un miserable, más allá de la miseria posible de la humanidad. Una *bestia bruta*, cuyo hermano fue aniquilado por mí con desprecio; una *bestia bruta* engendraba en mí, en mí, hombre formado a imagen del Altísimo, tan grande e intolerable infortunio. ¡Ay! Ni de día ni de noche conocía yo la paz del descanso. Ni un solo instante, durante el día, me dejaba el animal. Y de noche, a cada momento, cuando salía de mis sueños lleno de indefinible angustia, era tan solo para sentir el aliento tibio de *la cosa* sobre mi rostro, y su enorme peso, encarnación de una pesadilla que yo no podía separar de mí y que parecía eternamente posada en *mi corazón*.

Bajo tales tormentos sucumbió lo poco que había de bueno en mí. Infames pensamientos se convirtieron en mis íntimos; los más sombríos, los más infames de todos los pensamientos. La tristeza de mi humor de costumbre se acrecentó hasta hacerme aborrecer a todas las cosas y a la humanidad entera. Mi mujer, sin embargo, no se quejaba nunca. ¡Ay! Era mi paño de lágrimas de siempre. La más paciente víctima de las repentinas, frecuentes e indomables expansiones de una furia a la que ciegamente me abandoné desde entonces.

Para un quehacer doméstico, me acompañó un día al sótano de un viejo edificio en el que nos obligara a vivir nuestra pobreza. Por los agudos peldaños de la escalera me seguía el gato, y, habiéndome hecho tropezar de cabeza, me exasperó hasta la locura. Apoderándome de un hacha y olvidando en mi furor el espanto pueril que había detenido hasta entonces mi mano, dirigí un golpe al animal, que hubiera sido mortal si lo hubiera alcanzado como quería. Pero la mano de mi mujer detuvo el golpe. Una rabia más que diabólica me produjo esta intervención. Liberé mi brazo del obstáculo que lo detenía y le hundí a ella el hacha en el cráneo. Mi mujer cayó muerta instantáneamente, sin exhalar siquiera un gemido.

Realizado el horrible asesinato, inmediata y resueltamente procuré esconder el cuerpo. Me di cuenta de que no podía hacerlo desaparecer de la casa, ni de día ni de noche, sin correr el riesgo de que se enteraran los vecinos. Asaltaron mi mente varios proyectos. Pensé por un instante en fragmentar el cadáver y arrojar al suelo los pedazos. Resolví después cavar una fosa en el piso de la cueva. Luego pensé arrojarlo al pozo del jardín. Cambié la idea y decidí embalarlo en un cajón, como una mercancía, en la forma de costumbre, y encargar a un mandadero que se lo llevase de casa. Pero, por último, me detuve ante un proyecto que consideré el más factible. Me decidí a emparedarlo en el sótano, como se dice que hacían en la Edad Media los monjes con sus víctimas.

La cueva parecía estar construida a propósito para semejante proyecto. Los muros no estaban levantados con el cuidado de costumbre, y no hacía mucho tiempo habían sido cubiertos en toda su extensión por una capa de yeso que no dejó endurecer la humedad.

Por otra parte, había un saliente en uno de los muros, producido por una chimenea artificial o especie de hogar que quedó luego tapado y dispuesto de la misma forma que el resto del sótano. No dudé que me sería fácil quitar los ladrillos de aquel sitio, colocar el cadáver y emparedarlo del mismo modo, de forma que ninguna mirada pudiese descubrir nada sospechoso.

No me engañó mi cálculo. Ayudado por una palanca,

separé sin dificultad los ladrillos, y, habiendo luego aplicado cuidadosamente el cuerpo contra la pared interior, lo sostuve en esta postura hasta poder restablecer sin gran esfuerzo toda la fábrica a su estado primitivo. Con todas las precauciones imaginables, me procuré una argamasa de cal y arena, preparé una capa que no podía distinguirse de la primitiva y cubrí escrupulosamente con ella el nuevo tabique.

Cuando terminé, vi que todo había resultado perfecto. La pared no presentaba la más leve señal de arreglo. Con el mayor cuidado barrí el suelo y recogí los escombros, miré triunfalmente en torno mío y me dije: «Por lo menos, aquí, mi trabajo no ha sido infructuoso».

Mi primera idea, entonces, fue buscar al animal que había sido el causante de tan tremenda desgracia, porque, al fin, había resuelto matarlo. Si en aquel momento hubiera podido encontrarlo, nada hubiese evitado su destino. Pero parecía que el artificioso animal, ante la violencia de mi cólera, se había alarmado y procuraba no presentarse ante mí, desafiando mi mal humor. Imposible describir o imaginar la intensa, la apacible sensación de alivio que trajo a mi corazón la ausencia de la detestable criatura. En toda la noche no se presentó, y esta fue la primera que gocé desde su entrada en la casa, durmiendo tranquila y profundamente. Sí; *dormí* con el peso de aquel asesinato en mi alma.

Transcurrieron el segundo y el tercer día. Mi verdugo no vino, sin embargo. Como un hombre libre, respiré una vez más. En su terror, el monstruo había abandonado para siempre aquellos lugares. Ya no volvería a verlo nunca. Mi dicha era infinita. Me inquietaba muy poco la criminalidad de mi tenebrosa acción. Se incoó una especie de sumario que apuró poco las averiguaciones. También se dispuso un reconocimiento, pero, naturalmente, nada podía descubrirse. Yo daba por asegurada mi felicidad futura.

Al cuarto día después de haberse cometido el asesinato, se presentó inopinadamente en mi casa un grupo de agentes de policía y procedió de nuevo a una rigurosa investigación del local. Sin embargo, confiado en lo impenetrable del escondite, no experimenté ninguna turbación.

Los agentes quisieron que los acompañase en sus pesquisas. Fue explorado hasta el último rincón. Por tercera o cuarta vez bajaron por último a la cueva. No me alteré lo más mínimo. Como el de un hombre que reposa en la inocencia, mi corazón latía pacíficamente. Recorrí el sótano de punta a punta, crucé los brazos sobre el pecho y me paseé indiferente de un lado a otro. Plenamente satisfecha, la policía se disponía a abandonar la casa. Era demasiado intenso el júbilo de mi corazón para que pudiera reprimirlo. Sentía la viva necesidad de decir una palabra, una palabra tan solo, a modo de triunfo, y hacer doblemente evidente su convicción con respecto a mi inocencia.

—Señores —dije, por último, cuando los agentes subían la escalera—, es para mí una gran satisfacción haber desvanecido sus sospechas. Deseo a todos ustedes una buena salud y un poco más de cortesía. Dicho sea de paso, señores, tienen ustedes aquí una casa muy bien construida. —Apenas sabía lo que hablaba, en mi furioso deseo de decir algo con aire deliberado—. Puedo asegurar que esta es una casa excelentemente construida. Estos muros... ¿Se van ustedes, señores? Estos muros están construidos con una gran solidez.

Entonces, por una fanfarronada frenética, golpeé con fuerza, con un bastón que tenía en la mano en ese momento, precisamente sobre la pared del tabique tras el cual yacía la esposa de mi corazón.

¡Ah! Que por lo menos Dios me proteja y me libre de las garras del archidemonio. Apenas se hubo hundido en el silencio el eco de mis golpes, me respondió una voz desde el fondo de la tumba. Era primero una queja, velada y entrecortada como el sollozo de un niño. Después, enseguida, se hinchó en un grito prolongado, sonoro y continuo, completamente anormal e inhumano. Un alarido, un aullido mitad horror, mitad triunfo, como solamente puede brotar del infierno, horrible armonía que surgiera al unísono de las gargantas de los condenados en sus torturas y de los demonios que gozaban en la condenación.

Sería una locura expresaros mis pensamientos. Me sentí desfallecer y, tambaleándome, caí contra la pared opuesta. Durante un instante se detuvieron en los escalones los agentes. El terror los había dejado atónitos. Un momento después, doce brazos robustos atacaron la pared, que cayó a tierra de un golpe. El cadáver, muy desfigurado ya y cubierto de sangre coagulada, apareció, rígido, a los ojos de los circunstantes.

Sobre su cabeza, con las rojas fauces dilatadas y llameando el único ojo, se posaba el odioso animal cuya astucia me llevó al asesinato y cuya reveladora voz me entregaba al verdugo. Yo había emparedado al monstruo en la tumba.

[Trad. de Fernando Gutiérrez y Diego Navarro]

El enterramiento prematuro

Ha llegado hasta nuestros días la historia de aquella muchacha de Virginia que, a inicios del siglo XIX, fue enterrada viva mientras todo el mundo creía que había fallecido. Solo la casualidad hizo que el criado de la familia la oyese y pudiera auxiliarla a tiempo. El fundamento real de esta historia no está nada claro, pero es enteramente plausible que Poe la hubiese oído desde su infancia. Ello pudo propiciar la fascinación, o más bien obsesión, que durante largo tiempo le persiguió. Lo angustioso y terrible de encontrarse solo en una oscuridad total de la que nadie pudiera rescatarle lo aterrorizaba. Su amiga Susan Archer Talley Weiss constató en primera persona el miedo irracional que Poe, creyente y temeroso de lo sobrenatural, le tenía a la oscuridad.

Cabe presumir que aquello que motivó de forma directa la elaboración de «El enterramiento prematuro», no obstante, fuera el anuncio de un ataúd capaz de «preservar la vida» en la feria anual del Instituto Americano de Nueva York en 1843. En la narración Poe relata varias historias sobre «enterramientos prematuros» que preparan al lector para un final imaginado, o quizá soñado, por él mismo.

El cuento fue publicado en el Dollar Newspaper *del 31 de julio de 1844. Algunos de sus fragmentos aparecieron citados en un artículo del* Rover *de Nueva York, lo que demuestra el creciente interés de la sociedad de la época por tales sucesos.*

Hay ciertos temas cuyo interés es de lo más absorbente, pero que son demasiado horribles en su integridad para la legítima finalidad de la obra de ficción. Deben evitar estos temas los simples novelistas si no quieren desagradar o causar repulsión. Solo pueden ser manejados adecuadamente cuando la severidad y la majestad de la verdad los santifica y sustenta. Nos estremecemos, por ejemplo, sintiendo la más intensa de las «voluptuosidades dolorosas», con los relatos del paso de la Beresina, del terremoto de Lisboa, de la peste de Londres, de la matanza de la noche de San Bartolomé, o con la muerte por asfixia de los ciento veintitrés prisioneros en la Caverna Negra de Calcuta. Pero en esos relatos es el hecho —la realidad—, la historia, lo que nos excita. Como invenciones, los consideraríamos con una simple aversión.

He citado algunas de las más salientes y augustas calamidades registradas; pero en esos ejemplos es la extensión no menos que el carácter de la catástrofe lo que impresiona tan vivamente la imaginación. No necesito recordar al lector que en la larga y horripilante lista de las miserias humanas tendría yo que seleccionar muchos casos individuales más henchidos de sufrimientos esenciales que la mayor parte de esos desastres colectivos. La verdadera desgracia —el colmo de la calamidad— es personal y no general. ¡Que las angustias postreras de la agonía sean soportadas por el hombre solo, y nunca por el hombre en masa, es algo por lo que deben darse gracias a la misericordia de Dios!

Ser enterrado vivo es, indiscutiblemente, la más terrorífica de las agonías que puede sufrir el hombre por el hecho de ser mortal. No puede negar ninguna persona reflexiva que resulte eso frecuente, muy frecuente. Los límites que separan la Vida de la Muerte son muy tenebrosos y vagos. ¿Quién puede decir dónde termina la una y dónde comienza la otra? Sabemos que hay enfermedades en las que sobreviene una total cesación de todas las funciones aparentes de la vitalidad, y en ellas no supone, sin embargo, esa cesación, sino una simple suspensión, debiendo llamarse así con propiedad. Es únicamente una pausa pasajera en el incomprensible mecanismo. Transcurre cierto tiempo, y un misterioso e invisible principio pone en movimiento los piñones y los engranajes mágicos. La cuerda de plata no estaba desatada para siempre, ni el vaso dorado irreparablemente roto. Pero, entretanto, ¿dónde estaba el alma?

Aparte, empero, de la inevitable conclusión a priori de que tales causas deben producir tales efectos –y que, al ocurrir tales casos, bien conocidos, de suspensión de la vida, deben ocasionar, por supuesto, de cuando en cuando, enterramientos prematuros–, aparte de esta consideración, tenemos el testimonio directo de experiencias médicas y ordinarias que prueban cómo tienen lugar en la actualidad un gran número de esos enterramientos. Puedo referir enseguida, si es necesario, cien ejemplos de esos, perfectamente comprobados. Hay uno de un carácter muy notable, y cuyas circunstancias pueden estar aún frescas en la memoria de algunos de mis lectores, acaecido no hace mucho tiempo en la cercana ciudad de Baltimore, donde ocasionó una agitación penosa, intensa y propagada con amplitud. La esposa de uno de los más respetables ciudadanos –abogado eminente y miembro del Congreso– fue atacada por una repentina e inexplicable enfermedad que desconcertó por completo la pericia de sus médicos. Después de grandes sufrimientos, falleció o se supuso que había fallecido. Nadie, en verdad, sospechó o tuvo motivos para sospechar que no hubiese ella muerto todavía. Presentaba todas las apariencias habituales de la muerte. La cara mostraba el contorno contraído y hundido acostumbrado. Los labios tenían la palidez marmórea usual. Los ojos carecían de brillo. Había desaparecido todo calor. El pulso estaba paralizado. Durante tres días dejaron el cuerpo sin enterrar, adquirió este una rigidez pétrea. En resumen, se apresuró el funeral a causa del rápido progreso de lo que se suponía ser la descomposición.

La señora fue depositada en el panteón de familia, que durante tres años consecutivos nadie visitó. Al expirar este plazo, fue abierto para acoger un sarcófago; pero ¡ay cuán espantosa impresión esperaba al marido, quien vino en persona a abrir la puerta! Al tirar de la hoja de aquella puerta, *algo* vestido de blanco cayó en sus brazos. Era el esqueleto de su mujer en su sudario intacto.

Una minuciosa investigación probó de modo evidente que había ella vuelto a la vida en los dos días siguientes al del enterramiento, y que en su lucha dentro del ataúd había caído con este sobre el suelo, donde se había roto, lo cual le permitió escapar. Encontraron vacía una lámpara que dejaron por casualidad, llena de aceite, en el sepulcro, y pudo haberse agotado por evaporación. Sobre el escalón más alto de los que bajaban hacia la cámara mortuoria había una ancha madera del féretro, con la cual, al parecer, se había ella esforzado por atraer la atención golpeando sobre la puerta de hierro. Mientras estaba ocupada en eso, se desmayaría pronto, o posiblemente murió, invadida por el terror, y cuando iba a desplomarse, su sudario se enganchó en algún saliente férreo del interior. Así permaneció, y así se descompuso en pie.

En el año 1810 ocurrió en Francia un caso de inhumación acompañado de circunstancias que constituyen una garantía de esa afirmación de que la verdad es más extraña que la ficción. La heroína de la historia fue una tal mademoiselle Victorine Lafourcade, una joven de ilustre familia, dueña de una fortuna y de una gran belleza personal. Entre sus numerosos cortejadores se contaba Julien Bossuet, un pobre *litté-*

rateur o periodista de París. Su talento y su general afabilidad le recomendaban a la atención de la heredera, por quien parecía él sentir un sincero enamoramiento; pero su orgullo de cuna la decidió a rechazarle y a casarse con monsieur Renelle, un banquero y diplomático de cierta valía. Después de casados, no obstante, aquel caballero la fue apartando de él y llegó quizá a maltratarla. Tras de unos dolorosos años de convivencia murió ella, o al menos, su estado se parecía de tal modo a la muerte, que engañó a cuantos la vieron. Fue enterrada no en una cripta, sino en una tumba ordinaria, en el cementerio de su pueblo natal. Lleno de desesperación e inflamado aún por el recuerdo de su profundo sentimiento, el enamorado abandonó la capital, marchando a la alejada provincia en que estaba situado aquel pueblo, con el romántico propósito de desenterrar el cadáver para adueñarse de sus espléndidas trenzas. Se encaminó a la tumba. A medianoche desenterró el ataúd, lo abrió, y en el momento de ir a despojarla del cabello se interrumpió al ver que se abrían los ojos de su amada. En efecto, la joven había sido enterrada viva. No la había abandonado por completo la vitalidad, y las caricias de su adorador la sacaron del letargo que había sido confundido con la muerte. La llevó, frenético, a su morada del pueblo. Empleó ciertos poderosos revulsivos que le sugirieron sus grandes conocimientos médicos. Al fin revivió ella. Reconoció entonces a su salvador y permaneció junto a él hasta que poco a poco, por grados, recobró totalmente la salud. Su corazón de mujer no era de diamante, y aquella suprema lección de amor bastó para ablandarlo. Se lo concedió a Bossuet. Lejos de volver con su marido, ocultó su resurrección y huyó a América con su amante. Veinte años después volvieron los dos a Francia, persuadidos de que el tiempo había modificado lo suficiente la fisonomía de la dama para que sus amigos no pudieran reconocerla. Aun así, se equivocó, pues en el primer encuentro monsieur Renelle reconoció y reclamó a su esposa. Se resistió ella a semejante demanda, y el fallo del tribunal la confirmó en su resistencia, decidiendo que la singularidad de las circunstancias y el largo número de años transcurridos, habían hecho prescribir, no solo por equidad, sino legalmente, la autoridad del marido.

La revista de cirugía, de Leipzig, una publicación de alta autoridad y mérito, y que debería ser traducida y reeditada por algún editor estadounidense, recoge en uno de sus últimos números un suceso muy impresionante de esas mismas características.

Un oficial de artillería, hombre de estatura gigantesca y de salud robusta, fue despedido de la silla por un caballo de poca doma y sufrió una grave herida en la cabeza que le dejó insensible de repente; el cráneo estaba ligeramente fracturado, pero no se temía un inmediato peligro. Efectuaron la trepanación con todo éxito. El herido fue sangrado, y se emplearon otros medios ordinarios para reanimarle. Sin embargo, cayó él poco a poco en un estado de embotamiento cada vez más desesperado, y por fin se creyó que había fallecido.

Como el tiempo era caluroso, lo enterraron con una indecorosa precipitación en uno de los cementerios públicos. Se celebraron los funerales en jueves. Al domingo siguiente, el recinto del cementerio estuvo, como de costumbre, atestado de visitantes, y alrededor del mediodía, suscitó una intensa emoción la declaración de un hombre del país diciendo que, cuando estaba sentado sobre la tumba del oficial, había percibido con claridad una conmoción en la tierra, como si alguien luchase allí debajo. Al principio se prestó poco crédito a la declaración de aquel hombre; pero su visible terror y la obstinación furiosa con que persistía en su relato produjeron al cabo su natural efecto en la multitud. Fueron traídos a toda prisa unos azadones, y la tumba, de una profundidad vergonzosamente pequeña, fue vaciada en unos minutos, dejando enseguida aparecer la cabeza de su ocupante. Tenía este entonces todo el aspecto de un muerto; pero estaba casi de pie en la caja, cuya tapa había levantado en parte. Fue transportado desde luego al hospital más próximo, donde declararon que vivía aún, aunque en estado de asfixia. Algunas horas después volvió a la vida, y con palabras entrecortadas refirió su agonía en el fondo de la tumba.

Según su relato, aparece evidente que antes de caer en la insensibilidad tuvo, mientras le enterraban, que permanecer consciente de que vivía más de una hora. Habían llenado con descuido la tumba de una tierra que resultó ser sumamente permeable, gracias a lo cual pudo infiltrarse por ella un poco de aire. Oyó pasos sobre su cabeza y se esforzó por hacerse oír a su vez. Según él, el ruido de la multitud sobre el suelo del cementerio fue el que le despertó de su profundo letargo. Pero, no bien estuvo despierto, se dio plena cuenta del espantoso horror de su situación.

Habiendo mejorado su estado, según dicen, el enfermo parecía en vías de completa curación, cuando sucumbió víctima del charlatanismo de un experimento médico. Le fue aplicada una batería eléctrica y expiró de repente en uno de esos paroxismos estáticos que ocasiona a veces ese procedimiento.

Al mencionar la batería eléctrica, vuelve a mi memoria un caso muy conocido y realmente extraordinario, en que su acción demostró eficacia haciendo volver a la vida a un joven procurador de Londres, enterrado desde hacía dos días. Ocurrió esto en 1831 y produjo en aquella época una gran sensación en todos los sitios donde se habló del asunto.

El paciente, mister Edward Stapleton, murió aparentemente de fiebre tifoidea, acompañada de ciertos síntomas anormales que despertaron la curiosidad de los médicos que le atendían. Cuando le creyeron muerto, rogaron a los amigos del difunto que autorizasen un examen post mórtem; pero les fue negado. Como sucede con frecuencia cuando se reciben tales negativas, los profesionales decidieron exhumar el cuerpo y practicar la autopsia despacio y en privado. Se llegó a un acuerdo fácilmente con una de esas numerosas empresas dedicadas a tal género de trabajos que abundan en Londres y la tercera noche después del funeral, el supuesto cadáver fue desenterrado de una tumba de ocho pies de profundidad y depositado en la sala de operaciones de un hospital particular.

Acababan de practicar una incisión de cierta extensión en el abdomen, cuando el aspecto fresco e inalterable del sujeto sugirió la idea de una aplicación de la batería. Los experimentos se sucedieron, produciéndose los efectos habituales, sin ocurrir nada característico bajo ningún concepto, excepto en una o dos ocasiones en grado mayor de apariencia de vida que de ordinario en la acción convulsiva.

Se hacía tarde. Despuntaba el día, y había que pensar, por último, en algún medio para realizar al punto la disección. A todo esto, un estudiante se mostraba deseoso en sumo grado de comprobar una teoría suya, e insistió en aplicar la batería a uno de los músculos pectorales. Se hizo una gran incisión previa y colocaron enseguida un alambre en contacto con ella; entonces el paciente, con un rápido, aunque nada convulsivo movimiento, se levantó de la mesa, dio unos pasos por en medio de la estancia, miró a su alrededor, desasosegado, durante unos segundos, y luego habló. Lo que dijo era ininteligible; pero pronunció unas palabras: silabeaba con precisión. Después de haber hablado, se desplomó pesadamente sobre el suelo.

Durante algunos instantes permanecieron todos paralizados de terror; pero la urgencia del caso los hizo recobrar pronto su presencia de ánimo. Se vio que mister Stapleton estaba vivo, aunque desmayado. Le dieron éter a oler, y revivió, recobrando rápidamente la salud y siendo devuelto a la compañía de sus amigos, quienes no tuvieron conocimiento de su resurrección hasta quedar descartado todo temor de una recaída. Puede imaginarse su asombro, su arrebatada estupefacción al saberlo.

La más emocionante particularidad de este suceso, sin embargo, va unida a las afirmaciones del propio mister Stapleton. Declaró que en ningún momento había estado completamente insensible, y que, de un modo sordo y confuso, se dio cuenta de cuanto le sucedió, desde el instante en que los médicos pronunciaron la palabra «muerto» hasta que cayó desmayado sobre el suelo del hospital. «Estoy vivo» eran las palabras incomprendidas que, al reconocer la sala de disección, procuró emitir, angustiado.

Sería cosa fácil multiplicar relatos como estos; pero me abstengo de hacerlo, pues en realidad no es necesario para afirmar el hecho de que ocurren tales enterramientos prematuros. Cuando pensamos lo raro que es, debido a la naturaleza de los casos, que esté en nuestro poder descubrirlos, debemos admitir que pueden suceder con mayor *frecuencia* sin conocimiento nuestro. Entre los cementerios cuya monda se realiza con algún fin, y en bastante extensión, hay en verdad muy pocos donde no se encuentren esqueletos en posturas que sugieren las más espantosas sospechas.

¡Espantosa es, por cierto, la sospecha; pero es más espantosa aún esa sentencia de muerte! Puede afirmarse sin vacilación que no existe hecho tan apropiado para inspirar la suprema angustia corporal y mental como el de un enterramiento en vida. La insoportable opresión de los pulmones, los vapores sofocantes de la tierra húmeda, lo ajustado del sudario, el rígido abrazo de la estrecha morada, las tinieblas de la Noche absoluta, el silencio parecido a un mar arrollador, la invisible, pero palpable presencia del Gusano Triunfante, estas cosas, con el pensamiento del aire y de la hierba de encima, unido al recuerdo de los amigos queridos que volarían a salvarnos si tuviesen noticia de nuestro destino; la conciencia de que ese destino no podrán conocerlo *nunca*, y de que nuestra fatalidad sin esperanza es la muerte efectiva; estas consideraciones, digo, aportan al corazón, que todavía late, un horror tan espantoso e insufrible, que la más intrépida imaginación tiene que retroceder ante él. No conocemos nada tan angustioso sobre la Tierra, ni podemos soñar nada que sea la mitad de horrendo en las regiones más profundas del Infierno. Y por eso todos los relatos acerca de dicho tema tienen un hondo interés, un interés que, aun así, a través del sagrado terror del tema mismo, proviene de un modo propio y peculiar de nuestra convicción respecto a la *verdad* del tema relatado. Lo que voy ahora a contar está tomado de mi propio conocimiento, de mi experiencia positiva y personal.

Durante varios años he sufrido ataques de ese trastorno singular que los médicos coinciden en denominar «catalepsia», a falta de un nombre más concreto. Aunque las causas inmediatas y preparatorias, y hasta el actual diagnóstico de esa dolencia, sean misteriosos, todavía su claro y manifiesto carácter es lo bastante conocido. Sus variaciones parecen ser sobre todo de intensidad. A veces el paciente permanece durante un solo día o hasta un lapso de tiempo más breve aún, en una especie de letargo exagerado. Está en apariencia insensible e inmóvil; pero el latido del corazón es todavía débilmente perceptible, quedan vestigios de calor, un leve color perdura en el centro de las mejillas, y la leve aplicación de un espejo sobre los labios puede revelarnos un funcionamiento embotado, desigual y vacilante de los pulmones. Otras veces la duración del trance es de unas semanas, hasta de unos meses; durante ese tiempo el más atento examen, las más rigurosas pruebas médicas no podrían determinar ninguna diferencia material entre el estado del paciente y lo que concebimos como muerte absoluta. Muy a menudo el enfermo se salva de ese enterramiento prematuro no más que porque sus amigos saben que ha estado sujeto antes a la catalepsia, a consecuencia de lo cual se suscitan sus sospechas, y sobre todo ante la ausencia de descomposición. Los progresos de la enfermedad son, por fortuna, graduales. Las primeras manifestaciones, siquiera notables, son inequívocas. El ataque va haciéndose paulatinamente más claro, y dura cada vez más que el anterior. En esto reside para el paciente la principal seguridad de librarse de la inhumación. El infortunado cuyo *primer* ataque presentase ese carácter extremo que a veces tiene, estaría, casi sin remedio, condenado a ser enterrado vivo.

Mi propio caso no se diferencia en ningún detalle importante de los mencionados en las obras de medicina. En ocasiones, sin ninguna causa aparente, me sumía poco a poco en un estado de semidesmayo o de semisíncope, y permanecía en ese estado, sin dolor, sin poder moverme, o para hablar con exactitud, sin poder pensar, pero con una embotada y letárgica conciencia de la vida y de la presencia de los que rodeaban mi lecho, hasta que, al hacer crisis la enfermedad, recobraba de repente mi sensibilidad perfecta. Otras veces la dolencia me atacaba rápida e impetuosamente. Me daba un vértigo, me sentía entumecido, helado, privado de conocimiento y me desplomaba acto seguido. Entonces, durante semanas, todo era vacío, tiniebla, silencio, y la Nada se convertía en el universo. El aniquilamiento total no podía ser mayor. De esos ataques me despertaba de un modo lentamente gradual que estaba en proporción con lo repentino del acceso. Ni más ni menos que despunta el alba para el mendigo sin amigos ni hogar, errante por las calles en la larga desolación de una noche invernal, con la misma lentitud y el mismo cansancio, con idéntico júbilo volvía a mí la luz del Alma.

Por lo demás, aparte de esa tendencia a la catalepsia, mi salud general parecía ser excelente; no podía yo percibir que estaba toda ella afectada por una dolencia predominante, a no ser, realmente, que una idiosincrasia en mi *sueño* ordinario pueda ser considerada como promotora de aquella. Al despertar de un sueño normal, no podía yo nunca recobrar en el acto la completa posesión de mis sentidos, y permanecía siempre durante varios minutos en un aturdimiento y una perplejidad grandes, con las facultades mentales en general, pero en particular la memoria, interrumpidas por completo.

En todo lo que experimentaba no había sufrimiento físico, sino una infinita angustia moral. Mi imaginación tendía a lo fúnebre. Hablaba yo de «gusanos, de tumbas, de epitafios». Me perdía en sueños de muerte, y la idea de un enterramiento prematuro se adueñaba sin cesar de mi espíritu. El horrible Peligro a que estaba expuesto me alucinaba día y noche. Durante el primero, la tortura de esa idea era excesiva; durante la última, suprema. Cuando la horrenda Oscuridad se difundía sobre la Tierra, entonces, con un total horror de pensamiento, me estremecía, me estremecía como tiemblan los penachos de plumas sobre la carroza fúnebre. Cuando la naturaleza no podía soportar el estar despierta más tiempo, consentía yo, no sin lucha, en dormir, pues temblaba pensando que, al despertarme, podía encontrarme ocupando una tumba. Y cuando, por último, me hundía en el sueño, era únicamente para precipitarme en un mundo de fantasmas por encima del cual, con amplias, tenebrosas y sombrías alas, se cernía predominante, la Idea única y sepulcral.

Entre las innumerables imágenes lúgubres que me oprimían así en sueños, escogeré para mi relato una sola visión. Me parecía estar sumido en un trance cataléptico de mayor duración y profundidad que de costumbre. De pronto, una mano helada se posaba sobre mi frente, y una voz impaciente y entrecortada murmuraba la palabra «¡Levántate!» en mi oído.

Me incorporé. La oscuridad era total. No podía yo ver la figura de quien me había hecho levantar. No podía recordar el momento en que había caído en trance, ni el lugar donde me hallaba entonces. Mientras permanecía inmóvil, esforzándome por coordinar mis pensamientos, la mano helada me cogió brutalmente de la muñeca, sacudiéndola con aspereza, en tanto que la voz entrecortada volvía a decir:

—¡Levántate! ¿No te he dicho ya que te levantes?

—¿Y quién eres tú? —pregunté.

—No tengo nombre en las regiones donde habito —replicó la voz lúgubremente—. Fui mortal, pero ahora soy un demonio. Fui inexorable, pero ahora soy compasivo. Debes de sentir cómo tiemblo. Mis dientes castañetean cuando hablo, y sin embargo, no es por el frío de la noche, de la noche interminable. Pero este horror es insufrible. ¿Cómo puedes *tú* dormir tranquilamente? El grito de esas infinitas angustias me impide reposar. No puedo soportar más esa visión. ¡Levántate! Ven conmigo fuera a la Noche, y déjame descubrirte las tumbas. ¿No es un espectáculo doloroso? ¡Mira!

Miré, y la figura invisible que me asía aún de la muñeca,

hacía que se abriesen las tumbas de toda la humanidad, y de cada una de ellas emanaba la débil irradiación fosforescente de la podredumbre; de tal modo que pude sondear los más recónditos escondrijos, y he aquí que vislumbré los cuerpos enterrados en su sombrío y solemne sueño, con el gusano. Pero, ¡ay!, los verdaderos durmientes eran muchos menos, muchos millones menos, que los que no dormían en absoluto; y había allí una débil lucha, y había allí una inquietud general y triste, y desde el fondo de las innumerables fosas subía el melancólico estrujamiento de los sudarios. Y entre los que parecían reposar tranquilamente, vi que un gran número de ellos habían cambiado, más o menos, de la rígida e incómoda postura que tenían al ser enterrados. Y la voz me dijo, cuando yo miraba:

—¿No es esta, no es, di, una visión lamentable?

Pero, antes de que pudiese yo encontrar palabras que contestar, la figura cesó de aferrar mi muñeca, la luz fosforescente se extinguió y las tumbas se cerraron con violencia repentina, mientras de ellas se elevaba un tumulto de gritos desesperados, diciendo de nuevo: «¿No es, ¡oh Dios!, no es una visión lamentable?».

Fantasías como estas, presentándose por la noche, extendían su terrorífica influencia hasta a mis horas de vigilia. Mis nervios llegaron a estar de todo punto trastornados, y era yo presa de un horror perpetuo. Vacilaba en montar a caballo, en pasear o en realizar un ejercicio cualquiera que me obligase a salir de mi casa. En realidad, no me atrevía a arriesgarme a ir a ninguna parte lejos de la presencia inmediata de los que conocían mi propensión cataléptica, por temor a caer en uno de mis habituales accesos y a ser enterrado antes de que se pudiesen dar cuenta de mi verdadero estado. Dudaba de los cuidados, de la fidelidad de mis amigos más queridos. Temía que, en algún ataque de mayor duración que la acostumbrada, se persuadiesen de que debían considerarme como irremediablemente perdido. Llegaba yo incluso a temer que, como les ocasionase mucho trastorno, podían ellos alegrarse de considerar algún ataque prolongado como cumplida disculpa para desembarazarse de mí *ad perpetuam*. En vano intentaban ellos tranquilizarme con las promesas más solemnes. Les exigí los más sagrados juramentos de que en ninguna circunstancia me enterrasen hasta que la descomposición material estuviera tan avanzada, que hiciese imposible toda conservación ulterior. Y aun entonces mis terrores mortales no atendieron a mi razón ni quisieron admitir consuelo. Ideé una serie de precauciones meditadas. Entre otras cosas, hice reformar el panteón de familia para que pudiera ser abierto con facilidad desde dentro. La menor presión sobre una larga palanca que se prolongaba hasta dentro de la tumba debía hacer girar las puertas de hierro. Mandé hacer también ciertas reparaciones para la libre entrada del aire y de la luz, y colocar unos recipientes apropiados para el alimento y el agua en la inmediata proximidad del féretro preparado para recibirme. Este féretro estaba cálida y muellemente guateado, y provisto de una tapa, confeccionada según el sistema de la puerta de la cripta, con la añadidura de unos resortes dispuestos de tal modo, que el más débil movimiento del cuerpo bastase para dejarme en libertad. Además de todo esto, hice colgar del techo del panteón una gran campana, cuya cuerda, según había ideado, pasaría por un orificio hecho en la caja, y que estaría atada a una de las manos del cadáver. Pero ¡ay! ¿De qué puede servir la vigilancia del hombre contra su destino? ¡Todas aquellas precauciones tan bien pensadas serían insuficientes para salvar de las supremas angustias de un enterramiento en vida a un infeliz predestinado a esas angustias!

Llegó una vez –como había ocurrido antes tantas otras– en que me encontré saliendo de una inconsciencia total con un primer sentimiento débil e indefinido de mi existencia. Lentamente –a paso de tortuga– se acercó la tímida aurora del día psíquico. Un torpe malestar, un sufrimiento apático de sordo dolor. Ni inquietud, ni esperanza, ni esfuerzo. Tras de un largo intervalo, un zumbido en los oídos; tras de un lapso mayor aún, una punzante u hormigueante sensación en las extremidades; después, un período que me pareció eterno de plácida quietud, durante el cual los sentimientos se despiertan y luchan por transformarse en pensamiento; luego, una breve y nueva zambullida en la nada; después, una repentina vuelta a la vida. Por último, un ligero temblor de los párpados, y sin tardanza, una conmoción eléctrica de horror, espantosa e indefinida, que hace refluir la sangre a torrentes desde las sienes al corazón. Y entonces, el primer esfuerzo positivo por pensar. Y entonces, un éxito parcial y desvanecedor. Y entonces, la memoria que ha recobrado su dominio para que, en cierta medida, tenga yo conciencia de mi estado. Siento que no me despierto de un sueño ordinario. Recuerdo que soy propenso a la catalepsia. Y a la postre, como por el oleaje de un océano, mi espíritu estremecido es arrollado por el horrendo Peligro, por la única, espectral y predominante Idea.

Durante algunos minutos después de que esta fantasía se adueñaba de mí, permanecía sin movimiento. ¿Y por qué? No podía acopiar valor para moverme. No me atrevía a hacer un esfuerzo para darme cuenta de mi suerte, y aun así, había algo en mi corazón que me murmuraba que *era seguro*. Una desesperación —como no existe en ninguna clase de infortunio ni ha podido recordarse nunca— me apremiaba, después de larga vacilación, para que levantase las pesadas cortinas de mis ojos. Estaba todo oscuro. Supe entonces que la crisis había pasado. Supe que aquella crisis de mi dolencia había cesado hacía largo tiempo. Supe que había recobrado ahora en absoluto el uso de mis facultades visuales, y no obstante, que todo estaba oscuro, que era la Noche intensa y totalmente desprovista de rayos que durará siempre.

Intenté gritar, y mis labios y mi lengua, resecos, se agitaban convulsivamente en la tentativa; pero ninguna voz brotaba de mis pulmones cavernosos, que, oprimidos como por el peso aplastante de una montaña, jadeaban y palpitaban, lo mismo que mi corazón, a cada penosa y dificultosa inspiración.

El movimiento de mis mandíbulas, en el esfuerzo para gritar con fuerza, me probó que las tenía atadas, como se suele hacer con los muertos. Sentí también que estaba tendido sobre alguna materia dura, y que mis costados estaban asimismo fuertemente comprimidos por algo semejante. Hasta entonces no me había arriesgado aún a mover mis miembros; pero ahora alcé con violencia mis brazos, estirados a lo largo de mi cuerpo, con las muñecas cruzadas. Chocaron contra un sólido obstáculo de madera que se extendía por encima de mi persona a solo unas seis pulgadas de mi cara. Ya no podía dudar por más tiempo de que reposaba dentro de un ataúd para la eternidad.

Y a la sazón, en medio de mis infinitas miserias, se me apareció el querubín Esperanza, al pensar en mis precauciones. Me retorcí e hice esfuerzos espasmódicos para abrir la tapa: no se movió. Palpé mis muñecas para asir la cuerda de la campana: no la encontré. Y luego voló el Consuelo sin retorno, y una Desesperación más cruel aún reinó, triunfante, pues noté la falta del guateado que preparara yo tan cuidadosamente, y además, llegó de repente hasta mi nariz el fuerte olor peculiar de la tierra húmeda. La conclusión era irresistible. Yo *no* estaba dentro de la cripta. Debía de haber caído en trance cataléptico fuera de mi casa, entre extraños –no podía recordar cuándo ni cómo–, y estos me habían enterrado como a un perro, clavándome en un ataúd vulgar y metiéndome hondo, hondo, para siempre, en una *tumba* ordinaria y común.

Cuando esta convicción espantosa irrumpió así en la cámara más recóndita de mi alma, me esforcé de nuevo por gritar. Y en este segundo esfuerzo tuve éxito. Un largo, salvaje y continuo grito o más bien un aullido de agonía, resonó a través de los reinos de la Noche subterránea.

–¡Hola, hola! ¿Qué es esto? –dijo una voz áspera, en respuesta.

–¿Qué diablos pasa ahora? –dijo una segunda voz.

–¡Sal de ahí! –dijo una tercera.

—¿Qué quiere usted significar con unos alaridos de ese estilo, que parecen los de una gata en enero? —dijo una cuarta voz.

Y en este momento fui agarrado y sacudido sin consideraciones durante varios minutos por una cuadrilla de individuos de aspecto muy ordinario. No me despertaron de mi sueño, pues estaba bien despierto cuando grité; pero me hicieron recobrar la posesión completa de mi memoria.

Esta aventura sucedió cerca de Richmond, en Virginia. Acompañado de un amigo, había yo caminado, durante una excursión de caza, algunas millas a lo largo de las orillas del río James. Se acercaba la noche, y fuimos sorprendidos por una tormenta. El camarote de una pequeña chalupa anclada en la corriente, y que estaba cargada de mantillo, nos proporcionó el único refugio aprovechable. Nos acomodamos lo mejor que pudimos y pasamos la noche a bordo. Dormí en una de las dos únicas literas del barco, y las literas de una chalupa de sesenta o setenta toneladas no necesitan descripción. La que yo ocupaba carecía de ropa de cama. Tenía una anchura máxima de dieciocho pulgadas. Y había exactamente la misma distancia entre su fondo y la cubierta encima de mi cabeza. Luché con las mayores dificultades para comprimirme allí dentro. A pesar de lo cual me dormí a pierna suelta, y mi visión entera —pues no era aquello un sueño ni una pesadilla— surge con naturalidad de las circunstancias de mi postura, de la predisposición habitual de mi pensamiento y de la dificultad, a que he aludido, de concentrar mis sentidos y sobre todo de recobrar mi memoria largo rato después de despertar del sueño. Los hombres que me sacudieron formaban la tripulación de aquella chalupa, con algunos otros trabajadores contratados para la descarga. Del propio cargamento venía aquel olor a tierra húmeda. El vendaje alrededor de las mandíbulas era un pañuelo de seda que me había yo atado alrededor de la cabeza, a falta de mi acostumbrado gorro de dormir.

Sin embargo, las torturas sufridas eran indudable y completamente iguales, salvo en su duración, a las del enterramiento auténtico. Fueron espantosas, de un horror inconcebible; pero Dios actúa por medio del diablo, pues en su exceso provocaron una inevitable reacción de mi espíritu. Mi alma se tonificó, adquirió temple. Me marché fuera del país. Hice vigorosos ejercicios. Respiré al aire libre del cielo. Pensé en temas diferentes que el de la Muerte. Dejé a un lado mis obras de medicina. No me quemé las cejas sobre el libro de Buchan.[1] No releí las *Noches de Meditación*, ni esos libros pavorosos sobre los cementerios, ni más historias amedrentadoras como estas. Desde esa memorable noche deseché mis preocupaciones sepulcrales, y con ellas desaparecieron mis trastornos catalépticos, de los que habían sido aquellas menos la consecuencia que la causa.

Hay momentos en que hasta para la serena mirada de la Razón, el mundo de nuestra triste humanidad puede parecer un infierno; pero la imaginación del hombre no es Carathis, para explorar con impunidad sus cavernas. ¡Ay! La triste legión de terrores sepulcrales puede ser considerada como enteramente fantástica; pero, semejante a los demonios en compañía de los cuales hizo Afrasiab su viaje bajando por el Oxus, deben ellos dormir o devorarnos, deben soportarse como un sueño, porque, si no, nos harán perecer.

[Trad. de Julio Gómez de la Serna]

---

1. Poe parece aludir aquí a la obra famosa en su época del inglés William Buchan (1729-1805), titulada *La medicina doméstica, al alcance de todos*. (N. del T.)

La carta robada

En julio de 1844 Poe escribió a J. R. Lowell que «"La carta robada" es el mejor de mis cuentos detectivescos». La ciertamente meritoria creación de un argumento por completo intelectual, sin atisbo de sensacionalismo, ha propiciado que muchos estudiosos lo hayan llegado a considerar, aún más, como el mejor relato de cuantos llegó a escribir.

Nunca han sido clarificadas las fuentes que inspiraron a Poe para su redacción, de modo que incluso se ha llegado a dudar de una posible relación directa con un caso real. En más de una ocasión el autor insiste en la ausencia de búsqueda de la verdad en sus escritos. De hecho, ya había advertido de ello al respecto de «Los crímenes de la rue Morgue», que supone asimismo la primera aparición del detective C. Auguste Dupin, que en «La carta robada» protagoniza por última vez una narración del escritor de Boston.

Este cuento fue publicado en 1844, integrado en la revista anual de literatura The Gift. Cabe suponer que, para poder incluirlo, Poe se vio obligado a entregar precipitadamente el manuscrito, razón por la cual no pudo revisar parte de las correcciones que los editores proponían para este. Sin embargo, parece ser que Poe pudo modificar el texto en reediciones posteriores. Esta segunda versión resultante fue la utilizada desde entonces por petición expresa del propio autor, que sabía de la buena acogida que había tenido el escrito no solo en Estados Unidos, sino también en países como Francia, donde en 1845 ya empezó a circular una traducción titulada «Une lettre volée».

Nil sapientiae odiosius acumine nimio.[1]

Séneca

En París, justamente después de una oscura y tormentosa noche, en el otoño de 18..., gozaba yo de la doble voluptuosidad de la meditación y de una pipa de espuma de mar, en compañía de mi amigo C. Auguste Dupin, en su pequeña biblioteca privada o gabinete de lectura, situada en el *troisième* del número 33 de la rue Dunôt, en el faubourg Saint-Germain. Durante una hora, por lo menos, habíamos permanecido en un profundo silencio; cada uno de nosotros, para cualquier casual observador, hubiese parecido intensa y exclusivamente atento a las volutas de humo que adensaban la atmósfera de la habitación. En lo que a mí respecta, sin embargo, discutía mentalmente ciertos temas que habían constituido nuestra conversación en la primera parte de la noche; me refiero al asunto de la rue Morgue y al misterio relacionado con el asesinato de Marie Rogêt. Consideraba yo aquello, por lo tanto, como algo coincidente, cuando la puerta de nuestra habitación se abrió dando paso a nuestro antiguo conocido monsieur G., prefecto de la policía parisiense.

1. «Nada es más odioso para la sabiduría que la agudeza excesiva.» (*N. del T.*)

Le dimos una cordial bienvenida, pues aquel hombre tenía su lado divertido, así como su lado despreciable, y no le habíamos visto hacía varios años. Como estábamos sentados en la oscuridad, Dupin se levantó entonces para encender una lámpara; pero volvió a sentarse, sin hacer nada, al oír decir a G. que había venido para consultarnos o más bien para pedir su opinión a mi amigo sobre un asunto oficial que le había ocasionado muchos trastornos.

—Si es un caso que requiere reflexión —observó Dupin, absteniéndose de encender la mecha—, lo examinaremos mejor en la oscuridad.

—Esta es otra de sus extrañas ideas —dijo el prefecto, quien tenía la costumbre de llamar «extrañas» a todas las cosas que superaban su comprensión, y que vivía así entre una legión completa de «extrañezas».

—Es muy cierto —dijo Dupin, ofreciendo a su visitante una pipa y arrastrando hacia él un cómodo sillón.

—Y ahora, ¿cuál es la dificultad? —pregunté—. Espero que no sea nada relacionado con el género asesinato.

—¡Oh, no! Nada de eso. El hecho, el asunto es muy sencillo en realidad, y no dudo que podríamos arreglárnoslas bastante bien nosotros solos; pero luego he pensado que a Dupin le agradaría oír los detalles de esto, porque es sumamente *extraño*.

—Sencillo y extraño —dijo Dupin.

—Pues sí, y no es exactamente ni una cosa ni otra. El hecho es que nos ha traído buenos quebraderos de cabeza ese asunto por ser tan sencillo y a la par tan desconcertante.

—Quizá sea la gran sencillez de la cosa la que los induce al error —dijo mi amigo.

—¡Qué insensatez está usted diciendo! —replicó el prefecto, riendo de buena gana.

—Quizá el misterio sea un poco *demasiado* sencillo —dijo Dupin.

—¡Oh, Dios misericordioso! ¿Quién ha oído nunca semejante idea?

—Un poco *demasiado* evidente.

—¡Ja, ja, ja! ¡Ja, ja, ja! ¡Jo, jo, jo! —gritaba nuestro visitante, enormemente divertido—. ¡Oh, Dupin, quiere usted hacerme morir de risa!

—¿De qué se trata, en fin de cuentas? —pregunté.

—Pues voy a decírselo —replicó el prefecto, lanzando una larga, densa y contemplativa bocanada, y arrellanándose en su asiento—. Voy a decírselo en pocas palabras; pero antes de comenzar, me permito advertirle que se trata de un asunto que requiere el mayor secreto, y que perdería yo, muy probablemente, el puesto que ocupo en la actualidad, si se supiera que se lo había confiado a alguien.

—Empiece ya —dije.

—O no empiece —dijo Dupin.

—Bueno; empezaré. Estoy informado personalmente, por fuente muy elevada, de que cierto documento de la mayor importancia ha sido robado de las habitaciones reales. Se sabe quién es el individuo que lo ha robado, esto no admite duda; le han visto robarlo. Y se sabe también que lo tiene en su poder.

—¿Cómo se ha sabido? —preguntó Dupin.

—Se infiere claramente —replicó el prefecto— de la naturaleza del documento, y de la no aparición de ciertos resultados que habrían tenido lugar enseguida, si no estuviese el documento en poder del ladrón, es decir, si fuera utilizado para el fin que debe él proponerse.

—Sea usted un poco más explícito —dije.

—Pues bien: me arriesgaré a decir que ese papel confiere a su poseedor cierto poder en cierto lugar, poder que es de una valía inmensa.

El prefecto era muy aficionado a la jerga diplomática.

—Sigo sin entender absolutamente nada —dijo Dupin.

—¿No? Bueno; la revelación de ese documento a otra persona, cuyo nombre silenciaré, pondría en entredicho el honor de alguien del más alto rango, y esto daría al poseedor del documento un ascendiente sobre esa ilustre personalidad cuyo honor y tranquilidad se hallan comprometidos.

–Pero ese ascendiente –interrumpí– depende de que el ladrón sepa que la persona robada le conoce. ¿Quién se atrevería...?

–El ladrón –dijo G.– es el ministro D., que se atreve a todo, lo mismo a lo que es indigno que a lo que es digno de un hombre. El procedimiento del robo es tan ingenioso como audaz. El documento en cuestión (una carta, para ser franco) ha sido recibido por la persona robada estando a solas en el regio *boudoir*. Mientras lo leía cuidadosamente, fue interrumpida de pronto por la entrada del otro ilustre personaje, a quien ella deseaba especialmente ocultarlo. Después de precipitados y vanos esfuerzos para meterlo en un cajón, se vio obligada a dejarlo, abierto como estaba, sobre una mesa. La dirección, no obstante, estaba vuelta y el contenido, por tanto, era ilegible; de modo que la carta pasó inadvertida. En ese momento entra el ministro D. Sus ojos de lince ven enseguida el papel, reconoce la letra y la dirección, observa la confusión de la persona a quien iba dirigido, y penetra su secreto. Después de despachar algunos asuntos, con la celeridad en él acostumbrada, saca una carta un tanto parecida a la misiva en cuestión, la abre, finge leerla, y luego la coloca muy cerca de la otra. Vuelve a conversar durante unos quince minutos sobre los asuntos públicos. Y por último se despide y coge de la mesa la carta a la que no tiene derecho. La legítima poseedora lo ve; pero, naturalmente, no se atreve a llamar la atención sobre aquel acto en presencia del tercer personaje que está junto a ella. El ministro se marcha, dejando su propia carta (una carta sin importancia) sobre la mesa.

–Ahí tiene usted –me dijo Dupin–, ahí tiene usted precisamente lo que se requería para que el ascendiente fuese completo: el ladrón sabe que la persona robada le conoce.

–Sí –asintió el prefecto–, y el poder alcanzado así lo ha usado con amplitud desde hace algunos meses para sus fines políticos, hasta un punto muy peligroso. La persona robada está cada día más convencida de la necesidad de recuperar su carta. Pero esto, sin duda, no puede hacerse abiertamente. Al fin, impulsada por la desesperación, me ha encargado del asunto.

—Era imposible, supongo —me dijo Dupin, entre una perfecta voluta de humo—, elegir e incluso imaginar un agente más sagaz.

—Usted me adula —replicó el prefecto—; pero es posible que hayan tenido en cuenta esa opinión.

—Está claro —dije—, como usted ha hecho observar, que la carta se halla aún en posesión del ministro, puesto que es esa posesión y no el uso de la carta lo que le confiere su poder. Con el uso ese poder desaparece...

—Es cierto —dijo G.—, y con esa convicción he procedido. Mi primer cuidado ha sido efectuar una pesquisa en el palacete del ministro, y allí mi primer apuro ha consistido en la necesidad de buscar sin que él lo supiese. Por encima de todo estaba yo prevenido contra el peligro existente en darle motivo para que sospechase nuestro propósito.

—Pero —dije— se halla usted completamente *au fait*[2] en esas investigaciones. La policía parisiense ha hecho eso más de una vez.

—¡Oh, sí! Y por esa razón no desespero. Las costumbres del ministro me proporcionan, además, una gran ventaja. Está ausente con frecuencia de su casa por la noche. No tiene muchos criados. Duermen estos a cierta distancia de la habitación de su amo, y como son principalmente napolitanos, están siempre dispuestos a emborracharse. Poseo, como usted sabe, llaves con las cuales puedo abrir todos los cuartos o gabinetes de París. Durante tres meses no ha pasado una noche cuya mayor parte no la haya dedicado en persona a registrar el palacete de D. Mi honor está en juego, y para confiarle un gran secreto, la recompensa es muy crecida. Por eso no he abandonado la búsqueda hasta estar por completo convencido de que ese hombre es más astuto que yo. Creo que he re-

2. «Al corriente.» *(N. del T.)*

gistrado cada escondrijo y cada rincón de la casa en los cuales podía estar oculto el papel.

—Pero ¿no sería posible —sugerí— que, aunque la carta estuviera en posesión del ministro (y lo está, indudablemente), la hubiera escondido él en otra parte que en su propia casa?

—Eso no es posible en absoluto —dijo Dupin—. La situación peculiar actual de los asuntos de la corte, y en especial de esas intrigas en las que D. está, como se sabe, envuelto, hacen de la eficacia inmediata del documento (de la posibilidad de ser presentado en el momento) un punto de una importancia casi igual a su posesión.

—¿La posibilidad de ser presentado? —dije.

—Es decir, de ser *destruido* —dijo Dupin.

—De seguro —observé—, ese papel está en la casa. En cuanto a que lo lleve encima el ministro, podemos considerar esta hipótesis de todo punto como ajena a la cuestión.

—De todo punto —dijo el prefecto—. Le he hecho atracar dos veces por dos maleantes, y su persona ha sido rigurosamente registrada bajo mi propia inspección.

—Pudo usted haberse ahorrado esa molestia —dijo Dupin—. D., por lo que presumo, no está loco rematado, y por tanto, ha debido prever esos atracos como cosa natural.

—No está loco rematado —dijo G.—; pero es un poeta, por lo cual, para mí, se halla muy cerca de la locura.

—Es cierto —dijo Dupin, después de lanzar larga y pensativamente bocanadas de humo de su pipa de espuma—, aunque sea yo mismo culpable de ciertas aleluyas.

—Denos usted —dije— detalles precisos de su busca.

—Pues bien: el hecho es que nos hemos tomado tiempo y hemos buscado *por todas partes*. Tengo una larga experiencia en estos asuntos. Hemos recorrido la casa entera, cuarto por cuarto, dedicando las noches de toda una semana a cada uno. Hemos examinado primero el mobiliario de cada habitación y abierto todos los cajones posibles, y supongo que sabrá usted que, para un agente de policía convenientemente adiestrado, un cajón *secreto* no resulta una cosa imposible. Es un mastuerzo todo hombre que en una pesquisa de ese género permite que un cajón secreto escape a su búsqueda. ¡La cosa es tan sencilla! Hay en cada estancia cierta cantidad de volumen (de espacio) del cual puede uno darse cuenta. Tenemos para eso reglas exactas. Ni la quincuagésima parte de una línea puede escapársenos. Después de las habitaciones nos hemos dedicado a las sillas. Los almohadones han sido sondeados con esos finos agujones que me ha visto usted emplear. Hemos quitado los tableros de las mesas.

—¿Y eso para qué?

—A veces el tablero de una mesa, o de cualquier otra pieza semejante del mobiliario, es levantado por la persona que desea esconder un objeto; ahueca entonces la pata, deposita el objeto dentro de la cavidad y vuelve a colocar el tablero. Los fondos y remates de las columnas de las camas son utilizados para el mismo fin.

—Pero ¿no puede descubrirse ese hueco por el sonido? —pregunté.

—No hay manera, si ha sido depositado el objeto envuelto en un relleno de algodón suficiente. Además, en nuestro caso, nos veíamos obligados a actuar sin hacer ruido.

—Pero ustedes no han podido quitar, desmontar *todas* las piezas de moblaje en las cuales hubiera sido factible depositar un objeto de la manera que usted ha indicado. Una carta puede ser enrollada en una espiral muy fina, parecidísima en su forma a una aguja de hacer punto, y ser así introducida dentro del travesaño de una silla, por ejemplo. ¿Han desmontado ustedes las piezas de todas las sillas?

—Ciertamente que no; pero hemos hecho algo mejor: hemos examinado los travesaños de cada silla en el palacete, e incluso las junturas de toda clase de muebles, con ayuda de un potente microscopio. Si hubiese habido un indicio cualquiera de una alteración reciente, no hubiéramos dejado de descubrirlo al punto. Un solo grano de polvo de berbiquí, por ejemplo, habría aparecido tan visible como una manzana. Cualquier alteración en la cola (una simple grieta en las junturas) hubiese bastado para asegurar su descubrimiento.

—Supongo que habrán ustedes examinado los espejos, entre la luna y la chapa, y que habrán registrado las camas y sus ropas, lo mismo que las cortinas y alfombras.

—Naturalmente, y cuando hubimos examinado cada partícula del mobiliario de ese modo, examinamos la propia casa. Dividimos su superficie entera en compartimientos que numeramos, para que así no se nos olvidase ninguno; después examinamos cada pulgada cuadrada por todas partes, incluyendo las dos casas contiguas, con el microscopio, como antes.

—¡Las dos casas contiguas! —exclamé—. Ha debido usted de soportar grandes molestias.

—En efecto, pero la recompensa ofrecida es prodigiosa.

—¿Incluye usted el terreno de las casas?

—Todo el terreno es de ladrillo. En comparación, eso nos ha dado poco trabajo. Hemos examinado el musgo entre los ladrillos, encontrándolo intacto.

—¿Habrá usted mirado entre los papeles de D., naturalmente, y dentro de los libros de su biblioteca?

—Por supuesto, hemos abierto cada paquete y cada bulto; no solo hemos abierto todos los libros, sino que hemos pasado hoja por hoja cada volumen, no contentándonos con una simple sacudida, según suelen hacer algunos de nuestros oficiales de policía. Hemos medido también el espesor de cada pasta de libro con la más exacta minuciosidad, aplicando a cada una el más celoso escudriñamiento del microscopio. Si se hubiera introducido algo en una de las encuadernaciones, habría sido del todo imposible que el hecho escapase a nuestra observación. Unos cinco o seis volúmenes, que acababan de salir de manos del encuadernador, fueron cuidadosamente sondeados, en sentido longitudinal, con las agujas.

—¿Han explorado ustedes los suelos por debajo de las alfombras?

—Sin duda alguna. Hemos quitado todas las alfombras y examinado las tablas con el microscopio.

—¿Y el papel de las paredes?

–Sí.

–¿Han registrado las bodegas?

–Lo hemos hecho.

–Entonces –dije– han incurrido ustedes en un error, y la carta *no está* en la casa, como usted supone.

–Temo que tenga usted razón en eso –dijo el prefecto–. Y ahora, Dupin, ¿qué me aconseja que haga?

–Una investigación concienzuda en la casa...

–Eso es completamente inútil –replicó G.–. No estoy tan seguro de que respiro como de que la carta no se halla en el palacete.

–No tengo mejor consejo que darle –dijo Dupin–. ¿Posee usted, supongo, una descripción exacta de la carta?

–¡Oh, sí!

Y aquí el prefecto, sacando un cuaderno de notas, se puso a leernos en voz alta una minuciosa reseña del aspecto interno, y en especial del externo, del documento perdido. Al poco rato de terminar la lectura de aquella descripción, se despidió el buen señor, más decaído de ánimo que le había yo visto nunca hasta entonces.

Un mes después, aproximadamente, nos hizo otra visita, encontrándonos casi en la misma ocupación que la otra vez. Cogió una pipa y una silla, e inició una conversación usual. Por último, le dije:

–Bueno, G.; pero ¿qué hay de la carta robada? Supongo que al final se habrá usted resignado a pensar que no es cosa sencilla ganar en listeza al ministro.

–¡Que el diablo le confunda! –dijo él–. Sí, realicé, a pesar de todo, ese nuevo examen que Dupin sugería; pero fue labor perdida, como yo preveía.

–¿A cuánto asciende la recompensa ofrecida, de que usted habló? –preguntó Dupin.

–Pues a una gran cantidad...; es una recompensa *muy* generosa... No sé a cuánto asciende exactamente; pero le diré una cosa, y es que me comprometería yo a entregar por mi cuenta un cheque de cincuenta mil francos a quien pudiese conseguirme esa carta. El hecho es que la cosa adquiere cada día mayor importancia, y la recompensa ha sido doblada recientemente. Sin embargo, aunque la tripliquen, no podría yo hacer más de lo que he hecho.

—Pues sí —dijo Dupin, arrastrando las palabras, entre las bocanadas de su pipa de espuma—, realmente... creo, G., que no se ha esforzado usted... todo lo que podía en este asunto. Yo creo que podría hacer un poco más, ¿no?

—¡Cómo!... ¿En qué sentido?

—Pues —dos bocanadas— podría usted —otras dos bocanadas— aplicar el consejo sobre esta cuestión, ¿eh? —tres bocanadas—. ¿Recuerda usted la historia que cuentan de Abernethy?

—¡No, maldito Abernethy!

—Con seguridad, al diablo y buen viaje. Pues una vez, cierto hombre rico concibió el propósito de obtener gratis una consulta médica de Abernethy. Con tal fin entabló con él en una casa particular una conversación corriente, a través de la cual insinuó su caso al galeno, como si se tratase de un individuo imaginario. «Supongamos», dijo el avaro, «que sus síntomas son tales y cuales; y ahora, doctor, ¿qué le mandaría usted que tomase?» «Pues le mandaría que tomase... el consejo de un médico, seguramente.»

—Pero —dijo el prefecto, un poco desconcertado— estoy por *completo* dispuesto a buscar consejo y a pagarlo. Daría *realmente* cincuenta mil francos a quien quisiera ayudarme en este asunto.

—En ese caso —replicó Dupin, abriendo un cajón y sacando un talonario de cheques—, puede usted extenderme un cheque por esa suma. Cuando lo haya usted firmado, le entregaré la carta.

Me quedé estupefacto. El prefecto parecía enteramente fulminado. Durante unos minutos permaneció callado e inmóvil, mirando con aire incrédulo a mi amigo, con la boca abierta y los ojos como fuera de las órbitas; luego pareció volver en sí algún tanto, cogió una pluma y, después de varias vacilaciones y miradas vagas, acabó por rellenar y firmar un cheque de cincuenta mil francos, y se lo tendió por encima de la mesa a Dupin. Este último lo examinó cuidadosamente y se lo guardó en la cartera; después, abriendo un escritorio sacó de él una carta y se la dio al prefecto. El funcionario la asió con un positivo espasmo de alegría, la abrió con mano trémula, echó una rápida ojeada a su contenido, y luego, aferrando la puerta y forcejeando con ella, se precipitó por fin, sin más ceremonia, fuera de la habitación y de la casa, no habiendo pronunciado una sílaba desde que Dupin le había pedido que extendiese el cheque.

Cuando hubo salido, mi amigo entró en algunas explicaciones.

—La policía parisiense —dijo— es sumamente hábil en su oficio. Sus agentes son perseverantes, ingeniosos, astutos y están versados a fondo en los conocimientos que requieren, sobre todo, sus funciones. Por eso, cuando G. nos detalló la manera de efectuar las pesquisas en el palacete de D., tenía yo entera confianza en que habían realizado una investigación satisfactoria, hasta donde alcanza su labor.

—¿Hasta donde alcanza su labor? —repetí.

—Sí —dijo Dupin—. Las medidas adoptadas eran no solo las mejores en su género, sino realizadas con una perfección absoluta. Si la carta hubiera sido depositada dentro del radio de sus investigaciones, esos mozos la habrían encontrado, sin la menor duda.

Reí simplemente, pero él parecía haber dicho aquello muy en serio.

—Las medidas, pues —prosiguió—, eran buenas en su género, y habían sido bien ejecutadas; su defecto estaba en ser inaplicables al caso de ese hombre. Hay una serie de recursos muy ingeniosos que son para el prefecto una especie de lecho de Procusto al cual adapta al cabo todos sus planes. Pero yerra a todas horas por excesiva profundidad o por demasiada superficialidad en el caso en cuestión, y muchos colegiales razonan mejor que él. He conocido uno de ocho años de edad, cuyo éxito como adivinador en el juego de «pares y nones» causaba la admiración universal. Este juego es sencillo y se juega con bolas. Uno de los participantes tiene en la mano cierto número de esas bolas y pregunta a otro si ese número es par o impar. Si este lo adivina con exactitud, el adivinador gana una; si yerra, pierde una. El muchacho a quien aludo ganaba todas las bolas de la escuela. Naturalmente, tenía un sistema de adivinación que consistía en la simple observación y en la apreciación de la astucia de sus contrincantes. Por ejemplo, supongamos que su adversario sea un bobalicón y que alzando su mano cerrada le pregunta: «¿Nones o pares?». Nuestro colegial replica: «Nones» y pierdes; pero en la segunda prueba, gana, porque se dice a sí mismo: «El bobalicón había puesto pares la primera vez, y toda su astucia le va a impulsar a poner nones en la segunda; diré, por tanto: "Nones"»; dice «Nones», y gana. Ahora bien; este sistema de razonamiento del colegial, con un adversario un poco menos simple, lo variaría él razonando así: «Este chico ve que en el primer caso he dicho "Nones", y en el segundo se propondrá (es la primera idea que se le ocurrirá) efectuar una ligera variación de "pares" a "nones" como hizo el bobalicón; pero una segunda reflexión le dirá que es esa una variación demasiado sencilla, y por último, se decidirá a poner "pares" como la primera vez. Diré, por tanto: "Pares"». Dice «Pares», y gana. Pues bien: este sistema de razonamiento de nuestro colegial, que sus camaradas llaman suerte, en último análisis, ¿qué es?

–Es sencillamente –dije– una identificación del intelecto de nuestro razonador con el de su contrario.

–Eso es –dijo Dupin–, y cuando pregunté al muchacho de qué manera efectuaba él esa perfecta identificación en la cual consistía su éxito, me dio la siguiente respuesta: «Cuando quiero saber hasta qué punto es alguien listo o tonto, hasta qué punto es bueno o malo, o cuáles son en el momento presente sus pensamientos, modelo la expresión de mi cara, lo más exactamente que puedo, de acuerdo con la expresión de la suya, y espero entonces para saber qué pensamientos o qué sentimientos nacerán en mi mente o en mi corazón, como para emparejarse o corresponder con la expresión». Esta respuesta del colegial supera en mucho toda la profundidad sofística atribuida a La Rochefoucauld, a La Bruyère, a Maquiavelo y a Campanella.

—Y la identificación —deduje— del intelecto del razonador con el de su adversario depende, si le comprendo a usted bien, de la exactitud con que el intelecto de su contrincante sea estimado.

—En la evaluación práctica depende de eso —confirmó Dupin—, y si el prefecto y toda su cohorte se han equivocado con tanta frecuencia, ha sido, primero, por carencia de esa identificación, y en segundo lugar, por una apreciación inexacta o más bien por la no apreciación de la inteligencia con la que se miden. No ven ellos más que sus propias ideas ingeniosas, y cuando buscan algo escondido, solo piensan en los medios que hubieran empleado para ocultarlo. Tienen mucha razón en lo de que su propia ingeniosidad es una fiel representación de la de la multitud; pero, cuando la astucia del malhechor es diferente de la de ellos, ese malhechor, naturalmente, los embauca... No deja eso nunca de suceder cuando su astucia está por encima de la de ellos, lo cual ocurre muy a menudo, incluso cuando está por debajo. No varían su sistema de investigación; todo lo más, cuando se encuentran incitados por algún caso insólito, por alguna recompensa extraordinaria, exageran y llevan a ultranza sus viejas rutinas; pero no modifican en nada sus principios. En el caso de D., por ejemplo, ¿qué se ha hecho para cambiar el sistema de actuar? ¿Qué son todas esas perforaciones, esas búsquedas, esos sondeos, ese examen al microscopio, esa división de las superficies en pulgadas cuadradas y numeradas? ¿Qué es todo eso sino exageración, al *aplicarlo*, de uno de los principios de investigación que están basados sobre un orden de ideas referente a la ingeniosidad humana, y al que el prefecto se ha habituado en la larga rutina de sus funciones? ¿No ve usted que él considera como cosa demostrada que todos los hombres que quieren esconder una carta utilizan, si no precisamente un agujero hecho con berbiquí en la pata de una silla, al menos alguna cavidad, algún rincón muy extraño, cuya inspiración han tomado del mismo registro de ideas que el agujero hecho con un berbiquí? ¿Y no ve usted también que escondites tan *recherchés*[3] solo son empleados en ocasiones ordinarias y solo son adoptados por inteligencias ordinarias? Porque, en todos los casos de objetos escondidos, esa manera ambiciosa y tortuosa de ocultar el objeto es, en principio, presumible y presumida; así, su descubrimiento no depende en modo alguno de la perspicacia, sino solo del cuidado, de la paciencia y de la decisión de los buscadores. Pero cuando se trata de un caso importante, o lo que es igual a los ojos de la policía, cuando la recompensa es considerable, ve uno cómo todas esas buenas cualidades fracasan indefectiblemente. Comprenderá usted ahora lo que quería yo decir al afirmar que, si la carta robada hubiera estado escondida en el radio de investigación de nuestro prefecto (en otras palabras, si el principio inspirador hubiera estado comprendido en los principios del prefecto), la habría él descubierto de un modo infalible. Sin embargo, ese funcionario ha sido engañado por completo, y la causa primera, original de su derrota, estriba en la suposición de que el ministro es un loco, porque ha conseguido hacerse una reputación como poeta. Todos los locos son poetas (es la manera de pensar del prefecto), y tan solo es él culpable de una falsa distribución del término medio al inferir de eso que todos los poetas están locos.

—Pero ¿es realmente poeta? —pregunté—. Sé que son dos hermanos, y que ambos han logrado fama en la literatura. El ministro, según creo, ha escrito un libro muy notable sobre el cálculo diferencial e integral. Es un matemático y no un poeta.

—Se equivoca usted; le conozco muy bien: es poeta y matemático. Como poeta y matemático ha debido de razonar

3. «Rebuscados.» *(N. del T.)*

con exactitud; como simple matemático no hubiese razonado en absoluto, y habría quedado a merced del prefecto.

—Semejante opinión —dije— tiene que asombrarme; está desmentida por la voz del mundo entero. No intentará usted aniquilar una idea madurada por varios siglos. La razón matemática está desde hace largo tiempo considerada como la razón *par excellence*.

—«Il y a à parier —replicó Dupin, citando a Chamfort— que toute idée publique, toute convention reçue, est une sottise, car elle a convenue au plus grand nombre.»[4] Los matemáticos (le concedo esto) han hecho cuanto han podido por propagar el error popular a que usted alude, el cual, aun habiendo sido propagado como verdad, no por eso deja de ser un error. Por ejemplo, nos han acostumbrado, con un arte digno de mejor causa, a aplicar el término «análisis» a las operaciones algebraicas. Los franceses son los culpables originarios de ese engaño particular, pero, si se reconoce que los términos de la lengua poseen una importancia real, si las palabras cobran su valor por su aplicación, ¡oh!, entonces concedo que «análisis» significa «álgebra», poco más o menos como en latín «ambitus» significa «ambición», «religio», «religión», u «homines honesti», «la clase de hombres honorables».

—Veo que va usted a tener un choque con algunos de los algebristas de París, pero continúe.

—Impugno la validez, y, por consiguiente, los resultados de una razón cultivada por medio de cualquier forma especial que no sea la lógica abstracta. Impugno especialmente el razonamiento sacado del estudio de las matemáticas. Las matemáticas son la ciencia de las formas y de las cantidades; el razonamiento matemático no es más que la simple lógica aplicada a la forma y a la cantidad. El gran error consiste en suponer que las verdades que se llaman *puramente* algebraicas son verdades abstractas o generales. Y este error es tan

4. «Puede apostarse que toda idea pública, toda convención admitida, es una necedad, porque ha convenido a la mayoría.» *(N. del T.)*

enorme, que me maravilla la unanimidad con que es acogido. Los axiomas matemáticos no son axiomas de una verdad general. Lo que es cierto en una relación de forma o de cantidad, resulta a menudo un error craso con relación a la moral, por ejemplo. En esta última ciencia, suele ser falso que la suma de las fracciones sea igual al todo. De igual modo en química el axioma yerra. En la apreciación de una fuerza motriz, yerra también, pues dos motores, que son cada cual de una potencia dada, no poseen necesariamente, cuando están asociados, una potencia igual a la suma de sus potencias tomadas por separado. Hay una gran cantidad de otras verdades matemáticas que no son verdades sino en los límites de relación. Pero el matemático argumenta, incorregible, conforme a sus *verdades finitas*, como si fueran de una aplicación general y absoluta, valor que, por lo demás, el mundo las atribuye. Bryant, en su muy notable *Mitología*, menciona una fuente análoga de errores cuando dice que, aun cuando nadie cree en las fábulas del paganismo, lo olvidamos nosotros mismos sin cesar, hasta el punto de inferir de ellas deducciones, como si fuesen realidades vivas. Hay, por otra parte, en nuestros algebristas, que son también paganos, ciertas fábulas paganas a las cuales se presta fe, y de las que se han sacado consecuencias, no tanto por una falta de memoria como por una incomprensible perturbación del cerebro. En suma, no he encontrado nunca un matemático puro en quien se pudiera tener confianza, fuera de sus raíces y de sus ecuaciones; no he conocido uno solo que no tuviera por artículo de fe que $x^2 + px$ es absoluta e incondicionadamente igual a q. Diga a uno de esos señores, en materia de experiencia, si esto le divierte, que cree usted en la posibilidad del caso en que $x^2 + px$ no sea absolutamente igual a q; y cuando le haya hecho comprender lo que quiere usted decir, póngase fuera de su alcance, y con la mayor celeridad posible, pues, sin duda alguna, intentará acogotarle.

»Quiero decir —continuó Dupin, mientras yo me contentaba con reírme de sus últimas observaciones— que, si el ministro no hubiera sido más que un matemático, el prefecto no se habría visto en la necesidad de firmarme ese cheque. Le conocía yo como matemático y poeta, y había adoptado mis medidas en razón a su capacidad, y teniendo en cuenta las circunstancias en que se hallaba colocado. Sabía yo que era un hombre de corte y un intrigante osado. Pensé que un hombre así debía de estar, sin duda, al corriente de los manejos policíacos. Por supuesto, debía de haber previsto, y los acontecimientos lo han demostrado, las asechanzas a que estaba sometido. Me dije que habría previsto las investigaciones secretas en su palacete. Esas frecuentes ausencias nocturnas que nuestro buen prefecto había acogido como ayudas positivas de su futuro éxito, yo las consideraba como simples tretas para facilitar la libre búsqueda de la policía y para persuadirla con mayor facilidad de que la carta no estaba en el palacete. Sentía yo también que toda esa serie de ideas referentes a los principios invariables de la acción policíaca en los casos de busca de objetos escondidos, idea que le expliqué hace un momento no sin cierta dificultad; sentía yo que toda esa serie de pensamientos debieron de desplegarse en la mente del ministro llevándole imperativamente a desdeñar todos los *escondrijos* usuales. Pensé que aquel hombre no podía ser tan cándido que no adivinase que el escondite más intrincado y remoto de su palacete resultaría tan visible como un arma para los ojos, las pesquisas, los berbiquíes y los microscopios del prefecto. Veía yo, en fin, que él debía de haber tendido por instinto a la *sencillez*, si no había sido inducido a ello por su propia elección. Recordará usted acaso con qué carcajadas desesperadas acogió el prefecto mi sugerencia, expresada en nuestra primera entrevista, de que si este misterio le perturbaba tanto, ello se debía quizá a ser *tan patente*.

—Sí —dije—, recuerdo muy bien su hilaridad. Creí realmente que le iba a dar un ataque de nervios.

—El mundo material —prosiguió— está lleno de analogías muy exactas con el inmaterial, y esto es lo que da cierto tono de verdad a ese dogma retórico de que una metáfora o una comparación pueden fortalecer un argumento e igualmente embellecer una descripción. El principio de la *vis inertiae*,[5] por ejemplo, parece idéntico en lo físico y en lo metafísico. No es menos cierto, en cuanto a lo primero, que un cuerpo voluminoso se pone en movimiento más difícilmente que uno pequeño, y, por consecuencia, su *momentum*[6] está en proporción con esa dificultad, y que, en cuanto a lo segundo, los intelectuales de amplia capacidad son al mismo tiempo más impetuosos, más constantes y más accidentados en sus movimientos que los de un grado inferior; son los que se mueven con menos facilidad, los más cohibidos y vacilantes al iniciar su avance. Aún más: ¿ha observado usted alguna vez cuáles son las muestras de tiendas en las calles que atraen más la atención?

—No me he fijado nunca en eso –dije.

—Hay un juego de acertijos –replicó él– que se realiza sobre un mapa. Uno de los jugadores pide a alguien que encuentre un nombre dado (el nombre de una ciudad, de un río, de un Estado o de un imperio), cualquier palabra, en suma, comprendida en la extensión abigarrada e intrincada del mapa. Una persona novata en el juego procura, en general, embrollar a sus adversarios indicándoles nombres impresos en letras diminutas; pero los acostumbrados al juego escogen nombres impresos en gruesos caracteres que se extienden desde una punta a la otra del mapa. Estas palabras, como las muestras y los carteles en letras grandes de la calle, escapan a la observación por el hecho mismo de su excesiva evidencia, y aquí el olvido material es precisamente análogo a la inatención moral de una inteligencia que deja pasar las consideraciones demasiado palpables, demasiado patentes. Pero es este un punto, al parecer, que supera un poco la comprensión del prefecto. No ha creído nunca probable o posible que el mi-

5. «Fuerza de la inercia.» *(N. del T.)*
6. «Cantidad de movimiento.» *(N. del T.)*

nistro haya depositado la carta precisamente ante las narices del mundo entero, como medio mejor de impedir que lo perciba cualquier habitante de ese mundo.

»Pero cuanto más reflexionaba yo en la atrevida, arrojada y brillante ingeniosidad de D. en el hecho de que debía de tener siempre a mano el documento para intentar utilizarlo de acuerdo con su propósito, y también sobre la evidencia decisiva lograda por el prefecto de que ese documento no estaba escondido dentro de los límites de una investigación ordinaria y en regla, más convencido me sentía de que el ministro había recurrido, para esconder su carta, al modo más amplio y sagaz, que consistía en no intentar esconderla en absoluto.

»Convencido de tales ideas, me puse unas gafas verdes, y llamé una mañana, como por casualidad, en el palacete del ministro. Encontré a D. bostezando, holgazaneando y perdiendo el tiempo, como de costumbre, pretendiendo estar aquejado del más abrumador *ennui*.[7] Es él, tal vez, el hombre más enérgico que existe hoy, pero únicamente cuando no le ve nadie.

»Para ponerme a tono con él, me lamenté de la debilidad de mis ojos y de la necesidad en que me encontraba de usar gafas; pero a través de aquellas gafas examiné cuidadosa y minuciosamente la habitación entera, aunque pareciendo estar atento tan solo a la conversación del dueño de la casa.

»Dediqué una atención especial a una amplia mesa de escritorio junto a la cual estaba él sentado, y sobre cuyo tablero se veían reunidas en una mezcolanza varias cartas y otros papeles, con uno o dos instrumentos de música y algunos libros. Después de aquel largo y cauto examen, no vi allí nada que despertase una especial sospecha.

»Por último, mis ojos, al recorrer en torno la habitación, cayeron sobre un tarjetero de cartón con filigrana de baratija, colgado por una cinta azul sucia de una anilla, encima justamente de la chimenea. Aquel tarjetero con tres o cuatro compartimentos contenía cinco o seis tarjetas de visita y una

7. «Tedio.» *(N. del T.)*

carta solitaria. Esta última estaba muy sucia y arrugada y casi partida por la mitad, como si hubieran tenido el propósito en un primer impulso de romperla por completo como un papel inútil y hubiesen luego cambiado de opinión. Tenía un ancho sello negro con el monograma D. *muy* a la vista, y estaba dirigida, con una letra pequeña, al propio ministro. La habían puesto allí al descuido e incluso, al parecer, con desprecio, dentro de uno de los compartimientos superiores del tarjetero.

»Apenas eché una ojeada sobre aquella carta llegué a la conclusión de que era la que yo buscaba. Evidentemente, resultaba en su aspecto por completo distinta de aquella de la cual nos había leído el prefecto una descripción tan minuciosa. En esta, el sello era ancho y negro, con el monograma de D.; en la otra, era pequeño y rojo, con el escudo ducal de la familia S. En esta, la dirección al ministro estaba escrita con una letra diminuta y femenina; en la otra, la dirección a una persona regia aparecía trazada con una letra a todas luces resuelta y personal. El tamaño era su único punto de semejanza. Pero el carácter excesivo de estas diferencias, fundamentales en realidad, la suciedad, el estado deplorable del papel, arrugado y roto, que estaban en oposición con las *verdaderas* costumbres de D., tan metódicas, y que revelaban el propósito de desconcertar a un indiscreto, presentándole las apariencias de un documento sin valor; todo esto, a lo que debe añadirse la colocación descarada del documento, puesto de lleno ante los ojos de todos los visitantes y ajustándose con tanta exactitud a mis conclusiones anteriores; todo esto, repito, corroboraba con ahínco las sospechas de alguien que acudiese con intención de sospechar.

»Prolongué mi visita el mayor tiempo posible, y mientras sostenía una discusión muy animada con el ministro sobre un tema que sabía yo que le interesaba en grado sumo, mantuve mi atención fija sobre la carta. Durante ese examen, recordaba yo su aspecto exterior y la manera de estar colocada en el tarjetero; y al final, hice también un descubrimiento que disipó la ligera duda que podía quedarme aún. Al examinar los bordes del papel, observé que estaban más deteriorados de lo que parecía necesario. Presentaban el aspecto *roto* de un papel duro, que habiendo sido doblado y aplastado por la plegadera, es doblado en sentido contrario, aunque por los mismos pliegues que constituían su primera forma. Este descubrimiento me bastó. Era evidente para mí que la carta había sido vuelta como un guante, plegada de nuevo y lacrada otra vez. Di los buenos días al ministro y me despedí inmediatamente de él, dejando una tabaquera de oro sobre la mesa.

»A la mañana siguiente volví a buscar la tabaquera y reanudamos desde luego la conversación del día anterior. Mientras la sosteníamos, una fuerte detonación, como de un pistoletazo, se oyó debajo mismo de las ventanas del palacete, seguida de los gritos y vociferaciones de una multitud aterrada. D. se precipitó hacia una ventana, la abrió y miró hacia abajo. Al propio tiempo fui hacia el tarjetero, cogí la carta, la guardé en mi bolsillo y la sustituí por un facsímil (en cuanto al aspecto exterior) que había yo preparado con todo cuidado en mi casa, imitando el monograma de D., fácilmente, por medio de un sello de miga de pan.

»El alboroto en la calle había sido causado por el capricho insensato de un hombre armado de una escopeta. Este había disparado en medio de un gentío de mujeres y de niños. Pero, como no estaba cargada con bala, el individuo fue tomado por loco o por borracho, y le permitieron seguir su camino. Cuando se marchó, D. se retiró de la ventana, adonde le había yo seguido sin tardanza después de haberme asegurado de que tenía la carta en cuestión. A los pocos instantes me despedí de él. El presunto loco era un hombre pagado por mí.

–Pero ¿qué se proponía usted –pregunté– al sustituir la carta por un facsímil? ¿No hubiera sido mejor cogerla simplemente a raíz de su primera visita y haberse ido?

–D. –replicó Dupin– es un hombre decidido y de gran temple. Además, tiene en su palacete criados fieles a sus intereses. De haber efectuado yo esa tentativa violenta que usted sugiere, no habría salido con vida de su casa. El buen pueblo de París no hubiera oído hablar más de mí. Pero, aparte de estas consideraciones, tenía yo un fin. Ya conoce usted mis simpatías políticas. En este asunto obré como partidario de la dama en cuestión. Hacía dieciocho meses que el ministro la tenía en su poder. Es ella ahora quien le tiene cogido, ya que él ignora que la carta no está ya en su posesión, y querrá utilizarla para su *chantage* habitual. Va a buscarse él mismo, y en breve, su ruina política. Su caída será tan precipitada como embarazosa. Se habla sin más ni más del *facilis descensus Averni*; pero en materia de ascensiones, como decía la Catalani del canto, es más fácil subir que bajar. En el caso presente no tengo simpatía alguna, ni siquiera piedad, por el que baja. D. es el *monstrum horrendum*, un hombre genial sin principios. Le confieso, con todo, que me gustaría mucho conocer el carácter exacto de sus pensamientos cuando, retado por la que el prefecto llama «cierta persona», se vea reducido a abrir la carta que dejé para él en su tarjetero.

—¡Cómo! ¿Es que ha puesto usted algo especial en ella?

—¡Ya lo creo! No he creído conveniente dejar el interior en blanco: eso habría parecido un insulto. D. me jugó una vez, en Viena, una mala pasada, y le dije en tono de buen humor que me acordaría de aquello. Por eso, como yo estaba seguro de que él sentiría cierta curiosidad por identificar a la persona que le había ganado en listeza, pensé que era una lástima no dejarle algún indicio. Conoce él muy bien mi letra y copié, exactamente en mitad de la página en blanco, estas palabras:

> ... *Un dessein si funeste,*
> *S'il n'est digne d'Atrée, est digne de Thyeste.*[8]

»Las encontrará usted en la *Atrée* de Crébillon.

[Trad. de Julio Gómez de la Serna]

8. «Tan funesto designio, / si no es digno de Atreo, digno, en cambio, es de Tiestes.» *(N. del T.)*

El demonio de la perversidad

La presente es, a todas luces, una de las mejores historias de Edgar Allan Poe, aunque, sin embargo, no se cuente entre las más populares. Lo destacaba el crítico estadounidense Benjamin De Casseres (1873-1945): la profundidad de la obra de Poe se manifiesta mejor que nunca en «El demonio de la perversidad». Un demonio que, por otro lado, y el autor era bien conocedor de ello, se encuentra en toda persona. Él mismo reconocía de forma más o menos velada en sus escritos —desde los versos del poema «Elisabeth» hasta «El gato negro»— ese impulso de hacer cosas que no deberíamos, esa contradicción interna a la que, como tantos otros, se veía irremediablemente sometido.

El título de la narración, así como su conexión con la frenología, están claramente inspirados en un pasaje del vigesimosegundo capítulo de la novela Ellen Middleton *(1844), de lady Georgiana Fullerton, que Poe había reseñado para la* Democratic Review. *El fragmento en cuestión describe cómo la protagonista es presa de un aciago y poderoso instinto que toma posesión de ella. Por otro lado, para algunos aspectos del cuento, el autor se habría inspirado en notas y crónicas de la prensa local y nacional.*

La primera versión del relato debió de estar en manos del editor Graham por lo menos dos meses antes de su aparición en la revista, programada para el 15 de junio de 1845. La otra versión difiere en tal grado de la anterior que es muy posible el que Poe reescribiera la historia de memoria.

En el examen de las facultades e impulsos de la *prima mobilia* del alma humana, los frenólogos olvidaron mencionar una tendencia que, aun cuando existe visiblemente como sentimiento primitivo, radical e irreductible, ha sido también admitida por los moralistas que les precedieron. Ninguno en la pura arrogancia de la razón la hemos tenido en cuenta. Hemos permitido que escapase su existencia a nuestros sentidos tan solo por falta de credulidad, de fe, ya sea fe en la Revelación o en la cábala. Jamás se nos ocurrió pensar en ello, precisamente por causa de su carácter de supererogación. No hemos experimentado la necesidad de comprobar esta inclinación, esta tendencia. No nos era posible imaginar su necesidad, ni tampoco adquirir la noción de este *primur mobile*, y aunque hubiese penetrado a la fuerza en nosotros, no hubiéramos podido comprender nunca cuál era su misión en la economía de las cosas humanas, temporales o eternas.

No podemos negar que la frenología, y una gran parte de las ciencias metafísicas, han sido concebidas a priori. El intelectual o el lógico pretende, más que el inteligente y observador, comprender los designios de Dios, dictarle sus planes. Después de haber profundizado de este modo y a su gusto en las intenciones de Jehová, y de acuerdo con ellas, ha construido sus innumerables y caprichosos sistemas. En frenología, por ejemplo, hemos empezado estableciendo, y por cierto de una forma muy natural, que era designio de la Divinidad el que el hombre comiera. Más tarde, asignamos al hombre un órgano, de *alimentivenes*,[1] y este órgano es aquel por el cual la Divinidad obliga al hombre, de grado o por fuerza, a comer. En segundo lugar, decidido ya que por designio de Dios debe el hombre perpetuar su especie, nos vemos forzados a descubrir un órgano de amatividad. Ocurrió lo mismo con los de combatividad y, en suma, con todo órgano que representa una inclinación, un sentimiento moral o una facultad de pura inteligencia. En este orden de los *principios* de la acción humana, los spurzheimistas, con o sin razón, se han limitado a seguir en principio las huellas determinadas por sus predecesores, deduciendo y estableciendo cada cosa con arreglo al destino preconcebido del hombre y fijando como base las intenciones de su Creador.

Mucho más prudente y seguro hubiera sido establecer nuestra clasificación –ya que nos es absolutamente necesario clasificarla– en los actos que el hombre ejecuta habitualmente, y en aquellos que de forma ocasional lleva a efecto, ocasionalmente siempre, antes que fundarla en la hipótesis de que la Divinidad misma es la que obliga a su realización. Si no nos es posible comprender a Dios en sus obras visibles, ¿cómo podremos comprenderle en los impenetrables pensamientos suyos que dan vida a esas obras? Si tampoco nos es posible imaginarle en sus creaciones objetivas, ¿de qué forma habremos de concebirle en sus modos sustantivos y fases de creación?

La inducción a posteriori hubiese obligado a la frenología a admitir, como primitivo e innato principio de la acción humana, un algo paradójico que, a falta de un término más significativo, llamaremos «perversidad». Esto, teniendo en cuenta el sentido que aquí le atribuimos, es realmente un *mobile* sin causa, una causa sin *mobile*. Bajo su poder obramos sin una finalidad inteligible. Si esto aparece como una contradicción en los términos, podemos modificar la proposición

1. Palabra sin posible traducción al castellano. Designa el órgano donde reside la sensibilidad del placer que procuran la comida y la bebida. *(N. de los T.)*

diciendo que bajo su influjo obramos por la razón de que *no* deberíamos hacerlo.

Teóricamente, no puede existir una razón más irrazonable; pero, en realidad, no hay otra más poderosa. En condiciones determinadas, llega a ser absolutamente irresistible para ciertos espíritus. No es mi vida para mí una cosa más cierta que esta proposición. La seguridad del pecado, o del error, que trae consigo un acto cualquiera, es frecuentemente, la única *fuerza* invencible que nos impulsa, y nos impulsa sola a ejecutarlo. Esta tendencia obsesionante de hacer el mal por el mal mismo no admitirá análisis ni resolución alguna en ulteriores elementos. Es un movimiento radical, primitivo, elemental. Supongo que se dirá que, si insistimos en ciertos actos porque sabemos que no deberíamos insistir en ellos, nuestro proceder no es más que una modificación de aquella que, por lo general, deriva de la *combatividad* frenológica.

Una simple observación bastaría para descubrir la falsedad de semejante idea. La combatividad frenológica se deduce y resulta de la existencia de la necesidad de defensa personal. Es nuestra protección contra la injusticia. Su principio protege nuestro bienestar. Y, sí, al mismo tiempo que se verifica su desarrollo, se produce exaltadamente en nosotros el deseo del bienestar. De aquí resulta que este debiera excitarse simultáneamente con todo principio que fuera tan solo una modificación de la combatividad. Pero en el caso de este algo que llamo «perversidad», no solo no se despierta el deseo de bienestar, sino que, además, parece un sentimiento singularmente contradictorio.

Todo hombre que llame a su propio corazón encontrará al fin y al cabo la mejor respuesta al sofisma de que se trata. Todo el que leal y celosamente consulte e interrogue a su alma, no se atreverá a negar la radicalidad absoluta de la tendencia a que nos referimos, tan característica como incomprensible. Por ejemplo, no hay hombre que, en determinados momentos, no haya experimentado un vivo deseo de atormentar con circunloquios a quien le escucha. Quien habla, sabe de sobra lo que desagrada. Tiene la mejor intención de agradar. Con frecuencia es lacónico, claro y concreto en sus razonamientos. Brota de sus labios un lenguaje tan breve como luminoso. Por tanto, solo con gran trabajo puede violentarlo. Teme y conjura el mal humor de aquel a quien se dirige. No obstante, le asalta la idea de que podría despertar la cólera si recurriera a determinados incisos y paréntesis. Basta este simple pensamiento. El impulso se convierte en veleidad; esta crece y se transforma en deseo; el deseo degenera al cabo en necesidad irresistible y esta se satisface, con gran pesar y molestia de quien habla, y prescindiendo de todas las consecuencias.

Tenemos una labor, una misión que cumplir, y hemos de llevarla a término rápidamente. Sabemos que su demora es nuestra ruina. La más importante crisis de nuestra vida reclama con perentoriedad la acción y energía inmediatas. La impaciencia de comenzar la tarea nos abrasa y consume. El saborear anticipadamente el éxito inflama nuestro espíritu. Es necesario que emprendamos hoy mismo esta tarea, y, sin embargo, la diferimos para mañana. ¿Por qué? No hay otra explicación, de no ser la que nos hace dar cuenta de que esto es *perverso*. Utilicemos la palabra, sin comprender el principio. Llega mañana, y también la ansiedad impaciente de cumplir con nuestro deber. Pero con ella llega asimismo un vivo deseo anónimo de retardar otra vez, deseo indudablemente terrible, porque es impenetrable su naturaleza. Cuando más pasa el tiempo, el deseo es más fuerte. Solo nos queda una hora para la acción. Esa hora es nuestra. Temblamos ante la violencia del conflicto que se plantea en nosotros. La batalla entre lo positivo y lo indefinido, entre la sustancia y la sombra. Pero si llega la lucha a tal punto, se impone la sombra y nos debatimos vanamente. Suena el reloj. Su campanada es el toque de agonía de nuestra felicidad, y, al mismo tiempo, para la sombra que tan largamente nos ha aterrado, el cántico desvelador, la diana del victorioso gallo de los fantasmas. Huye la sombra. Desaparece. Somos libres. Renace la antigua energía. *Ahora* trabajaremos. Pero, ¡ay!, es *demasiado tarde.*

Nos hallamos al borde de un precipicio. Contemplamos el abismo. Sentimos vértigo y malestar. Nuestra primera intención es retroceder ante el riesgo. Pero, inexplicablemente, no nos movemos de allí. Paulatinamente, el malestar, el vértigo y el horror se confunden en un nebuloso e indefinible sentimiento. De forma gradual, insensible, la nube adquiere forma, lo mismo que el vapor de la botella de la que surgía el genio de *Las mil y una noches.* Pero, al borde del precipicio, de *nuestra* nube, se levanta, cada vez más palpable, una forma mil veces más terrible que el genio, que cualquier fabuloso demonio. No obstante, es solo un pensamiento. Pero un horrible pensamiento. Un pensamiento que hiela hasta la propia médula de nuestros huesos y les inculca la feroz delicia de su horror. Sencillamente, es esta idea: ¿cuáles serían nuestras sensaciones durante el transcurso de una caída verificada desde tal altura?

Y por la sencilla razón de que esta caída —este anonadamiento fulminante— implica la más horrible, la más odiosa de cuantas odiosas y horribles imágenes de la muerte y del sufrimiento puede nuestra mente haber concebido, por esta sencilla razón, la deseamos con mayor intensidad. Y porque nuestro raciocinio nos aleja violentamente de la orilla, *por esta misma razón* nos acercamos a ella con mayor ímpetu. En la naturaleza no hay pasión más diabólicamente impaciente que la del hombre que, temblando al borde de un precipicio, piensa arrojarse a él. Permitírselo, intentar *pensarlo* un solo momento, es, inevitablemente, perderse, porque la reflexión nos ordena que nos abstengamos de ello, y *por esto mismo*, repito, *no nos es posible.* Si no encontramos un brazo amigo que nos detenga, o si somos incapaces de un repentino esfuerzo para apartarnos lejos del abismo, nos arrojamos a él, nos aniquilamos.

Si examinamos estos actos y otros semejantes, encontraremos que nacen tan solo del espíritu de *perversidad.* Los perpetramos, sencillamente, porque reconocemos que *no* debíamos perpetrarlos. Ni en uno ni en otro caso existe un principio inteligible, y ciertamente podríamos considerar esta perversidad como una instigación directa del demonio, de no haber reconocido que algunas veces colabora en la realización del bien.

Si me he extendido tanto en todo esto ha sido para contestar en cierta manera a vuestra pregunta, para explicaros la razón por la que estoy aquí, y para ofreceros algo que parezca una justificación cualquiera de los hierros que me encadenan y de la celda de condenados que ocupo. Si hubiese sido menos prolijo, no se me hubiera entendido completamente, o, como el vulgo, me hubierais considerado loco. Comprenderéis ahora fácilmente que soy una de las numerosas víctimas del demonio de la perversidad.

No creo posible que se haya planeado un acto con una deliberación más perfecta. Durante semanas, durante meses enteros, medité en los procedimientos del asesinato. Prescindí de mil planes porque la realización de cada uno traía consigo una probabilidad de revelación. Por fin, leyendo un día unas memorias francesas, hallé la historia de una enfermedad casi mortal que padeció madame Pilau, a causa de una bujía accidentalmente envenenada. Bruscamente, asaltó la idea mi imaginación. Sabía que mi víctima acostumbraba leer en el lecho, y también que la alcoba era pequeña y mal ventilada. Pero no quiero cansaros con pormenores ociosos. No particulizaré en los fáciles ardides por medio de los cuales sustituí, en la palmatoria de su alcoba, la vela que allí había por otra preparada por mí... Por la mañana se halló muerto al hombre en el lecho, y la resolución del *coroner*[2] fue la siguiente: «Muerto por visitación de Dios».[3]

Heredé su fortuna, y durante varios años todo marchó

2 Oficial criminalista que en España equivale a médico forense. *(N. de los T.)*

3. Baudelaire, en su tan bella como infiel traducción, dice que es una fórmula inglesa que significa «muerte repentina». *(N. de los T.)*

perfectamente. Jamás por mi mente cruzó la idea de su descubrimiento. Había destruido personalmente los restos de la fatal bujía, y no dejé el menor indicio que pudiera servir para venderme o hacerme sospechoso de asesinato. No es posible imaginar cuán profunda y magnífica satisfacción dilató mi pecho en la consciencia de mi absoluta seguridad. Durante mucho tiempo me acostumbré a gozar de ese sentimiento, que me proporcionaba un placer más positivo que todos cuantos beneficios puramente materiales conseguí con mi crimen. Llegó, por fin, una época en la cual el sentimiento de gozo se fue transformando, por una gradación casi imperceptible, en una idea que no me abandonaba y triunfaba sobre mí. Triunfaba, precisamente, porque no me abandonaba. Apenas podía librarme de ella un solo momento. Con frecuencia ocurre que el oído se fatiga, o la memoria se obsesiona, por una especie de repique en nuestros oídos del estribillo de una canción vulgar o de algún insignificante fragmento de ópera. No cesará la tortura, aunque la canción sea excelente, o amable el fragmento de ópera. Del mismo modo, cuando daba por terminadas mis reflexiones sobre mi seguridad, me repetía constantemente y en voz baja esta frase: «Estoy libre».

Un día paseando al azar por las calles, me sorprendió darme cuenta de que estaba murmurando casi en voz alta las acostumbradas sílabas. En un acceso de petulancia, las repetí y les di entonces esta nueva forma: «Estoy libre, estoy libre, sí, siempre que no sea tan estúpido que yo mismo me delate».

Apenas hube terminado de pronunciar estas palabras, cuando experimenté en mi corazón la entrada de un frío glacial. Yo tenía ya alguna experiencia con respecto a estos arrebatos de perversidad cuya índole extraña he explicado, no sin esfuerzo, y recordaba perfectamente que jamás había sabido resistir a sus triunfantes ataques. En ese momento, la fortuita sugestión nacida en mí mismo de que yo podía ser lo bastante estúpido para confesar el asesinato que había cometido, surgía ante mí como la misma sombra de quien había asesinado, y me lanzaba hacia la muerte.

Al principio intenté esforzarme en ahuyentar aquella pesadilla de mi espíritu. Anduve enérgicamente, más deprisa, cada vez más deprisa, y terminé echando a correr. Experimentaba un embriagador deseo de gritar con todas mis fuerzas. A cada ola que sucesivamente se producía en mi pensamiento, me acongojaba un nuevo terror, porque, ¡ay!, comprendía muy bien, demasiado bien, que, en aquella situación, pensar era perderme. Aceleré aún más mi paso. Casi a saltos, como un loco, crucé las calles llenas de gente. Por último, la gente llegó a alarmarse y echó a correr tras de mí. *Entonces* me di cuenta de que mi destino se había consumado. Si me hubiera sido posible arrancarme la lengua, lo hubiera hecho. Pero sonó a mis oídos una voz ruda, y una mano más ruda aún me sujetó por un hombro.

Me volví y abrí la boca para respirar. Durante un instante conocí todas las angustias de la sofocación. Me quedé ciego, sordo, ebrio, y entonces, pensé, algún demonio invisible golpeó en mi espalda con su ancha mano. El secreto que durante tanto tiempo había aprisionado escapó de mi espíritu.

Dicen que hablé. También dicen que me expresé con gran claridad, con extraña energía y apasionada precipitación, como si tuviera miedo de que me interrogasen antes de haber pronunciado las breves, pero importantes frases que me ponían en manos del verdugo y me entregaban al infierno. Una vez hube revelado todo lo necesario para la completa convicción de la justicia, caí consternado, desvanecido.

Pero ¿por qué decir más? Hoy arrastro estas cadenas, y estoy aquí. Mañana estaré en libertad. Pero *¿dónde?*

[Trad. de Fernando Gutiérrez y Diego Navarro]

El caso del señor Valdemar

Publicada a finales de 1845, esta repugnante obra maestra ahonda aún más en uno de los temas previamente aludidos en «Revelación mesmérica». No ha de sorprender el hecho de que por lo menos un editor rechazara el manuscrito, pero sí resulta chocante que algunos de sus primeros lectores creyeran que la historia era real, algo que Poe ni siquiera había llegado a conjeturar.

El marco temático del cuento está basado en la carta del doctor A. Sidney Doane, del 32 de Warren Street, Nueva York, impresa en la edición del Broadway Journal *correspondiente al 1 de febrero de 1845. El médico describía el caso de una paciente que había sido operada de un tumor en el cuello mientras se encontraba en un estado de hipnotización profunda inducido por el doctor S. Vital Bodinier. La intervención quirúrgica, en palabras del propio Doane, parecía que estaba siendo practicada «más a un cadáver que a un ser vivo».*

Otras fuentes de inspiración podrían haber sido la cuarta edición del ensayo Facts in Mesmerism *(1844), de Chauncey Hare Townshend, y la conclusión de* The Seeress of Prevorst *(1845), de Justinus Andreas Kerner, publicitado en las páginas del* Broadway Journal *al poco tiempo de su impresión.*

Como sucediera con «Revelación mesmérica», la fiebre de interés que suscitaba la doctrina del mesmerismo propició que «El caso del señor Valdemar» fuera tomado por un estudio más que por un relato ficcional, si bien las intenciones de Poe no apuntaban en tal dirección, como sí lo hacían en el otro escrito. En cualquier caso estas sí pretendían edificar un relato verosímil y, gracias a ellas, consiguió un éxito extraordinario que cruzó el Atlántico en pocos meses.

No pretenderé, naturalmente, opinar que no exista motivo alguno para asombrarse de que el caso extraordinario del señor Valdemar haya promovido una discusión. Sería un milagro que no hubiera sucedido así, especialmente en tales circunstancias. El deseo de todas las partes interesadas es mantener el asunto oculto al público, al menos hasta el presente o hasta que haya alguna oportunidad ulterior para otra investigación, y nuestros esfuerzos a ese efecto han dado lugar a un relato mutilado o exagerado que se ha abierto camino entre la gente, y que llegará a ser el origen de muchas falsedades desagradables, y, como es natural, de un gran descrédito.

Se ha hecho hoy necesario que exponga *los hechos*, hasta donde los comprendo yo mismo. Helos sucintamente aquí:

Durante estos tres últimos años ha sido repetidamente atraída mi atención por el tema del mesmerismo o magnetismo animal, y hace nueve meses, aproximadamente, se me ocurrió de pronto que en la serie de experimentos efectuados hasta ahora existía una muy notable y muy inexplicable omisión: nadie había sido aún magnetizado *in articulo mortis*. Quedaba por ver, primero, si en semejante estado existía en el paciente alguna sensibilidad a la influencia magnética; en segundo lugar, si, en caso afirmativo, estaba atenuada o aumentada por ese estado; en tercer lugar, cuál es la extensión y por qué período de tiempo pueden ser detenidas las intrusiones de la muerte con ese procedimiento. Había otros puntos que determinar; pero eran estos los que más excitaban mi curiosidad; el último en particular, dado el carácter enormemente importante de sus consecuencias.

Buscando a mi alrededor algún sujeto por medio del cual pudiese comprobar esas particularidades, acabé por pensar en mi amigo el señor Ernest Valdemar, compilador muy conocido de la Biblioteca Forensica y autor (bajo el *nom de plume* de Issachar Marx) de las traducciones polacas de *Wallenstein* y de *Gargantúa*. El señor Valdemar, que había residido principalmente en Harlem, N. Y., desde el año de 1839, es (o era) notable sobre todo por la excesiva delgadez de su persona —sus miembros inferiores se parecían mucho a los de John Randolph— y también por la blancura de sus cabellos, que, a causa de esa blancura, se confundían de ordinario con una peluca. De marcado temperamento nervioso, esto le hacía ser un buen sujeto para las experiencias magnéticas. En dos o tres ocasiones le había yo dormido sin dificultad; pero me sentí defraudado en cuanto a otros resultados que su peculiar constitución me había hecho, por supuesto, esperar. Su voluntad no quedaba bajo mi influencia, y respecto a la *clairvoyance*,[1] no pude realizar con él nada digno de mención. Había yo atribuido siempre mi fracaso a esas cuestiones relacionadas con la alteración de su salud. Algunos meses antes de conocerle, sus médicos le habían diagnosticado una tisis comprobada. Era, en realidad, costumbre suya hablar con toda tranquilidad de su cercano fin como de una cuestión que no podía ni evitarse ni lamentarse.

Respecto a esas ideas a que he aludido antes, cuando se me ocurrieron por primera vez, pensé, como era natural, en el señor Valdemar. Conocía yo la firme filosofía de aquel hombre para temer cualquier clase de escrúpulos por su parte, y no tenía él parientes en Estados Unidos que pudiesen, probablemente, intervenir. Le hablé con toda franqueza del asunto, y ante mi sorpresa, su interés pareció muy excitado. Digo ante mi sorpresa, pues aunque hubiese él cedido siempre su per-

1. «Clarividencia.» *(N. del T.)*

sona por libre albedrío para mis experimentos, no había demostrado nunca hasta entonces simpatía por mis trabajos. Su enfermedad era de las que no admiten un cálculo exacto con respecto a la época de su término mortal. Quedó, por último, convenido entre nosotros que me mandaría llamar veinticuatro horas antes del período anunciado por sus médicos como el de su muerte.

Hace más de siete meses que recibí la siguiente esquela del propio señor Valdemar:

> Mi querido P.
> Puede usted venir ahora. D. y F. están de acuerdo en que no llegaré a las doce de la noche de mañana y creo que han acertado con el plazo exacto o poco menos.
>
> VALDEMAR

Recibí esta esquela una media hora después de haber sido escrita, y a los quince minutos todo lo más, me encontraba en la habitación del moribundo. No le había visto en diez días, y me quedé aterrado de la espantosa alteración que en tan breve lapso se había producido en él. Su cara tenía un color plomizo, sus ojos estaban completamente apagados, y su delgadez era tan extremada, que los pómulos habían perforado la piel. Su expectoración era excesiva. El pulso, apenas perceptible. Conservaba, sin embargo, de una manera muy notable sus facultades mentales y alguna fuerza física. Hablaba con claridad, tomaba algunas medicinas calmantes sin ayuda de nadie, y cuando entré en la habitación, se ocupaba en escribir a lápiz unas notas en un cuadernillo de bolsillo. Estaba incorporado en la cama gracias a unas almohadas. Los doctores D. y F. le prestaban asistencia.

Después de haber estrechado la mano del señor Valdemar, llevé a aquellos caballeros aparte y obtuve un minucioso informe del estado del paciente. El pulmón izquierdo se hallaba desde hacía ocho meses en un estado semióseo o cartilaginoso y era, por consiguiente, de todo punto inútil para cualquier función vital. El derecho, en su parte superior, estaba también parcial, si no totalmente osificado, mientras la región inferior era solo una masa de tubérculos purulentos, conglomerados. Existían varias perforaciones extensivas, y en cierto punto había una adherencia permanente de las costillas. Estas manifestaciones en el lóbulo derecho eran de fecha relativamente reciente. La osificación había avanzado con una inusitada rapidez; no se había descubierto ningún signo un mes antes, y la adherencia no había sido observada hasta tres días antes. Con independencia de la tisis, se sospechaba un aneurisma de la aorta en el paciente; pero sobre este punto, los síntomas de osificación hacían imposible un diagnóstico exacto. En opinión de los dos médicos, el señor Valdemar moriría alrededor de medianoche del día siguiente (domingo). Eran entonces las siete de la tarde del sábado.

Al separarse de la cabecera del doliente para hablar conmigo, los doctores D. y F. le dieron un supremo adiós. No tenían intención de volver; pero, a requerimiento mío, consintieron en venir a visitar de nuevo al paciente hacia las diez de la noche inmediata.

Cuando se marcharon hablé libremente con el señor Valdemar sobre su cercana muerte, así como en especial del experimento proyectado. Se mostró decidido a ello con la mejor voluntad, ansioso de efectuarlo, y me apremió para que comenzase enseguida. Estaban allí para asistirle un criado y una sirvienta; pero no me sentí bastante autorizado para comprometerme en una tarea de aquel carácter sin otros testimonios de mayor confianza que el que pudiesen aportar aquellas personas en caso de accidente repentino. Iba a aplazar, pues, la operación hasta las ocho de la noche siguiente, cuando la llegada de un estudiante de Medicina, con quien tenía yo cierta amistad (el señor Theodore L.), me sacó por completo de apuros. Mi primera intención fue esperar a los médicos; pero me indujeron a obrar enseguida, en primer lugar, los apremiantes ruegos del señor Valdemar, y en segundo lugar, mi convicción de que no podía perder un momento, pues aquel hombre se iba por la posta.

El señor L. fue tan amable, que accedió a mi deseo de que tomase notas de todo cuanto ocurriese, y gracias a su memorando puedo ahora relatarlo en su mayor parte, condensando o copiando al pie de la letra.

Faltarían unos cinco minutos para las ocho, cuando cogiendo la mano del paciente, le rogué que manifestase al señor L., lo más claramente que le permitiera su estado, que él (el señor Valdemar) tenía un firme deseo de que realizara yo el experimento de magnetización sobre su persona en aquel estado.

Replicó él, débilmente, pero de un modo muy audible:

—Sí, deseo ser magnetizado —añadiendo al punto—: Temo que lo haya usted diferido demasiado.

Mientras hablaba así, comencé a dar los pases que sabía ya eran los más eficaces para dominarle. Estaba él, sin duda, influido por el primer pase lateral de mi mano de parte a parte de su cabeza; pero, aunque ejercité todo mi poder, no se manifestó ningún efecto hasta unos minutos después de las diez, en que los doctores D. y F. llegaron, de acuerdo con la cita. Les expliqué en pocas palabras lo que me proponía hacer, y como ellos no opusieron ninguna objeción, diciendo que el paciente estaba ya en la agonía, proseguí, sin vacilación, cambiando, no obstante, los pases laterales por otros hacia abajo, dirigiendo exclusivamente mi mirada a los ojos del paciente.

Durante ese rato era imperceptible su pulso, y su respiración estertorosa y con intervalos de medio minuto.

Aquel estado continuó inalterable casi durante un cuarto de hora. Al terminar este tiempo, empero, se escapó del pecho del moribundo un suspiro natural, aunque muy hondo, y cesó la respiración estertorosa, es decir, no fue ya sensible aquel estertor; no disminuían los intervalos. Las extremidades del paciente estaban frías como el hielo.

A las once menos cinco percibí signos inequívocos de la

influencia magnética. El movimiento giratorio de los ojos vidriosos se convirtió en esa expresión de desasosegado examen *interno* que no se ve nunca más que en los casos de sonambulismo, y que no se puede confundir. Con unos pocos pases laterales rápidos hice estremecerse los párpados, como en un sueño incipiente, y con otros cuantos más se los hice cerrar. No estaba yo satisfecho con esto, a pesar de todo, por lo que proseguí mis manipulaciones de manera enérgica y con el más pleno esfuerzo de voluntad, hasta que hube dejado bien rígidos los miembros del durmiente, después de colocarlos en una postura cómoda, al parecer. Las piernas estaban estiradas por entero; los brazos, casi lo mismo, descansando sobre el lecho a una distancia media de los riñones. La cabeza estaba ligeramente levantada.

Cuando hube realizado esto eran las doce dadas, y rogué a los caballeros allí presentes que examinasen el estado del señor Valdemar. Después de varias pruebas, reconocieron que se hallaba en un inusitado y perfecto estado de trance magnético. La curiosidad de ambos médicos estaba muy excitada. El doctor D. decidió enseguida permanecer con el paciente toda la noche, mientras el doctor F. se despidió, prometiendo volver al despuntar el día. El señor L. y los criados se quedaron allí.

Dejamos al señor Valdemar completamente tranquilo hasta cerca de las tres de la madrugada; entonces me acerqué a él, y le encontré en el mismo estado que cuando el doctor F. se marchó, es decir, tendido en la misma posición. Su pulso era imperceptible; la respiración, suave (apenas sensible, excepto al aplicarle un espejo sobre la boca); los ojos estaban cerrados con naturalidad, y los miembros, tan rígidos y fríos como el mármol. A pesar de todo, el aspecto general no era en modo alguno el de la muerte.

Al acercarme al señor Valdemar hice una especie de semiesfuerzo para que su brazo derecho siguiese el mío durante los movimientos que este ejecutaba sobre uno y otro lado de su persona. En experimentos semejantes con el paciente no había tenido nunca un éxito absoluto, y de seguro no pensaba tenerlo ahora tampoco; pero, para sorpresa mía, su brazo siguió con la mayor facilidad, aunque débilmente, todas las direcciones que le indicaba yo con el mío. Decidí arriesgar unas cuantas palabras de conversación.

—Señor Valdemar —dije—, ¿duerme usted?

No respondió, pero percibí un temblor en sus labios, y eso me indujo a repetir la pregunta una y otra vez. A la tercera, todo su ser se agitó con un ligero estremecimiento; los párpados se levantaron por sí mismos hasta descubrir una línea blanca del globo; los labios se movieron perezosamente, y por ellos, en un murmullo apenas audible, salieron estas palabras:

—Sí, duermo ahora. ¡No me despierte!... ¡Déjeme morir así!

Palpé sus miembros y los encontré más rígidos que nunca. El brazo derecho, como antes, obedecía la dirección de mi mano... Pregunté al sonámbulo de nuevo:

—¿Sigue usted sintiendo dolor en el pecho, señor Valdemar?

La respuesta fue ahora inmediata, pero menos audible que antes:

—No siento dolor... ¡Estoy muriendo!

No creí conveniente molestarle más, por el momento, y no se dijo ni se hizo ya nada hasta la llegada del doctor F., que precedió un poco a la salida del sol; manifestó su asombro sin límites al encontrar al paciente todavía vivo. Después de tomarle el pulso y de aplicar un espejo a sus labios, me rogó que hablase de nuevo al sonámbulo. Así lo hice, diciendo:

—Señor Valdemar, ¿sigue usted dormido?

Como antes, pasaron algunos minutos hasta que llegó la respuesta, y durante ese intervalo el yacente pareció reunir sus energías para hablar. Al repetirle por cuarta vez la pregunta, dijo él muy débilmente, de un modo casi ininteligible:

—Sí, duermo aún... Muero.

Fue entonces opinión o más bien deseo de los médicos que se dejase al señor Valdemar permanecer sin molestarle en su actual y, al parecer, tranquilo estado, hasta que sobreviniese la muerte, lo cual debía de tener lugar, a juicio unánime de ambos, dentro de escasos minutos. Decidí, con todo, hablarle una vez más, repitiéndole simplemente mi pregunta anterior.

Cuando lo estaba haciendo se produjo un marcado cambio en la cara del sonámbulo. Los ojos giraron en sus órbitas despacio, las pupilas desaparecieron hacia arriba, la piel tomó un tinte general cadavérico, pareciendo no tanto un pergamino como un papel blanco, y las manchas héticas circulares, que antes estaban muy marcadas en el centro de cada mejilla, *se disiparon* de súbito. Empleo esta expresión porque lo repentino de su desaparición me hizo pensar en una vela apagada de un soplo. El labio superior al mismo tiempo se retorció, alzándose sobre los dientes, que hacía un instante cubría por entero, mientras la mandíbula inferior cayó con una sacudida perceptible, dejando la boca abierta por completo y al descubierto, a simple vista, la lengua hinchada y negruzca. Supongo que todos los presentes estaban acostumbrados a los horrores de un lecho mortuorio; pero el aspecto del señor Valdemar era en aquel momento tan espantoso y tan fuera de lo imaginable, que hubo un retroceso general alrededor del lecho.

Noto ahora que he llegado a un punto de este relato en que todo lector, sobrecogido, me negará crédito. Es mi tarea, no obstante, proseguir haciéndolo.

No había ya en el señor Valdemar el menor signo de vitalidad, y llegando a la conclusión de que había muerto, le dejábamos a cargo de los criados, cuando observamos un fuerte movimiento vibratorio en la lengua. Duró esto quizá un minuto. Al transcurrir, de las separadas e inmóviles mandíbulas salió una voz tal, que sería locura intentar describirla. Hay, en puridad, dos o tres epítetos que podrían serle aplicados en cierto modo: puedo decir, por ejemplo, que aquel sonido era áspero, desgarrado y hueco; pero el espantoso conjunto era indescriptible, por la sencilla razón de que sonidos análogos no han hecho vibrar nunca el oído de la humanidad. Había, sin embargo, dos particularidades que –así lo pensé entonces, y lo sigo pensando– pueden ser tomadas justamente como características de la entonación, como apropiadas para dar una idea de su espantosa peculiaridad. En primer lugar la voz parecía llegar a nuestros oídos –por lo menos, a los míos– desde una gran distancia o desde alguna profunda caverna subterránea. En segundo lugar, me impresionó (temo realmente que me sea imposible hacerme comprender) como las materias gelatinosas o viscosas impresionan el sentido del tacto.

He hablado a la vez de «sonido» y de «voz». Quiero decir que el sonido era de un silabeo claro, o aún más, asombrosa, espeluznantemente claro. El señor Valdemar *hablaba*, sin duda, respondiendo a la pregunta que le había yo hecho minutos antes. Le había preguntado, como se recordará, si seguía dormido. Y él dijo ahora:

–Sí, no; *he dormido*..., y ahora, ahora *estoy muerto.*

Ninguno de los presentes fingió nunca negar o intentó reprimir el indescriptible y estremecido horror que esas pocas palabras, así proferidas, tan bien calculadas, le produjeron. El señor L. (el estudiante) se desmayó. Los criados huyeron inmediatamente de la habitación, y no pudimos inducirlos a volver a ella. No pretendo hacer inteligibles para el lector mis propias impresiones. Durante una hora casi nos afanamos juntos, en silencio –sin pronunciar una palabra– nos esforzamos en hacer revivir al señor L. Cuando volvió en sí proseguimos juntos de nuevo el examen del estado del señor Valdemar.

Seguía bajo todos los aspectos tal como he descrito últimamente, a excepción de que el espejo no recogía ya señal de respiración. Una tentativa de sangría en el brazo falló. Debo mencionar también que ese miembro no estaba ya sujeto a mi voluntad. Me esforcé en balde por que siguiera la dirección de mi mano. La única señal real de influencia magnética se manifestaba ahora en el movimiento vibratorio de la lengua cada vez que dirigía yo una pregunta al señor Valdemar. Parecía él hacer un esfuerzo para contestar, pero no tenía ya la suficiente voluntad. A las preguntas que le hacía cualquier otra persona que no fuese yo, parecía absolutamente insensible, aunque procuré poner a cada miembro de aquella reunión en *relación* magnética con él. Creo que he relatado cuanto es necesario para hacer comprender el estado del sonámbulo en aquel período. Buscamos otros enfermeros, y a las diez salí de la casa en compañía de los dos médicos y del señor L.

Por la tarde volvimos todos a ver al paciente. Su estado seguía siendo exactamente el mismo. Tuvimos entonces una discusión sobre la conveniencia y la posibilidad de despertarle, pero nos costó poco trabajo ponernos de acuerdo en que no serviría de nada hacerlo. Era evidente que, hasta entonces, la muerte (o lo que suele designarse con el nombre de muerte) había sido detenida por la operación magnética. Nos pareció claro a todos que el despertar al señor Valdemar sería, sencillamente, asegurar su instantáneo o, por lo menos, su rápido fin.

Desde ese período hasta la terminación de la semana última –*en un intervalo de casi siete meses*– seguimos reuniéndonos todos los días en casa del señor Valdemar, de cuando en cuando acompañados de médicos y otros amigos. Durante todo ese tiempo, el sonámbulo seguía estando *exactamente* tal como he descrito ya. La vigilancia de los enfermeros era continua.

Fue el viernes último cuando decidimos, por fin, efectuar el experimento de despertarle, o de intentar despertarle, y es acaso el deplorable resultado de este último experimento el que ha dado origen a tantas discusiones en los círculos privados, en muchas de las cuales no puedo por menos de ver una credulidad popular injustificable.

A fin de sacar al señor Valdemar del estado de trance magnético, empleé los acostumbrados pases. Durante un rato resultaron infructuosos. La primera señal de su vuelta a la vida se manifestó por un descenso parcial del iris. Observamos como algo especialmente notable que ese descenso de la pupila iba acompañado de un derrame abundante de un licor amarillento (por debajo de los párpados) con un olor acre muy desagradable.

Me sugirieron entonces que intentase influir sobre el brazo del paciente, como en los pasados días. Lo intenté y fracasé. El doctor F. expresó su deseo de que le dirigiese una pregunta. Lo hice del modo siguiente:

—Señor Valdemar, ¿puede usted explicarnos cuáles son ahora sus sensaciones o deseos?

Hubo una reaparición instantánea de los círculos héticos sobre sus mejillas; la lengua se estremeció, o más bien se enrolló violentamente en la boca (aunque las mandíbulas y los labios siguieron tan rígidos como antes), y, por último, la misma horrenda voz que ya he descrito antes prorrumpió:

—¡Por amor de Dios!... Deprisa..., deprisa..., hágame dormir o despiérteme deprisa..., ¡deprisa!... *¡Le digo que estoy muerto!*

Estaba yo acobardado a más no poder, y durante un momento permanecí indeciso sobre lo que debía hacer. Intenté primero un esfuerzo para calmar al paciente, pero al fracasar, en vista de aquella total suspensión de la voluntad, cambié de sistema, y luché denodadamente por despertarle. Pronto vi que esta tentativa iba a tener un éxito completo, o, al menos, me imaginé que sería completo mi éxito, y estoy seguro de que todos los que permanecían en la habitación se preparaban a ver despertar al paciente.

Sin embargo, es de todo punto imposible que ningún ser humano estuviera preparado para lo que ocurrió en la realidad.

Cuando efectuaba yo los pases magnéticos, entre gritos de «¡Muerto, muerto!», que hacían por completo *explosión* sobre la lengua, y no sobre los labios del paciente, su cuerpo entero, de pronto, en el espacio de un solo minuto, o incluso en menos tiempo, se contrajo, se desmenuzó, se *pudrió* terminantemente bajo mis manos. Sobre el lecho, ante todos los presentes, yacía una masa casi líquida de repugnante, de aborrecible podredumbre.

[Trad. de Julio Gómez de la Serna]

El barril de amontillado

La presente es innegablemente una de las mejores historias de su autor y, a los ojos de muchos críticos, uno de sus más sofisticados cuentos de terror, al que nunca se ha llegado a superar en la sutileza de sus irónicos trazos. El eje central es un crimen llevado a cabo con éxito, y para muchos lectores recoge la fascinación por los delitos irresolutos, que aparecen frecuentemente en los periódicos. Tan simple síntesis, empero, resulta insuficiente: otros elementos, especialmente el moral, brotan magistralmente de la prosa de Poe. De este modo, este relato, en su superficie de tremenda amoralidad, quizá deba ser considerado el más moral de todos sus relatos.

La redacción de este cuento, entonces, debería traducirse como una especie de reto para su autor, como lo fueron en su momento las de «Berenice» y «William Wilson». En este caso, el detonante que dio inicio a la confección de la obra fue la disputa con Thomas Dunn English y Hiram Fuller, quien arremetió duramente contra Poe en un artículo del 26 de mayo en el New-York Mirror.

La historia es narrada con habilidad: las ofensas de la víctima no son reveladas. Sabemos que hubo un insulto y que hubo una injuria, pero el lector solo puede ser espectador del terrible incidente final. Si se incitan la compasión y el terror, es por el lado más oscuro de la naturaleza humana per se, ejemplificado a través de gente que no hemos conocido.

Es bien sabido que Poe guardaba mucho interés en los entierros en vida, y sabía de ellos hasta como forma de castigo: el caso de las sacerdotisas vestales romanas es un claro ejemplo. La mayor influencia del autor en lo referente a esta narración es, sea como sea, «A Man Built in a Wall», de Joel T. Headley (1844). También La Grande Bretèche *de Honoré de Balzac (1799-1850) se contaría entre sus fuentes de inspiración.*

Edgar Allan Poe escribió esta historia entre el verano y el otoño de 1846, que fue publicada por vez primera a finales de este mismo año.

Lo mejor que pude había soportado las mil injurias de Fortunato. Pero cuando llegó al insulto, juré vengarme. Vosotros, que conocéis tan bien la naturaleza de mi carácter, no llegaréis a suponer, no obstante, que pronunciara la menor palabra con respecto a mi propósito. *A la larga*, yo sería vengado. Este era ya un punto establecido definitivamente. Pero la misma decisión con que lo había resuelto excluía toda idea de peligro por mi parte. No solamente tenía que castigar, sino castigar impunemente. Una injuria queda sin reparar cuando su justo castigo perjudica al vengador. Igualmente queda sin reparación cuando este deja de dar a entender, a quien le ha agraviado, que es él quien se venga.

Es preciso entender bien que ni de palabra, ni de obra, di a Fortunato motivo alguno para que sospechara de mi buena voluntad hacia él. Continué, como de costumbre, sonriendo en su presencia, y él no podía advertir que mi sonrisa *entonces* tenía como origen en mí la idea de arrebatarle la vida.

Aquel Fortunato tenía un punto débil, aunque, en otros aspectos era un hombre digno de toda consideración, y aun de ser temido. Se enorgullecía siempre de ser un entendido en vinos. En realidad, pocos italianos tienen el verdadero talento de los catadores. En la mayoría, su entusiasmo se adapta con frecuencia a lo que el tiempo y la ocasión requieren, con objeto de dedicarse a engañar a los *millionaires* ingleses y austríacos. En pintura y piedras preciosas, Fortunato, como todos sus compatriotas, era un verdadero charlatán; pero, en cuanto a vinos añejos, era sincero. Con respecto a esto, yo no difería extraordinariamente de él. También yo era muy experto en lo que se refiere a vinos italianos, y siempre que se me presentaba ocasión compraba gran cantidad de estos.

Una tarde, casi al anochecer, en plena euforia del carnaval, encontré a mi amigo. Me cogió con excesiva cordialidad, había bebido mucho. El buen hombre estaba disfrazado de payaso. Llevaba un traje muy ceñido, un vestido con listas de colores, y en su cabeza un sombrero cónico adornado con cascabeles. Me alegré tanto de verle, que creí no haber estrechado jamás su mano como en aquel momento. Le dije:

—Querido Fortunato, le encuentro a usted muy a propósito. Pero ¡qué buen aspecto tiene usted hoy! El caso es que he recibido un barril de algo que llaman amontillado y tengo mis dudas.

—¿Cómo? —dijo él—. ¿Amontillado? ¿Un barril? ¡Imposible! ¡Y en pleno carnaval!

—Por eso mismo le digo que tengo mis dudas —contesté—, e iba a cometer la tontería de pagarlo como si se tratara de un exquisito amontillado, sin consultarle. No había modo de encontrarle a usted, y temía perder la ocasión.

—¡Amontillado!

—Tengo mis dudas.

—¡Amontillado!

—Y he de pagarlo.

—¡Amontillado!

—Como supuse que estaba usted muy ocupado, iba ahora a buscar a Luchesi. Él es un buen entendido. Él sabrá...

—Luchesi es incapaz, por sí mismo, de distinguir el amontillado del jerez.

—Y, no obstante, hay imbéciles que creen que su paladar puede competir con el de usted.

—Vamos, vamos allá.

—¿Adónde?

—A sus bodegas.

—No, mi querido amigo. No quiero abusar de su amabilidad. Preveo que tiene usted algún compromiso. Luchesi...

–No tengo ningún compromiso. Vamos.

–No, amigo mío. Aunque usted no tenga compromiso alguno, veo que tiene usted mucho frío. Las bodegas son terriblemente húmedas; materialmente están cubiertas de salitre.

–A pesar de todo, vamos. No importa el frío. ¡Amontillado! Le han engañado a usted, y Luchesi no sabe distinguir el jerez del amontillado.

Diciendo esto, Fortunato se cogió a mi brazo. Me puse un antifaz de seda negra y, ciñéndome bien al cuerpo mi *roquelaire*,[1] me dejé conducir por él hasta mi palacio.

Los criados no estaban en la casa. Habían escapado para celebrar la festividad de carnaval. Ya, antes, les había dicho que no volvieran hasta la mañana siguiente, y les había dado órdenes concretas para que no estorbaran por la casa. Estas órdenes eran suficientes, de sobra lo sabía yo, para asegurarme la inmediata desaparición de ellos en cuanto volviera las espaldas.

Cogí dos velas de sus candelabros, entregué a Fortunato una de ellas y le guié, haciéndole encorvarse a través de distintos aposentos, por el abovedado pasaje que conducía a la bodega. Bajé delante de él una larga y tortuosa escalera, recomendándole que adoptara precauciones al seguirme. Llegamos, por fin, a los últimos peldaños y nos encontramos, uno frente a otro, sobre el suelo húmedo de las catacumbas de los Montresor.

El andar de mi amigo era vacilante, y los cascabeles de su gorro cónico resonaban a cada una de sus zancadas.

–¿Y el barril? –preguntó.

–Está más allá –le contesté–. Pero aquí tiene usted esos blancos festones de telaraña que brillan en las paredes de la cueva.

Se volvió hacia mí y me miró con sus nubladas pupilas, que destilaban las lágrimas de la embriaguez.

1. «Capa». *(N. de los T.)*

369

—¿Salitre? —me preguntó, por fin.

—Salitre —le contesté—. ¿Hace mucho tiempo que tiene usted esa tos?

—¡Ejem! ¡Ejem! ¡Ejem! ¡Ejem! ¡Ejem! ¡Ejem! ¡Ejem! ¡Ejem!...

A mi pobre amigo le fue imposible contestar hasta pasados unos minutos.

—No es nada —dijo, por fin.

—Venga —le dije enérgicamente—. Volvámonos. Su salud es preciosa, amigo mío. Es usted rico, respetado, admirado, querido. Es usted feliz, como yo lo he sido en otro tiempo. No debe usted malograrse. Por lo que a mí respecta, es distinto. Vámonos. Podría usted enfermarse y no quiero cargar con esa responsabilidad. Además, cerca de aquí vive Luchesi...

—Basta —me dijo—. Esta tos no tiene ninguna importancia. No tenga usted cuidado. No me matará. No me moriré de tos.

—Verdad, verdad —le contesté—. Realmente, no era mi intención alarmarle sin motivo, pero debe tomar precauciones. Un trago de este Médoc le defenderá de la humedad.

Y diciendo esto rompí el cuello de una botella que se hallaba en una larga fila de otras análogas, tumbadas en el húmedo suelo.

—Beba —le dije, ofreciéndole el vino.

Se llevó la botella a los labios, mirándome de soslayo. Hizo una pausa y me saludó con familiaridad.

Los cascabeles sonaron.

—Bebo —dijo— a la salud de los enterrados que descansan en torno nuestro.

—Y yo por la larga vida de usted.

De nuevo se cogió de mi brazo y continuamos nuestro camino.

—Estas cuevas —me dijo— son muy grandes.

—Los Montresor —le contesté— era una grande y numerosa familia.

—He olvidado cuáles son sus armas.

—Un gran pie de oro en campo de azur. El pie aplasta a una serpiente rampante, cuyos dientes se clavan en el talón.

—¿Y cuál es la divisa?

—*Nemo me impune lacessit.*[2]

—¡Muy bien! —dijo.

Brillaba el vino en sus ojos y retiñían los cascabeles. También se caldeó mi fantasía a causa del Médoc. Por entre las murallas formadas por montones de esqueletos, mezclados con barriles y toneles, llegamos a los más profundos recintos de las catacumbas. Me detuve de nuevo, y esta vez me atreví a coger a Fortunato de un brazo, más arriba del codo.

—El salitre —le dije—. Vea usted cómo va aumentando. Como si fuera musgo, cuelga de las bóvedas. Ahora estamos bajo el lecho del río. Las gotas de humedad se filtran por entre los huesos. Venga usted. Volvamos antes que sea muy tarde. Esa tos...

—No es nada —dijo—. Continuemos. Pero primero echemos otro traguito de Médoc.

Rompí un frasco de vino de Graves y se lo ofrecí. Lo vació de un trago. Sus ojos llamearon con ardiente fuego. Se echó a reír y tiró la botella al aire con un ademán que no pude comprender.

Le miré sorprendido. Él repitió el movimiento, un movimiento grotesco.

—¿No comprende usted? —preguntó.

—La verdad que no —le contesté.

—Entonces ¿no es usted de la hermandad?

—¿Cómo?

—¿No pertenece usted a la masonería?

—Sí, sí —dije—; sí, sí.

—¿Usted? ¡Imposible! ¿Un masón?

—Un masón —repliqué.

—A ver, un signo —dijo.

2. «Nadie me ofende impunemente.» *(N. de los T.)*

—Este —le contesté, sacando de debajo de mi *roquelaire* una paleta de albañil.

—Usted bromea —exclamó, retrocediendo unos pasos—. Pero, en fin, vamos por el amontillado.

—Bien —dije, guardando otra vez la herramienta bajo la capa y ofreciéndole de nuevo mi brazo.

Se apoyó pesadamente en él y seguimos nuestro camino en busca del amontillado.

Pasamos primero por debajo de una serie de bajísimas bóvedas, bajamos, avanzamos luego, descendimos después y llegamos a una profunda cripta, donde la impureza del aire hacía enrojecer más que brillar nuestras velas.

En lo más apartado de la cripta se descubría otra menos espaciosa. En sus paredes habían sido alineados restos humanos de los que se amontonaban en la cueva de encima de nosotros, tal como en las catacumbas de París. Tres lados de aquella cripta interior estaban también adornados del mismo modo. Del cuarto habían sido retirados los huesos y yacían esparcidos por el suelo, formando en un rincón un montón de cierta altura.

Dentro de la pared, que había quedado así descubierta por el desprendimiento de los huesos, se veía todavía otra cripta o recinto interior, de unos cuatro pies de profundidad y tres de anchura, y con una altura de seis o siete. No parecía haber sido construida para un uso determinado, sino que formaba sencillamente un hueco entre dos de los enormes pilares que servían de apoyo a la bóveda de las catacumbas, y se apoyaba en una de las paredes de granito macizo que las circundaban.

En vano, Fortunato, levantando su vela casi consumida, trataba de penetrar la profundidad de aquel recinto. La debilitada luz nos impedía distinguir el fondo.

—Adelántese —le dije—. Ahí está el amontillado. Si aquí estuviera Luchesi...

—Es un ignorante —interrumpió mi amigo, avanzando con inseguro paso y seguido inmediatamente por mí.

En un momento llegó al fondo del nicho, y, al hallar interrumpido su paso por la roca, se detuvo atónito y perplejo. Un instante después había yo conseguido encadenarlo al granito. Había en su superficie dos argollas de hierro, separadas horizontalmente una de otra por unos dos pies. Rodear su cintura con los eslabones, para sujetarlo, fue cuestión de pocos segundos. Estaba demasiado aturdido para ofrecerme resistencia. Saqué la llave y retrocedí, saliendo fuera del recinto.

—Pase usted la mano por la pared —le dije— y no podrá menos de sentir el salitre. Está, en efecto, *muy* húmeda. Permítame que le *ruegue* se vuelva atrás. ¿No viene usted? Entonces no me queda más remedio que abandonarle; pero debo antes prestarle algunos cuidados que está en mi mano hacer.

—¡El amontillado! —exclamó mi amigo, no vuelto todavía de su asombro.

—Cierto —repliqué—, el amontillado.

Y diciendo estas palabras, me ataree en aquel montón de huesos a que antes he aludido. Apartándolos a un lado, no tardé en dejar al descubierto una cierta cantidad de piedra de construcción y mortero. Con estos materiales y la ayuda de mi paleta, empecé activamente a tapar la entrada del nicho.

Apenas había colocado el primer trozo de mi obra de albañilería cuando me di cuenta de que la embriaguez de Fortunato se había disipado en gran parte. El primer indicio que tuve de ello fue un gemido apagado y salió de la profundidad del nicho.

No era ya el grito de un hombre embriagado. Se produjo luego un largo y obstinado silencio. Encima de la primera hilada coloqué la segunda, la tercera y la cuarta. Y oí entonces las furiosas sacudidas de las cadenas. El ruido se prolongó unos minutos, durante los cuales, para deleitarme con él, interrumpí mi tarea y me senté en cuclillas sobre los huesos. Cuando se apaciguó, por fin, aquel rechinamiento, cogí de nuevo la paleta y acabé, sin interrupción, la quinta, sexta y séptima hiladas. La pared se hallaba entonces a la altura de mi pecho. De nuevo me detuve, y, levantando la vela por encima de la obra que había ejecutado, dirigí la luz sobre la figura que se hallaba en el interior.

Una serie de fuertes y agudos gritos salió de repente de la garganta del hombre encadenado, como si quisiera rechazarme con violencia hacia atrás. Durante un momento vacilé y me estremecí. Saqué mi espada y empecé a tirar estocadas por el interior del nicho. Pero un momento de reflexión bastó para tranquilizarme. Puse la mano sobre la maciza pared de la cueva y respiré satisfecho. Volví a acercarme a la pared y contesté entonces a los gritos de quien clamaba. Los repetí, los acompañé y los vencí en extensión y en fuerza. Así lo hice, y el que gritaba acabó por callarse.

Ya era medianoche, y llegaba a su término mi trabajo. Había dado fin a las octava, novena y décima hiladas. Había terminado casi la totalidad de la oncena, y quedaba tan solo una piedra que colocar y revocar. Tenía que pelear con su peso. Solo parcialmente se colocaba en la posición necesaria.

Pero entonces salió del nicho una risa ahogada, que me puso los pelos de punta. Se emitía con una voz tan triste, que con dificultad la identifiqué con la del noble Fortunato. La voz decía:

—¡Ja, ja, ja! ¡Je, je, je! ¡Buena broma, amigo, buena broma! ¡Lo que nos reiremos luego en el palacio, ¡je, je, je!, a propósito de nuestro vino. ¡Je, je, je!

—El amontillado —dije.

—¡Je, je, je! Sí, el amontillado. Pero ¿no se nos hace tarde? ¿No estarán esperándonos en el palacio lady Fortunato y los demás? Vámonos.

—Sí —dije—; vámonos ya.

—¡*Por el amor de Dios, Montresor!*

—Sí —dije—; por el amor de Dios.

En vano me esforcé en obtener respuesta a aquellas palabras. Me impacienté y llamé en voz alta:

—¡Fortunato!

No hubo respuesta, y volví a llamar:

—¡Fortunato!

Tampoco me contestaron. Introduje una vela por el orificio que quedaba y la dejé caer en el interior. Me contestó solo un cascabeleo. Sentí una presión en el corazón, sin duda causada por la humedad de las catacumbas. Me apresuré a terminar mi trabajo. Con muchos esfuerzos coloqué en su sitio la última piedra y la cubrí con argamasa. Volví a levantar la antigua muralla de huesos contra la nueva pared. Durante medio siglo nadie los ha tocado. *In pace requiescat!*

[Trad. de Fernando Gutiérrez y Diego Navarro]

Índice

«Para viajar lejos no hay mejor nave que un libro».

EMILY DICKINSON

Gracias por tu lectura de este libro.

En **penguinlibros.club** encontrarás las mejores
recomendaciones de lectura.

Únete a nuestra comunidad y viaja con nosotros.

penguinlibros.club